Über den Autor:

Claus Beling, geb. 1949, war fast zwei Jahrzehnte lang Unterhaltungschef des ZDF und hat unzählige erfolgreiche Fernsehprogramme kreiert. Als Erfinder der Rosamunde-Pilcher-Reihe und vieler internationaler Verfilmungen hat er wie kaum ein anderer die dramatische Kraft großer Landschaften erzählerisch genutzt. Der promovierte Literaturwissenschaftler ist profunder England-Kenner und hat mehrere Reisebücher über das Land geschrieben.

Claus Beling

WAS DU NICHT WEISST

Kriminalroman

BASTEI LÜBBE TASCHENBUCH
Band 16747

1. Auflage: Dezember 2012

Dieser Titel ist auch als E-Book erschienen

Originalausgabe

Dieser Titel wurde vermittelt
durch die Montasser Medien Agentur

Copyright © 2012 by Bastei Lübbe GmbH & Co. KG, Köln
Lektorat: Karin Schmidt
Textredation: Dr. Lutz Steinhoff
Titelillustration: © Andy & Michelle Kerry/Trevillion Images
Umschlaggestaltung: Manuela Städele
Satz: Urban SatzKonzept, Düsseldorf
Gesetzt aus der Garamond
Druck und Verarbeitung: GGP Media GmbH, Pößneck
Printed in Germany
ISBN 978-3-404-16747-0

Sie finden uns im Internet unter
www.luebbe.de
Bitte beachten Sie auch:
www.lesejury.de

Der Preis dieses Bandes versteht sich einschließlich
der gesetzlichen Mehrwertsteuer.

In Erinnerung an Christel

Dass sie die Schönheit Jerseys entdeckt hatte,
machte sie glücklich.
Was nach dem Abschied von ihrem Glück blieb,
ist für immer in meinem Herzen.

Die Vergangenheit ist nie tot,
sie ist nicht einmal vergangen.
William Faulkner

Dass ausgerechnet der eitle und scharfzüngige Richter John Willingham die erste der beiden Leichen finden sollte, und das auch noch an seinem letzten Arbeitstag am Königlichen Gerichtshof Jersey, war schon ein pikanter Zufall.

Leicht angeheitert und beseelt von den Feierlichkeiten zu seinem Abschied trat Willingham um kurz nach acht Uhr abends aus dem Eingang des ehrwürdigen Gerichtsgebäudes auf den *Royal Square* hinaus. Es war noch hell draußen, aber in der Innenstadt war die Abendkühle vom Meer bereits zu spüren. Während er unter den Kastanienbäumen auf sein Taxi wartete, atmete er in tiefen Zügen die frische Luft ein und ließ für einen Augenblick das Fest und die vielen Reden in sich nachwirken. Mit dem weißen Haarkranz und seiner aristokratischen, eleganten Gestalt war er immer noch eine eindrucksvolle Persönlichkeit.

Er liebte es, wenn andere sich für ihn Mühe machten. Als Oberster Richter hatte der *Bailiff* ihm zuliebe einen feierlichen Abschied in der ehrwürdigen Bibliothek des Royal Court gegeben. Einige der Reden hatten zwar bei Weitem nicht die intellektuelle Brillanz besessen, für die er, Willingham, berühmt war, doch er war zufrieden. Auch der Abschied von seinen Mitarbeitern war ihm so bewegend erschienen, dass er sich in diesem Moment überaus glücklich fühlte – trotz der anstehenden Veränderungen. Mit sechzig hatte er sich den Ruhestand redlich verdient. Auf ihn wartete eine kostspielige Leidenschaft, die er seit seinem Studium in Oxford pflegte – der Reitsport. Er konnte sich zwar beim besten Willen nicht vorstellen, wie das Magistratsgericht künftig ohne ihn auskommen würde, aber das war nun nicht mehr seine Sache.

Von seinem Taxi war immer noch nichts zu sehen. Langsam schlenderte er zum benachbarten Pub *The Cock & Bottle* hinüber, dessen vollbesetzte Tische sich an der historischen Häuserfront des *Royal Square* entlangzogen. Interessiert musterte er die lärmenden Touristen, die dort saßen und ihr Bier tranken.

Plötzlich rief jemand seinen Namen. Er drehte sich um. Gwyneth Trollop, seine langjährige Assistentin, kam auf ihn zugelaufen. Wegen des eng geschnittenen schwarzen Rockes, den sie heute ihm zu Ehren angezogen hatte, konnte die kräftige junge Juristin nur kleine Trippelschritte machen. In der Hand trug sie eine schwere Plastiktüte, gefüllt mit Weinflaschen, die man ihm zum Abschied überreicht hatte.

»Sie haben Ihre Sachen liegen lassen, Richter Willingham!«, rief sie atemlos.

Er ging ihr ein paar Schritte entgegen. »Danke, Gwyneth. Da sehen Sie mal – Zeit, dass ich aufhöre. Sonst habe ich nie etwas vergessen.«

Gwyneth wusste genau, wie sie mit ihm umgehen musste. Während sie ihm die Tüte gab, sagte sie schelmisch: »Einspruch, Euer Ehren. Ich habe Sie beobachtet. Sie haben die Weine nur liegen lassen, weil sie Ihnen nicht gefallen.«

»Ertappt, Gwynnielein.« Willingham seufzte zerknirscht. »Aber ich schwöre Ihnen, früher hat diese Methode immer funktioniert.«

Die junge Frau hob resigniert die Schultern. »Früher hatten Sie ja auch keinen Nachfolger, der aufgepasst hat und schon morgen früh Ihr Büro beziehen will. Wetten, dass er mich am Ende doch nicht in sein Team übernehmen wird?«

Willingham wiegelte ab. »Ach was. Sie werden sehen, man kann gut mit ihm zusammenarbeiten.«

Es war eine gnädige Lüge, denn Edward Waterhouse konnte

ziemlich arrogant sein. Aber Gwyneth hatte seiner Meinung nach ein bisschen Hoffnung verdient.

Das Taxi rollte über den belebten Platz auf sie zu. Richter Willingham gab dem Taxifahrer mit einem kleinen Handzeichen zu verstehen, wo der Wagen halten sollte. Dann wandte er sich wieder an seine Mitarbeiterin.

»So, und jetzt gehen Sie wieder zu den anderen. Ich glaube, Waterhouse will gleich noch seine Antrittsrede halten.«

Bissig erwiderte Gwyneth: »Schon allein das ist eine Stillosigkeit!«

Die Kofferraumklappe des Taxis sprang automatisch auf. Der dicke Taxifahrer machte keine Anstalten, den fetten Hintern von seinem Platz zu bewegen. Normalerweise hätte der Richter sich geweigert, dem Fahrer die Arbeit abzunehmen. Doch heute hatte er keine Lust, sich von einem Flegel den Abend verderben zu lassen.

Vorsichtig hob er die schwere Tüte mit dem Wein in den Kofferraum, als er plötzlich stutzte.

Vor ihm – neben zwei schmuddeligen Tupperdosen mit irgendetwas Essbarem – lag der blutverschmierte, jämmerlich gekrümmte Körper einer jungen Frau mit dunklen Haaren. Unter ihrem Oberkörper ragte das Ende eines öligen Wagenhebers hervor. Sie trug Jeans und ein grünes T-Shirt, auf dem das Blut riesige schwarze Flecken hinterlassen hatte. Ihre starren Augen waren weit aufgerissen.

Er musste kein zweites Mal hinschauen, um Gewissheit zu haben, dass der Taxifahrer ihm soeben eine Tote serviert hatte. Wenn das kein Mordopfer war, würde er die Weinflaschen in der Tüte freiwillig austrinken.

Zögernd blickte Willingham zu Gwyneth Trollop hinüber, die mit verschränkten Armen unter einem Baum stand und ihm still zulächelte.

Zynisch fragte er sich, was jetzt wohl besser wäre – die Kofferraumklappe einfach wieder zu schließen, mit seinem Wein auf dem Rücksitz Platz zu nehmen und seinen noblen Abschied für immer in guter Erinnerung zu behalten, oder seinem Nachfolger Edward Waterhouse ein bisschen Arbeit zu bescheren, denn dieser Mordfall würde unweigerlich auf dessen neuem Schreibtisch landen.

Er entschloss sich, seinen moralischen Prinzipien treu zu bleiben. Heftig winkend signalisierte er Gwyneth Trollop, dass sie rasch zum ihm kommen solle.

Es war bitter, aber wie es aussah, war der Rest dieses schönen Abends für ihn gelaufen.

Die überschaubare, bis auf ein paar harmlose Wochenendschlägereien und Drogendelikte recht friedliche Welt auf Jersey hatte einen Riss bekommen. Es war, als hätte über Nacht eine riesige Welle die Kanalinsel überrollt und Ratlosigkeit zurückgelassen. Der brutale Mord war eine Bedrohung der Sicherheit, wie man sie sonst nur vom Festland kannte. Für das behagliche Landleben hinter den Hecken und Steinmauern der Cottages konnte es nichts Schlimmeres geben.

Auch wenn man in der Hauptstadt St. Helier – dort, wo die Leiche gefunden worden war – sehr viel realistischer mit dem Mordfall umging, sorgten vor allem die ständigen Fernsehberichte für zusätzliche Anspannung in den Pfarrbezirken. Am besten brachte es der eiserne alte Mr. Buckley auf den Punkt, als er frühmorgens am Hafen von St. Aubin seine Zeitung kaufte.

»Es geht los«, sagte er, »Europa kommt immer näher.«

Jeder wusste, dass Buckley 1940 besonders tapfer gegen die

Besetzung der Insel durch die Deutschen gekämpft hatte und daher eine Menge von Gefahr verstand.

Vor allem den Frauen machte der Mord Angst. Die propere Mrs. La Pierre, deren Familie im Hinterland von St. Aubin die berühmten kleinen *Jersey Royal* züchtete – winzige wohlschmeckende Kartoffeln, die ebenso zum Ruhm von Jersey beigetragen hatten wie die Strickwaren, die Tomaten und die Kühe –, organisierte mit ihren Freundinnen noch am selben Vormittag, als die Tat bekannt wurde, einen Selbstverteidigungskurs bei John Lee, dem jungen, muskulösen Tai-Chi-Lehrer des Sportclubs.

Die Einzige in der Gegend, die auch künftig an der guten alten Sitte festhalten wollte, die Türen ihres Farmhauses niemals abzuschließen, war die selbstbewusste Helen Keating. Ihr gehörte eine der beiden Lavendelgärtnereien auf Jersey, ein großes Gelände bei St. Ouen. Da sie nach Feierabend ehrenamtlich das Zeitungsarchiv des Jersey-Museums in Schuss hielt, beruhigte sie alle, indem sie versicherte, dass es früher bereits viel schlimmere Verbrechen auf Jersey gegeben hatte. Doch bis auf Mrs. Bloom, ihre beste Freundin, wollte niemand eine so nüchterne Einschätzung hören. Stattdessen brannte jeder darauf, endlich neue Details des Kriminalfalles serviert zu bekommen.

Selbst zwei Tage nach dem Verbrechen gab es morgens im hellblauen Bus nach St. Helier keinen Fahrgast, der nicht in seine Zeitung vertieft war und den Polizeibericht las. Man hatte den Mörder immer noch nicht gefasst.

Debbie Farrow saß wie jeden Tag in der ersten Reihe hinter dem Busfahrer, diesmal auffallend schweigsam mit ihrer Zeitung beschäftigt. Sie stammte aus St. Brelade's Bay, genauso wie der Mann hinter dem Lenkrad, mit dessen Tochter sie zur Schule gegangen war. Normalerweise unterhielt sie sich während der Fahrt mit ihm, doch heute hatte sie keine Lust zu reden. Wie gebannt verschlang sie den neuesten Artikel über das schreckliche Verbrechen.

Während sie las, bewegten sich ihre blonden Haarspitzen im Fahrtwind. Die frische Luft drang durch das offene Schiebefenster über ihr herein und wehte leicht über die Seiten ihrer Zeitung. Niemand sagte etwas. Mit konstantem Brummen, als wollte der Fahrer die angestrengte Lektüre seiner Gäste nicht durch unnötige Motorgeräusche stören, fuhr der Bus an der leeren Strandpromenade entlang.

Debbie hob den Blick und schaute gedankenverloren aus dem Fenster. Sie hatte immer noch Probleme damit, etwas über den Tod eines Menschen zu lesen. Was diesem Opfer passiert war, klang besonders grausam.

Das Mordopfer war eine 24-jährige Polin namens Jolanta Nowak. Man hatte sie durch fünf bestialische Messerstiche umgebracht. Ein Arzt im Krankenhaus hatte sie wiedererkannt. Sie war erst vor vier Tagen bei ihm in Behandlung gewesen. Statt der von ihr erwarteten Entzündung der Eierstöcke hatte er bei ihr eine Schwangerschaft im zweiten Monat diagnostiziert.

Schnell verdrängte Debbie den aufkeimenden Gedanken an die ersten Ultraschallbilder ihres eigenen Kindes. Auch sie war damals erst vierundzwanzig gewesen und auf ein Kind in keiner Weise vorbereitet. Jetzt, mit Anfang dreißig, hätte sie vieles anders gemacht.

Als sie wieder in die Zeitung schaute, stach ihr das Foto der Toten ins Auge. Es war ganz offensichtlich ein Passfoto, das die Polizei veröffentlicht hatte. Am Rand konnte man noch einen blassen polnischen Stempel erkennen. Es zeigte eine schüchterne, schmalgesichtige junge Frau mit großen traurigen Augen und halblangen braunen Haaren.

Angestrengt dachte Debbie nach.

Wo war ihr diese Frau schon einmal begegnet? Als Kundin in der Bank? Am Strand von St. Brelade's Bay? In der Stadt?

Es fiel ihr nicht ein.

Auch der Taxifahrer, der die Tote unfreiwillig transportiert hatte, fand in dem Artikel Erwähnung. Offenbar hatte man ihm die Leiche heimlich in den Kofferraum gelegt, während er seinen Wagen für einen kurzen Arztbesuch auf einem Platz hinter dem Strand geparkt und nicht abgeschlossen hatte.

Als Debbie mit einem erneuten Blick aus dem Fenster feststellte, dass sie gleich aussteigen musste, faltete sie die Zeitung zusammen und ließ sie in ihrer Handtasche verschwinden. Später im Büro würde sie sie noch einmal lesen. Sie rutschte aus der Sitzbank, zupfte ihren Rock zurecht und stellte sich vor die automatische Tür.

In der Scheibe konnte sie sehen, wie sich ihr blondes Spiegelbild über die vorbeiziehende Häuserfront der *Victoria Esplanade* hinwegbewegte. In ihrem dunkelblauen Kostüm mit der beigefarbenen Bluse sah sie aus wie all die anderen Bankangestellten draußen auf der Straße – dezent bis zur Langweiligkeit. Andererseits konnte sie froh sein, den Job in der Bank überhaupt bekommen zu haben. Nach dem Tod ihres kleinen Sohnes war sie psychisch in einen tiefen Krater gesunken. Viele Monate lang hatte es nicht so ausgesehen, als wenn sie es jemals wieder schaffen würde, im Beruf Fuß zu fassen.

Doch der Krater hatte sie wieder ausgespuckt. Es war alles so ungerecht. Sie lebte, aber ihr Sohn lag auf dem Friedhof. Immer wenn sie kurz die Augen schloss, konnte sie den lachenden kleinen David mit seinen lockigen braunen Haaren vor sich sehen. So machte sie es jeden Tag, wann immer sie wollte. So wie jetzt.

Mit einem Ruck bremste der Bus ab. Debbie öffnete schnell ihre Augen und hielt sich an der Haltestange fest, um nicht umzufallen.

Genau in diesem Moment fiel ihr wieder ein, wo sie die junge Polin gesehen hatte. Es war seltsam, sofort empfand sie den Gedankenblitz als Himmelsgeschenk von David.

Es war vor zehn Monaten gewesen, auf seiner Beerdigung.

Inmitten der Menge dunkel gekleideter weinender Menschen war die Unbekannte nach der Grabrede hinter Davids kleinem Kindergrab aufgetaucht. Sie war die Einzige unter den Trauergästen gewesen, die Debbie nicht gekannt hatte.

Was hatte Jolanta Nowak dorthin getrieben?

Debbie bekam Angst. Schon lange hatte sie den Verdacht, dass sie nicht die ganze Wahrheit über den Tod ihres Sohnes wusste. Seine fünf jämmerlich kurzen Kinderjahre hatten am Ende nur noch aus Krankenhausaufenthalten und aus der Tortur schrecklicher Asthmaanfälle bestanden. Irgendetwas hatte seinen kleinen Körper so geschwächt, dass er den Krankheiten keinen Widerstand mehr entgegensetzen konnte. Auch die Ärzte hatten nicht mehr weitergewusst. Sie hatte David beerdigt in dem ohnmächtigen Gefühl, sie müsse ihn aus Unwissenheit gehen lassen. Heute bereute sie heftig, dass sie damals einer Obduktion nicht zugestimmt hatte.

Der Bus hielt an, zischend öffnete sich die automatische Tür. Debbie stieg aus, bis zur Verwirrung beschäftigt mit der Frage, was sie jetzt tun sollte. Unschlüssig blieb sie an der Bushaltestelle stehen.

Es gab eigentlich nur einen Menschen, der ihr jetzt weiterhelfen konnte – ihr Cousin Oliver. Auch wenn er das schwarze Schaf in der Familie war, um den kleinen David hatte er sich immer rührend gekümmert. Sie wusste, wo sie ihn um diese Zeit finden konnte.

Während sie ihre Schritte bereits Richtung Hafen lenkte, wählte sie kurz entschlossen die Handynummer ihrer Kollegin Lindsay in der Bank. Debbie hatte Glück, sie saß bereits an ihrem Platz.

»Lindsay? Könntest du bitte dem Chef sagen, dass ich heute etwas später komme?«

»Nicht nötig. Mr. Arnold kommt selbst erst nachmittags von

den Verhandlungen in London zurück. Irgendwelche Probleme? Du klingst so aufgeregt.«

»Nein ... oder doch, ja ... Es ist wieder mal was Familiäres. Ich muss noch schnell meinen Cousin treffen, bevor ich ins Büro komme.«

»Ah – den Netten mit den Locken? Der immer in *Archies Pub* rumhängt?«

Lindsay hatte Oliver so in Erinnerung, wie er vor einem halben Jahr ausgesehen hatte. Jetzt würde sie ihn höchstwahrscheinlich nicht mehr wiedererkennen.

»Ja, den. Ich beeil mich auch.«

»Lass dir ruhig Zeit. Und grüß ihn schön.«

»Mach ich. Bis später.«

Während Debbie über die große Kreuzung ging und auf eine schmuddelig wirkende Eckkneipe gegenüber dem Hafen zusteuerte, bereitete sie sich innerlich auf das Treffen mit Oliver vor. Er war drei Jahre jünger als sie und als Schulabbrecher die meiste Zeit arbeitslos. Mit seinem gutmütigen Charakter hätte er leicht eine Ausbildungsstelle finden können, das sagte jeder, der ihn kannte. Aber durch seine krankhafte Faulheit – die Psychologen des Arbeitsamtes nannten es in ihren Papieren rücksichtsvoll Lethargie – hatte er jede sich bietende Chance vertan.

Dennoch war Oliver viele Monate lang für Debbie ein Rettungsanker gewesen. Als alleinerziehende Mutter war sie oft genug mit dem kränkelnden Kind und den ständigen Geldsorgen überfordert gewesen. Ihre Mutter war tot, ihre einzige Schwester lebte in England. Wann immer sie Überstunden machen musste, um zusätzlich ein paar Pfund zu verdienen, hatte Oliver bereitwillig seinen kleinen Neffen zu sich genommen und auf ihn aufgepasst.

Debbie empfand es als besonders tragisch, dass Davids Tod ihn noch ein Stück weiter aus der Bahn geworfen hatte.

Natürlich hatte sie versucht, ihm wieder auf die Beine zu helfen. Sie hatte in seinem Namen auf Stellenanzeigen geantwortet, knüpfte Kontakte für ihn, half ihm gelegentlich mit einer kleinen Summe – doch er weigerte sich hartnäckig, sein Leben zu ändern. Warum, blieb ihr ein Rätsel.

Seit einiger Zeit hing er schon morgens in seinem Stammlokal herum. Nur wenn er zweimal, bestenfalls dreimal die Woche Aushilfsjobs im Hafen bekam, riss er sich für ein paar Stunden zusammen.

Als Debbie die rote Tür zu *Archies Pub* öffnete und eintrat, hoffte sie inständig, dass Oliver heute halbwegs ansprechbar war.

Laute Popmusik dröhnte ihr entgegen. Offenbar hatte Archie das Radio nur für sich selbst aufgedreht, denn Gäste waren um diese Uhrzeit noch nicht zu sehen. Der ganze Raum roch nach schalem Bier. Mit müdem Gesicht und zerstrubbelten Haaren stand Archie hinter dem Tresen und trocknete Gläser ab. Als er Debbie erkannte, hob er kurz das Kinn in Richtung der Treppe, die zu den Toiletten hinunterführte.

Mit mulmigem Gefühl ging Debbie weiter, bis sie schließlich ihren Cousin entdeckte. Als ewiger Stammgast saß er am letzten Tisch in einer schummrigen Nische. In seiner verwaschenen Jeansjacke sah er zwar immer noch jungenhaft aus, aber sein Äußeres war ziemlich ungepflegt. Die blonden Locken, die ihn früher immer so fröhlich aussehen ließen, waren fettig und lang, das löchrige Hemd war schmutzig. Mit gekrümmtem Rücken hing er über seinem Teller, auf dem ein angebissenes Croissant lag. Daneben stand ein Glas starkes dunkles Lagerbier, das er schon fast leer getrunken hatte.

Debbie hätte heulen können darüber, wie heruntergekommen Oliver wirkte. »Hallo, Oliver.«

Erstaunt ließ er seinen müden Blick an ihr hochwandern.

»Debbie? Was machst du denn hier?«

Sie setzte sich ihm gegenüber und legte die Hände auf den braunen Tisch, aber die Tischplatte war so klebrig, dass sie sofort wieder davon abrückte.

»Ich muss mit dir reden«, sagte sie.

Oliver wirkte, als hätte er die ganze Nacht durchgefeiert. Meistens spielte er mit seinen Freunden Karten.

»Reden ist immer gut...« Er nickte mit halb geschlossenen Lidern. »Aber versuch bloß nicht, mir wieder irgendeinen blöden Job unterzujubeln...«

»Nein«, sagte Debbie, »du kannst beruhigt sein. Ich komme wegen einer anderen Sache.«

Sie zog die Zeitung aus ihrer Handtasche, faltete sie auseinander, schob Olivers Teller zur Seite und breitete die Seite mit dem Foto der Ermordeten vor ihm aus.

»Kennst du diese Frau?«

Gehorsam stierte Oliver auf das Foto. Für einen Moment hatte Debbie den Eindruck, als würde Wut über sein Gesicht huschen, während er die Kiefer aufeinanderpresste. Doch als er wieder aufblickte, war nichts mehr davon zu sehen.

Kopfschüttelnd sagte er: »Nie gesehen. Wieso glaubst du, dass ich sie kenne?«

»Weil ich mich erinnert habe, dass die Frau bei Davids Beerdigung war.«

Mit einer fahrigen Handbewegung winkte Oliver ab. »Quatsch... Hör endlich auf, immer in der alten Geschichte rumzurühren... Hey Baby, das ist nicht gut für dich, glaub mir...«

Sie atmete tief durch. Traurigkeit klang aus ihrer aufgebrachten Stimme. »Alte Geschichte? Oliver, es geht um mein Kind! Siehst du ihn noch vor dir? Wie er geweint und gewimmert hat, bis er tot war? Ja?«

Oliver hielt sich die Ohren zu. Seine langen Fingernägel starrten vor Dreck. »Hör auf! Wie kann ich das vergessen?«

»Dann sag mir jetzt die Wahrheit. Du kennst das Mädchen. Ich hab's dir angesehen.«

Auf seinem Stuhl vor und zurück wippend, schaute er sie eine Weile schweigend an. In seinen Mundwinkeln stand Spucke. Debbie ertappte sich dabei, wie sie sich vor ihm ekelte. Das war nicht mehr der Oliver, der ihr immer aus der Patsche geholfen hatte. Sie hatte den Verdacht, dass er seit einiger Zeit Drogen nahm.

Plötzlich war es ihr egal, wie abgewrackt er vor ihr saß. Er sollte sich gefälligst fünf Minuten zusammennehmen.

»Ich kriege jetzt eine Antwort von dir, okay? Oder ich rufe deinen Vater an und erzähle ihm, wie du hier vor die Hunde gehst.«

Das wirkte. Oliver erschrak. Vor seinem Vater, einem stiernackigen Vorarbeiter, hatte er immer noch große Angst. Seit Jahren ging er ihm aus dem Weg.

Kleinlaut sagte er: »Also gut, meinetwegen ... Kann sein, dass du recht hast ... Dass die Polin da war, meine ich ...«

»Wer hat sie mitgebracht?«

»Keine Ahnung.«

»Du lügst, Oliver.«

Er protestierte mit weinerlicher Stimme. »Hey, hab ich mich nicht immer super um deinen Sohn gekümmert? Ist das jetzt der Dank dafür?«

»Darum geht es nicht. Du lügst, und ich will wissen, warum. Was hatte diese Polin mit meinem Kind zu tun?«

»Bitte hör auf zu fragen«, bettelte Oliver. »Du machst alles nur noch schlimmer.«

Debbie wurde wütend. Mit einer schnellen Bewegung beugte sie sich über den Tisch, packte ihn am Kragen seiner Jeansjacke und schüttelte ihn heftig.

»Sag's mir, verdammt noch mal! Was ist damals mit meinem Kind passiert? Und wie hängt das mit der Toten zusammen?«

Sie konnte sehen, wie die Farbe aus Olivers Gesicht wich. Auf einmal war er kalkweiß. Es schien ihn unendlich viel Überwindung zu kosten, weiterzureden. »Kannst du dir nicht denken, wer da seine Finger im Spiel hat?«, sagte er schließlich. »Der Scheißkerl hat unser Leben ruiniert...«

Stockend begann er zu erzählen.

Mit aufgerissenen Augen hörte Debbie ihm zu. Entsetzt schlug sie die Hand vor den Mund.

Eine Insel der Sicherheit.

Richter Willingham verzog gequält das Gesicht, als er den Satz in der Zeitung las.

Noch vor einem Jahr hatte der Justizsprecher mit dieser Formulierung die verschwindend geringe Verbrechensrate auf Jersey in höchsten Tönen gelobt. Dass die Presse ihn jetzt auf bissige Weise damit zitierte, konnte ja nicht ausbleiben.

Die Jersianer waren verdammt hart im Austeilen, wenn man sie in ihrem gemütlichen Alltag störte. Ihr höchstes Gut war die Freiheit. Das hatten sie von ihren Vorfahren, den Normannen, geerbt. Nicht nur der Reichtum an französischen Familiennamen auf Jersey und das nur noch selten gesprochene *Jèrriais* zeugten bis heute von dieser historischen Verwandtschaft. Auch wenn das Jersey-Französisch schon lange der englischen Sprache gewichen war – in den Namen der Verwaltungsbezirke, Orte, Straßen und Häuser spiegelte sich der französische Geist der Insel noch immer wider.

Niemand wusste das besser als Richter Willingham. Nach so vielen Jahren als Strafrichter war er ein exzellenter Kenner seiner Landsleute. Mochte die Insel heute auch für viele nur ein Steuerparadies sein – in ihrem Herzen waren die *jerseymen* Menschen geblieben, die stets eine Krume Erde in der Tasche hatten. »Inselbewohner voller Selbstvertrauen, mit klugem Geschäftssinn, enorm fleißig, schweigend und sparsam« – diese Beschreibung des Historikers G. R. Balleine, der ein enger Freund seines Vaters gewesen war, traf nach Willinghams Erfahrung immer noch zu.

Nicht gerade gut gelaunt saß er unter dem weißen Sonnenschirm auf seiner gepflasterten Terrasse, blätterte stirnrunzelnd die Zeitungen durch und frühstückte dabei. Selbst der schöne Blick auf den kleinen Park und die weißen Villen unterhalb seines Grundstücks konnte ihn heute nicht milde stimmen. Kein Wunder, dass sich seine Frau schon sehr früh zum Golfspielen aufgemacht hatte.

Nein, so hatte er sich seine neue Freiheit vom Richteramt nicht vorgestellt.

Die Verhöre nach seinem Leichenfund waren sehr langwierig gewesen. Doch er hatte sie geduldig ertragen, damit ihm später keiner nachsagen konnte, er hätte die Schlafmützen von der Polizei nicht ausreichend unterstützt. Was ihm dagegen zunehmend auf die Nerven ging, war der Ansturm der Journalisten. Freundlicherweise hatte Gwyneth Trollop es in alter Verbundenheit übernommen, die zahlreichen Telefoninterviews zu koordinieren und ihm allzu dumme Fragen vom Hals zu halten.

Um sich etwas abzulenken und den Kopf frei zu bekommen, hatte er heute eigentlich gleich nach dem Frühstück ausreiten wollen. Sein Pferd stand ganz in der Nähe im Reitstall von Frank Guiton, einem jungen, smarten Züchter, den der Richter außerordentlich schätzte. Guiton war nicht nur ein ausgezeichneter Pferdekenner, er besaß auch glänzende Kontakte zur Rennbahn von Windsor. Schon manches Mal hatte Willingham dort über ihn Karten für beste Logenplätze erhalten.

Doch mit dem geplanten Ausritt wurde es heute nichts. Vor einer halben Stunde hatte ihn Guiton aufgeregt angerufen. Über

Nacht war eine seiner wertvollsten Zuchtstuten aus dem Stall entführt worden. Eine Spur zu den Tätern gab es nicht, niemand hatte etwas bemerkt. Willingham wusste, dass das Rennpferd mit einer Viertelmillion Pfund versichert war, sodass Guiton wenigstens kein allzu großer finanzieller Schaden entstand. Dennoch hatte der Züchter ziemlich deprimiert geklungen.

Willingham konnte ihn gut verstehen. Was für ein mieser Tag.

Eine Insel der Sicherheit!

Ironischer hätte das Schicksal gar nicht darauf antworten können.

Als das Telefon erneut klingelte, war Willingham auf alles gefasst. Ein Terroranschlag, eine Brandkatastrophe – plötzlich erschien ihm alles möglich.

Er fischte den Hörer unter dem Stapel der gelesenen Zeitungen hervor, hielt ihn sich ans Ohr und blaffte so unfreundlich wie möglich hinein: »Ja?«

Es war sein Nachfolger, Richter Edward Waterhouse. In saloppem Ton, der typisch war für den schlaksigen fünfundvierzigjährigen Harvard-Absolventen, sagte Waterhouse: »Guten Morgen. Wollte nur mal hören, ob Sie die Aufregungen gut überstanden haben.«

»Danke der Nachfrage«, antwortete Willingham betont höflich. »Bis auf den Zirkus mit den Journalisten will ich mich nicht beklagen. Gibt es schon irgendwelche Neuigkeiten?«

»Nicht wirklich, aber der Nebel lichtet sich ... Wir wissen jetzt, dass die Polin eine Art friedlicher Engel war.«

»Was heißt das?«, fragte Willingham irritiert.

»Sie war hier, um eine alte Tante zu pflegen, die seit zwanzig Jahren auf Jersey lebt und seit einiger Zeit bettlägerig ist.«

»Und wovon hat sie gelebt?«

»Ausschließlich vom Geld der Tante. Die Nachbarn sagen, sie war nett, bescheiden und zurückhaltend. Hat angeblich nur selten das Haus verlassen.«

»Trotzdem...« Willingham kam so viel Bescheidenheit merkwürdig vor. »Sie muss doch irgendwelche Kontakte gehabt haben. Was ist mit einem Freund? Mit anderen Landsleuten?«

Waterhouse lachte. Es klang auf jugendliche Weise überheblich. »Moment, Moment – so weit ist der Staatsanwalt noch nicht!«

Willingham begriff sofort, was sein Nachfolger ihm damit sagen wollte: Finger weg, du alter Sack!

Indigniert brach er das Thema ab. Er kannte die Jungs aus Harvard. Sie taten locker und waren in Wirklichkeit arrogant. Und sie hielten zusammen. Der Leitende Staatsanwalt war auch so einer, dem die britischen Universitäten nicht mehr gereicht hatten.

Gereizt fragte er: »Gibt es wenigstens schon einen Sonderstab der Polizei?«

»Ja«, sagte Richter Waterhouse. »Seit heute Morgen.«

»Und? Wer leitet die Gruppe?«

»Eine Frau.«

Willingham stöhnte vernehmlich auf. »Etwa das schmale blasse Wesen, das aussieht wie eine Marathonläuferin kurz vor dem Ziel?«

»Genau die«, sagte sein Nachfolger genüsslich. »Detective Inspector Jane Waterhouse. Meine Schwester.«

Nachdem Debbie Farrow den Pub wieder verlassen hatte, irrte sie aufgewühlt durch die Innenstadt. Was Oliver ihr erzählt hatte, war schockierend gewesen. Jetzt, da sie wusste, dass das furchtbare Leiden ihres Kindes zu verhindern gewesen wäre, schien ihr Herz endgültig zu zerreißen. Gleichzeitig spürte sie, wie ein dumpfes Rachegefühl in ihr wuchs, stark wie ein Baum, der in rasender Geschwindigkeit neue Äste hervorbrachte.

Ihre Entschlossenheit wuchs. Sie würde den Mörder ihres Kindes vor Gericht bringen. Und sie wollte ihm dabei ins Gesicht sehen, wenn er erfuhr, dass sie die Wahrheit wusste.

»Hallo Debbie«, sagte plötzlich eine freundliche Stimme neben ihr.

Es war Mrs. Bloom. Sie stand neben der verbeulten Tür eines uralten roten Ford, in der Hand ein verschnürtes Paket. Offensichtlich hatte sie gerade eingeparkt, jedenfalls zog sie mit der freien Hand ihren Autoschlüssel aus dem Schloss und schaute Debbie dabei freundlich an.

»Äh ... Hallo Mrs. Bloom«, antwortete Debbie schnell. »Wir haben uns ja ewig nicht gesehen.«

»Du kommst ja auch nur selten bei mir im Laden vorbei. Geht's dir gut?«

»Danke, alles okay.«

Debbie musste sich sehr zusammennehmen, um nicht in Tränen auszubrechen und ihr die Wahrheit zu sagen. Sie zeigte auf Mrs. Blooms Paket. »Kann ich Ihnen was abnehmen?«

»Geht schon. Sind nur ein paar Kartons Tee drin. Adrian Fletcher vom Ceylon Tea Room hat heute Morgen gejammert, dass ihm der Darjeeling ausgegangen ist.«

»Oh ja! Das kann Adrian gut, jammern«, stimmte Debbie ihr zu. »In den Ferien habe ich mal bei ihm gejobbt. Er ist der größte Geizhals, den man sich vorstellen kann.«

»Wir sind eben eine Insel voller Individualisten«, meinte Mrs. Bloom humorvoll. »Da kommen alle Varianten reichlich vor. Gehst du ein Stück mit?«

»Gerne. Ich muss zurück zur King Street.«

Sie gingen los.

Schon auf den ersten Blick konnte man Mrs. Bloom ansehen, dass sie eine herzliche und bodenständige Lady vom Land war. Sie war zwar schon fünfzig, hatte aber auffallend lebhafte, jung gebliebene Augen. Ihre dunkelblonden Haare hielt sie mit einem schicken braun marmorierten Reif in Form, sodass sie auf interessante Weise damenhaft und gleichzeitig burschikos aussah. Ihr sympathisches Gesicht, dessen unverblühte Schönheit durch ein paar Fältchen nur noch interessanter geworden war, ließ allerdings auch ahnen, wie willensstark Mrs. Bloom sein konnte. Die paar kleinen Pfunde zu viel, die sich unter ihrem weißen Pulli und der blauen Windjacke andeuteten, zeigten ihren einzigen Schwachpunkt. Mrs. Bloom kochte für ihr Leben gern.

Sie war zweifellos eine höchst eigenwillige Persönlichkeit. So hatte sich Debbie früher immer die kluge und witzige Lehrerin aus ihren Internatsbüchern vorgestellt, eine in die Jahre gekommene Mary Poppins, die einem aus der Patsche half.

Niemand, der Mrs. Bloom näher kannte – und Debbie war seit ihrer Kindheit oft bei ihr in dem winzigen, bewusst traditionell eingerichteten Teeladen gewesen –, konnte sich ihrer warmherzigen und humorvollen Art entziehen.

Wenn man Mrs. Bloom etwas erzählte – während sie nach der ungeliebten Lesebrille griff, den Tee abwog und auf den silberfarbenen Tüten handschriftlich die Teemischung notierte –, hörte sie mit geduldiger Aufmerksamkeit zu. Doch dann überraschte sie mit geschickten Zwischenfragen, verblüffenden Schlussfolgerungen und wohltuend pragmatischen Ratschlägen. Man fühlte sich auf angenehme Weise durchschaut. Wie Mrs. Bloom das machte, wusste Debbie bis heute nicht, wahrscheinlich hatte sie einfach nur eine Menge Lebenserfahrung. Vor allem aber vergaß sie nie etwas, was man ihr einmal erzählt hatte, wirklich gar nichts, nicht einmal Winzigkeiten. In diesem Punkt war sie wie ein lebendes Archiv. Vielleicht erschien sie Debbie deshalb auch immer ein bisschen geheimnisvoll.

»Irgendwie siehst du blass aus«, stellte Mrs. Bloom mit kritischem Seitenblick fest, während sie in die Mulcaster Street einbogen. »Hast du was?«

»Ach, nur ein bisschen privaten Ärger...« Debbie versuchte ein kleines Lachen. »Sie merken aber auch alles.«

»Das hat deine Mutter auch immer gesagt...« Mrs. Bloom und Debbies Mutter hatten sich in der Jugend gut gekannt, draußen auf dem Land, wo selbst heute noch der unverwechselbare Geruch nach *vraic* über den Wiesen hing. Vraic war das getrocknete Seegras, das man auf Jersey seit jeher zum Düngen der Felder benutzte. »Also im Ernst, Debbie – wenn du jemanden zum Reden brauchst...«

»Ich komm schon allein klar«, antwortete Debbie und hob trotzig ihr Kinn. »Sie wissen doch, unsere Familie ist ganz groß, wenn es darum geht, allein zurechtzukommen.«

Mrs. Bloom lachte leise. »Oh ja! Darin seid ihr wirklich Weltmeister.« Kopfschüttelnd fügte sie hinzu: »Es ist nicht zu glauben – du bist Mary-Ann so was von ähnlich! Weißt du das eigentlich?«

Debbie zuckte etwas verloren mit den Schultern. »Ich wünschte, es wäre so... Mum hätte bestimmt nicht so viele Fehler gemacht wie ich... Sie ist viel zu früh gestorben.«

»Das kann man wohl sagen.«

Mit traurigem Nicken und zusammengekniffenem Mund, so als würde sie sich über die Gemeinheit des Schicksals, dass Menschen sterben mussten, sehr ärgern, stellte Mrs. Bloom den Kragen ihrer Windjacke auf und schaute in den Himmel. Trotz des strahlenden Wetters wehte ein scharfer Wind durch die Straßen.

Sie gingen über einen Zebrastreifen und konnten jetzt den Jachthafen und die kleine Insel mit den Ruinen des alten *Elizabeth Castle* sehen. Draußen auf dem offenen Meer zog ein weißes Kreuzfahrtschiff vorbei, was wegen des extremen Tidenhubs von fast vierzig Fuß nur sehr selten vorkam. Es war ein erhabener Anblick.

Debbie schaute auf die Uhr und erschrak.

»Oje, ich müsste schon längst im Büro sein.«

»Dann lass uns ein bisschen schneller gehen.«

Als sie die Pier Road erreichten, zeigte Debbie plötzlich nach rechts auf ein heruntergekommen wirkendes mehrstöckiges Wohnhaus. An der Fassade bröckelte der schmutzig graue Putz, neben der Haustür quollen die Müllcontainer über. Aus einem der Fenster lehnte sich ein alter Mann im Unterhemd.

»In dem Haus wird demnächst ein großes Apartment frei. Ich überlege, ob ich da einziehe. Das wäre näher an meiner Bank.«

Mrs. Bloom erschrak. »In den hässlichen Schuppen? Da wohnst du jetzt aber schöner.«

Debbie seufzte. »Ich weiß. Aber die neue Wohnung wäre erheblich billiger. Die andere habe ich damals ja nur wegen David genommen ...«

»Ach so ... Daran habe ich nicht gedacht ...« Mrs. Bloom sah, dass Debbie mit den Tränen kämpfte. Mitfühlend fragte sie: »Ist es immer noch so schlimm?«

Debbie zuckte mit den Schultern.

»Mein Leben geht irgendwie weiter ...«, sagte sie traurig. »Mehr aber auch nicht.«

»Und das ist zu wenig, um wieder glücklich zu werden, oder?«

»Vielleicht ist ja mein neuer Job bei der West Island Bank ein guter Anfang.« Sie machte eine kurze Pause und lächelte zaghaft. »Ich versuch's wenigstens.«

»Ich wünsche es dir von Herzen«, sagte Mrs. Bloom. Ihre Augen strahlten eine ehrliche Anteilnahme aus, die Debbie guttat. »Gerade weil du David so geliebt hast, musst du lernen, ihn loszulassen – ohne ihn zu vergessen. Das musste ich auch erst lernen, als ich meinen Mann verloren hatte.«

Debbie nickte. »Und trotzdem ... Egal, wie ich mich ablenke ...« Debbie suchte zögernd nach den richtigen Worten. »Alles bleibt ... so leer. In Wirklichkeit denke ich den ganzen Tag an ihn. Ich gehe jeden Morgen vor dem Büro zum Friedhof, bete für ihn und hoffe, dass ich irgendwann alles begreife. Aber ich mache Fortschritte. Ich weiß jetzt von Dingen, die ich vorher nicht wusste.«

Mrs. Bloom wurde hellhörig. »Darf ich fragen, was das für Fortschritte sind? In psychologischer Hinsicht? Indem du den Tod deines Kindes besser verarbeiten kannst?«

Debbie wich aus.

Plötzlich klingelte das Handy in ihrer Handtasche. Sie blieb stehen, griff hektisch in das kleine Fach neben Schminkzeug, Geldbörse und Babyfotos und fischte ihr Telefon heraus.

Mrs. Bloom schaute wartend zu, wie Debbie das Handy ans Ohr drückte. Es war pinkfarben.

»Debbie Farrow ... Ja?« Sie wandte sich ab und ging ein paar Schritte bis zum nächsten Schaufenster, wo sie sich ungestört glaubte.

Mrs. Bloom bemerkte, dass Debbies Gesichtsausdruck sich schlagartig änderte, während sie zuhörte. Ihre Stirn legte sich in Falten, gleichzeitig erhielt ihr Mund einen trotzigen, kämpferischen Zug. Im Nu war aus der lieben Debbie eine kleine Furie geworden.

»Natürlich müssen wir uns treffen!«, fauchte sie in den Hörer. »Wo, ist mir egal ... Um wie viel Uhr? ... Von mir aus. Ich muss sehen, ob ich das schaffe ... Nein, das werde ich dir garantiert nicht sagen! Und wehe, du bist nicht pünktlich!«

Mrs. Bloom gab ihr ein Zeichen, dass sie schon einmal allein weitergehen wollte. Am Ende der Straße leuchtete das verschnörkelte goldfarbene Firmenschild von Adrians *Ceylon Tea Room* in der Sonne.

Debbie war so konzentriert auf ihr Telefonat, dass sie nur flüchtig die Hand hob, sich dann gleich wieder wegdrehte und weiterredete.

Nachdenklich steuerte Mrs. Bloom auf den Tea Room zu. Sie war ernsthaft in Sorge. So aufgeregt hatte sie Debbie noch nie erlebt. Vielleicht sollte ich dieses gebrochene, ziellose Geschöpf einmal zu mir nach Hause einladen, dachte sie mit mütterlichem Instinkt. In gewisser Weise war sie das Debbies Mutter schuldig.

Als sie sich noch einmal umdrehte, sah sie Debbie mit dem Telefon am Ohr erregt hin und her gehen.

Die Nacht war merkwürdig fahl und still, was auf Jersey nicht oft vorkam. Normalerweise sorgte nach Sonnenuntergang eine kühle Brise für klare Luft, während der Mond reflektierende Lichter auf die Oberfläche des Meeres zauberte. Dadurch wurde es auf der Insel nie ganz dunkel, es sei denn, es war gerade Neumond und ein Wetterwechsel stand bevor. Doch diesmal war die Mondsichel schon seit Stunden von einem Ring aus Nebel umgeben, und das war immer ein schlechtes Zeichen.

Emily Bloom wachte schweißgebadet auf. Ihre Albträume waren zurückgekehrt, und sie hatte im Schlaf geschrien. Ein paar Wochen lang hatte sie Ruhe gehabt, doch jetzt gewann ihr aufdringliches Gedächtnis wieder die Oberhand. Sie hatte es kommen sehen. Es wäre ein Wunder gewesen, wenn die Albträume diesmal ausgeblieben wären.

Das schweißnasse Nachthemd klebte ihr an der Haut. Emily setzte sich auf, knipste das Licht an und nahm die Uhr vom Nachttisch.

Kurz nach zwei.

Oh, mein Jubiläum hat begonnen, dachte sie selbstironisch, während sie sich wieder auf ihr zerwühltes Kopfkissen zurücksinken ließ.

Heute, am 23. Juni, auf den Tag genau vor zwölf Jahren, hatte sich ihr Leben verändert.

Ein schwarzumränderter Tag. Einer, der alles verändert hatte.

Bis heute wunderte sie sich, dass sie damals nicht daran zerbrochen war. Es musste ihr angeborenes positives Naturell gewesen sein, dass sie vor Schlimmerem bewahrt hatte.

6.45 Uhr, eine Viertelstunde bevor ihr Wecker geklingelt hätte, war sie aufgewacht. Richard bekam mit, wie sie aus dem Bett schlüpfte. Er öffnete kurz die Augen, wünschte ihr mit heiserer, verschlafener Stimme für ihren Termin alles Gute, drehte sich dann wieder um und schnarchte sofort weiter. Nachdenklich blieb Emily am Fußende des Bettes stehen und schaute ihren Mann lange an. Sie hatte gespürt, dass er in den vergangenen Jahren immer egoistischer geworden war. Aber dass er sich nur noch so wenig interessiert zeigte an ihrem Schicksal, war ein Schock für sie.

Als um 7.30 Uhr der Verkehrsbericht auf BBC Jersey lief, saß sie am Küchentisch und frühstückte. Draußen war es verdächtig windstill. Die gezackten Blätter des hohen Ahorns vor dem Fenster hingen so unbeweglich an den Ästen, als wären sie gar nicht echt. Auch das Meer – von der Küche aus als tiefblauer Streifen über dem Rosenbeet zu erkennen – schien sich kaum zu rühren, was ungewöhnlich war für einen Morgen an der Küste von Jersey. Lustlos kaute Emily auf einem aufgewärmten Croissant herum.

Noch vor zwei Tagen hatte sie im Garten fröhlich ihren achtunddreißigsten Geburtstag gefeiert, heute dagegen war ihre schöne Unbeschwertheit verschwunden. Schon während der ganzen Nacht hatte ihr Unterbewusstsein sie wie eine tickende Zeitbombe daran erinnert, dass ihr an diesem Vormittag der

Termin im Krankenhaus bevorstand. Um neun Uhr wurde sie von Professor Riddington im General Hospital in St. Helier erwartet. Und sie machte sich nichts vor – diese Schlussbesprechung würde ihr ganzes weiteres Leben verändern.

7.50 Uhr, noch Zeit für ein paar Zeilen an Jonathan, ihren sechzehnjährigen Sohn, falls sie wider Erwarten doch ein oder zwei Tage im Krankenhaus bleiben musste. Jonathan war auf Klassenfahrt in Frankreich. Emily wollte vermeiden, dass er wiederkam und keinen Gruß von ihr vorfand, denn Richard hatte ab morgen die Steuerprüfer in der Zentrale seines Teegroßhandels und würde voraussichtlich für mehrere Tage ausfallen.

8.53 Uhr. Emily trat beklommen aus dem Fahrstuhl. Die Station für Neurologie war ihr inzwischen halbwegs vertraut. Fünf neuropsychologische Gedächtnistests waren dem heutigen Termin bereits vorausgegangen, fünf Tage voller irritierender Fragen, Versuchsreihen mit einem EEG-Gehirnschreiber und Röntgenaufnahmen.

Aus einem der Krankenzimmer kam eine der Schwestern. Emily kannte sie von ihrem letzten Termin.

»Nehmen Sie ruhig schon in Behandlungszimmer zwei Platz, Mrs. Bloom.«

Emily ging an den Plakaten und Fotodrucken des langen kalten Flures entlang und öffnete die letzte Tür auf der rechten Seite. Es war das Behandlungszimmer mit dem großen bequemen Kippsessel, in dem sie schon mehrmals während der neurologischen Sitzungen gelegen hatte.

9.05 Uhr. Schon während der Begrüßung war Professor Riddington auf seinem Schreibtischstuhl an ihren Kippsessel herangerollt, sodass sie sich jetzt direkt gegenübersaßen.

Emily spürte das Zittern ihrer gefalteten Hände auf den Knien. Sanft legte er eine Hand auf ihren Arm. Er war Anfang fünfzig und nicht unattraktiv. Seine Stimme hatte einen jugendlichen Klang, der beruhigend wirkte.

»Bleiben Sie ganz entspannt, Mrs. Bloom! Hören Sie einfach nur zu.« Er machte eine kleine Pause, bis sie sich etwas beruhigt hatte. »Wir haben nun also ein Ergebnis. Und es ist tatsächlich ein Phänomen, das es so erst wenige Male gegeben hat, zuletzt bei einer Frau in den USA ...«

»Was heißt das?«, fragte sie zaghaft. »Ist es eine Krankheit?«

Lächelnd schüttelte er den Kopf. »Nein. Ganz im Gegenteil – ich würde sagen, es ist eher ein besonderes Geschenk der Natur.«

Mit leiser Stimme fragte sie: »Was bedeutet das genau?«

»Nun, wir haben ja in der vergangenen Woche darüber gesprochen, dass es in jedem menschlichen Gedächtnis Regionen gibt für die Speicherung von Faktenwissen und Regionen für das episodisch-autobiografische Wissen. Letztere sitzen in der rechten Gehirnhälfte.«

Sie nickte. »Ich erinnere mich.«

Er quittierte ihre Bemerkung mit einem kleinen Schmunzeln. »Daran habe ich nicht gezweifelt.« Dann wurde er wieder ernst und wandte sich dem umfangreichen Gutachten zu. »Wir wissen nun: Das episodische Erinnern ist bei Ihnen offensichtlich von Geburt an in einem Maße ausgeprägt, wie man es bisher kaum für möglich gehalten hat. Unsere neuropsychologischen Tests haben das ebenso erwiesen wie sämtliche andere Untersuchungen. Kurz: Ihre Gedächtniskapazität – und wir reden ausschließlich über das Langzeitgedächtnis – sprengt jedes bisher gekannte Maß.«

Mühsam versuchte sie, sich auf Professor Riddingtons Ausführungen zu konzentrieren. Seine hohe Reputation als international angesehener Hirnforscher war unumstritten. Es gab keinen Grund, daran zu zweifeln, dass er auch in ihrem Fall die richtigen Schlussfolgerungen zog.

Behutsam begann er ihr klarzumachen, warum sie im wahrsten Sinne des Wortes einzigartig war. Sie besaß die ungewöhnliche Fähigkeit, sich detailgenau an die Abläufe jedes einzelnen Tages zu erinnern, den sie jemals erlebt hatte.

Der 5. Mai vor sieben Jahren? Kein Problem für Emily. Ohne Zögern konnte sie sagen, dass sie sich damals mittags um Viertel nach zwölf mit ihrer Freundin Helen zum Essen im *Bistro Central* getroffen hatte, was sie gespeist hatten und dass es in ihrem Gespräch um Helens neuen Liebhaber gegangen war. Am Nachbartisch hatten drei junge Banker in schwarzem Anzug und dunkelblauer Krawatte gesessen.

Der 30. April 1983? Eine heftige Auseinandersetzung mit ihrem Schwager Harold Conway, der behauptet hatte, Emily würde sich zu wenig um ihre Schwiegereltern kümmern. Jedes Wort dieser Diskussion wusste sie noch, als sei es gestern gesagt worden. Ihr Gehirn war ein Kalender mit sämtlichen Eintragungen aller dreihundertfünfundsechzig Tage eines Jahres, jederzeit abrufbar nach Terminen und Ereignissen.

»Am erstaunlichsten in Ihrem Fall«, fuhr Professor Riddington fort, »ist für uns aber die komplette Vernetzung ihrer situativen Erinnerung mit den Einzelerinnerungen Sprache, Geruch und Raumerlebnis. Alle Tests, die wir in den vergangenen Wochen gemacht haben, konnten das bestätigen.«

»Ich habe es befürchtet«, sagte Emily so ruhig wie möglich. Sie wusste, es hatte keinen Zweck mehr, sich gegen die Erkenntnis zu wehren, dass sie anders war als andere Menschen.

Sie war selbst oft genug erschrocken gewesen über dieses Phänomen. Denn nicht nur längst vergangene Begegnungen und Gespräche konnte sie jederzeit wie Filmaufnahmen wieder vor ihren Augen und in ihren Ohren lebendig werden lassen, sie erinnerte sich auch problemlos daran, wo und wann ihr bestimmte Gerüche und Düfte in einem Raum begegnet waren, welchen Klang einzelne Stimmen besaßen oder welche Kleidung sie selbst oder andere zu irgendeiner Gelegenheit getragen hatten.

Mit zwölf Jahren hatte es angefangen, und es hatte nie mehr aufgehört. Es war Fluch und Segen zugleich. Warum, fragte Emily sich in diesem Moment verzweifelt, hatte es ausgerechnet sie treffen müssen? Ihre Schwester Edwina hatte ein ganz normales Gedächtnis.

Sie brauchte jetzt dringend eine Pause. »Können wir einen Augenblick unterbrechen?«, fragte sie.

»Kein Problem«, sagte Professor Riddington. »Gehen Sie ruhig eine Viertelstunde an die frische Luft.«

9.42 Uhr. Aufgeregt ging Emily auf dem Parkplatz hin und her. Was sie gerade erfahren hatte, war nur schwer zu verdauen, auch wenn sie das meiste davon ja schon geahnt hatte. Sie beschloss, Richard anzurufen. Mit wem sollte sie darüber reden, wenn nicht mit ihrem Mann? Mit blassem Gesicht klopfte sie an das Glashaus des Pförtners und bat darum, kurz ein Ortsgespräch führen zu dürfen.

Als Richard nach langem Klingeln endlich ans Telefon kam, wirkte er merkwürdig unkonzentriert, als sei er gerade mit etwas anderem beschäftigt gewesen. Atemlos berichtete sie ihm, was der Professor ihr mitgeteilt hatte. Natürlich erwartete sie, dass er ihr irgendetwas Tröstliches sagte, doch stattdessen zögerte er einen Moment und meinte dann in sachlichem Ton: »Klingt irgendwie beängstigend ... Vielleicht musst du doch noch einen anderen Fachmann fragen.«

Sie war irritiert. »Ist irgendwas, Richard?«

Seine Stimme nahm einen gereizten Ton an. »Nein, wieso? Ich frühstücke gerade.«

Enttäuscht beendete sie das Gespräch.

10.00 Uhr. Sie lag wieder auf Professor Riddingtons weißem Kippsessel. Mit ängstlichen Augen schaute sie den Arzt an und stellte ihre wichtigste Frage. »Was kann ich tun, um diese Fähigkeit wieder loszuwerden? Geht das überhaupt?«

Professor Riddington schüttelte langsam den Kopf.

»Nein, im Gegenteil. Es könnte sogar sein, dass Sie mit fortschreitendem Alter manche Erinnerungen noch intensiver, noch farbiger und noch nachdrücklicher speichern werden. Die guten Erfahrungen, aber auch die schlechten.«

Verzweiflung und plötzliche Furcht vor ihrem eigenen Körper stiegen in Emily hoch. Sie spürte, wie ihre Haut glühte. Ohne dass sie es selbst merkte, wurde ihre Stimme lauter und angestrengter, als könnte sie das Problem mit Worten aus der Welt schaffen.

»Aber es muss doch Strategien geben, meinen Kopf von all diesen Dingen wieder zu befreien! Hypnose, psychoanalytische Behandlungen, was weiß ich ... Nennen Sie mir einen Weg, und ich werde ihn gehen!«

Professor Riddington ließ sich nicht aus der Ruhe bringen. Seine Menschenkenntnis sagte ihm, dass es falsch wäre, sie jetzt zu schonen. Nur wenn sie die vollständige Wirkungsweise der so ungewöhnlich ausgeprägten Amygdala-Region ihres Gehirns und des Hippocampus begriff, konnte sie ihr Leben neu einrichten.

»Lassen Sie es mich so erklären«, sagte er so sachlich wie möglich, »Ihre Erinnerung ist wie ein Film, von dem bei jedem Löschen automatisch eine neue Kopie hergestellt wird, ohne dass Sie etwas dagegen tun können. Das Vergessenwollen ist eine Sisyphusarbeit – Sie können sie niemals vollenden, sosehr Sie sich auch bemühen, während der gewaltige Felsen des Erinnerns immer größer wird.«

Emilys Stimme zitterte. »Und wie soll ich damit fertig werden? Sagen Sie es mir!«

Er hob beschwichtigend die Hand. »Aber Mrs. Bloom! Es ist doch nicht nur eine Last, wie Sie jetzt denken. Es ist auch ein großes Geschenk. Vergessen Sie das nicht. Sie sind jetzt achtunddreißig, sie haben noch viele Jahre vor sich. Die meisten Menschen sehnen sich nach einer so ungewöhnlichen Fähigkeit, wie Sie sie besitzen. Nie mehr zu vergessen erscheint uns wie ein Abbild der Unsterblichkeit. Das gelebte Leben – für immer festgehalten.«

Langsam begann sie zu begreifen, was diese Sätze bedeuteten.

Ihr bisheriges Leben, aber auch ihr zukünftiges erschienen ihr plötzlich in einem neuen, erschreckend grellen Licht. Dass die alltäglichen, harmlosen Erinnerungen stets präsent waren in ihr, damit konnte sie seit Langem gut leben. Es waren Gedächtnisfetzen, die sie wie andere Menschen auch ganz nebenbei für ein anregendes Gespräch benutzte: Erinnerungen an empfundene Zärtlichkeiten und unvergessene schöne Stunden, aber auch an einen kleinen Streit mit Richard und die anschließende romantische Versöhnung. Daran dachte sie gern.

Doch was war mit den schlimmen Erinnerungen?

Mit den schrecklichen Minuten des Autounfalls, bei dem ihre Eltern umgekommen waren und den sie als Sechzehnjährige auf dem Rücksitz überlebt hatte? In vielen Nächten kehrten die blutigen Bilder mit grausamer Realität in ihren Kopf zurück, ohne dass sie sich dagegen wehren konnte.

Was war mit den unerträglichen Schmerzen, den ihr ein Beinbruch vor fünf Jahren beschert hatte? Noch heute – sie brauchte sich nur mit dem Küchenmesser in den Finger zu schneiden – spürte sie diese bohrende Mischung aus dumpfen, scharfen und knochentief vibrierenden Schmerzen in ihrem Bein, als sei es gerade erst passiert.

Was war mit den schlaflosen Nächten voller Angst, als sie vor einigen Jahren einen Knoten in ihrer rechten Brust ertastet hatte, der sich später zum Glück als harmlos herausgestellt hatte?

Mit dem Handrücken fuhr Emily sich über das Gesicht. Feuchte Spuren schwarzer Wimperntusche blieben auf den Wangen zurück.

»Und meine Albträume? Wie ertrage ich die?«, flüsterte sie unter Tränen.

Professor Riddington gab keine Antwort. Sie wusste, was sein Schweigen bedeutete. Für den Rest ihres Lebens würde sie dazu verdammt sein, sich jeden Tag neu mit den dunkelsten und schmerzhaftesten Momenten ihrer Erinnerung zu quälen.

Das Geschenk des Vergessens war ihr nie wieder vergönnt.

11.35 Uhr. Wie ausgebrannt kam sie nach Hause zurück. Ihr schönes altes Cottage auf der Anhöhe über St. Brelade's Bay erschien ihr plötzlich grau, obwohl genau in diesem Augenblick ein Strahl Sonne durch die Wolken brach und über den blühenden Garten wanderte. Ohne es zu bemerken, schloss sie die dunkelgrün lackierte Haustür. Sie hoffte inständig, dass Richard dahinter stand und sie in den Arm nahm.

11.43 Uhr. Er war nicht da. Auf dem Küchentisch stand noch sein Frühstücksteller voller Krümel, darauf die blaue Teetasse. Kein Gruß, gar nichts. Bitter enttäuscht ging Emily durch den Flur ins Schlafzimmer, um sich auszuziehen. Sie hatte nur noch den Wunsch, sich von allem zu reinigen, was ihr heute widerfahren war.

Als sie den Raum mit der niedrigen alten Balkendecke betrat, fielen ihr sofort die offenen Schranktüren auf. Entsetzt musste sie feststellen, dass Richards Hälfte der Fächer, seine Kleiderbügel und sämtliche Schubladen für Strümpfe und Unterwäsche leer geräumt waren. Ungläubig trat sie einen Schritt zurück und ließ sich aufs Bett fallen. Es gab keinen Zweifel – Richard hatte sie verlassen.

Ihr wurde schwindelig.

18.20 Uhr. Ein Anruf der Polizei ließ Emily endgültig zusammenbrechen. Drei Meilen vor der französischen Küste hatte man Richards Segelschiff entdeckt, herrenlos auf dem Meer treibend. Nur die beiden Reisetaschen mit seinen persönlichen Sachen standen noch in der Kajüte. Das vordere Deck war voller Blut. Zwei blutbeschmierte Messer, die im Ankerkasten versteckt waren, deuteten auf einen Kampf hin, machten aber Richards mysteriöses Verschwinden nur noch rätselhafter.

Emilys Finger verkrampften sich um den Telefonhörer. Sie konnte nicht einmal schreien ...

Fast wütend über ihre Erinnerung warf Emily die warme Daunendecke zur Seite, setzte sich auf den quietschenden Bettrand und atmete ein paar Mal tief durch. Langsam kam sie wieder zur Ruhe. Eigentlich hatte sie diese schlimme Zeit überwunden. Das Einzige, was sie in all den Jahren nicht fertiggebracht hatte, war, ihren Mann für tot erklären zu lassen. Seine Leiche hatte man nie gefunden.

Alles, was Professor Riddington ihr prophezeit hatte, war eingetroffen. Mit jedem Jahr, das sie älter geworden war, hatte ihre besondere Gedächtnisleistung zugenommen. Heute war sie so weit, dass sie ohne Probleme nicht nur Gespräche, sondern sogar ganze Zeitungsinhalte oder Fernsehsendungen, die sie vor Monaten gesehen hatte, wortwörtlich wiedergeben konnte.

Um andere Menschen nicht zu erschrecken, machte sie jedoch nur selten Gebrauch davon. Sie versuchte, das Ganze mit Humor zu nehmen. Nur einige enge Freunde wussten Bescheid. Sie kam sich vor wie eine Hexe, die ihre Fähigkeiten für sich behalten musste, damit sie nicht die Sympathie der anderen verlor.

Gedächtnishexe hatte ihr Sohn sie einmal im Spaß genannt.

Auch der Chef de Police der Gemeinde St. Brelade, Harold Conway, glaubte an die negative Kraft schlechter Mondnächte, und so fühlte er sich heute unausgeschlafen und gerädert. Nach so wenig Schlaf frühmorgens am Flughafen herumstehen zu müssen, ärgerte ihn sehr.

Obwohl er Glück hatte, weil er heute von Constable Officer Sandra Querée begleitet wurde, die wenigstens attraktiv und fröhlich war, machte ihn dieser Einsatz geradezu mürrisch. Da er aber nun einmal in dieser Woche Dienst hatte und für die Verhaftung von Frank Guiton zuständig war, musste er sich wohl oder übel gedulden. Eigentlich hätte der Fall Guiton zum Polizeirevier St. Ouen gehört, doch dort grassierte die Sommergrippe, und man war dramatisch unterbesetzt.

Sie warteten auf dem seitlichen Parkplatz, wo die Mietwagen zurückgebracht wurden. Von dort aus konnten sie den Eingang der Abflughalle am besten im Auge behalten. Erstaunlich, wie viele Menschen morgens um sieben die ersten beiden Flieger nach London nehmen wollten. Ein goldfarbener Bentley fuhr vor. Der Chauffeur sprang heraus und öffnete die hintere linke Tür. Ein teuer gekleideter Fahrgast mit silbernem Haar und arroganter Attitüde stieg gemächlich aus. Der Chauffeur reichte ihm eine lederne Aktentasche. Ohne sich weiter von seinem Fahrer zu verabschieden, verschwand der Mann in der Abflughalle.

Mit verschränkten Armen lehnte Conway an der Backsteinmauer neben dem kleinen Holzkasten, in den die Mietwagenkunden zum Schluss ihre Autoschlüssel einwerfen mussten. »Was macht so ein arroganter Pinsel wohl nachher in London?«

Sandra Querée spielte mit ihren braunen Haaren, die zu einem frechen Pferdeschwanz zusammengebunden waren. In ihrer schwarzen Jacke und Hose, die zusammen fast wie ein Overall aussahen, wirkte sie beinahe keck.

Abschätzig verzog sie den Mund. »Wahrscheinlich geht er erst zu seiner Bank und anschließend zu seinem Herrenausstatter in die Savile Row.«

»Die Sorgen möchte ich auch haben.«

Conway trug nur selten die eng anliegenden Polizeijacken, die seine jüngeren Kollegen bevorzugten. Als Chef liebte er es dezenter. Meistens trug er einen Anzug mit blauem Polizeihemd und Krawatte. Auf seinem Revers prangte das Abzeichen der *Honorary Police* von Jersey. Sein hageres Gesicht wirkte im Morgenlicht wie holzgeschnitzt. Durch seine großen Segelohren, die das militärisch kurze, rötliche Haar begrenzten, war er eine unverwechselbare Erscheinung.

Mit ironischem Unterton zitierte er einen Spruch, den jeder auf Jersey kannte: »Wie sagt man so schön? *Ruft das Geld, rennt die Welt.*«

Sandra lachte. »Das hat Frank Guiton sicher auch gedacht, als er sein eigenes Rennpferd geklaut hat.« Sie beugte sich etwas vor, um die Halle besser im Blick zu haben. »Sollten wir nicht mal langsam zu den Abflugschaltern rübergehen?«

Conway sah auf seine Fliegerarmbanduhr. »Schon zwanzig nach sieben ... Hoffentlich kommt er überhaupt.«

Sie hatten gestern Abend einen anonymen Hinweis bekommen, wo die verschwundene Stute versteckt war und dass Frank Guiton, ein junger, angeblich hoch verschuldeter Züchter, die Sache von vornherein als Versicherungsbetrug angelegt hatte. Guiton sei seit gestern Abend absichtlich untergetaucht und wolle sich heute Morgen mit einem der ersten Flüge nach London absetzen.

»Da ist er!«, sagte Sandra plötzlich.

Vor dem Eingang zur Abflughalle stieg Frank Guiton gerade aus einem Taxi. Polohemd, Jeans, braun gebrannt, dunkle Haare, Ende dreißig – er wirkte wie einer der lässigen, gut aussehenden jungen Polostars aus England, die Conway am vergangenen Sonntag bei einem Turnier gesehen hatte. In der Rechten trug Guiton eine Reisetasche, in der Linken eine schwarze Sportjacke.

Conway gab Sandra ein Zeichen. »Los geht's!«

Dass sie eine solche filmreife Festnahme vornehmen mussten, kam nicht allzu oft vor. Harold Conway hatte deshalb beschlossen, diesen Auftritt als Polizeichef auch ein wenig zu genießen.

Sie gingen mit schnellen Schritten über die Straße, betraten die Halle, in der sich die Check-in-Schalter befanden, und erwischten Frank Guiton in dem Moment, als er abseits der langen Schlangen vor den Schaltern an einem der neuen Automaten selbst einchecken wollte.

»Mr. Frank Guiton?«

»Sekunde ... Ja?« In aller Ruhe nahm er sein Flugticket aus dem Automaten, dann erst drehte er sich um.

Mit lauter Stimme sagte Conway: »Honorary Police St. Brelade! Dürfen wir Sie bitten, uns zu einer Vernehmung nach St. Aubin zu begleiten?«

Guiton schien weit weniger erschrocken zu sein, als Conway erwartet hatte. Er schaute irritiert, aber seelenruhig von einem zum anderen. Seine kräftigen Augenbrauen verliehen ihm eine sehr männliche Ausstrahlung. Die ruhige und dunkle Stimme passte gut dazu. »Ich nehme an, es geht um den Pferdediebstahl.«

Er schien das Ganze immer noch für Routine zu halten.

»Ja, aber wir möchten das ungern hier diskutieren«, antwortete

Conway knapp. Mit seinem knochigen Zeigefinger deutete er auf die schwarze Reisetasche. »Darf ich fragen, was Sie in London wollen?«

»Ich bin Mitglied im Vorstand eines großen Pferdezuchtverbandes. Und um zwölf Uhr beginnt eine wichtige Sitzung auf der Rennbahn von Windsor.« Offensichtlich ging er immer noch davon aus, dass er die Maschine erreichen würde. »Soll ich umbuchen und eine Stunde später fliegen? Hilft Ihnen das?«

»Vergessen Sie Ihren Flug«, sagte Conway. »Ich kann mir nicht vorstellen, dass heute noch was draus wird.«

»Geht es auch weniger geheimnisvoll?«, fragte Guiton.

In Conways Jacke klingelte das Handy. Er zog es aus der Tasche und sah auf dem Display, dass es das Büro des Staatsanwalts war. Wieder einmal rief es zur unpassenden Zeit an.

»Sekunde.«

Er ließ Guiton stehen und trat hinter eine Säule, um zu telefonieren.

Guiton nutzte die Gelegenheit, um sich an Sandra Querée zu wenden, die auf ihn den Eindruck machte, als sei sie etwas entgegenkommender als der Chef de Police. Sie war nur unwesentlich jünger als er, und ihm war nicht entgangen, dass sie ihn die ganze Zeit mit weiblicher Neugier betrachtet hatte.

»Bekomme ich wenigstens von Ihnen einen Tipp, worum es geht?«, fragte er leise und ließ seinen ganzen Charme spielen.

Sandra biss sich auf die Unterlippe. »Darüber darf ich nicht sprechen...«

»Bitte! Nur eine Andeutung! Stellen Sie sich vor, Sie wären selbst in so einer unangenehmen Situation...«

Sein hilfloser Blick aus den tiefblauen Augen verfehlte nicht seine Wirkung. Plötzlich konnte Sandra sich wieder erinnern, wo sie dieses magisch männliche Gesicht schon einmal gesehen hatte. Es hatte ihr von einem großen Werbeplakat für irgendwelche Veranstaltungen auf der Pferderennbahn entgegengelacht. Verwegen wie ein Cowboy hatte er ausgesehen.

Ihr Mitleid siegte. Nachdem sie sich vorsichtig nach Conway umgeschaut hatte, der immer noch gestikulierend an der Säule stand, sagte sie hastig: »Man hat Ihr Pferd wiedergefunden, gestern Abend. Auf einer Wiese bei St. Aubin. Und es gibt Zeugen, die behaupten, dass Sie selbst es waren. Die Staatsanwaltschaft geht jetzt von Versicherungsbetrug aus ...«

Frank Guiton schien ehrlich entsetzt zu sein. »Was?! Aber das ist doch verrückt! Warum sollte ich so was tun? Ich habe einen guten Ruf zu verlieren!«

»Vorsicht, mein Chef kommt zurück«, raunte Sandra ihm warnend zu.

Sie taten so, als hätten sie sich die ganze Zeit angeschwiegen, doch in Guitons Kopf arbeitete es sichtlich. Conway trat zu ihnen und steckte knurrend sein Handy wieder ein. »Sind wir so weit?«

»Ich denke, ja.« Sandra nickte. Sie vermied es, Guiton anzublicken.

Conway legte eine Hand auf Guitons Schulter und deutete zum Ausgang. »Gehen wir. Unser Wagen steht dort drüben auf der anderen Seite.«

Mit hoch erhobenem Kopf ging Guiton los, flankiert von Conway und Sandra. Der Kragen seines weißen Polohemdes hatte sich aufgestellt. Sandra sah es und hätte ihm den Kragen am liebsten ordentlich heruntergeklappt. Das Klappern ihrer Handschellen am Gürtel erinnerte sie jedoch an ihre Pflichten als Polizistin.

Sie verließen die Halle und traten hinaus auf den Vorplatz. Dort setzten sie den Verhafteten in den kleinen silberfarbenen Peugeot, der an den Seiten gelb-blau lackiert war und das Wappen des Staates Jersey trug. Darüber war der Name der zuständigen Polizeidienststelle St. Brelade angebracht.

Der Chef de Police klemmte sich hinter das Steuer, während

Sandra sich neben Guiton auf die Rückbank setzte. So wollten es die Regeln. Stumm und mit angespannt mahlendem Unterkiefer starrte Frank Guiton aus dem Seitenfenster. Während der Fahrt sagte er kein Wort.

Inzwischen war es taghell geworden. Während ihr Chef den Dienstwagen steuerte, warf Sandra heimlich einen schnellen Blick auf den gut aussehenden Mann neben ihr. Er duftete angenehm nach Rasierwasser, und sie fragte sich, wie sie wohl aufeinander reagiert hätten, wenn sie sich am Wochenende in einer Diskothek kennengelernt hätten. Ihr war es durchaus nicht unangenehm, dass sich ihre und Frank Guitons Beine immer wieder kurz berührten, während ihr Chef mit flottem Tempo durch die vielen Kurven fuhr.

Im Rückspiegel registrierte Conway den musternden Blick seiner jungen Kollegin. Es ärgerte ihn, dass Sandra ihr Interesse an Männern so offen zeigte.

Wir sind alle viel zu nett, dachte er düster und kritisch. Das ist der Preis, den Jersey für seine ehrenamtliche Polizei bezahlt.

Es war ein System, das einmalig auf der Welt war. Seit Jahrhunderten verwalteten die Bürger der Kanalinsel – 160 Kilometer vom britischen Festland entfernt und 21 Kilometer vor der französischen Küste in der Bucht von St. Malo gelegen – ihre Sicherheit selbst. Polizeiarbeit, kommunale Verwaltung und viele andere Aufgaben speisten sich aus dem System der Freiwilligkeit. Erst seit 1853 gab es in der Hauptstadt St. Helier zusätzlich eine hauptberufliche Polizei für die übergeordneten Aufgaben.

Doch der größte Teil der alltäglichen Polizeiarbeit wurde nach wie vor von den vielen freiwilligen, unbezahlten Polizisten in den einzelnen Gemeinden übernommen. Bis heute ließ die Verfassung von Jersey eine Anklage als Grundlage für einen Gerichtsprozess nur dann zu, wenn sie von der ehrenamtlichen Polizei erhoben wurde. Das sorgte für ihren hohen Stellenwert.

Die *Honorary Police* erfüllte also alle Pflichten, die auch Ordnungshüter anderer Länder zu bewältigen hatten. Ob Verkehrskontrollen, Geschwindigkeitsmessungen, Festnahmen und Verhöre – Männer wie Harold Conway und Frauen wie Sandra Querée waren für Jerseys Sicherheit unverzichtbar.

Conway war im Hauptberuf vereidigter Bausachverständiger, Sandra Querée arbeitete normalerweise in einer Apotheke. Beide hatten sich als Kandidaten für die Polizei in der Gemeinde St. Brelade aufstellen lassen. Nach ihrer Wahl waren sie ausgebildet und für eine Amtszeit von drei Jahren am Royal Court vereidigt worden.

Harold Conway war stolz darauf, dass er bereits mehrere Amtszeiten hinter sich hatte und dass er seinen Dienst als leitender Polizist – im Wechsel mit anderen *vengteniers* immer für eine Woche im Monat – nun schon viele Jahre tat. Als Chef de Police war er inzwischen erfahren genug im Umgang mit der Alltagskriminalität. Das meiste, womit er zu tun hatte, waren Verkehrsrowdytum, Drogendelikte, häusliche Gewalt und Prügeleien. Ansonsten war die Pfarrgemeinde St. Brelade ein friedlicher Platz auf Erden, und Conway wollte, dass es so blieb.

Das Polizeirevier war im Gemeindeamt des hübschen Küstenortes St. Aubin untergebracht. Der *Chef de Police* fuhr auf den Hof hinter dem Gebäude. Während er den Wagen einparkte, meldete sich vom Rücksitz Frank Guiton zu Wort. Seine Stimme klang gefasst. »Darf ich vor dem Verhör wenigstens meinen Anwalt anrufen?«

Conway bemühte sich um Korrektheit. »Miss Querée wird das für Sie erledigen.«

»Danke.«

Sandra öffnete die Autotür und wartete, bis Guiton ausgestiegen war. Dabei warf er der jungen Polizistin ein dankbares Lächeln zu. Sie lächelte schnell zurück.

Conway hob den Kopf. Durch irgendein offenes Fenster roch es einladend nach Toast, doch vielleicht bildete er sich das auch nur ein. Egal, plötzlich verspürte er Lust auf ein Croissant und eine Tasse Tee. Er hasste es, wenn er ohne Frühstück unterwegs sein musste. Wie für die meisten Bewohner von Jersey war auch für ihn die genießerische Freude an gutem Essen das vielleicht schönste Erbe ihrer französischen Vorfahren.

Kurz entschlossen sagte er zu Sandra Querée: »Nehmt schon mal die Personalien auf, ich muss noch schnell was erledigen. Aber mit der Befragung wartet ihr, bis ich wieder da bin.«

Sie nickte und verschwand mit Frank Guiton im Eingang der Dienststelle.

Conway sah hinter den beiden her. Noch wusste er nicht so recht, ob Guiton wirklich nur ein ahnungsloser Schnösel aus der Rennsportszene war oder ob er nicht doch einen Versicherungsbetrug plante. Er vermutete Letzteres, denn Guiton hatte einen Berg Schulden.

Schnell ging er über die Straße und holte sich aus dem kleinen Laden gegenüber ein frisches Croissant und einen Becher Tee, damit er endlich was in den Magen bekam.

Den Pappbecher vorsichtig von seiner Kleidung weghaltend, schlenderte er ein paar Schritte über die Promenade am Meer entlang. Die hübschen kleinen Geschäfte von St. Aubin befanden sich größtenteils in schmalen Häusern, in denen früher Handelsfirmen und Fischer ihren Geschäften nachgegangen waren. Davor lag die weit geschwungene Bucht, die bis nach St. Helier reichte. Noch war wenig Verkehr in St. Aubin, aber spätestens zur Mittagszeit trafen die Touristen ein, und dann wurde es schlagartig voll in den Hafenrestaurants.

In einiger Entfernung sah Conway das Schaufenster von Emily Blooms Teegeschäft. Der Sockel war in alter viktorianischer Tradition glänzend schwarz lackiert. Er wusste, dass es Emilys aus seiner

Sicht lächerlicher Vorstellung von Stil und Perfektionismus entsprach, ihren Teeladen so zu präsentieren, als wäre man hier in London. Zwei Jahre lang war sie seine Schwägerin gewesen, vor langer Zeit, als er noch mit ihrer Schwester Edwina verheiratet gewesen war. Edwina lebte jetzt auf Neuseeland, und Harold Conway hätte nichts dagegen gehabt, wenn ihre Schwester Emily gleich mit ausgewandert wäre. Aber sie waren schließlich erwachsene Menschen, und so bemühte er sich, höflich zu Emily zu sein und mit ihr auszukommen, wenn sie sich irgendwo trafen.

Unterhalb der langen Schutzmauer zwischen Meer und Straße rannten Kinder über den Strand. Langsam kam die Flut zurück, und die dunstlose, klare Luft über der gekräuselten See versprach einen angenehmen, sonnigen Tag.

Er blickte auf die Uhr. Es war höchste Zeit, Frank Guiton auf den Zahn zu fühlen.

Als er ein paar Minuten später den kleinen Raum betrat, in dem das Verhör stattfinden sollte, war alles schon vorbereitet. Er nahm auf dem Stuhl an der Kopfseite des Tisches Platz. Sandra Querée war gerade draußen, um die Polizei von St. Ouen zu unterrichten, in deren Bereich Guiton wohnte. An Sandras Stelle saß ihr Kollege Roger Ellwyn am Tisch, ein bulliger, ungemütlich wirkender Mann, den keiner mochte, der aber für Verhöre dieser Art die ideale Besetzung war.

Ellwyn hatte Guiton bereits über die Vorwürfe gegen ihn in Kenntnis gesetzt. Conway gab ihm ein Zeichen, dass er anfangen sollte, damit Guiton gleich zu Beginn ein bisschen Respekt bekam. Später würde er dann selbst eingreifen. Mit diesem System hatten sie gute Erfahrung gemacht.

Ellwyn nickte. »Wir haben Sie heute zu Gast, Mr. Guiton«, sagte er in beißendem Ton, »weil alles dafür spricht, dass Sie ein Märchenerzähler sind. Nun hat Ihre schöne Geschichte vom Pferd, das unsichtbar wurde, also doch kein gutes Ende.« Seine Stimme wurde hart. »Haben Sie die Stute tatsächlich gestern Morgen gegen vier Uhr auf einer Weide in St. Brelade versteckt, wie zwei Zeugen behaupten?«

»Nein. Das ist eine Lüge. Das Pferd ist aus meinem Stall gestohlen worden«, sagte Guiton gefasst.

»Hätten Sie dann vielleicht die Güte, uns zu erzählen, wo Sie gestern Abend waren, nachdem man Ihr Pferd wiedergefunden hatte?«, fragte Ellwyn grimmig.

Guiton strengte sich an, Ruhe zu bewahren. »Ich war auf meinem Segelboot. Die ganze Nacht. Im Nachhinein ärgere ich mich natürlich, dass ich keinem meiner Leute Bescheid gesagt habe.«

Mit einem Mal spürte Conway ein Kribbeln in den Fingern. Er beugte sich vor und fragte:

»Und Sie waren natürlich allein auf Ihrem Boot?«

»Ja.«

Conway fuhr hoch. Seine abstehenden Ohren waren plötzlich knallrot, wie immer, wenn er einen seiner Wutanfälle bekam. »Mr. Guiton, ich möchte nicht von Ihnen veralbert werden! Sie sind ein gut aussehender Mann. Meinen Sie, ich habe nicht bemerkt, wie die Weiber Sie anschmachten? Ich kenne auch dieses ... Plakat mit Ihnen. Wenn ich so gut aussehen würde wie Sie, würde ich auf meinem Segelboot keine einzige Nacht allein verbringen. Also – wir hören!«

Guiton schien mit sich zu kämpfen. Er spürte, wie schnell sich die Situation weiter zuspitzen konnte, wenn er jetzt schwieg. Schließlich legte er den Kopf in den Nacken und fuhr sich mit beiden Händen durch die Haare. »Also gut ... Ich war an diesem Abend mit einer Frau verabredet. Aber sie ist nicht gekommen. Warum, weiß ich nicht.«

»Wie heißt sie?«

»Das möchte ich nicht sagen. Es wäre unfair, sie da hineinzuziehen, wenn sie sowieso nicht dabei war.«

»Oh nein!«, sagte Conway mit kaltem Lächeln. »Sie irren sich. Diese Frau ist nämlich Ihre einzige Chance, zu beweisen, dass Sie nicht untertauchen wollten! Also kommen Sie. Ich verspreche Ihnen, dass wir diskret vorgehen werden. Ist sie verheiratet?«

Frank Guiton schüttelte den Kopf. »Nein. Aber sie ist ... Wie soll ich das erklären? ... Sie ist etwas ganz Besonderes ...«

»Sagen Sie uns einfach den Namen, Mr. Guiton«, drängte Conway.

Nach langer Pause, den Blick an die Holzdecke über seinem Kopf geheftet, sagte Frank Guiton schließlich: »Sie heißt Debbie Farrow.«

»Ich weiß zwar nicht, wer Debbie Farrow ist«, antwortete Conway. »Aber eines weiß ich: Bis diese Frau Ihre Aussage bestätigt hat, bleiben Sie wegen Fluchtgefahr in Untersuchungshaft.«

Vor der Küste zog die 11-Uhr-Fähre nach Guernsey vorbei.

Emily Bloom hob wieder ihr Marinefernglas vor die Augen. Was war das? Zwischen Fähre und Bucht trieb eine längliche Gestalt im türkisblauen Wasser dahin. Im Rhythmus der Wellen schwebte sie auf und ab, minutenlang, ohne sich zu bewegen. Wenn es sich dabei um eine Kegelrobbe handelte, wie Emily vermutete, war es der faulste Seehund, den sie je gesehen hatte.

Plötzlich schossen zwei Möwen zur Wasseroberfläche herab. Die Robbe schien darüber verärgert zu sein. Mit platschendem Flossenschlag tauchte sie ab. Wahrscheinlich verließ sie die Bucht, um woanders ihr Vergnügen zu suchen.

Das Rauschen der Brandung und die Schreie der Seevögel drangen bis zu den hohen Klippen hinauf, wo sich Emilys Ausguck befand. Sie saß auf einer hölzernen Plattform, die eigentlich den

Ornithologen für ihre Arbeit diente, gut versteckt zwischen mannshohen Farnen und dichten Stechginsterhecken. Aus lauter Gefälligkeit hatte sie sich vom Leiter der *Société Jersiaise* dazu überreden lassen, bei der diesjährigen Zählung der Robben und Delfine vor der Küste auszuhelfen.

Inzwischen bereute sie ihre Hilfsbereitschaft heftig. Als Energiebündel war sie für stillen Naturidealismus einfach nicht geeignet. Es machte sie ganz kribbelig, stundenlang wie eine Statue im Gebüsch hocken zu müssen und sich nicht bewegen zu dürfen. Außerdem erinnerten sie die Fliegen und Käfer auf ihrem Gesicht auf unangenehme Weise an ihre Zeit als Pfadfinderin. Dennoch zog sie pflichtbewusst ihr Notizbuch aus der Tasche ihres Anoraks und notierte aus dem Gedächtnis Größe, Eigenart und Fellzeichnung der Robbe. Es war schon ihre dritte Begegnung mit einem Seehund an diesem Vormittag. Die Flut stand günstig. Mit dem einströmenden Wasser war sogar für kurze Zeit die majestätisch dahingleitende Rückenflosse eines Delfins aufgetaucht.

Emily war zufrieden. Sie hatte das Gefühl, für heute ihre wissenschaftliche Pflicht getan zu haben. Es war jetzt kurz vor zwölf, spätestens um eins wollte sie wieder in ihrem Teeladen hinter der Theke stehen und Tim ablösen. Nach Richards Verschwinden vor siebzehn Jahren hatte sie den Importhandel mit Tee notgedrungen aufgeben müssen. Jetzt führte sie nur noch das kleine, aber traditionsreiche Teegeschäft in St. Aubin weiter.

Vor der Bucht tuckerte ein rotes Fischerboot mit hochgezogenen Netzen vorbei, begleitet von einem Schwarm Möwen. Sie betrachtete das pittoreske Bild. Vielleicht hatte es ja doch nicht geschadet, nach einer schlaflosen Nacht hier draußen ein wenig Ruhe zu finden. Sie packte alles zusammen und machte sich auf den Rückweg. Es ging immer bergab.

Plötzlich raschelte es neben ihr im Dickicht. Erschrocken blieb Emily stehen und wartete ab. Hechelnd brach ein riesiger grauer

Wolfshund durch die gelben Büsche und machte schwanzwedelnd vor ihr Halt.

»Mein Gott, Titus! Hast du mich erschreckt!«, sagte sie erleichtert. Obwohl sie wusste, dass er harmlos war, fand sie es nicht richtig, dass ein solches Ungetüm frei herumlief, Kaninchen jagte und Leute erschreckte.

Auf gut Glück rief sie: »Mr. Rondel, wo stecken Sie?«

»Hier!«

Schon im selben Moment kam James Rondel, ein kräftiger, rotgesichtiger Mann, neben den untersten Ästen einer Buche zum Vorschein. Heftig atmend blieb er stehen. Ihm gehörten die Wiesen an diesem Küstenstreifen. Amüsiert stellte Emily fest, dass er im selben Rhythmus hechelte wie sein Hund.

»Entschuldigung, Mrs. Bloom, wir wollten Sie nicht erschrecken...«, er schnappte nach Luft, »aber Titus sollte nur mal schnell ein paar Runden laufen.«

Mit mildem Tadel in der Stimme antwortete Emily: »Ich möchte Sie ja nicht belehren, Mr. Rondel, aber im Moment brüten eine ganze Menge Vögel hier oben. Das muss ich Ihnen als Jäger doch nicht sagen.«

»Ausnahmesituation«, sagte Rondel schnaufend und zog demonstrativ an seiner Krawatte. »Ich komme gerade von einer Tauffeier bei Bouilly Port.«

Emily musterte ihn erstaunt. Also deshalb trug er heute keine Jagdkleidung, sondern ein dunkles Jackett und eine schwarze Krawatte. So hatte sie ihn noch nie gesehen.

Titus legte sich mit einem langen Seufzer ins Gras und streckte die Beine von sich. Emily, die keinerlei Erfahrung mit Hunden hatte, fragte sich, wie man jemals wieder den Schlamm aus dem verkrusteten Fell herausbekommen würde.

»Wer hat denn in Bouilly Nachwuchs bekommen?«, fragte sie interessiert.

»Frederic Belmont und seine Frau. Christopher heißt der Kleine. Sieht leider aus wie sein Vater.« Rondel lachte laut.

»Also bitte, Mr. Rondel, das sind Kunden von mir!«, ermahnte ihn Emily übertrieben streng, obwohl auch sie sich sehr gut vorstellen konnte, dass es mit Frederic Belmonts Genen nicht zum Besten bestellt war.

»Dann vergessen Sie's einfach. Komm, Titus, Abmarsch.«

Der riesige Hund erhob sich brav, schüttelte sich und wartete geduldig, bis sein Herrchen die Leine an seinem Halsband befestigt hatte. Rondel schaute dabei zu Emily und zwinkerte ihr verschmitzt zu.

»Noch ein kleiner Tipp, Mrs. Bloom. Vikar Ballard hat die Taufzeremonie abgehalten. Er wollte gleich vom Umtrunk zurück zur Kirche fahren. Also Vorsicht!«

Sie wusste, was das bedeutete, aber sie gab sich nicht die Blöße, Rondels plumpe Art von Humor zu goutieren. Deshalb sagte sie nur: »Vielen Dank für den Hinweis, Mr. Rondel. Und schönen Tag noch.«

Winkend und mit Titus an der langen Leine, verschwand Rondel auf dem Pfad zum Wanderparkplatz. Dort begannen die Wege durch die Heidelandschaft.

Wenig später stieg Emily das letzte Stück durch das Wäldchen zur Straße nach Bouilly Port hinunter. Und noch ehe sie auf dem Asphalt stand, hörte sie, wie das unkontrollierte Jaulen eines Automotors immer lauter wurde. Sofort trat sie wieder ein Stück zurück und blieb abwartend im Schatten eines Baumes stehen.

Godfrey Ballard war unterwegs. Schlingernd, aber immer hübsch auf der Mitte der Straße, kam er mit offenem Verdeck angefahren. Seit seine Eltern ihm zum Ende des Studiums einen kleinen zweisitzigen Sportwagen gekauft hatten, hatte er nie ein anderes Auto besessen. Inzwischen war Godfrey schon vierzig, und das weiße Cabriolet zeigte so viele Rostflecken, dass es aussah, als hätte es Windpocken. Godfrey war in St. Brelade als Vikar hängen geblieben.

Als er Emily entdeckte, bremste er abrupt. Sein erwachsen gewordenes Chorknabengesicht, vom Leben in der Pfarrei gut genährt, strahlte ihr entgegen. Über dem satten Bauch spannte der Stoff des Talars. Der schmale weiße Kragen war mit kleinen Spritzern Ketchup bekleckert.

Bei laufendem Motor rief er gut gelaunt: »Darf ich Sie ein Stück mitnehmen, Mrs. Bloom?«

»Danke, Godfrey«, sagte Emily schnell, »ich gehe lieber zu Fuß.«

Seine Alkoholfahne flatterte bis zu ihr unter den Baum. Doch erstaunlicherweise wirkte sie nicht abstoßend, sondern so dezent wie bei anderen Menschen der Geruch nach Kaugummi. Vermutlich haben wir uns schon viel zu sehr an seine kleinen Ausfälle gewöhnt, dachte Emily mehr amüsiert als erschrocken. Denn eines war klar: Godfrey Ballard war der beste Vikar, den sie je gehabt hatten, und er war überall beliebt. Während der langen Krankheit des alten Rektors hatte Godfrey – damals noch ein junger Kurator – seinen Vorgesetzten ausgezeichnet vertreten. Nur deshalb sah jeder über seine Schwäche für Gin hinweg.

»Wir hatten gerade eine wunderbare T... T... Taufe«, sagte Godfrey strahlend. »Und auch über diesem neuen Erdenbürger wird Gottes Segen halten...« Er stutzte und korrigierte sich sofort. »Nein... wird Gottes Segen walten und wirken für ewig.«

»Amen«, sagte Emily schnell, um die Sache zu beenden. Dann lächelte sie ihn an. »Wissen Sie was, Godfrey? Warum lassen Sie Ihren Wagen nicht einfach hier stehen, und wir laufen gemeinsam zum Pfarrhaus hinunter?«

Der Vikar schüttelte langsam den Kopf. Sein spärliches dunkles Haar klebte auf der Stirn. Mit schwerer Zunge lallte er: »... geht leider nicht, Mrs. Bloom. Ich habe noch eine... -erdigung vorzubereiten.«

Oh Gott, die arme Trauergemeinde, dachte Emily entsetzt. Für einen Augenblick spielte sie mit dem Gedanken, ihn kurzerhand vom Steuer wegzudrängen und selbst den Wagen weiterzufahren. Doch da streckte er schon fröhlich grüßend die Hand gen Himmel und trat aufs Gaspedal.

Mit einem Satz schoss das weiße Auto die abschüssige Straße hinunter. Entsetzt musste Emily mitansehen, wie es in der nächsten Kurve zu schlingern begann. Links und rechts der Straße standen Bäume. Ballard wollte wohl noch bremsen, aber es war schon zu spät.

Sie schloss die Augen und zählte.

Bei drei drang das hässliche Geräusch des Aufpralls an ihr Ohr.

Als sie die Augen wieder öffnete, sah sie den dampfenden Wagen auf dem linken Straßenwall aufsitzen, eingegraben wie ein fehlgeleitetes Geschoss. Mit der Stoßstange hatte er einen frisch gepflanzten jungen Baum aus der Erde gedrückt, sodass dieser jetzt wie eine armdicke Stange hingestreckt im Gras lag. Sein Wurzelballen ragte in die Luft.

Emily eilte zur Unfallstelle. Die etwa neun Fuß hohe Esche war erst heute Morgen vom Gemeindegärtner in die Alleelücke eingesetzt worden. Inständig betete sie, dass der biegsame Stamm den Vikar vor einem schlimmeren Aufprall bewahrt hatte.

Als sie näher kam, sah sie, wie Godfrey Ballard tatsächlich unversehrt aus dem Auto kletterte. Er war blass, und er zitterte. Seine Finger nestelten am Kragen herum, als bräuchte er dringend Luft.

»Geht es Ihnen gut, Godfrey?«, rief sie, während sie zu ihm die Böschung hochkletterte.

Der Vikar nickte zwar, doch er konnte sich kaum auf den Beinen halten. Die Kühlerhaube sah aus wie eine Ziehharmonika. Zischend strömte Wasserdampf aus dem Motorraum.

»Lassen Sie mal sehen...«, begann Emily.

Entschlossen nahm sie sein Kinn in die Hand und ließ ihren Blick prüfend über sein Gesicht wandern. Tatsächlich hatte er nicht den kleinsten Kratzer abbekommen. Sein himmlischer Arbeitgeber musste ganze Heerscharen von Engeln für den Vikar bereitgestellt haben.

Sie ließ ihn wieder los.

Wie ein Häufchen Elend stand er vor ihr. »Was hab ich nur getan, Mrs. Bloom?«, stammelte er. »Wir hatten doch alle so gute Laune... nach der Taufe... Und ich bin doch gar nicht so schnell gefahren...«

»Na ja, darüber reden wir später mal, in einer stillen Stunde«, sagte Emily mütterlich und streichelte ihm beruhigend über die Schulter. Es hatte keinen Sinn, Godfrey jetzt die Leviten zu lesen. »Können Sie laufen?«

»Ja...«

»Gut. Dann bringe ich Sie jetzt erst mal nach Hause, und danach rufen wir den Abschleppdienst und den Gemeindegärtner an.«

»Danke, Mrs. Bloom.«

Er begann, die Böschung hinunterzuklettern. Um nur ja nicht auszurutschen, breitete er dabei beide Arme aus, wie ein Seiltänzer.

Emily blieb noch einen Augenblick neben dem Autowrack stehen und betrachtete den Schaden. Die junge Esche lag zum Teil unter der Stoßstange, die meisten Äste und die frischen grünen Blätter waren von den scharfen Kanten des Autoblechs abgetrennt worden.

Wo die Wurzel des Baums gesteckt hatte, klaffte jetzt ein großer Krater. Die Erde darin war locker, und in der Mitte des Lochs schauten drei kräftige weiße Wurzeln aus dem Erdreich hervor.

Irgendetwas irritierte Emily an diesem Bild.

Sie zog ihre Lesebrille aus der Tasche, setzte sie auf und beugte sich tief über das Loch, um sich die merkwürdigen Wurzeln etwas genauer anzusehen.

Was sie erblickte, war so furchtbar, dass ihr augenblicklich übel wurde: Es waren gar keine abgetrennten Wurzeln, sondern drei menschliche Finger, blass, erdverkrustet und mit rot lackierten Nägeln. Auf einem der Finger saß ein schmaler silberner Ring mit einem stilisierten Blattmuster. Emily hatte ihn schon einmal gesehen. Sie fühlte, wie ihr Magen rebellierte und wie ihr ganzer Körper von Entsetzen gepackt wurde.

»Mrs. Bloom! Jetzt kommen Sie doch endlich ...«

Godfrey Ballards Stimme rief sie in die Wirklichkeit zurück. Sie blickte sich um. Schwankend und mit zerzausten Haaren stand er unten auf der Straße, die Hände in den Talar gekrallt, der in Höhe der Knie zerrissen und schmutzig war.

»Ich bin gleich bei Ihnen!«, rief sie ihm zu.

»Was machen Sie denn da so lange?«

Es schien, als hätte er unter dem Einfluss des Alkohols schon wieder vergessen, wer den ganzen Schaden angerichtet hatte. Sie musste ihn irgendwie loswerden. »Gehen Sie ruhig schon mal ins Pfarrhaus vor, Godfrey, ich komme gleich nach!« Emily hoffte inständig, dass er nicht weiter nachfragte und einfach tat, was sie sagte.

Ihre Hoffnung erfüllte sich. Er nickte gehorsam, murmelte ein paar unverständliche Worte, drehte sich schwerfällig um und marschierte torkelnd auf den Friedhof zu, dessen Grabkreuze schon zu sehen waren. Bald war er hinter der nächsten Kurve verschwunden.

Es wurde still im Wald.

Emily beugte sich wieder zu dem Loch hinunter. Es kostete sie große Überwindung, sich dem grausigen Fund noch einmal zuzuwenden. Doch es musste sein. Irgendetwas tief in ihrem Innern zwang sie dazu. Sie musste sich vergewissern, dass sie mutig genug war, ihrer Furcht vor dem Speichern dieser schrecklichen Eindrücke entschieden zu begegnen.

Vorsichtig begann sie, mit ihren Händen die Erde rund um die drei Finger zu lockern. Millimeter um Millimeter entfernte sie den Boden, bis zuerst eine schmale weibliche Hand zum Vorschein kam und dann das Gesicht eines Menschen. Die Augen geschlossen, die Nase gerade und eine Stirn, auf der wie ein paar Federn kurze blonde Haare klebten.

Es war das Gesicht von ... Debbie Farrow!

Fluchtartig rannte Emily auf die Straße zurück. Ihr Herz klopfte einen rasenden Takt, während sie sich verzweifelt nach Hilfe umschaute. Doch weit und breit war niemand zu sehen.

Sie war allein mit der Toten.

Einsam stand sie da. Der Wind wehte ihr ein paar Haarsträhnen vor die Augen. Erst jetzt merkte sie, dass sie immer noch ihre Lesebrille trug. Mit zitternder Hand nahm sie sie ab, steckte sie ein und schob die Haare zur Seite. Auf einmal kam sie sich erschöpft und gealtert vor. Sie wusste, der Anblick von Debbie Farrows bleichem Totengesicht war für immer in ihrem Gedächtnis gespeichert.

Aber das spielte jetzt keine Rolle.

Ungeduldig zerrte sie ihr Handy aus dem Anorak und wählte die Nummer der Polizei in St. Aubin.

Eine junge Polizistin meldete sich.

Emily atmete so schnell, dass sie Mühe hatte, verständlich zu sprechen. »Hier ist Emily Bloom«, sagte sie, »ich möchte den Chef de Police sprechen.«

Sie hatte ihren Ex-Schwager lange nicht gesehen und war überrascht, wie militärisch er jetzt aussah. Natürlich lag das vor allem an seinen kurzen Haaren, die früher eher rötliche Kräusellocken gewesen waren, doch auch sonst schien er seine Rolle als Polizeichef betont drahtig ausfüllen zu wollen.

Harold Conway stand immer noch breitbeinig vor dem Erdloch und starrte auf das Gesicht der Toten, als könnte er schon darin den Hergang des Verbrechens genau ablesen. Er ist eben immer noch ein aufgeblasener Wichtigtuer, dachte Emily erzürnt. Sie wusste, dass manche Jersianer die ehrenamtlichen Polizisten *Hobby Bobbies* nannten, was allerdings ziemlich ungerecht war, denn ihre Arbeit war wichtig und unentbehrlich. Doch auf Harold, so fand sie, traf diese ironische Bezeichnung voll und ganz zu.

Er kletterte von der Böschung zu ihr herunter und sagte mit finsterem Blick: »Der zweite Mord in drei Tagen! Furchtbar, eine so hübsche junge Frau.«

»Ja«, stimmte Emily ihm traurig zu. »Es ist schrecklich. Ich bringe es auch nicht fertig, nochmal hinzuschauen.«

»Dann hoffen wir nur, dass du mit deiner Rumkratzerei am Tatort nicht alle Spuren vernichtet hast.«

Emily musste sich sehr zusammennehmen, um ihn nicht anzufahren. »Entschuldigung, Harold, aber wenn ich das nicht getan hätte, würdet ihr jetzt gar nicht hier stehen! Meinst du, das war angenehm für mich? Ich kannte das Mädchen schließlich.«

Genervt winkte er ab. »Ist ja gut, Emily. Ich bin dir ja auch dankbar für deine ... Unterstützung. Du konntest schließlich nicht wissen, dass wir schon seit heute Morgen nach Debbie Farrow gesucht haben.«

»Wie bitte?«

»Du hast richtig gehört. Sie ist...«, er korrigierte sich, »sie *war* eine wichtige Zeugin in einem Betrugsfall. Hat mit dem Pferderennsport zu tun. Offensichtlich war sie die Geliebte unseres Hauptverdächtigen Frank Guiton.«

Irritiert fragte Emily: »Und du bist dir wirklich sicher, dass wir über dieselbe Frau reden? Debbie Farrow aus St. Brelade's Bay? Sie arbeitet bei einer Bank in St. Helier.«

»Genau die.«

Harold bückte sich, um mit spitzen Fingern ein zerdrücktes Papiertaschentuch aufzuheben, das er am Straßenrand neben einem Felsbrocken entdeckt hatte. Während er eine kleine Spurensicherungstüte aus seiner Jacke zog und das Taschentuch darin verschwinden ließ, hatte Emily genügend Zeit, ihre Überraschung zu verarbeiten. Sie konnte sich zwar nicht vorstellen, dass Debbie in ihrer Trauer und in ihrem psychisch angeschlagenen Zustand der Sinn nach einer Affäre gestanden hatte, aber was wusste sie schon über die Gefühle dieser jungen Frau? Einsamkeit konnte auch blind machen. Immerhin ließ sich nicht leugnen, dass Debbie sehr verändert gewirkt hatte.

Nachdenklich meinte sie: »Ich habe Debbie gestern Morgen zufällig in der Stadt getroffen, und wir haben uns ein bisschen unterhalten. Sie war in einer merkwürdigen Stimmung. Sehr fahrig und unkonzentriert…«

»Na bitte«, sagte Harold, als würde das schon alles erklären. Er konnte nicht widerstehen und fügte mit einem kleinen süffisanten Lächeln hinzu: »Ich nehme an, dein Gedächtnis ist noch immer so gut, dass du dich Wort für Wort an das Gespräch erinnern kannst.«

Es kostete Emily große Überwindung, diese Taktlosigkeit hinzunehmen. Harold wusste ganz genau, wie sehr sie unter ihrem ungewöhnlichen Gedächtnis litt. Er war noch mit ihrer Schwester Edwina verheiratet gewesen, als sie damals die Diagnose von Professor Riddington bekommen hatte und dadurch in die schlimmste Krise ihres Lebens geraten war.

Sie beschloss, ihn mit seiner Bemerkung einfach kühl abblitzen zu lassen. »Du vermutest richtig«, antwortete sie emotionslos.

Sie war dankbar, dass sie in diesem Moment von Harolds junger, hübscher Kollegin Sandra Querée unterbrochen wurden. Sandra hatte bis eben im Polizeiwagen gesessen und mit den hauptberuflichen Spezialisten der Kriminalpolizei in St. Helier telefoniert.

Mit einem kleinen Zettel in der Hand trat sie neben den Chef de Police. »Die Kollegen müssen jeden Moment eintreffen.«

»Wer kommt?«

»Detective Inspector Jane Waterhouse und ihr Team.«

Harold schnaufte. Er wusste genau, dass er gegen Jane Waterhouse und ihre humorlose, irgendwie scharfkantige Art, sich über den Tatort herzumachen, keine Chance hatte. Es wäre besser, wenn er so schnell wie möglich versuchte, sich anderswo nützlich zu machen. Mit nervösem Räuspern sagte er: »Danke, Sandra, dann warten wir jetzt auf die Kollegen und knöpfen uns anschließend den Vikar vor.«

Unwillkürlich blickten alle zu Godfrey Ballards weißem Cabrio, das immer noch unverändert auf der Böschung hing. Sandra hatte es ausgiebig fotografiert und mit Kreide und roten Plastikstäben zahlreiche Markierungen in der Umgebung des Unfallortes angebracht.

Emily hatte plötzlich das Gefühl, den gutmütigen Vikar in Schutz nehmen zu müssen. »Mach Godfrey bitte keine allzu großen Vorwürfe«, bat sie Harold. »Er hat einfach die Gewalt über seinen Wagen verloren. So etwas passiert nun mal. Und dann war er so fix und fertig, dass ich ihn sicherheitshalber nach Hause geschickt habe.«

Sie musste nicht einmal lügen, denn so war es ja tatsächlich gewesen. Natürlich kannte ihr Ex-Schwager den Vikar gut genug, um zu ahnen, dass Godfreys Gang wahrscheinlich ein Torkeln gewesen war. Doch sie hoffte, dass Harold keine Lust hatte, sich schon wieder mit ihr anzulegen.

Sie hatte Glück. Widerspruchslos sagte er: »Ich verstehe.«

Hinter ihnen tat sich etwas. Ein kleiner Mannschaftswagen der Kriminalpolizei parkte auf dem schmalen Grasstreifen an der linken Straßenseite, zwei Männer und zwei Frauen stiegen aus, Autotüren wurden zugeschlagen, und einer der Männer lud mehrere Metallkisten aus, in denen sich das Material zur Spurensicherung befand.

Als erste Amtshandlung erklommen die vier Kriminalbeamten die Böschung und inspizierten – unter leisen fachmännischen Bemerkungen – das Erdloch mit Debbie Farrows Leiche. Alles war noch genau so, wie Emily es vor einer knappen Stunde hinterlassen hatte. Dann löste sich eine der beiden Frauen aus der kleinen Gruppe, sprang leichtfüßig auf die Straße hinunter und ging auf Emily, Harold Conway und Sandra Querée zu.

Es war Jane Waterhouse. Emily schätzte sie auf Anfang vierzig. Die jungenhaft schmale, sehnige Figur der Ermittlerin ließ einen sofort an entbehrungsreiche sportliche Wettkämpfe denken. Aber vielleicht war sie einfach nur ein herber Typ. Ihre extrem kurz geschnittenen braunen Haare, der sehr sportliche Gang und die nüchterne Art und Weise, wie sie gekleidet war, auch wie sie sprach, bekräftigten ihr Bemühen um Sachlichkeit am Tatort.

Sie nickte höflich in die Runde und kam dann ohne Umschweife zur Sache, indem sie sich direkt an Emily wandte. »Ich bin Detective Inspector Waterhouse. Sie haben die Tote gefunden?«

»Ja.« Emily reichte ihr die Hand. »Emily Bloom aus St. Brelade's Bay. Es hat hier vorhin einen kleinen Unfall gegeben, gerade als ich zufällig vorbeikam. Dabei habe ich dann die furchtbare Entdeckung gemacht.«

»Wo kamen Sie her?«

»Vom Aussichtspunkt *Grosse Tête*. Ich bin dort regelmäßig, um Tiere zu beobachten.«

»Gibt es irgendjemanden, den Sie davor oder danach hier an der Straße gesehen haben? Ein Auto, das wegfuhr, einen Spaziergänger, Leute, die unten vom Friedhof kamen?«

»Nur Mr. Rondel, der auf dem Klippenweg mit seinem Hund spazieren ging. Er wohnt in einem der Häuser an der Heide.«

In diesem Augenblick mischte sich Harold ein. »Der Wagen dort gehört übrigens Vikar Godfrey Ballard«, sagte er mit wichtiger Miene, als hätte er jetzt erst gemerkt, dass er vorhin sein Stichwort verpasst hatte.

Jane Waterhouse quittierte seinen verspäteten Hinweis mit einem kurzen Nicken, ohne dabei ihre Aufmerksamkeit von Emily abzuwenden. »Mrs. Bloom, wir werden nun als Erstes versuchen, einen Zeitrahmen für die Tat zu erstellen.«

Ihr arrogantes Verhalten Harold gegenüber wirkte wie eine Zurechtweisung, die offensichtlich auf zahlreiche andere unerfreuliche Begegnungen zwischen ihr und dem Chef de Police zurückzuführen war. Emily sah, wie Harolds Adern am Hals anschwollen, während er sich ein paar Schritte zurückzog. Sie wollte jetzt nicht in seiner Haut stecken.

Ungerührt fuhr Detective Inspector Waterhouse mit ihren Fragen fort. »Wissen Sie noch, um wie viel Uhr Sie an der Unfallstelle waren? Wenigstens ungefähr?«

Emily schloss kurz die Augen und konzentrierte sich auf jenen Moment, als sie Godfreys Auto kommen gehört und auf die Uhr geschaut hatte. Motorgeräusch und Uhr waren in ihrem Gedächtnis fest miteinander verbunden. Danach hatte sie sich etwa zwei Minuten lang mit dem Vikar unterhalten, bevor er weiterfuhr.

»Um sechzehn Minuten nach zwölf«, antwortete sie, ohne zu zögern.

Überrascht fragte Jane Waterhouse: »Das wissen Sie so genau?«

»Ich habe ein ziemlich gutes Gedächtnis«, meinte Emily bescheiden.

Sie hoffte, dass ihr Ex-Schwager jetzt den Mund hielt. Vorsichtig schwenkte ihr Blick zu Harold hinüber, der mit missmutigem Gesicht hinter seiner verhassten Kollegin aus St. Helier stand, die Hände tief in den Hosentaschen vergraben. Seine Haltung sprach Bände. Er machte nicht den Anschein, dass er Emily jetzt in den Rücken fallen wollte.

»Ich schlage vor«, sagte Detective Inspector Waterhouse mit einem kritischen Blick in den strahlend blauen Himmel, »dass wir uns in den Wagen setzen, bevor es noch heißer wird. Das ist bequemer. Und Sie können ganz in Ruhe Ihre Aussage machen.«

»Wenn es Ihnen recht ist, würde ich vorher nur noch schnell in meinem Teeladen anrufen und meinem Mitarbeiter Bescheid geben, dass ich später komme.«

»Tun Sie das.«

Mit kühler Höflichkeit fragte Harold: »Und wie sieht's mit uns aus? Werden Miss Querée und ich noch gebraucht?«

»Ach so, ja...« Jane Waterhouse drehte sich zu ihm um und fixierte ihn kurz, als müsste sie erst intensiv nachdenken, wie sie die Honorary Police halbwegs sinnvoll einsetzen könnte. »Ich wäre Ihnen dankbar, wenn Sie Peter und Holly bei den Markierungen helfen könnten. Jedenfalls so lange, bis der Pathologe hier ist und wir die Leiche zur Obduktion abholen lassen.«

Harold Conways Antwort verbarg nur schlecht, dass er innerlich kochte. »Wie Sie wünschen, Detective Inspector Waterhouse.«

Er drehte sich um und marschierte mit Sandra Querée im Schlepptau zum Fundort der Toten zurück. Seine ausgreifenden Schritte hätte man auf den ersten Blick übertriebenem Diensteifer zuschreiben können, wenn sein hochroter Kopf ihn nicht verraten hätte.

Auf dem Weg zum Mannschaftswagen der Polizei rief Emily mit ihrem Handy schnell bei Tim im Laden an. Normalerweise hätte er um ein Uhr gehen können, weil Emily nachmittags immer selbst im Geschäft stand. Nachdem sie ihn kurz über die Katastrophe informiert hatte, war sie bereit für das Verhör.

Sie stieg in den nicht gerade sauberen Polizeibus und nahm auf einem Hocker vor einem zerkratzten hellbraunen Tischchen Platz. Jane Waterhouse setzte sich ihr gegenüber und klappte einen schwarzen Laptop auf, der zur Ausrüstung des Busses gehörte. Währenddessen konnte Emily durch das Autofenster feststellen, wie die Unfallstelle draußen vor dem Fenster sich innerhalb von Minuten in ein Laboratorium verwandelt hatte. Das Team in den weißen Schutzanzügen nahm in lautloser Routine Gipsabdrücke, steckte Schilder mit Nummern in den Boden, streute Pulver über Baumstämme und hob innerhalb des Erdlochs – vermutlich rund um das Gesicht der armen Debbie Farrow – Erde ab. Mithilfe kleiner Pinzetten und winziger Schaufeln wurde sie in Tüten und Dosen abgefüllt.

Geduldig beantwortete Emily alle Fragen, die Jane Waterhouse ihr stellte. Wie gut hatte sie die Tote gekannt? Was hatte Debbie Farrow gestern für geheimnisvolle Andeutungen gemacht? Woran war Debbies Kind gestorben? Was für Freunde hatte sie? War sie in letzter Zeit irgendwo zusammen mit Frank Guiton gesehen worden?

Alles, was Emily sagen konnte, war, dass Debbie Farrows kleiner Sohn Asthma gehabt hatte und auch sonst sehr kränklich gewesen war. Jeder in St. Brelade wusste, dass der Kleine als uneheliches Kind auf die Welt gekommen war, so wie auch Debbie selbst ohne Vater aufwachsen musste. Nach dem Tod ihrer Mutter vor vier Jahren gab es nur noch die jüngere Schwester Constance, die jedoch in England lebte und schon lange nicht mehr auf Jersey gewesen war. Debbies Freunde kannte Emily kaum. Wie alle jungen Leute aus dem Ort war sie früher öfter in Diskotheken unterwegs gewesen oder hatte mit ein paar Jungs am Strand von St. Brelade's Bay geflirtet. Und nein, der Name Frank Guiton sagte Emily gar nichts.

Erschöpft ließ sie sich an die gepolsterte Lehne des Autositzes sinken. Zuckende Kopfschmerzen in ihrem Hinterkopf erinnerten sie daran, wie lange sie schon unter Anspannung stand. Vorsichtig drehte sie ihren Kopf ein paar Mal hin und her, um den Schmerz loszuwerden, aber das Stechen blieb hartnäckig.

»Für uns drängt sich natürlich die Frage auf«, sagte Jane Waterhouse, »ob Debbie Farrows Tod etwas mit dem anderen Mord zu tun hat ... Sie haben sicher darüber gelesen.«

»Ja, natürlich.«

»Sie könnte zum Beispiel Zeugin des ersten Verbrechens gewesen sein. Oder sie hatte Kontakte zu polnischen Einwanderern. Ist Ihnen da etwas bekannt?«

»Nein. Wie gesagt, so oft habe ich Debbie in letzter Zeit nicht gesehen ...« Plötzlich fiel Emily etwas ein. »Aber Sie könnten ihren Cousin danach fragen. Oliver Farrow. Er arbeitet im Hafen.«

»Danke. Ich werde es überprüfen lassen.«

Die Ermittlerin beendete ihre Laptop-Notizen. Emily war aufgefallen, dass der Ton, in dem sie ihre Fragen stellte, etwas merkwürdig Indifferentes hatte, er war weder freundlich noch unfreundlich, eher distanziert und ebenso nüchtern wie das Äußere von Jane Waterhouse. Plötzlich glaubte sie zu verstehen, warum Harold mit dieser Frau nicht zurechtkam. Sie war zweifellos kompetent, aber bei ihrer Arbeit verhielt sie sich so leidenschaftslos wie ein Stück Holz. Über Harold Conway dagegen konnte man sagen, was man wollte – er kniete sich voller Eifer in seine Aufgabe bei der Polizei.

Jane Waterhouse stand auf. Offensichtlich hatte sie bemerkt, dass Emily unkonzentriert wurde. »Gut, ich denke, das waren jetzt erst mal die wichtigsten Fragen, Mrs. Bloom«, sagte sie lächelnd. Auch dieses Lächeln war wieder so, dass man es nicht näher bestimmen konnte. »Wir werden sicher noch einmal auf Sie zukommen, sobald die Obduktionsergebnisse vorliegen.«

Emily war alles recht, wenn sie nur möglichst bald diesen Ort des Schreckens verlassen konnte. Es fiel ihr schwer, zu akzeptieren, dass dort oben eine ermordete junge Frau lag, die sie gekannt und gemocht hatte und über die man jetzt sprach, als handelte es sich um einen Gegenstand, den man zur näheren Betrachtung auseinandernehmen musste. Erleichtert stieg sie aus dem Mannschaftswagen.

Gleich hinter dem Bus stand Harolds Polizeiauto. Er war gerade dabei, in seinen Wagen zu steigen, und rief ihr zu:«Bist du fertig?«

Emily ging zu ihm. »Ja. Könntest du mich vielleicht nach Hause fahren?«

»Steig ein. Meine Kollegin bleibt hier, bis der Pathologe kommt. Schaffst du noch den kleinen Umweg über das Pfarrhaus?«

Ihr entging nicht, dass in seiner Stimme die Hoffnung mitschwang, dass sie ihm bei Godfrey Ballard zur Seite stand. Wenn sie Harold nicht noch einmal verärgern wollte, sollte sie ihm diesen Gefallen tun. Er wusste genau, dass Godfrey immer auf sie hörte.

Seufzend sagte sie: »Meinetwegen.«

Das Haus des Vikars lag etwa in der Mitte des kleinen Badeortes St. Brelade's Bay, in der Nähe des Winston Churchill Parks, am Ende eines versteckten Weges. Seit einem Jahr diente es als Ersatz für das eigentliche Pfarrhaus, das direkt gegenüber dem Friedhof lag und das mit seinen hübschen blauen Fensterrahmen beinahe wie eine kleine Privatvilla aussah. Die lange Krankheit ihres Rektors nutzte die Gemeinde dazu, das alte Pfarrhaus von Grund auf renovieren zu lassen, sodass Vikar Ballard als Stellvertreter vorerst mit der angemieteten Unterkunft am Churchill-Park vorliebnehmen musste.

Die Zufahrt war mit Kies bedeckt, wie die meisten Privatstraßen; für deren Unterhalt hatten die Eigentümer selbst aufzukommen. Rechts und links des sehr schmalen Weges wucherten ungeschnittene, dichte Hecken über die Zäune. Schimpfend lenkte Harold das Polizeiauto im Slalom um die herunterhängenden Äste herum, konnte aber dennoch nicht verhindern, dass mehrmals Zweige verdächtig laut auf dem Lack entlangkratzten.

»Das werden die Ersten sein, die bei der nächsten Heckenkontrolle dran sind!«, knurrte er. Zweimal im Jahr, bei der sogenannten *Visite du Branchage*, wurde in allen Gemeinden auf Jersey der Schnitt der Bäume und Hecken an den engen Straßen kontrolliert. Emily musste insgeheim schmunzeln über Harolds Eifer.

Es gab nur vier Häuser in der kurzen Sackgasse, alle im viktorianischen Stil, mit zugewachsenen Gärten und moosbedeckten Mauern zwischen den Beeten. Das letzte Haus, bis unter die Dachrinne mit Efeu bewachsen, war das Vikariat.

Harold parkte ein Stück hinter dem Tor. Interessiert blickte Emily über den dunklen Holzzaun in den Garten. Sie war erst einmal hier gewesen. Sie hatte das Grundstück sehr viel heller und sonniger in Erinnerung. Ganz offensichtlich gehörte Gartenarbeit nicht zu Godfrey Ballards Lieblingsbeschäftigungen. Nur der Rasen war ordentlich gemäht. Ringsherum jedoch hatte er alles so wuchern lassen, wie die Natur es freiwillig anbot. In Emilys Familie wurde ein solcher Wildwuchs *ein ungekämmter Garten* genannt, was ihm allerdings nicht seinen Charme absprechen sollte.

Sie öffneten das quietschende Eisentor und gingen zwischen den beiden hohen Steinsäulen hindurch, die das Tor ehrwürdig einrahmten und die durch einen verwitterten Granitbogen miteinander verbunden waren.

Fast wäre Emily über ein paar erdverkrustete olivgrüne Gummistiefel gestolpert, die am Fuß der Treppe zum Hauseingang lagen.

Merkwürdigerweise war die Eingangstür aus schwerem Eichenholz nur angelehnt. Harold Conway stieß sie so weit auf, dass sie einen Blick in das quadratische Treppenhaus werfen konnten.

»Herr Vikar? Sind Sie da?«

Er bekam keine Antwort. Stirnrunzelnd blickte er zu Emily. Sie zuckte mit den Schultern und legte den Kopf in den Nacken, um über die Treppe zur Balustrade hochzuschauen. »Godfrey, sind Sie oben?« Ihre Stimme hallte unter der hohen Decke.

Außer dem Summen einer Wespe war nichts zu hören.

»Du wirst sehen, der schläft seinen Rausch aus«, meinte Harold Conway und winkte ab, »aber so einfach kommt er mir nicht davon.«

Kurz entschlossen ging er an Emily vorbei und riss die zweiflügelige Glastür zum Wohnzimmer auf, das direkt in ein großzügiges Arbeits- und Bibliothekszimmer überging. Emily folgte ihm.

Im ersten Moment sah es so aus, als würde ein Mensch auf der wuchtigen Ledercouch vor dem Fenster liegen. Doch bei näherem Hinsehen entpuppte sich das längliche schwarze Etwas als eine unordentlich hingeworfene Wolldecke. Von Godfrey selbst war nichts zu sehen, weder im Wohnzimmer mit seinen altmodisch geblümten Sesseln noch im Arbeitszimmer, dessen Bücherregale von oben bis unten mit religiöser Fachliteratur vollgestellt waren. Erstaunt entdeckte Emily dazwischen ein Regalbrett mit leichten Romanen und Bildbänden. Auf einem Beistelltisch stapelten sich abgegriffene Gesangsbücher und die Einladungen zum Gemeindefest. Neugierig stöberte Harold Conway zwischen den Sachen herum.

»Musst du das jetzt wirklich tun?«, fragte Emily peinlich berührt.

Unwillig warf er die Einladungen wieder auf den Beistelltisch zurück. »Entschuldigung, aber der Vikar ist nun einmal der Auslöser von allem! Und wenn er nicht hier ist, kann das eine Menge bedeuten!«

Er hat ja recht, dachte Emily, es ging schließlich längst nicht mehr nur um Trunkenheit am Steuer, sondern um einen Mordfall. Sie hoffte inständig, dass Godfrey oben im Bett lag und fest schlief.

Entschlossen ging Harold zurück ins Treppenhaus. Wie immer, wenn er unter großer Anspannung stand, waren seine Lippen schmal und hart geworden. Emily folgte ihm. Sie sah, wie er eine Hand auf den blanken Holzlauf des Treppengeländers legte.

»Ich schau oben nach und du hier unten.«

Polternd eilte er die Treppe hinauf.

Emily blickte sich um. Im Erdgeschoss gab es drei geschlossene Türen, eine direkt am Eingang, die beiden anderen jeweils rechts und links neben der Flügeltür zum Wohnzimmer. Sie öffnete eine nach der anderen. Hinter der Tür am Eingang verbarg sich eine schmale Gästetoilette, über deren Waschbecken ein Plakat mit einem aus dem Meer auftauchenden Delfin hing.

Hinter der linken Tür erstreckte sich eine geräumige Küche, die für ein Pfarrhaus erstaunlich gut ausgestattet war. Godfrey Ballard schien ein ausgeprägter Feinschmecker und Hobbykoch zu sein, denn in den Küchenregalen stapelten sich feinste Delikatessen von der Gänseleberpastete bis zum Trüffelöl. Auf dem Fensterbrett stand ein Korb mit Gemüse und Salat.

Emily verbot es sich, noch länger in der fremden Küche herumzustöbern. Sie ging zurück in den Flur und öffnete die letzte Tür.

Sie brauchte einen Augenblick, um sich an das Dämmerlicht im Raum dahinter zu gewöhnen. Die halb zugezogenen blauen Damastvorhänge erzeugten eine geheimnisvolle Atmosphäre. Emily spürte, dass hier irgendetwas anders war als in den Zimmern, die sie bisher gesehen hatte. Entschlossen ging sie zum Fenster und schob die Vorhänge zur Seite. Von einer Sekunde zur anderen flutete Sonnenlicht durch den Raum, sodass der ausgeblichene, fadenscheinige Wollteppich auf dem Holzfußboden fast schon gelb wirkte.

Der Raum ähnelte einer Mönchszelle. Die sparsame, fast asketische Möblierung bestand aus einer Schlafpritsche, über deren Kopfende ein schlichtes Holzkreuz hing, zwei einfachen Stühlen, einem runden Beistelltisch sowie einem alten Stehpult, auf dem zwei Bibeln lagen, eine in französischer und eine in portugiesischer Sprache. Es herrschte eine merkwürdige, beinahe schon geheimnisvoll klerikal anmutende Atmosphäre.

Wozu wurde dieser Raum genutzt? Zum Meditieren? Oder als Gästezimmer? Emily konnte sich beim besten Willen nicht vorstellen, dass es sich um das Schlafzimmer des lebensfrohen Vikars handelte.

Plötzlich hörte sie, dass jemand die Treppe herunterkam – allein. Wahrscheinlich war es Harold. Auch er schien nicht fündig geworden zu sein.

»Emily?« Ja, es war Harold.

»Ich komme!«, rief sie nach draußen.

Sie war schon an der Tür, als ihr etwas auffiel. Ein Foto schaute unter der französischen Bibel hervor. Die beiden Gesichter, die sie darauf zu erkennen glaubte, jagten ihr einen Schreck ein. Vielleicht irrte sie sich ja. Schnell zog sie das Foto hervor.

Doch sie irrte nicht.

Es war ein Foto von Debbie Farrow mit ihrem kleinen Sohn David. Beide lachten in die Kamera. Darüber stand, geschrieben mit rotem Lippenstift: *Danke! Deine Debbie!* Schockiert starrte Emily auf die geradezu intim wirkende Widmung.

Als Harold hereinkam, ließ sie das Foto rasch in ihrer Anoraktasche verschwinden. Es war mehr ein Reflex als die bewusste Entscheidung, dem Chef de Police etwas so Wichtiges vorzuenthalten. Sie war verwirrt. Ungeordnete Gedanken schossen ihr durch den Kopf. Nur Harolds harte Stimme hinter ihr hielt sie davon ab, schon jetzt in wilde Spekulationen zu verfallen.

»Der Vikar ist tatsächlich verschwunden! Was sagst du dazu?«

Emily drehte sich um und folgte ihm zurück in den Flur. Jetzt erst bemerkte sie, dass auch über der Eingangstür ein großes Holzkreuz hing. Mit seiner Aura religiöser Macht schien das heilige Kreuz daran erinnern zu wollen, dass Godfrey Ballard Geistlicher war und Respekt verdiente.

»Vielleicht gibt es eine ganz simple Erklärung dafür. Er wird sich ja nicht in Luft aufgelöst haben«, meinte sie, auch um sich selbst zu beruhigen. Vieles an diesem merkwürdigen Fall ergab überhaupt keinen Sinn.

Harold winkte ab. »Geh nach oben, dann siehst du, was ich meine«, sagte er zornig. »Er ist regelrecht getürmt. Nur einen halb gepackten Koffer hat er stehen lassen.«

Sie versuchte eine Erklärung. »Vielleicht wollte er ...«

Doch in seiner Rage ließ er sie nicht zu Wort kommen. »Verlass dich drauf, ich werde den Burschen finden!«

Noch bevor Emily weitersprechen konnte, hatte Harold schon die Haustür geöffnet und stürmte nach draußen zu seinem Wagen. Wahrscheinlich wollte er die Fahndung nach dem Vikar einleiten.

Emily blieb zurück. Ihre Finger befühlten das Foto in ihrer Tasche. Plötzlich glaubte sie, sie würde Debbies herzliches Lachen hören.

Nie wieder würde irgendjemand es hören können.

In diesem Augenblick beschloss sie, mitzuhelfen, damit der Mord an Debbie so schnell wie möglich aufgeklärt wurde.

Ärgerlicherweise gab es auch am nächsten Morgen immer noch keine Neuigkeiten aus der Gerichtsmedizin.

Obwohl die Ermittlungsgruppe unter Detective Inspector Jane Waterhouse bereits seit sieben Uhr morgens tagte, ließ sich die Pathologie Zeit. Das Einzige, was sie von den Medizinern gehört hatten, war die Bestätigung des Todeszeitpunktes. Man hatte ihn auf etwa dreiundzwanzig Uhr in der Nacht vor dem Leichenfund festgelegt.

Jane Waterhouse empfand es als Zumutung, derart hingehalten zu werden. Schon regelmäßige kurze Zwischenberichte der Gerichtsmedizin wären ihr hilfreich gewesen, denn improvisieren mussten sie schließlich alle. So schwere Verbrechen wie die beiden Morde geschahen nur höchst selten auf Jersey, dementsprechend hoch war der Druck auf die Ermittler. Quasi über Nacht hatte sie ihr fünfköpfiges Team zusammenstellen müssen, das jetzt mit den Füßen scharrte.

Erst gegen neun Uhr tauchte der gut aussehende junge Pathologe auf, den die Gerichtsmediziner zu Jane Waterhouse geschickt hatten, um ihr den abschließenden Befund zu liefern.

Mit einem Nicken legte er ihn vor ihr auf den Tisch. »Das Opfer ist definitiv erwürgt worden, und zwar mit den Händen«, sagte er. »Die Abdrücke der Finger sind deutlich auszumachen.«

»Sonst noch Verletzungen?«, fragte die Ermittlerin kühl.

»Nur Schürfwunden. Und natürlich das, was mit einer Leiche passiert, wenn man sie einbuddelt«, antwortete er flapsig. »Damit dürfte Ihnen doch geholfen sein, oder?«

»Ich falle Ihnen gleich vor Freude um den Hals«, giftete Jane Waterhouse.

»Bloß nicht«, konterte der junge Arzt grinsend. »Sie sehen ja, wie gefährlich das sein kann.«

»Raus!«, sagte Jane Waterhouse böse.

Er merkte, dass sie wirklich verärgert war, und verschwand.

Nachdenklich ging sie über den Flur in den Vernehmungsraum zurück, wo seit acht Uhr der Pferdezüchter Frank Guiton verhört wurde.

Auch vier Glastüren weiter, in der Spurensicherung, ging es hoch her. Der vierschrötige vollbärtige Schotte Edgar MacDonald hatte seine Leute so lange am Fundort der Leiche herumgescheucht, bis sie mehrere bemerkenswerte Spuren gesichert hatten, die jetzt ausgewertet wurden. Es gab zahlreiche Fingerabdrücke an einer im Gebüsch liegenden Schaufel des Friedhofsgärtners, es gab interessante Fußabdrücke in der Nähe des frisch gepflanzten Baumes, und man hatte verschiedene Fasern und herumliegende Gegenstände wie einen Kugelschreiber und zwei Schrauben sicherstellen können.

Und etwas Entscheidendes war unstrittig: Fundort und Tatort waren nicht identisch. Die vollständig bekleidete Leiche war zu der Böschung gebracht und dort vergraben worden. Ein Sexualverbrechen lag nicht vor. MacDonald hatte sofort die Ähnlichkeit zum Mord an Jolanta Nowak erkannt. In beiden Fällen hatte der Täter sich auf ungewöhnliche Art und Weise seines Opfers entledigt.

Doch all diese Fakten und Vermutungen hatten dem umtriebigen MacDonald nicht ausgereicht. Sein Gefühl sagte ihm, dass er irgendetwas übersehen hatte. An diesem Morgen war er, ohne zu frühstücken, von zu Hause losgefahren, um den Tatort noch einmal in Augenschein zu nehmen. Noch auf dem Weg dorthin hatte er mit Jane Waterhouse telefoniert und ihr von einer Idee erzählt, die ihm nachts durch den Kopf gegangen war. Genau genommen *erzählte* MacDonald nie, er konnte nur blaffen, grummeln oder knarzen, und zwar so lange, bis er in seiner typischen rücksichtslosen Art sein Ziel erreicht hatte. Diesmal forderte er zu seiner Unterstützung den besten Fährtenhund der Polizei an.

Jane Waterhouse glaubte, nicht richtig zu hören. »Wie bitte? Edgar, die Tat ist vor dreiunddreißig Stunden begangen worden, da kann kein Suchhund mehr etwas finden!«

»Verdammt noch mal, Jane, ich brauche dieses Biest! Und es ist kein Suchhund, sondern ein Fährtenhund!«

»Aber...«

»Na also! Warum nicht gleich so?«

Genervt gab Jane Waterhouse ihm grünes Licht.

Wenig später wurde ihm Arnie gebracht, ein berühmter schwarzer Labrador, genauso abgeklärt und erfahren wie MacDonald selbst. Jetzt erst war er zufrieden. Er hielt dem Hund zwei Kleidungsstücke aus Debbies Wohnung unter die feuchte Schnüffelnase, in der Hoffnung, dass sich nach so vielen Stunden noch Geruchspartikel auf dem Boden erhalten hatten. Mit seiner harten schottischen Sprache erteilte er dem Hundeführer genaue Anweisungen für die Suche. Nicht ohne Grund, wie sich herausstellen sollte, denn er hatte einen konkreten Verdacht, wo Debbie sich vor ihrem Tod aufgehalten haben könnte.

Es funktionierte.

Etwa eine Viertelstunde, nachdem der Kollege von der Hundestaffel sein kluges Tier auf dem Gelände des Friedhofes und entlang der Kirche auf und ab geführt hatte, schlug der Labrador an.

Schnell stellte sich heraus, dass Debbie Farrows Leiche durch die steinerne Pforte hinter der Fischerkapelle über den Friedhof bis hoch zur Allee geschleift worden war. MacDonald vermutete, dass der Mörder die Tote mit den Füßen über den Boden gezogen hatte, sonst hätte der Hund nichts gerochen. Unterhalb der Kapelle gab es einen Zugang zum Strand und zum kleinen Hafenbecken. War Debbie Farrow dort unten ermordet worden? Mit dem Ablaufen der letzten Flut wären dann auch mögliche Spuren ins Meer geschwemmt worden.

So konnte es gewesen sein.

In früheren Zeiten hatten die Steinstufen von der Friedhofspforte hinunter zum Strand als *Perquage* gedient – als Fluchtweg, auf dem zu Tode Verurteilte nach altem normannischen Recht das Land mit einem Boot verlassen konnten, nachdem sie in der Kirche Schutz gefunden hatten.

Für Debbie Farrow hatte es so viel Gnade nicht gegeben. Sie musste den umgekehrten Weg nehmen.

Eine halbe Stunde später stapfte Edgar MacDonald über den Flur der Kriminalpolizei in St. Helier und klopfte an die Tür des Vernehmungsraumes.

Jane Waterhouse kam heraus und sah ihn erwartungsvoll an. »Was Neues, Edgar?«

»Nein, keine Spuren von Frank Guiton rund um den Friedhof.«

»Und auf seiner Jacht?«, fragte sie leise.

»Kein Blut von Debbie Farrow. Nur ein paar ältere, schon verwischte Fingerabdrücke von ihr.«

»Danke.« Jane Waterhouse ging zurück in den Vernehmungsraum und nahm wieder Platz.

Beim Verhör von Frank Guiton hatte sie gerade etwas sehr Wichtiges erfahren. Er hatte zugegeben, dass das Verhältnis, das er seit zwei Monaten mit Debbie Farrow gehabt hatte, recht kompliziert gewesen war.

»Eine Zeugin behauptet, Debbie und Sie hätten sich in der letzten Woche heftig gestritten. Stimmt das, Mr. Guiton?«, fragte Jane Waterhouse in scharfem Ton.

Er nickte zögernd. »Debbie und ich hatten unterschiedliche Vorstellungen von unserer Beziehung. Ich hätte sie am liebsten jeden Tag gesehen, während sie ... oft für sich sein wollte.«

Sein Gesicht war blass, dunkle Ringe lagen unter seinen Augen. Trotzdem hatte seine Attraktivität nur zum Teil gelitten, er war immer noch ein interessanter Mann, wie Jane Waterhouse sich eingestehen musste.

»Gab es im Leben von Debbie Farrow vielleicht schon einen neuen Mann?«, fragte sie.

»Ich glaube, nicht. Ihr Problem war ja gerade, dass sie Männern misstraute.«

»Kennen Sie den Grund dafür?«

»Es hat wohl was damit zu tun, dass sie ohne Vater aufgewachsen ist.«

»Werden Sie eigentlich schnell eifersüchtig, Mr. Guiton?«

Obwohl Jane Waterhouse die Frage sehr schnell und überraschend gestellt hatte, musste er nicht lange überlegen.

»Nein. Obwohl es ziemlich hart für mich gewesen wäre, wenn Debbie mir den Laufpass gegeben hätte.«

»Dann könnte man also sagen ... für Sie war es die große Liebe. Würden Sie das so bezeichnen?«

»Ja.«

Tatsächlich war die Liaison von Debbies Seite aus noch reichlich fragil gewesen. Sie hatte erst zweimal bei Frank zu Hause übernachtet und einmal auf seinem Schiff. Einer Freundin namens Elaine Barrymore, die in der Nachbarschaft wohnte, hatte sie anvertraut, dass sie den Pferdezüchter zwar wirklich zu lieben glaubte, dass sie aber noch unsicher war, ob ihre schwierige private Situation schon eine so feste Beziehung erlaubte, zumal Frank im Umgang ziemlich kompliziert sein konnte.

»Gut. Dann wenden wir uns wieder dem Tatabend zu.«

Jane Waterhouse legte das Protokoll der telefonischen Aussage von Elaine Barrymore zurück in die rote Laufmappe, die für Frank Guiton angelegt worden war.

Ganz nach ihrem sportlichen Geschmack trug die Chefermittlerin an diesem Morgen ein weißes T-Shirt unter einem blauen Blouson. Mit ihren kurz geschnittenen Haaren sah sie aus wie eine Schülerin im Sportunterricht. Es wirkte fast lächerlich, dass der Verdächtige ein ganz ähnliches weißes T-Shirt anhatte, allerdings mit dem Aufdruck des Gefängnisses, in dem er während der Untersuchungshaft untergebracht war.

Frank Guiton war irritiert über die kühle, knappe Art der Ermittlerin, was dazu führte, dass er sich bei seinen Antworten unter Zeitdruck fühlte. Aber genau das bezweckte Jane Waterhouse vermutlich auch.

»Sie haben behauptet, Mr. Guiton, dass Sie den ganzen Abend auf Ihrer Segeljacht verbracht haben.«

»So war es auch ...«

Ihre sportlich durchtrainierten, fast schon muskulösen Hände griffen nach einem Foto, das vor ihr auf dem Tisch lag. Es zeigte eine 36-Fuß-Segeljacht mit Namen *Matador*, einen eleganten dunkelgrünen Rumpf, Teakaufbauten, drei Kajütfenster.

Sie hielt das Foto hoch. »Erklären Sie uns doch bitte, wie es möglich ist, dass Sie eine ganze Nacht lang an Deck dieses auffälligen Schiffes sein konnten, ohne dass irgendjemand Sie gesehen hat. Wie soll das gehen?«

Seine Antwort kam ruhig und konzentriert. »Weil die Jacht nicht in einem Hafen liegt.«

»Sondern?«

»An einer einzelnen Ankerboje hundertfünfzig Yard vor der Küste, nahe der Portelet Bay.«

Jane Waterhouse sah die zerklüftete kleine Bucht und das zerfallene Fort mitten im Meer vor sich. Ihr war sofort klar, dass man eine solche Boje bei Flut nur erreichte, wenn man mit einem

Schlauchboot vom Ufer aus dorthin ruderte. Jeder auf Jersey wusste, dass es viele solcher Privatbojen gab.

»Und Sie waren zu diesem Zeitpunkt ganz allein dort draußen? Keine anderen Boote? Keine Spaziergänger am Ufer?«

»Nicht dass ich wüsste. Ich bin kurz vor 18 Uhr da gewesen. Das weiß ich noch, weil ich die Borduhr neu einstellen musste.«

Der junge Polizist, der mit am Tisch saß, schob Jane Waterhouse ein Blatt Papier zu, auf dem die Gezeiten jenes Tages notiert waren. Sie überflog es, hob den Blick wieder und sagte: »Wir hatten vorgestern den höchsten Stand der Flut um 18 Uhr 03 und den tiefsten Stand bei Ebbe um 0 Uhr 48. Das heißt, als Sie um sechs Uhr ankamen, war das Wasser noch so hoch, dass Sie zu Ihrer Boje hinausrudern mussten, aber zur Tatzeit gegen 23 Uhr schon so niedrig, dass Sie von der Portelet Bay bequem zu Fuß nach St. Brelade's Bay hätten hinübergehen können. Richtig?«

Frank Guiton schloss die Augen und beteuerte eindringlich: »Ich wiederhole: Ich habe mit Debbies Tod nichts zu tun, und ich war auch nicht in St. Brelade's Bay!«

In diesem Augenblick öffnete sich die Tür, und Harold Conway schlüpfte leise herein. Auf Zehenspitzen ging er links an der Wand entlang und lehnte sich nach einem kurzen Nicken in Richtung der sichtlich verblüfften Jane Waterhouse kommentarlos an den altmodischen Heizkörper. Zufrieden registrierte er, dass ihm dieser kleine Auftritt mehr als gelungen war.

Detective Inspector Waterhouse hatte sich schnell wieder im Griff. Auch sie kannte die Verordnung, nach der sich ein Chef de Police jederzeit in die Ermittlungen einklinken konnte.

Es blieb ihr nichts anderes übrig, als ihn bei der Vernehmung zu dulden und wie geplant fortzufahren. Nur wer sie genau kannte, spürte den eisigen Unterton, der ab jetzt in ihrer Stimme mitschwang. Sie ärgerte sich mächtig, bemühte sich jedoch, sich nicht aus dem Konzept bringen zu lassen.

»Mr. Guiton, wie hätte sich denn Miss Farrow bei Ihnen bemerkbar gemacht, wenn sie tatsächlich wie verabredet zwischen achtzehn und neunzehn Uhr am Ufer aufgetaucht wäre?« Sie lächelte kühl. »Mit Lichtzeichen?«

»Wir hatten vereinbart, dass sie mich über Handy anruft, dann wäre ich mit dem Schlauchboot ans Ufer gerudert und hätte sie geholt«, antwortete Frank Guiton so ruhig wie möglich.

»Gut. Sie ist also nicht gekommen. Was haben Sie stattdessen gemacht?«

»Ich habe zuerst in einer Bootszeitschrift gelesen und dann mit meinem neuen Kartenplotter geübt.«

»Was ist das – ein *Kartenplotter?*«, fragte Jane Waterhouse mit hochgezogenen Augenbrauen und blickte fragend in die Runde. »Entschuldigung, aber ich bin ja nur eine Frau und mit dem Spielzeug von Männern nicht so vertraut«, fügte sie ironisch hinzu.

Harold Conway verdrehte die Augen. Frank Guiton sah es. Es gab ihm den Mut, selbstbewusst und mit kräftiger Stimme zu antworten: »Es ist eine elektronische Seekarte mit GPS-System, das neueste Modell. Man braucht es zum Navigieren. Man kann eine Menge damit machen. Zum Beispiel Törns planen, gesegelte Strecken zurückverfolgen ... Sehr nützlich.«

»Wie lange haben Sie daran gesessen?«

»Bis ich schlafen gegangen bin ... Kurz nach Mitternacht, direkt nach dem Wetterbericht auf BBC. Da war klar, dass Debbie mich versetzt hatte. Sie ist ja auch nicht ans Telefon gegangen.«

»Haben Sie ihr aufs Handy gesprochen?«

»Natürlich, drei oder vier Mal.«

Jetzt schaute Jane Waterhouse zum ersten Mal zum Chef de Police hinüber. Er beantwortete ihren fragenden Blick mit nachdenklich gespitztem Mund. Beide wussten, dass man bei Debbies Leiche kein Handy gefunden hatte. Auch bei der Durchsuchung ihrer Wohnung war es nirgendwo aufgetaucht. Also hatte der

Mörder es möglicherweise an sich genommen oder weggeworfen. Vielleicht log Frank Guiton auch.

Jane Waterhouse hatte das Gefühl, sie müsste jetzt den Sack zumachen. »Ich halte also fest: Sie haben keinen Zeugen. Und es wäre ein Leichtes für Sie gewesen, das Schiff heimlich zu verlassen und die Tat zu begehen.«

Plötzlich war ein kurzes Räuspern von Harold Conway zu hören. Er stieß sich vom Heizkörper ab und näherte sich dem Tisch. »Detective Inspector Waterhouse, wenn ich mich mal kurz einklinken dürfte...«

Sie nickte unwillig.

»Ja, bitte?«

»Mir ist da was eingefallen. Als alter Segler weiß ich, dass man bei den meisten modernen Kartenplottern, ähnlich wie bei einem Handy, auch nachträglich noch feststellen kann, zu welcher Uhrzeit sie benutzt wurden. Unsere Computerspezialisten müssten das doch fertigbringen...«

Jane Waterhouse sah wieder Frank Guiton an. »Stimmt das?«

»Ich weiß es nicht«, antwortete er. »Aber wenn ich damit eine Chance habe, dass ich meine Unschuld beweisen kann, dann will ich, dass das nachgeprüft wird!«

Mit einer schnellen Bewegung aus dem Handgelenk warf Detective Inspector Waterhouse ihren angeknabberten schwarzen Kugelschreiber vor sich auf die Tischplatte. Schlecht gelaunt sagte sie: »Also meinetwegen. Ich unterbreche die Vernehmung.« Und an den Polizisten gewandt, fügte sie hinzu: »Edgar MacDonald soll sich sofort darum kümmern und einen von seinen Computerfreaks mit auf die Jacht nehmen.«

Harold Conway wartete nicht gerade auf ein Lob von der Chefermittlerin, aber wenigstens auf ein Wort des Respektes.

Er wartete vergeblich.

Bitter enttäuscht verließ er den Raum, ging wütend die Treppe hinunter und stürmte auf die Straße. Jetzt musste er sich erstmal im Pub um die Ecke mit einem Bier trösten.

Währenddessen machte sich Edgar MacDonald an Bord der versiegelten *Matador* über das Navigationsgerät her. Sein pfiffiger junger Mitarbeiter brauchte nur ein paar Minuten, um dem Kartenplotter sein Geheimnis zu entlocken und das Benutzerprotokoll der fraglichen Nacht auszudrucken.

MacDonald zupfte begeistert an seinem Vollbart. »Die heutige Technik ist wirklich verdammt gut!«, lobte er und riss den Computerausdruck an sich. »Lass mal sehen!«

Der Beweis war eindeutig. Frank Guiton hatte fast drei Stunden lang bis Mitternacht mit seinem Kartenplotter herumgespielt. Wieder und wieder hatte er die vielen Funktionen des neuen Gerätes ausprobiert.

Jane Waterhouse nahm Edgar MacDonalds Anruf mit versteinerter Miene zur Kenntnis. Dann ging sie wieder in den Verhörraum zurück. Erwartungsvoll sah Frank Guiton ihr entgegen.

»Die Techniker haben soeben Ihre Aussage bestätigt«, sagte sie kühl. »Sie können gehen.«

Strahlend vor Erleichterung lehnte Guiton sich zurück. »Danke! Und Sie werden sehen, dass ich auch mit dem Verschwinden meines Pferdes nichts zu tun habe!«

»Warten wir's ab. Die Ermittlungen sind noch nicht abgeschlossen.«

Sie traute ihm immer noch nicht. Aber vielleicht hatte er nur in dieser Pferdesache gelogen. Dann sollte der Chef de Police sich ruhig daran austoben.

Wenig später verließ Frank Guiton das Gefängnis als freier Mann und stieg in ein Taxi.

Der nächste Morgen brachte für Emily Bloom gleich mehrere Überraschungen.

Es begann damit, dass sie schon seit fünf Uhr wach war. Ruhelos geisterte sie durch das Haus und lenkte sich mit lauter albernen Tätigkeiten ab, die sie sonst verschmäht hätte. Sie nähte einen längst überfälligen Knopf an ihrem Lieblingskostüm an, reparierte endlich den schief hängenden Fensterladen vor dem Küchenfenster und sortierte mit der geblümten Teetasse in der Hand einen Stapel Rechnungen.

Sie hatte genauso schlecht geschlafen wie gestern.

Normalerweise versuchte sie, abends nicht eher ins Bett zu gehen, bis sie alle Dissonanzen, die ein Tag manchmal mit sich brachte, halbwegs verarbeitet hatte. Sie hasste nichts mehr, als stundenlang wach zu liegen und sich herumzuwälzen. Nur wenn sie wieder einmal eine der Nächte mit ihren Erinnerungsalbträumen erwischt hatte, fühlte sie sich hilflos wie ein Vogel im Käfig.

Diesmal hatte sich der Albtraum schon kurz nach dem Einschlafen in ihren Kopf gepirscht. Nach allem, was sie gestern erlebt hatte, war das auch kein Wunder.

Doch seltsamerweise öffnete der Traum in dieser Nacht ein neues Fenster in Emilys Seele...

Als ihre Finger die feuchte Erde über dem Gesicht wegkratzten, öffnete Debbie plötzlich die Augen und schaute sie wissend an. Es war ein seltsam sanfter Blick, sodass Emily vor Mitleid anfangen musste zu weinen. Verzweifelt versuchte sie, Debbies Gesicht zu streicheln. Doch wie durch Zauberhand verkleinerte es sich und wurde Teil eines Mosaiks mit Hunderten anderer Bilder, die sie schon kannte. Es war furchtbar. Wieder sah sie ihre Eltern im Autowrack, wieder spürte sie das Blut ihres Vaters über die eigenen Arme rinnen, wieder hörte sie die gellenden

Schreie ihrer Mutter. Sie sah sich als Kind vom Dach einer Scheune fallen und fühlte den Schmerz, den sie dabei empfunden hatte.

Plötzlich wuchsen ihr Flügel, sodass sie immer höher in die Luft aufsteigen konnte, wie um zu fliehen. Doch das Mosaik unter ihr begann sich zu einer ekligen Masse zu verformen, die immer näher kam, Emily umschloss und sie wieder auf den Boden zurückzog. Als sie voller Angst ein kleines Loch im Boden zu vergrößern versuchte, um sich darin zu verstecken, spürte sie plötzlich etwas Weiches in der Erde. Hektisch grub sie weiter und weiter – bis sie Haare, eine Nase und Zähne spürte.

Erneut war es Debbies Gesicht. Und alles begann von vorn. Das Gesicht hatte einen so sanften Blick, dass Emily vor Mitleid anfangen musste zu weinen...

Als sie über diesen merkwürdigen Traum nachgedacht hatte, war es ihr plötzlich wie Schuppen von den Augen gefallen. Er war kein Zufallsprodukt ihres Gehirns, er hatte eine besondere Bedeutung.

Sie war die Einzige, deren perfektes Gedächtnis über zahlreiche Mosaikstücke von ihren Gesprächen mit Debbie Farrow verfügte. Debbie war fast jede Woche bei ihr im Teeladen gewesen, manchmal hatten sie sich auch als Nachbarn auf der Straße oder im Supermarkt getroffen. Fast immer hatte die junge Frau dabei von sich oder von ihrem Kind erzählt.

Ich muss nur anfangen, mich daran zu erinnern, dachte Emily staunend.

Die Erkenntnis traf sie wie ein Blitz.

Jetzt war es ihre Aufgabe, Stück für Stück, Gespräch für Gespräch zu rekonstruieren, was Debbie ihr im Laufe der Zeit über sich selbst anvertraut hatte. Es war vielleicht nicht viel – hier eine Bemerkung, dort eine Erklärung, eine Unsicherheit oder eine Frage ... Aber es war genug, um Debbies kurzes Leben besser zu begreifen.

Sie brauchte frische Luft.

Entschlossen öffnete sie die Tür, die von der Küche in den Garten führte, und ging hinaus. Energisch begann sie, mit ihrer Gartenschere zwischen den Hibiskusblüten herumzuwerkeln. Dabei schaute sie auf die Häuser von St. Brelade's Bay hinunter. Direkt unterhalb ihres Gartens fiel die Felswand steil ab und gab unter dem blauen Himmel einen wunderbaren, fast italienisch anmutenden Blick auf die Küste frei. Überall auf den Dächern und Bäumen unter ihr glitzerte noch der Tau. Wenn sie sich an der Mauer ein Stück vorbeugte, konnte sie unten sogar das Haus sehen, in dem Debbie gewohnt hatte.

Im Flur klingelte das Telefon.

Sie legte ihre Gartenhandschuhe und die Schere auf dem Rand einer bepflanzten Blumenschale ab und eilte erwartungsvoll ins Haus. So früh rief normalerweise nur ihr Sohn aus London an.

Doch es war nur eine Isabel aus dem Büro des Chef de Police, eine, wie sie erfuhr, neue Praktikantin. Sie klang auffallend jung und ein bisschen naiv.

»Mr. Conway lässt Ihnen ausrichten, dass eine Streife heute früh Vikar Ballard aufgefunden hat«, sagte sie mit leichtem Lispeln.

Emily spürte, wie ihr übel wurde. Vorsichtig fragte sie: »Wo hat man ihn entdeckt?«

»In dem alten Auto des kranken Rektors. Auf einem Parkplatz kurz vor dem Dorf Rozel.«

»Und wie ... wie hat man ihn vorgefunden?«

»Wenn ich den Chef de Police richtig verstanden habe, war der Vikar wohl in einem schlimmen Zustand.«

»Oh Gott!«, entfuhr es Emily. »Weiß die Polizei denn schon, was passiert ist?«

Lakonisch meinte die Hospitantin: »Er hat offenbar seinen Rausch ausgeschlafen. Jedenfalls sah Mr. Ballard noch ziemlich verkatert aus, als ich ihn vorhin gesehen habe.«

»Er lebt also?«, fragte Emily erleichtert.

Isabel schien die Frage lustig zu finden, denn sie kicherte, während sie sagte: »Ich weiß ja nicht, wie lebend man sich noch fühlt, wenn man so verkatert ist.« Dann schien sie selbst zu merken, wie taktlos ihre Bemerkung war, und fügte kleinlaut hinzu: »Entschuldigung, Mrs. Bloom, das ist mir nur so rausgerutscht...«

»Schon gut... Ist der Vikar noch bei Ihnen, oder ist er schon wieder zu Hause?«

»Unsere Kollegin Sandra Querée hat Mr. Ballard vorhin ins Pfarrhaus gefahren.«

»Dann sagen Sie Mr. Conway vielen Dank für diese Information.«

»Gerne. Und Mrs. Bloom ... wegen meiner Bemerkung eben...«

Doch da hatte Emily schon aufgelegt. Kaum hatte sie das getan, bekam sie auch schon ein schlechtes Gewissen, weil sie keinesfalls arrogant wirken wollte. Schließlich war es sehr aufmerksam von Harold gewesen, dass er an sie gedacht hatte.

Wie es dem Vikar jetzt wohl ging? Sie musste unbedingt mit ihm reden.

Plötzlich fiel ihr ein, dass irgendwo im Wohnzimmer das Foto von Debbie liegen musste, das sie gestern im Pfarrhaus heimlich eingesteckt hatte. Sie entdeckte es auf dem großen Esstisch, steckte es ein und verließ das Haus.

Als sie zur Garage ging, hörte sie zwei Motorräder die Straße heraufdonnern. Schon am Geräusch erkannte sie, dass eine der beiden Maschinen Tim Sousa gehörte. Der Krach war ohrenbetäubend. Er parkte in der Einfahrt zum Cottage, stellte den röhrenden Motor aus und nahm den Helm ab. Seine schwarzen Locken war vom Helm zerstrubbelt. Der zweite Fahrer blieb im Hintergrund auf seiner Maschine sitzen, auch er stellte den Motor aus. Er winkte kurz zu Emily herüber. Sie erkannte ihn. Es war Tims Freund Shaun Flair, der gut aussehende Surflehrer.

Emily ging ihrem Mitarbeiter entgegen.

»Guten Morgen, Tim.«

Er strahlte sie an. »Morgen. Ich wollte nur kurz sehen, ob es Ihnen wieder gut geht, bevor ich zum Laden fahre.«

Gerührt über so viel Anteilnahme, legte Emily ihre Hand auf den Arm seiner Lederjacke und streichelte darüber. »Das ist lieb von dir. Alles in Ordnung.«

»Unten an der Tankstelle haben sie von nichts anderem geredet als von diesem schrecklichen Mord«, meinte er kopfschüttelnd, während er abstieg. Er war groß und schlaksig. Emily hatte ein schlechtes Gewissen, weil er ihretwegen gestern bis abends um sieben im Laden bleiben musste. Eigentlich lautete ihre Abmachung, dass er parallel zu seiner Ausbildung als Teehändler nachmittags frei hatte, um über das Internet einen Fernkurs als Importkaufmann zu absolvieren. Sie bewunderte seinen Fleiß.

»Tut mir auch leid, dass du gestern erst so spät aus dem Laden gekommen bist«, sagte sie entschuldigend.

»Macht doch nichts«, meinte Tim. Er öffnete den Reißverschluss seiner Lederjacke und holte einen prall gefüllten Umschlag hervor. »Hier, die Post von gestern. Die Kopien der neuen Bestellungen sind auch mit drin.«

Emily nahm ihn entgegen. »Danke. Gab es irgendwas Besonderes?«

»Nein ... Doch! Mr. Rodney hat endlich seinen Sencha-Tee abgeholt, und die gestylten neuen Kannen aus New York sind geliefert worden. Viereckig, in Rot und Gelb. Sehen super aus. Zwei davon konnte ich gleich verkaufen.«

»Glückwunsch, Timmi! Wollt ihr beiden noch schnell einen Espresso trinken?«

Trotz ihrer Liebe zum Tee mochten Tim und sie auch starken Kaffee, was viele Kunden erstaunte.

»Keine Zeit. Ich muss gleich noch schnell meinen neuen Squash-Schläger abholen.«

Emily wusste, dass Tim sehr sportlich war. Trotz seiner achtzehn Jahre wirkte er immer noch wie ein großer Junge. Vor zwei Jahren hatte sie ihm einen Job angeboten, damit er nicht unter die Räder kam. Er war ein einzelgängerischer Rebell gewesen, aus ärmlichen Verhältnissen, der immer wieder mit dem Gesetz in Konflikt geraten war. Nur Emily und er wussten das, und sie hatten beschlossen, es für sich zu behalten. Inzwischen war aus ihm ein zuverlässiger Assistent geworden, auf den Emily sich blind verlassen konnte. Das gute Aussehen hatte er seinem portugiesischen Vater zu verdanken, von dem er auch die fröhliche, jungenhafte Art geerbt hatte. Alle mochten ihn, vor allem die Mädchen.

Er zog den Reißverschluss seiner Lederjacke wieder zu und fragte vorsichtig: »Weiß man schon mehr über Debbie Farrow? Ich meine, wie es passiert ist und so ...«

Emily schüttelte den Kopf. »Nein, und das wird sicher auch noch dauern bis nach der Obduktion. Hast du sie denn gut gekannt?«

»Nur aus dem Laden. Und ein- oder zweimal habe ich sie auf einem Fest gesehen. Sah ziemlich gut aus.«

Auch eine Art von Trauer, dachte Emily bitter. Aber wie sollte ein Achtzehnjähriger auch sonst damit umgehen, wenn die Tote nicht gerade seine Freundin war?

»Was wurde denn so geredet über sie?«

»Dass sie unheimlich viel Pech hatte in letzter Zeit. Hat man ja auch gesehen, wenn sie immer so traurig in den Laden kam.«

»Weißt du, ob sie einen festen Freund hatte?«

Tim zuckte mit den Schultern. »Keine Ahnung. Das letzte Mal, dass ich sie getroffen habe ... vor zwei Wochen auf dem Rennbahnfest ... da saß sie an einem Tisch mit den Jockeys.«

Emilys Interesse war geweckt. »Hast du zufällig mitbekommen, ob sie auch Frank Guiton kannte, diesen Pferdezüchter ...?«

»Frankie? Na klar kannten die sich! Einmal, irgendwann sonntags, sind Debbie und er in seinem roten Cabrio bei mir in der Straße rumgerast wie die Verrückten. Franks Cousin ist nämlich mein Nachbar.«

Erstaunt sagte Emily: »Tatsächlich? Wusstest du auch, dass man Frank Guiton gestern wegen irgendeiner Pferdegeschichte festgenommen hat?«

Jetzt war es Tim, der erstaunt war. »Häh? Da muss ich mal seinen Cousin fragen.« Damit schien für ihn das Thema auch schon erledigt zu sein, denn er blickte auf die Uhr und fragte höflich: »Ist es Ihnen recht, Mrs. Bloom, wenn ich mich jetzt auf den Weg mache?«

Verblüfft, aber auch ein wenig neidisch stellte Emily fest, wie schnell junge Leute in der Lage waren, sich von unangenehmen Themen zu verabschieden. Aber Tim hatte ja recht, der Teeladen musste pünktlich geöffnet werden.

»Na dann los«, sagte sie lächelnd.

Tim hob die Hand, startete den Motor und griff nach dem wuchtigen Helm. Auch Shaun Flairs Harley sprang wieder an.

Plötzlich fiel Emily etwas ein. Sie hatte sich ja vorgenommen, bei Godfrey Ballard vorbeizuschauen. Gerade noch rechtzeitig, bevor Tims Kopf wieder unter dem Helm verschwand, rief sie ihm zu: »Tim! Heute Mittag könnte es bei mir wieder etwas später werden. Ist das okay für dich?«

»Kein Problem, Mrs. Bloom!«

»Danke!«

Mit knatterndem Auspuff fuhr Tim davon. Shaun folgte ihm winkend. Lächelnd blickte Emily hinter ihnen her.

Ihre Hände steckten in den schmalen aufgesetzten Taschen ihres grünen Kostüms, das sie immer dann trug, wenn sie besonders viel Selbstvertrauen benötigte. Der elegante schwarze Haarreif, für den sie sich heute entschieden hatte, ließ ihr Gesicht offen und ihre Haut glatt erscheinen, doch ihr war im Spiegel nicht entgangen, dass der sonst so humorvolle Ausdruck in ihren grünen Augen immer noch nicht zurückgekehrt war.

Im Schneckentempo kroch das Taxi, in dem Frank Guiton saß, die steile Haarnadelkurve bei *Le mont du la valle* hinter einem schweren Kühllastwagen her. Tief unter ihnen blieb der endlos lange Strand zurück, an dessen Wassersaum auch heute wieder Muschelsucher mit Tüten in der Hand entlangzogen.

Wegen der Hitze, die sich im Auto staute, hatte der Taxifahrer alle Fenster geöffnet. Er schob seinen Arm in den warmen Fahrtwind, klopfte ungeduldig mit der flachen Hand auf das Autodach und schüttelte den Kopf.

»Ich weiß nicht, warum das noch keiner geschafft hat, endlich breite Straßen auf Jersey zu bauen«, schimpfte er. Sein Dialekt verriet ihn als jemanden, der irgendwo aus Nordengland stammte, wo genügend Platz für Motorways war. Guiton überlegte, ob er als Insulaner etwas Kritisches darauf antworten sollte, aber er ließ es. Immerhin war der Fahrer so feinfühlig gewesen, ihn nicht zu fragen, was er im Gefängnis gemacht hatte.

Während er draußen die Hecken und Steinwälle, die die Felder voneinander trennten, an sich vorüberziehen sah, sagte Guiton nur: »Oben auf der B 55 wird's ja gleich besser.«

Er liebte die einsame, nur dünn besiedelte Landschaft im Nordwesten der Insel. Hier, bei St. Ouen, war er geboren, hier kannte er sich aus. Vor allem entlang der Steilküste, wo die ungezähmte Natur am ursprünglichsten und am wildesten war, gab es kaum einen Pfad, den er nicht auf dem Rücken eines Pferdes erkundet hatte.

Sobald sie wieder auf freier Strecke waren, drückte der Taxifahrer zweimal kurz auf die Hupe und setzte zum Überholen an. Der Wagen scherte aus, raste am Kühlwagen vorbei und setzte sich davor, und das alles so scharf und abrupt, dass Guiton auf der Rückbank hin und her geworfen wurde. Geistesgegenwärtig hielt er dabei seine Reisetasche fest, die neben ihm stand und aus deren Seitentasche der Umschlag mit den Gefängnisunterlagen herausschaute, die er als Duplikate mitbekommen hatte.

»Entschuldigung!«, rief der Fahrer nach hinten. »Ging leider nicht anders, wenn wir irgendwann mal ankommen wollen.«

»Schon in Ordnung.«

»Wo muss ich abbiegen?«

»Hinter der nächsten Kreuzung die vierte Straße links.«

Mit einem Gefühl von Ekel stopfte Guiton die Gefängnispapiere ganz tief in die Tasche zurück, sodass er sie nicht mehr sehen musste. Wie viel Kraft ihn die vergangenen zwei Tage gekostet hatten, spürte er erst jetzt. Sein ganzer Körper schien ausgelaugt und müde. Dabei war es weniger die Enge der schlichten Gefängniszelle, die ihn zermürbt hatte. Es war vor allem der psychische Druck, den Detective Inspector Waterhouse auf ihn ausgeübt hatte. Er dankte Gott dafür, dass er vor einer Woche die Entscheidung getroffen hatte, sich den neuen Kartenplotter zu kaufen.

Vor ihnen tauchte eine Fahrradfahrerin auf, die gegen den Wind kräftig in die Pedalen trat. Frank Guiton erkannte sie an ihrem flatternden grünen Seidenschal. Es war seine Nachbarin Helen Keating. Er konnte noch sehen, wie sie am Parkplatz ihres *Keating Lavendel Parks* vom Rad sprang und ein paar Besucher begrüßte. Auch mit Anfang fünfzig war sie immer noch ziemlich schlank, sie arbeitete allerdings auch hart. Da ihre blau leuchtenden Lavendelfelder unmittelbar an seine Pferdekoppeln grenzten, wusste er, wie oft sie während der Ernte selbst mit anpackte, obwohl sie mehrere Gärtner beschäftigte.

Frank Guiton war so sehr in Gedanken versunken, dass er erst am Knirschen des Kieses unter den Autorädern merkte, dass das Taxi schon in die Einfahrt zu seinem Gestüt eingebogen war.

»Geht das Tor von allein auf, Sir?«, fragte der Fahrer.

Guiton blickte an ihm vorbei durch die schmutzige Windschutzscheibe. Verwundert stellte er fest, dass das weiß gestrichene hölzerne Tor heute fest eingehängt war. Normalerweise stand es Tag und Nacht weit offen. Seltsam. Sowohl seine Haushälterin wie auch sein alter Stallmeister wussten doch, wann er heute zurückkam.

»Nein. Ich steige hier aus«, sagte Guiton, während er nach seiner Tasche griff und die Tür öffnete.

Der Taxifahrer schrieb eine Quittung und reichte sie Guiton durch das offene Fenster.

Guiton bezahlte.

Mit seiner Tasche in der Hand ging er auf das Tor zu. Hinter sich hörte er, wie das Taxi zur Straße zurücksetzte und wegfuhr. Durch die Äste der Bäume konnte er schon sein Farmhaus sehen, daneben die Stallungen und die große Scheune.

Er blieb stehen und atmete tief durch. Das hier war sein Leben – die Pferde, die Rennen, die Arbeit auf den Wiesen und Feldern. Jetzt, nach der quälenden Zeit im Gefängnis, empfand er plötzlich eine besonders tiefe Dankbarkeit für all das, und er nahm sich vor, von jetzt an noch bewusster mit diesem Geschenk umzugehen.

Endlich konnte er auch das Wiehern der Pferde auf den Koppeln hören. Keine Begrüßungsmusik hätte schöner klingen können für ihn.

Fast wie in einem symbolischen Akt zog er mit festem Griff das Tor auf, damit jeder auf der Farm sehen konnte, dass er als freier Mann wieder zurückgekommen war. Das unterste Brett kratzte über den Boden und zog eine halbkreisförmige Spur in den hellen Kies.

Das Knirschen übertönte jedes andere Geräusch. Und so hörte er auch nicht, wie sich leise jemand von hinten näherte.

Als ihn der Schlag des Knüppels auf den Hinterkopf traf, ergoss sich ein Schwall von Blut in seinen Mund, und ein unerträglicher Schmerz fuhr durch seinen Körper. Er konnte nichts mehr sehen. Dann spürte er einen zweiten Hieb, danach den dritten...

Wie in Zeitlupe sackte er zu Boden.

Als Emily Bloom den Vikar erblickte, war sie erschrocken.

Von der Fröhlichkeit, die Godfrey Ballard sonst immer ausgezeichnet hatte, war nicht mehr viel übrig geblieben. Aus seiner jungenhaften Unbekümmertheit war tief sitzende Sorge geworden. Mit fahrigen Bewegungen stellte er im Garten des Pfarrhauses die beiden Tassen auf den weißen runden Tisch unter der Birke und goss aus einer silbernen Kanne Tee ein. Dabei tropfte etwas Tee auf die Tischplatte.

»Jetzt habe ich auch noch gekleckert...«

Verschämt wischte er die Tropfen mit einem Ärmel seines schwarzen Pullovers weg.

Emily konnte seine Unruhe gar nicht mit ansehen. Sie zog ihn am Pulli, der über dem pummeligen Bauch ein wenig spannte, auf seinen Stuhl. »Da bleiben Sie jetzt sitzen! Kommen Sie doch endlich mal zur Ruhe, Godfrey.«

Er gehorchte und schien tatsächlich bemüht zu sein, mit ein

paar tiefen Atemzügen sein inneres Gleichgewicht wiederzugewinnen. Schließlich trank er einen Schluck Tee und sagte kopfschüttelnd: »Mrs. Bloom, ich bin doch erledigt! Wie soll die Gemeinde mir künftig noch vertrauen? Ein besoffener Pfarrer, der in einen Mordfall verwickelt ist!«

»Sind Sie das denn – in den Mordfall verwickelt?«, fragte Emily vorsichtig.

In seinen großen Chorknabenaugen entdeckte sie aufrichtigen Protest. »Natürlich nicht! Aber ich habe Debbie nun mal gut gekannt. Außerdem musste ich mir von der Polizei einen Haufen unangenehme Fragen gefallen lassen. Zu Recht.«

»Mein Alibi für den Abend haben Sie auch überprüft«, meinte Emily. Und tadelnd fügte sie hinzu: »Sie hätten nach dem Unfall eben nicht einfach verschwinden dürfen. Auch noch mit Gepäck! Das musste ja wie Flucht aussehen. Wo wollten Sie überhaupt hin?«

Nervös spielte er mit dem Teelöffel. »Ach, ich kenne eine kleine Pension in Rozel, meine Schwester hat da ein paar Mal übernachtet. Nach dem Unfall war ich so durcheinander, dass ich nur noch wegwollte. Irgendwie hatte ich plötzlich das Gefühl, dass es für alle am besten wäre, wenn ich überhaupt nie mehr zurückkäme...«

»So ein Unsinn.« Emily Blooms Augen verrieten innige Anteilnahme an seiner Unsicherheit. Sie durchschaute, dass sein vieles Trinken und sein Verschwinden nur der verzweifelte Ausdruck eines anderen, gut versteckten Konfliktes in seinem Leben sein konnten. Sie wusste, wenn sie es jetzt nicht ansprach, würde sie es nie wieder tun können. Irgendwie spürte sie, dass er geradezu darauf wartete.

Behutsam fragte sie: »Warum trinken Sie eigentlich, Godfrey?«

Er blickte zur Seite, hob dann den Blick zu den Bäumen und schaute lange in das Laub einer Akazie. Emily ließ ihm Zeit.

Leise sagte er: »Ich habe noch nie mit jemandem darüber gesprochen, Mrs. Bloom ...«

»Entschuldigung! Wenn Sie nicht möchten ... Es muss ja nicht sein ...«

»Doch, doch ... Vielleicht tut's mir gut, wenn ich es loswerde.«

Sie schwieg geduldig, während er allen Mut zusammennahm und nach dem richtigen Anfang suchte.

Schließlich fing er an zu erzählen. Seine Worte kamen stockend. »Es passierte, als ich vierzehn war ... Ich hatte einen Freund aus dem Haus neben uns, er hieß Jacob ... Wie alle Kinder mussten wir jeden Sonntag in die Kirche gehen, so wie es sich in unserem Dorf gehörte. Wie in diesem Alter üblich rebellierten Jacob und ich jedes Mal dagegen ... ich wahrscheinlich mehr als er. Eines Sonntags stachelte ich ihn an, während der Predigt mit mir durch das Seitenportal aus der Kirche zu schleichen. Wir liefen über die Felder, bis ich auf die Idee kam, die Abkürzung über den Motorway zu nehmen ...« Der Vikar presste die Lippen fest aufeinander.

Emily nickte ihm ermutigend zu. »Lassen Sie sich Zeit.«

Wie einen zerbrechlichen Glasfaden nahm er seine Erzählung wieder auf, mit seinen Worten vorsichtig in die Vergangenheit tastend. »Jacob war immer so schnell ... Er kletterte als Erster über die Leitplanke. Er zählte laut bis drei und rannte dann los ... Plötzlich flog er durch die Luft ... wie eine Puppe ... und war tot.« Schluchzend brach der Vikar ab.

Schockiert spürte Emily, dass der ganze Wust aus christlichen Fragen von Schuld, Verantwortung und Sühne, mit denen der Vikar seine Schäfchen so oft konfrontiert hatte, nichts anderes war als die schmerzhafte Essenz seines eigenen jungen Lebens. Er war gerade einmal vierzig, und er hatte schon so lange mit dem Tod seines Jugendfreundes gelebt. War er vielleicht nur deshalb in diese kleine Gemeinde nach Jersey gekommen, um dort zu büßen, wo er nie sein wollte – in der Kirche?

Emily stand auf, ging um den Gartentisch herum zu Godfrey und kniete sich neben ihn ins hohe Gras. Sie streichelte ihm sanft den Rücken, genau so, wie sie es früher bei ihrem Sohn getan hatte, als er noch ein Kind war.

Godfrey ließ ihr Streicheln geduldig zu, glaubte sich aber rechtfertigen zu müssen. »Wie soll ich diese Schuld ein Leben lang aushalten? Sagen Sie mir das?«, flüsterte er.

Emily nahm sich vor, ihm jetzt keine guten Ratschläge zu geben. Vielleicht hatte es ihm schon geholfen, dass er offen darüber reden konnte. »Godfrey, ich weiß das Vertrauen zu schätzen, dass Sie mir das erzählt haben. Und ich danke Ihnen von ganzem Herzen dafür.«

Er nickte stumm.

Plötzlich fiel Emily wieder ein Satz ein, den er selbst einmal gesagt hatte. Es war vor zwei Jahren gewesen, als sie nur schwer damit fertig werden konnte, dass ihre Schwester Edwina sie allein gelassen hatte und nach Neuseeland ausgewandert war. »Wissen Sie noch, Godfrey, womit Sie mich damals getröstet haben, als ich wie ein zertrampelter Regenwurm am Boden lag? *Zweifeln Sie nie an Ihrer eigenen Stärke, sonst zweifeln Sie auch an Gottes Hand.* Und Sie hatten recht!«

Der Vikar wischte sich die Tränen aus den Augen und versuchte zu lächeln. »So kluge Sachen soll ich gesagt haben?«

Sie nickte. »Und genau deshalb sind Sie in der Gemeinde auch so beliebt.«

Ein Eichhörnchen sprang direkt vor ihnen über den Rasen und kletterte wie ein Blitz den Stamm der Birke empor.

Der Vikar schaute dem Tier versonnen nach. Dann straffte er sich plötzlich, legte die Hände entschlossen auf die Armlehnen seines Gartenstuhls und richtete seinen Körper auf. »So, Schluss jetzt mit der Larmoyanz! Es gibt Wichtigeres. Weiß man schon etwas Neues über Debbies Tod?«

Emily stand auf, ging zur anderen Seite des Gartentisches zurück und setzte sich wieder auf ihren Platz. »Nein. Aber die Polizei ermittelt jetzt, ob es eine Verbindung zu dem anderen Mord gibt.« Sie seufzte. »Ach, Godfrey! Wenn ich an unsere liebe Debbie denke, könnte ich heulen. Ich nehme an, Sie haben der Polizei auch einiges über sie erzählen können.«

Der Vikar nickte. »Ja natürlich. Obwohl der Chef de Police mehr an meinem Alibi interessiert war. Aber er musste zur Kenntnis nehmen, dass ich vorgestern Abend auf einer Sitzung der Kirchenleitung in Grouville war und dort auch gleich bei einem Kollegen übernachtet habe. Offenbar hat er nun überhaupt keinen Verdächtigen mehr.«

Es war eine absichtliche Spitze gegen Harold Conway. Der Vikar wusste, dass Emily ihrem Ex-Schwager eher kritisch gegenüberstand.

»Doch, einen Verdächtigen gibt es. Frank Guiton.«

»So ein Unsinn! Debbie und Frank waren...« Er brach ab.

»Sie wissen es also auch?«, fragte Emily überrascht. »Dass die beiden befreundet waren, meine ich.«

Der Vikar nickte. »Ja. Obwohl sie es eigentlich noch nicht an die große Glocke hängen wollten.«

Emily fasste in ihre Kostümjacke und zog das Foto heraus, das sie gestern aus dem Pfarrhaus mitgenommen hatte. Mit ausgestrecktem Arm hielt sie es Godfrey hin. »Hier, das möchte ich Ihnen zurückgeben.«

Irritiert griff er danach. »Woher haben Sie das?«

»Ich weiß, es war indiskret«, sagte sie entschuldigend, »aber als ich gestern mit Harold Conway hier war, habe ich das Foto zufällig unter der Bibel liegen sehen. In dem kleinen Zimmer rechts unten...«

»Mein Meditationsraum ... Er war sicher ziemlich unaufgeräumt ...«

»Ach was!«

Sie verschwieg ihm, wie seltsam sie das Zimmer gefunden hatte. Heute verstand sie allerdings schon sehr viel besser, wie dringend er eine Art Mönchszelle für seine kranke Psyche brauchte.

»Harold war ziemlich in Rage«, sagte sie. »Wenn er das Foto entdeckt hätte, hätte er vielleicht die falschen Schlüsse daraus gezogen.«

»Meinen Sie?«

»Und ob! Überlegen Sie doch mal, Godfrey! Lippenstift und eine so persönliche Widmung von Debbie!«

Wurde der Vikar ein klein wenig rot, oder täuschte Emily sich, weil sie sich insgeheim wünschte, dass er rot wurde? Da die Geistlichen der Kirche von England jederzeit eine Familie gründen konnten, wäre schließlich nichts dagegen einzuwenden gewesen, wenn er mit Debbie geflirtet hätte.

Doch sie hatte sich wohl geirrt. Im Gegenteil, er schien sich über ihren Verdacht zu amüsieren, denn er lachte leise, während er noch einmal das Foto betrachtete.

»Debbie und ich? Doch, das könnte man wirklich denken, wenn man das so sieht. Aber ich kann Sie beruhigen, es war rein beruflich. Sie kam vor zwei Wochen mit einem ziemlich großen Problem zu mir und hat mich um Rat gefragt.«

Vorsichtig fragte Emily: »Ich nehme an, Sie dürfen mir nicht sagen, um welches Problem es da ging?«

Entschieden schüttelte er den Kopf. »Die Schweigepflicht, Mrs. Bloom.«

»Ja, natürlich.«

Emily wusste, dass es unfair gewesen wäre, den Vikar weiter zu bedrängen. Er hatte heute schon genug gelitten. Sie nahm ihre Handtasche und stand auf. »Gut. Dann mache ich mich jetzt mal wieder auf den Weg.«

»Ich muss auch gleich los«, sagte er, »in das neue Kinderheim.« Zögernd fügte er hinzu: »Und noch einmal, Mrs. Bloom... Es hat mir sehr geholfen, dass Sie sich so viel Zeit für mich genommen haben. Danke!«

»Das war doch selbstverständlich. Darüber müssen wir gar nicht mehr reden.«

Gedankenverloren begleitete er sie zum Gartentor. Rechts neben dem Eingang wucherte eine dichte Brombeerhecke, deren Früchte noch nicht reif waren. Plötzlich blieb der Vikar stehen.

Er hatte einen Entschluss gefasst.

»Mrs. Bloom, wenn Sie mir hoch und heilig versprechen, dass Sie es für sich behalten, sage ich Ihnen, warum Debbie bei mir war.«

Emily versuchte, sich ihre Erleichterung nicht anmerken zu lassen. »Ich verspreche es.«

Er faltete die Hände, so wie es viele Geistliche taten, wenn sie sich konzentrierten. Emily hatte diese Geste schon bei Godfreys Vorgänger beobachtet.

»Zwischen Debbie und ihrer Mutter gab es ein Geheimnis«, begann er zögernd. »Das Geheimnis um Debbies Vater...«

»So etwas Ähnliches habe ich mir schon gedacht.« Emily nickte.

»Nein, nein, nicht was Sie denken. Es handelt sich vielmehr um... das schreckliche Drama von Debbies Entstehung...«

Mit einem unheilvollen Gefühl begann Emily zu ahnen, worauf er hinauswollte. »Eine Vergewaltigung?«

Der Vikar nickte düster.

»Ja. Im Oktober vor zweiunddreißig Jahren. Auf dem *Black Butter*-Fest.«

Wie jeder auf der Insel wusste auch Emily Bloom, wie ein solches Fest ablief. Es fand immer nach der Apfelernte statt, früher war es jedenfalls so gewesen, als Jersey noch voller Apfelplantagen war. Die *Black Butter* war ein Nebenprodukt der Herstellung von Cider, dem bekannten Apfelwein.

Um *Black Butter* zu gewinnen, verkochte man über viele Stunden den Cider auf offenem Feuer, dann gab man Zucker, Zitrone, Likör und Gewürze hinzu, bis in den Kupferpfannen eine dickliche schwarze Masse entstand, die man als Brotaufstrich aß.

Es war eine Gemeinschaftsarbeit, auch Nachbarn und Freunde stießen im Laufe des Abends dazu. Es wurde viel getrunken, und alle halfen fröhlich mit.

»Hat Debbie Ihnen erzählt, auf welchem Hof das Fest damals stattfand?«, fragte Emily. Schon vor zweiunddreißig Jahren hatte es nicht mehr allzu viele Höfe gegeben, auf denen man die alte Tradition fortsetzte.

»Nein. Einen Namen hat sie nicht genannt. Ich war, ehrlich gesagt, so schockiert, dass ich auch nicht nachgefragt habe. Sie hat nur angedeutet, dass es der Sohn des Gutsherrn war, der ihre Mutter vergewaltigt hat. Einer aus bester Familie.«

»Vor zweiunddreißig Jahren...« Emily rechnete schnell nach. »...da war Mary-Ann gerade erst zweiundzwanzig. Und wir haben sie alle für hochnäsig gehalten, weil sie ihr Kind ohne Vater aufziehen wollte! Mein Gott, das muss hart gewesen sein für sie!«

Beruhigend sagte Godfrey Ballard: »Mrs. Bloom, nach so langer Zeit dürfen Sie sich keine Vorwürfe mehr machen. Keiner von Ihnen konnte damals ahnen, was Debbies Mutter in Wirklichkeit durchmachte.«

»Ich verstehe nur nicht, warum sie nicht zur Polizei gegangen ist und den Vergewaltiger angezeigt hat? Mary-Ann war doch sonst so willensstark.«

»Der Gedanke, ihm in St. Helier vor Gericht gegenüberstehen zu müssen, war ihr wohl unerträglich. Als sie spürte, dass sie schwanger war, sah sie nur einen Weg – mit ihren Eltern zu brechen.«

Emily hatte die rätselhafte Veränderung in Mary-Anns Leben noch genau vor Augen. Sie schüttelte betroffen den Kopf. »Mein

Gott, das war also der Grund! Von einem Tag zum anderen ist sie von Noirmont nach St. Helier gezogen, hat allein in einer winzigen Dachwohnung gewohnt und eine Stelle als Köchin angenommen. Und dann wurde Debbie geboren.«

»Ja, unsere wunderbare Debbie ... Jetzt wissen Sie also, was Debbie so schrecklich beschäftigt hat.«

»Wann hat ihre Mutter ihr es gesagt?«

»Kurz vor ihrem Tod. Für Mary-Ann war es bestimmt eine Erleichterung. Aber für Debbie war es eine Qual. Deswegen hat sie mich auch um Rat gefragt. Sie wollte von mir wissen, ob sie es nicht doch irgendwann ihrer Schwester Constance erzählen soll. Offenbar gibt es noch mehr Geheimnisse in der Familie.«

»Und? Was haben Sie Debbie geraten?«

»Dass nur sie diese Entscheidung treffen kann. Sie allein konnte wissen, wie Constance damit umgehen würde.«

Emily hatte plötzlich den Wunsch, zu gehen und in aller Ruhe über das nachzudenken, was sie gerade erfahren hatte. Sie würde eine Weile brauchen, um das Schicksal der Farrows innerlich zu verarbeiten. »Danke, Godfrey, dass Sie so ehrlich zu mir waren. Ich weiß das sehr zu schätzen.«

Fast schüchtern lächelte er sie an.

»Ich habe Ihnen zu danken, Mrs. Bloom. Beichte gegen Beichte – können wir unseren Glauben ehrlicher unter Beweis stellen?«

Während die Expressfähre aus England sich auf das Elizabeth Terminal im Hafen von St. Helier zubewegte, standen endlich auch die letzten Passagiere von ihren Sitzen auf. Das Schiff war ausgebucht, denn das anhaltend schöne Wetter hatte viele Touristen angelockt. Die meisten blieben allerdings nur ein paar Tage auf Jersey, um einen Kurzurlaub einzuschieben.

Constance stand mit ihrem Gepäck schon an der Treppe unter Deck. Sie nutzte die Zeit, um schnell noch ihre neuesten E-Mails auf dem Handy zu lesen. Gleichzeitig lenkte sie sich damit ein wenig ab. Plötzlich ruckte es, Taue wurden geworfen, Eisen quietschte.

Mit pochendem Herzen wusste sie: Sie war da.

Sie war da, wo sie eigentlich nie wieder sein wollte.

Kaum hatte das riesige Schiff sich mit seinen Katamaranflügeln an die Kaimauer gelegt, da öffnete sich auch schon die Luke, die Fußgänger kamen zum Vorschein und danach die Autos, begleitet von Motorlärm, Rufen, Hupen und Möwengeschrei.

Die Fähre hatte die englische Küstenstadt Weymouth, Grafschaft Dorset, um zehn Uhr vormittags verlassen und nach knapp dreieinhalb Stunden ruhiger Überfahrt pünktlich angelegt.

Constance war froh, dass sie endlich an die frische Luft kam. Eilig drängte sie sich an zwei alten Damen vorbei, schob sich durch eine Gruppe palavernder Italiener und stand endlich im Elizabeth Terminal. Von dort aus waren es nur noch ein paar Schritte bis auf den Vorplatz.

Ihr leuchtend roter Anorak, der blaue Rucksack auf dem Rücken und die längliche Reisetasche, die sie in der rechten Hand trug, ließen vermuten, dass es sich bei ihr um eine der vielen sportlichen Touristen handelte, die die Insel zum Wandern oder Surfen besuchten.

Doch der Eindruck täuschte. Zwanzig Jahre lang war sie hier zu Hause gewesen. Drei junge Hafenarbeiter pfiffen frech hinter ihr her. Constance war so angespannt, dass sie es gar nicht wahrnahm.

Es duftete herrlich nach Meer, wie so oft in St. Helier, wenn Hochdruckwetter die warme Luft mit positiver Energie erfüllte. Doch Constance konnte sich nicht daran freuen, denn sie spürte

Angst. Angst vor dem Augenblick, in dem sie ihre tote Schwester identifizieren musste.

Es war kurz nach halb zwei. Sie war pünktlich.

Irgendwo hier draußen musste jetzt der Chef de Police von St. Brelade auf sie warten.

Seine Mitarbeiterin hatte ihr am Telefon gesagt, dass er sie gleich von hier aus zur Gerichtsmedizin begleiten würde und sie anschließend über ihre Schwester befragen wollte. Der Termin war von einer Frau vereinbart worden, einer Detective Inspector Waterhouse, doch die war offenbar kurzfristig verhindert.

Mit zusammengekniffenen Augen schaute sie gegen die Sonne und suchte den Parkplatz nach dem Polizeiauto ab. Sie entdeckte es direkt neben der Einfahrt. Davor stand ein Mann.

Sie ging zu ihm.

»Ich glaube, Sie warten auf mich«, sagte sie zaghaft. Sein Aussehen – vor allem das hagere, unnachgiebig wirkende Gesicht – flößte ihr Respekt ein. Sie hoffte, dass er nicht ganz so unfreundlich war, wie er aussah.

»Ah, Miss Constance Farrow, ja?«

Mit zaghaftem Lächeln nickte sie, erleichtert, dass seine kräftige Stimme eher freundlich klang. »Ja.«

»Mein Name ist Conway«, stellte er sich höflich vor. »Geben Sie mir Ihr Gepäck und nehmen Sie schon mal Platz.«

Sie ließ den Rucksack von ihrer Schulter rutschen, er nahm ihn ihr ab, griff auch nach der Reisetasche und stellte beides in den Kofferraum.

Constance nahm auf dem Beifahrersitz Platz und schnallte sich an. Während Conway einstieg und den Motor startete, sagte er mit einem Blick auf die Menge der Touristen, die vom Terminal auf die Straße strömten: »Hauptsaison. Jetzt wird's eng auf der Insel.«

»Ich weiß«, sagte Constance. »Und keiner von ihnen ist an den Linksverkehr gewöhnt.«

Sie fuhren los. Als sie an der ersten Ampel warten mussten, sah Conway zu ihr hinüber und sprach ihr sein herzliches Beileid aus.

»Es ist schwer für mich«, sagte Constance. »Jetzt gibt es nur noch meinen Cousin und mich. Und seinen Vater, aber zu dem hat niemand mehr Kontakt.«

»Lebt Ihr Vater auch noch?«, fragte Conway beiläufig und gab wieder Gas. Er richtete seinen Blick abwechselnd auf die Kreuzung vor ihm und den Stadttunnel rechts neben ihm. Von dort strömte heftiger Verkehr unter Fort Regent hindurch.

Dadurch, dass er beim Fahren so konzentriert sein musste, wurde das Antworten für Constance ein wenig leichter. Bemüht um einen normalen Ton sagte sie so locker wie möglich:

»Ach ... Bei uns waren die Familienverhältnisse immer etwas komplizierter als bei anderen Leuten. Debbie und ich haben unterschiedliche Väter, aber keine von uns hat ihren kennengelernt.«

»Das ist bedauerlich ...«

»Schon okay, unsere Mutter wollte das eben nicht. Und wir haben das respektiert.«

»Verstehe.«

Sie schwiegen einen Augenblick lang. Conway bereitete sich innerlich darauf vor, dass er in ein paar Minuten mit Constance Farrow in die bedrückende Unterwelt der Pathologie eintauchen musste.

»Miss Farrow ...«, begann er schließlich, »was gleich erfolgt, wird nicht leicht sein für Sie, das weiß ich. Aber es lässt sich leider nicht vermeiden.«

Constance schluckte schwer, presste die Lippen fest aufeinander und nickte.

»Hatten Sie ein enges Verhältnis zu Ihrer Schwester?«

»Ja ... So eng das über die Distanz eben ging. Wir waren sehr unterschiedlich, schon weil sie fast sechs Jahre älter war als ich.

Aber wir haben uns regelmäßig Mails geschickt und viel telefoniert...« Sie begann zu weinen. »Debbie hat in den letzten zwei Jahren viel Schlimmes mitgemacht... Sie hing so an ihrem kleinen David. Es hat sie zerrissen, als er starb...« Sie brach ab.

Conway wartete kurz, bevor er weitersprach. »Seit wann waren Sie denn nicht mehr auf Jersey?«

»Seit Davids Beerdigung. Eigentlich bin ich schon seit sechs Jahren weg, wenn ich meine Zeit in London mit einrechne.«

»Darf ich fragen, was Sie da gemacht haben?«

»Eine Ausbildung zur Wirtschaftsassistentin. Gleich nach der Schule.«

»Und jetzt leben Sie in Weymouth?

»Ja. Ich arbeite bei einer kleinen Reederei, *Switch & Dundee*, als Assistentin der Geschäftsleitung. Und da bin ich auch sehr glücklich.«

Er seufzte. »Ja, manchmal wird einem unser liebes Jersey ein bisschen eng... So, da sind wir schon.«

Vor dem hoch aufragenden Gebäude des General Hospital parkten Krankenwagen und ein Notarztfahrzeug. Constance kannte diesen Eingang nur zu gut, denn hinter einem der Fenster zur Straße war vor vier Jahren ihre Mutter gestorben. Zögernd öffnete sie die Autotür, als könnte sie das Unvermeidliche dadurch hinauszögern.

Der Chef de Police ging voraus. Hier und da grüßte er mit erhobener Hand einen Arzt oder einen Patienten. Hinter der Krankenhausküche lag schließlich die Pathologie.

Als die Eingangstür sich mit einem leisen Plopp hinter ihr schloss, blieb Constance mitten auf dem Flur stehen. Kalt war es hier, doch das war nichts gegen ihre innere Kälte.

Harold Conway sah sich um und bat sie, sich einen Augenblick zu gedulden. »Ich bin gleich wieder da.«

Nach einer Weile kam er mit einem gut aussehenden jungen

Mediziner im weißen Kittel zurück. Conway stellte ihn als Dr. Glenn vor.

»Mein aufrichtiges Beileid, Miss Farrow«, sagte der Mediziner freundlich, wenn auch nicht ohne eine Spur Selbstgefälligkeit. »Wir sind leider juristisch zu diesem Schritt verpflichtet. Aber es wird nicht lange dauerند. Und wenn Sie vorher noch Fragen haben sollten ... Bitte, ich bin für Sie da.«

Constance blickte ihn unsicher an. Was sollte sie in dieser Situation denn für Fragen haben?

Mitfühlend kam Conway ihr zu Hilfe. »Ich denke, Miss Farrow möchte die Sache lieber so schnell wie möglich hinter sich bringen«, meinte er mit ruhiger, tiefer Stimme.

Dr. Glenn hob die Hände. »Natürlich, bitte! Wenn Sie mir dann zu Tisch drei folgen würden.«

Constance überhörte diese merkwürdige, kalte Formulierung und folgte ihm. Tapfer hatte sie beschlossen, die furchtbare Prozedur einfach über sich ergehen zu lassen. Nur Conway dachte sich seinen Teil. Es bestätigte einmal mehr seine Erfahrung, dass die meisten Pathologen nicht ganz richtig tickten.

Mit wehendem Kittel ging Dr. Glenn voran. Constance hielt den Atem an und tauchte hinter ihm ein in die makabre Welt der Leichen.

Die Prozedur dauerte zum Glück nicht lange. Nachdem sie die Identifizierung hinter sich gebracht hatte, hetzte Constance kreidebleich aus dem Raum. Ihre hastigen Schritte entfernten sich Richtung Treppenhaus.

Erst eine Viertelstunde später fand der Chef de Police sie in der Cafeteria wieder. Ganz in sich zurückgezogen saß sie an einem Tisch in der hintersten Ecke, ihre Arme um den Körper geschlungen. Mit ernstem, nachdenklichem Gesicht starrte sie zum Ende der Tischreihen, wo eine Putzfrau im Schneckentempo den Boden reinigte.

Als Conway sich auf den Stuhl neben ihr fallen ließ, fragte sie tonlos: »Habe ich jetzt das Schlimmste hinter mir?«

»Ja.«

Es schien, als würde sie endlich wieder Mut schöpfen und in die Gegenwart zurückkehren. Ihr Gesicht nahm wieder etwas Farbe an. Tapfer sagte sie: »Dann will ich jetzt den Rest auch noch hinter mich bringen.«

Auch Conway entspannte sich. Jetzt war er zurück auf dem Terrain, das er beherrschte.

»Danke. Ich schlage vor, wir unterhalten uns zunächst einmal über das Privatleben Ihrer Schwester«, sagte er einleitend. »Kannten Sie Debbies Freunde oder Kollegen?«

Constance schüttelte den Kopf. »Nein, höchstens ein paar ehemalige Schulfreunde von ihr. Als ich vierzehn war, hatte Debbie schon ihre Bankausbildung begonnen ... Von da an habe ich sie eigentlich nur noch an den Wochenenden gesehen. Und als später unsere Mutter starb – da war ich neunzehn –, ist erst recht alles auseinandergelaufen ...«

»Wie meinen Sie das?«

»Debbie ist immer mehr zu einer Einzelgängerin geworden. Vor allem, nachdem sie das Kind bekommen hatte ... David ...« Sie schniefte.

Schnell fragte Conway: »Kennen Sie den Vater des Kindes?«

»Nein, nicht mal mir hat sie es verraten. Wir haben alle gerätselt, weil sie in den ganzen Jahren auch nie einen festen Freund hatte. Aber Debbie war eben stur.« Constance machte eine kleine Pause. »In meinen Augen wollte sie nur ...«

Conway wusste, das sich hinter solchen nicht zu Ende gesprochenen Sätzen oft das Wichtigste verbarg. Vorsichtig fragte er deshalb: »Diskretion wahren?«

Wieder schüttelte Constance den Kopf. »Doch nicht Debbie! Nein, ich denke, dass sie einfach nur ein Kind haben wollte, aber

105

keinen Mann dazu. Das würde zu ihr passen. Sie wollte nie Kompromisse machen.«

Nach allem, was Conway von Debbie Farrow wusste, konnte diese Haltung tatsächlich zu ihr passen. Er glaubte auch nicht, dass die Frage der Vaterschaft irgendetwas mit dem Mord zu tun hatte. Viel interessanter fand er das Einzelgängerische, das Debbie offenbar zum Prinzip gemacht hatte.

Er lenkte das Gespräch wieder auf den Mord zurück. »Miss Farrow, wir haben in der Wohnung Ihrer Schwester einige Notizen mit Namen gefunden, die wir dem Bekanntenkreis von Debbie bisher noch nicht zuordnen konnten. Vielleicht könnten Sie einen Blick darauf werfen.«

Das Blatt Papier, das er aus seiner Jackentasche zog, war zweimal gefaltet. Er faltete es auseinander und breitete es vor ihr auf der grauen Kunststoffplatte des wackelnden Tisches aus. Constance nahm es in die Hand, warf einen ersten Blick darauf und sagte dabei: »Gut, dass Sie das ansprechen, Mr. Conway. Was glauben Sie, wann kann ich in Debbies Wohnung?«

»Sagen Sie bloß, Sie wollen da einziehen?«, fragte Conway überrascht.

»Es ist wahrscheinlich für lange Zeit das letzte Mal, dass ich auf Jersey bin und ... auf diese Weise könnte ich meiner Schwester noch einmal ganz nahe sein.«

Ihr Wunsch war zwar ungewöhnlich, es gab aber keinen Grund, ihn abzulehnen.

»Ich denke, das dürfte kein Problem sein. Die Wohnung ist zwar noch versiegelt, aber ich weiß, dass die Spurensicherung fertig ist, sodass Sie wahrscheinlich schon heute Abend hineinkönnen.«

Constance schien erleichtert zu sein. »Das wäre schön.«

»Soll ich dafür sorgen, dass Sie bis dahin Ihr Gepäck irgendwo unterstellen können?«

»Danke, ich komme schon klar. Ich möchte nachher auch noch Mrs. Bloom besuchen.«

Der Chef de Police glaubte nicht richtig zu hören.

»Meinen Sie Mrs. Bloom aus St. Brelade's Bay?«

»Ja. Sie war es doch, die Debbie gefunden hat, oder?«

»Richtig, das hat sie.«

Conway überlegte fieberhaft, wie er diese Begegnung verhindern konnte. Er hatte nicht die geringste Lust, seiner neugierigen Ex-Schwägerin eine so wichtige Person wie Constance Farrow in die Hände zu spielen. Aber er nahm sich zusammen.

»Darf ich fragen, woher Sie Mrs. Bloom kennen?«, fragte er so beiläufig wie möglich.

»Als Schülerin hatte ich oft Nachhilfe bei ihrem Sohn Jonathan«, antwortete Constance. Sie lächelte leicht. »Es gab Zeiten, da war ich jeden Nachmittag bei den Blooms. Mrs. Bloom war eine Mutter, wie ich sie mir immer gewünscht hatte.«

»Ja, so ist sie, die gute Mrs. Bloom«, sagte Conway freundlich, auch wenn er das Gefühl hatte, er würde in eine saure Zitrone beißen. Er musste schnellstens das Thema wechseln.

»Miss Farrow, wenn Sie erlauben, würde ich jetzt gerne mit meinen Fragen fortfahren. Es gibt mehrere Punkte, die uns nach wie vor Rätsel aufgeben. Beispielsweise das mögliche Motiv...«

Es war so weit.

Emily fühlte sich bereit, ihr Gedächtnis von der Kette zu lassen.

Sie saß an ihrem Tisch vor dem Wohnzimmerfenster und versuchte, sich zu konzentrieren. Sie hatte es sich auf einem gepolsterten Stuhl bequem gemacht, die Kostümjacke ausgezogen und den Reif von der Stirn genommen, sodass die manchmal widerspenstigen Haare jetzt locker um ihr Gesicht fielen. Sie hatte sogar ihre Schuhe ausgezogen. Nichts sollte sie einengen.

Vor ihr lag ein Schreibblock. Darauf hatte sie die Fakten notiert. Während sie ihre Notizen noch einmal überflog, goss sie sich aus einer alten burmesischen Zeremoniekanne eine Tasse grünen Tee ein und trank einen Schluck. Es war die beste Japansorte, die sie in ihrem Laden verkaufte, exquisiter *Matcha Hikari*, der Tee der Teemeister, wie man in Japan sagte. Sein mildes Aroma, gepaart mit einer eigentümlichen angenehmen Süße, streichelte ihre Sinne und weckte sie gleichzeitig. Und genau das konnte sie jetzt gut gebrauchen.

Sie begann nachzudenken.

Was ihr Vikar Ballard über Debbie und ihre Mutter anvertraut hatte, war so brisant, dass sie immer noch aufgewühlt war. Ihr war natürlich immer schon klar gewesen, dass Debbie und ihre Schwester Constance eine besonders schwere Kindheit hinter sich hatten. Bis zu ihrem Tod vor vier Jahren – da war sie Ende vierzig gewesen – hatte Mary-Ann Farrow als schlecht bezahlte Köchin in einem Kinderheim geschuftet, um ihren beiden Mädchen eine anständige Ausbildung zu ermöglichen. Es dürfte ihr größter Triumph im Leben gewesen sein, dass aus Debbie und Constance tatsächlich etwas Vernünftiges geworden war.

Schon oft hatte Emily sich gefragt, warum eine hübsche Frau wie Mary-Ann nie heiraten wollte. Nun kannte sie die bittere Erklärung dafür. Mary-Ann musste damals davon ausgegangen sein, dass ihr Leben so oder so verpfuscht war, ganz gleich, welche Entscheidung sie traf. Und mit Sicherheit hing ihr Entschluss, niemandem von der Vergewaltigung zu erzählen, auch mit den moralischen Grundsätzen ihrer Familie zusammen. Denn als strenggläubige Methodisten, die jeden Sonntag zweimal den Gottesdienst besuchten, hätten die Farrows nach dieser »Beschmutzung« wohl kaum noch zu ihrer Tochter gehalten. Dagegen war das uneheliche Kind nur eine »Verfehlung«, zwar nicht minder verachtenswert, aber als Zeichen menschlicher Schwäche vielleicht noch zu verzeihen.

Dennoch blieben aus Emilys Sicht ein paar entscheidende Fragen offen.

Nachdem Debbie von ihrer Mutter die Wahrheit erfahren hatte – wie hatte sie da wohl reagiert? War Godfrey Ballard tatsächlich der Einzige, den sie eingeweiht hatte? War es ihr peinlich, wie sie entstanden war? Oder hatte sie vielleicht sogar nach dem Tod ihrer Mutter Kontakt zu ihrem leiblichen Vater aufgenommen?

Mit feiner Handschrift hatte Emily gleich nach der Rückkehr von ihrem Gespräch mit Vikar Ballard aufgeschrieben, was sie bis jetzt über Debbies Leben wusste. Bei genauer Betrachtung war es gar nicht so viel. Allerdings würde mit Sicherheit noch eine ganze Menge hinzukommen, wenn sie erst einmal anfing, ihr Gedächtnis auf Hochtouren laufen zu lassen.

Doch so viel wurde ihr jetzt schon klar: Für den Mord an Debbie konnte es viel mehr Motive geben, als sie alle ahnten.

Die Polizei schien bisher davon auszugehen, dass ein eifersüchtiger Liebhaber mit im Spiel war. Ein Sexualverbrechen oder ein Raubmord wurden jedoch ausgeschlossen. Alles sprach dafür, dass Debbie den Täter gut kannte.

Natürlich konnte der Täter derselbe sein, der auch die Polin Jolanta Nowak umgebracht hatte. Vor allem Detective Inspector Waterhouse favorisierte diese Idee. Doch wo war der gemeinsame Nenner zwischen beiden Fällen?

Der eifersüchtige Liebhaber passte irgendwie nicht zu Debbie. Es passte nicht zu ihrem komplizierten Leben. Sie gehörte keiner Szene an, sie war immer noch in Trauer um ihr Kind, und sie war zurückhaltend, was neue Beziehungen anging.

Nein – Debbie Farrows Tod musste eine eigene, eine besondere Geschichte haben.

Plötzlich schoss Emily ein gewagter Gedanke durch den Kopf. Was, wenn Debbie tatsächlich Kontakt zu ihrem Vater aufgenommen hatte, nachdem ihre Mutter gestorben war? Jeder wusste, dass Debbie impulsiv, drängend und wütend sein konnte. Auch sie selbst hatte ihren David ohne Vater aufgezogen und dessen Namen für sich behalten. Sie konnte also die schwere Situation ihrer Mutter gut nachvollziehen.

Debbie könnte ihrem leiblichen Vater gedroht haben, mit der Wahrheit an die Öffentlichkeit zu gehen. Der Vergewaltiger müsste heute ein älterer Mann sein. Wenn er wirklich einer der alten, vornehmen Gutsbesitzerfamilien auf Jersey angehörte, hätte er einiges zu verlieren gehabt.

War dieser Mann Debbies Mörder?

Emily schloss die Augen, und schon bewegten sich ihre Gedanken rückwärts, suchten alle Begegnungen ab, die sie in letzter Zeit mit Debbie Farrow gehabt hatte. Beim 26. Januar blieben sie schließlich stehen. Vor sechs Monaten.

Es war nachmittags um kurz nach drei. Durch das Schaufenster winkte Debbie fröhlich zu ihr in den Teeladen. Nur Sekunden später klingelte die Türglocke, und Debbie stand vor ihr. Ihr Pullover war nass vom Sprühregen, der schon seit dem Morgen wie ein feiner Nebel vom Himmel fiel. Das war der Preis für die Lage der Insel am Golfstrom und für die milden Winter, in denen das Thermometer selten unter acht Grad Celsius fiel.

Debbie kaufte grünen Tee, die aromatische Sorte.

»Du siehst heute so fröhlich aus«, sagte Emily erstaunt, während sie den Tee in die Tüte abfüllte. »Geht es dir wieder besser?«

»Viel besser«, antwortete Debbie fast beschwingt. »Kennen Sie das, wenn man das Gefühl hat, ein ganz neues Kapitel im Leben fängt an?«

»Oh ja«, meinte Emily. Wie selbstverständlich ging sie davon aus, dass die strahlende junge Frau, die vor ihr stand, frisch verliebt war, was jeder Debbie von Herzen gewünscht hätte. »Das klingt ja nach einer Lovestory.«

Debbie schüttelte den Kopf. »Nein, überhaupt nicht ... Es ist ganz anders. Aber manchmal begegnet man Menschen, die einen überraschen. Und man wünscht sich, dass man sie schon viel früher getroffen hätte, weil sie dann eine ganze andere Rolle im eigenen Leben gespielt hätten ...«

»Ja, so etwas gibt es. Und so jemandem bist du begegnet? Beruflich oder privat?«

Debbie zögerte. »Rein beruflich.« Sie lächelte zuversichtlich. »Vielleicht verläuft mein Leben ja doch noch in normalen Bahnen.«

Emily überlegte. Der Tod des kleinen David lag mittlerweile vier Monate zurück. Sie verschloss die silberfarbene Teetüte, klebte ihr schmales Firmenzeichen wie ein Siegel obendrauf und sagte:

»Was heißt denn *noch*, Debbie? Du bist ja noch jung. Jetzt geht das Leben für dich erst richtig los.«

Mit einem dankbaren Strahlen nahm Debbie die Teetüte entgegen. So entspannt hatte Emily sie schon lange nicht mehr gesehen.

»Stimmt schon«, sagte sie zufrieden. »Man muss mich manchmal nur daran erinnern.«

Sie hielt Emily eine nagelneue Hundertpfundnote hin. »Ich hoffe, Sie können wechseln, Mrs. Bloom, ich hab's diesmal leider nicht kleiner.«

Emily öffnete wieder die Augen.

So könnte es gewesen sein. Debbie hatte Kontakt zu ihrem leiblichen Vater aufgenommen. Hatte sie ihn vielleicht doch erpresst? Oder ging es um einen ganz anderen Menschen, dem sie begegnet war?

Emily war irritiert.

Es muss doch noch festzustellen sein, dachte sie, auf welchen Gutshöfen man vor zweiunddreißig Jahren noch *Black Butter*-Feste gefeiert hatte. Viele konnten es nicht gewesen sein.

Sie griff zum Telefon. Die Einzige, die ihr jetzt weiterhelfen konnte, war ihre Freundin Helen Keating. Irgendwo auf ihren weitläufigen Lavendelfeldern erwischte man Helen immer, selbst abends. Nur an einem Nachmittag in der Woche half sie als studierte Historikerin im Jersey-Archiv aus, um die Berge von alten Zeitungen und handschriftlichen Aufzeichnungen zu sortieren, die dort landeten.

Emily brauchte es nicht lange klingeln zu lassen, bis Helen an den Apparat kam. »Keating Lavendelpark, guten Tag!«

»Ich bin's«, sagte Emily. »Darf ich dich stören, oder hast du gerade eine Besuchergruppe?«

Helen schien ihr dankbar zu sein für die kleine Unterbrechung. Mit ihrer kräftigen Stimme posaunte sie in den Hörer: »Im Gegenteil, du kommst mir gerade recht. Ich hatte den ganzen Vormittag Aufkäufer aus England hier. Das ist Stress hoch drei, sag ich dir.«

»Warst du wenigstens erfolgreich?«

»Ja, irgendwie mögen sie meinen Lavendel.«

Emily musste schmunzeln. Dieser Tonfall war typisch für Helen. »Ich brauche deine Hilfe«, sagte sie. »Kannst du im Archiv etwas für mich nachschauen?«

»Was brauchst du?«

»Ich müsste wissen, wie viele Höfe vor zweiunddreißig Jahren noch *Black Butter*-Nächte gefeiert haben.«

Helen lachte kurz auf. »*Black Butter*-Nächte? Du liebe Zeit, die gibt's ja kaum noch! Das war schon vor zweiunddreißig Jahren so. Die Leute haben auch damals kaum noch was getrunken.«

Helens Bedauern über das allmähliche Verschwinden der fröhlichen Partykultur, die in den späten sechziger Jahren aus London auf die Insel herübergeschwappt war, war nicht zu überhören. Sie hatte schon oft darüber gejammert. Dabei war sie früher alles andere als ein Partytier gewesen, eher eine stille Mitläuferin. Doch Emily wusste, dass sich ab einem gewissen Alter die eigene Rolle in der Jugend gerne verklärte.

Beruhigend antwortete sie:

»Natürlich weiß ich das. Aber ihr habt doch diese Chroniken, in denen solche Ereignisse festgehalten werden.«

»Gut, dann krieche ich heute Abend mal ins hinterste Archiv.« Helen seufzte. »Bis wann brauchst du eine Antwort?«

»So schnell wie möglich.«

»Warum willst du das eigentlich wissen?«

»Ich möchte jemanden damit überraschen«, antwortete Emily wahrheitsgemäß. Helen und sie hatten sich noch nie angelogen. Und das sollte sich auch nicht ändern, nur weil sie gerade mit einem Mordfall zu tun hatte.

Nachdem sie das Gespräch beendet hatte, war sie unschlüssig, was sie tun sollte. Der Fall Debbie Farrow musste ruhen, bis Helen sich gemeldet hatte. Der Haushalt wartete. Sie sah sich um. Küche oder Garten? Genau das hasste sie an ihrem unfreiwilligen Singledasein – die lästige Freiheit, dass es keinen geliebten Menschen mehr gab, für den sie etwas tun musste. Jonathan, ihr Sohn, der als Arzt in London lebte, zog sie deswegen immer auf. Aber was wusste er schon von den Niederlagen seiner Mutter?

Plötzlich war ihr nach Ablenkung zumute. Mit der Fernbedienung stellte sie den CD-Player auf volle Lautstärke. Laut röhrte ein alter Titel von *Genesis* durch das Haus, eine Gruppe, die sie immer schon geliebt hatte.

Mitten in den Lärm hinein klingelte es an der Haustür. Schnell schlüpfte Emily wieder in ihre Schuhe, stellte die Musik leiser und ging öffnen.

Vor ihr stand eine hübsche junge Frau mit langen braunen Haaren. In den Händen hielt sie einen Rucksack und eine Reisetasche, wie jemand, der sich noch unsicher fühlt und sich nicht traut, sein Gepäck voreilig abzusetzen.

»Hallo, Mrs. Bloom«, sagte das Mädchen und lächelte schüchtern. »Könnte ich bis heute Abend bei Ihnen Asyl bekommen?«

»Mein Gott, Constance!«, rief Emily überrascht aus.

Während sie noch schnell ihre Kopfhörer von den Ohren nahm, hetzte Constable Officer Sandra Querée auf das Rathaus zu. Über dem Eingang stand in weißen Lettern *Salle Paroissiale de Saint Brelade*. Das historische Gebäude lag an einem kleinen Platz direkt am Hafen von St. Aubin, dunkelrot angestrichen, flankiert von zwei symmetrischen cremefarbenen Anbauten, in denen auf einer Seite die Honorary Police untergebracht war und auf der anderen das Büro des *connétable*, des Bürgermeisters. Dazwischen, unter der gewaltigen Uhr, erstreckte sich ein blumengeschmückter Balkon.

»Ach, Miss Querée!«

Es war Isabel. Sie stand mit einer Gießkanne in der Hand auf Zehenspitzen, um die Blumenpracht in allen vier Hängekörben zu gießen. Ihr verkniffenes Gesicht verriet Sandra, dass der neuen Hospitantin diese Tätigkeit nicht gerade Vergnügen bereitete. Typisch Conway, dachte Sandra amüsiert, damit macht er sie erstmal geschmeidig für härtere Aufgaben.

Sie ging ein paar Schritte auf Isabel zu.

»Ja?«

»Mr. Conway lässt Ihnen sagen, er hat schon mal angefangen. Sie sollen gleich dazukommen.«

»Danke, Isabel.«

Sandra merkte, wie Isabel ihr kritisch nachblickte, während sie in das Gebäude ging.

Schon auf dem Flur, in der Ecke, wo man die Präventionsplakate der Polizei aufgehängt hatte, hörte sie Conways kräftige Stimme. Offenbar war er gewaltig in Fahrt.

»… und nur deshalb hat man Frank Guiton wieder laufen lassen! Nur deshalb …!«

Leise ging Sandra hinein. Augenblicklich umfing sie wieder die schlichte, nüchterne Atmosphäre dieses stets aufgeräumten Büros. Es erinnerte jeden Besucher daran, mit wie wenigen Mitteln die polizeiliche Selbstverwaltung der kleinen Inselgemeinde auskommen musste. Nur das Notwendigste war vorhanden. Die meisten der altgedienten Möbel waren aus heller Eiche, auch der bescheidene Schreibtisch, hinter dem Conway saß. Er hätte einen nobleren Rahmen für seine engagierte Arbeit verdient, fand sie.

»Nehmen Sie Platz, Sandra. Wir sprechen gerade über den Fall Guiton.«

Sie nickte stumm in die Runde und setzte sich neben ihren Kollegen Leo Harkins. Harkins galt als der Schweigsamste von ihnen. Sein lauter Gegenpol, der bullige Roger Ellwyn, lehnte lässig neben der Tür an der Wand, den Kopf so dicht an der Wandlampe, dass es aussah, als würde er sich jeden Moment die borstigen Haare daran versengen. Jetzt war das kleine Team der Honorary Police von St. Aubin vollzählig.

»Wir haben also Guiton wieder zurück«, fuhr Conway in gereiztem Ton fort. »Und auch wenn er nicht der Mörder ist, bleibt immer noch der Verdacht, dass er seine Versicherung betrügen wollte.«

Roger Ellwyn konnte sich nicht verkneifen, auf Conways

eigene Rolle bei Guitons Freilassung anzuspielen. »Also am Ende doch eins zu null für Jane Waterhouse?«, fragte er grinsend. »Die ist ihn los, und wir machen den Rest?«

Conway sah ihn mit strafendem Blick an. »Es geht hier nicht um ein persönliches Kräftemessen mit den Kollegen in St. Helier, sondern es geht um Objektivität. Und Guiton hatte nun mal ein Alibi vorzuweisen, ganz gleich, ob mir das gepasst hat oder nicht.«

Ellwyn schluckte seine Antwort herunter, verschränkte die Arme vor der Brust und lehnte sich wieder an die Wand. Es war ihm anzumerken, dass er eigentlich gerne weiter diskutiert hätte.

Conway fuhr fort: »Also, dann fragen wir uns doch mal, warum Guiton zusammengeschlagen worden sein könnte. War es Rache? Gibt es vielleicht einen Komplizen, der in den fingierten Pferdediebstahl verwickelt war und der sauer ist auf Guiton?«

Mit angehobenen Augenbrauen schaute er in die Runde.

Als Einzige im Raum versuchte Sandra, eine andere Erklärung zu finden.

»Und wenn Mr. Guiton die Wahrheit sagt und er wirklich keine Ahnung hat, wer ihm das alles antut?«

Verblüfft lehnte Conway sich zurück. »Sie meinen, der große Unbekannte? Irgendwas in der Art?«

»Ja, immerhin ist Guiton ein erfolgreicher Züchter. Das passt bestimmt nicht jedem.«

Conway nahm Guitons Akte in die Hand und blätterte schweigend darin herum.

Vor ihm auf der Schreibtischplatte ruhte wie ein Szepter der Amtsstab des Chef de Police. Der Stab war das symbolische Zeichen der Macht für die Honorary Police, reich verziert, unter anderem mit dem roten Wappen von Jersey. Am oberen Ende rundete ihn eine goldene Krone ab, als Zeichen der Verbundenheit mit dem englischen Königshaus, denn offiziell war Königin Elisabeth II. noch immer Herzogin der Normandie und von Jersey, auch wenn die Insel sich schon seit vielen Jahrhunderten selbst regierte.

Durch das offene Fenster drang vom Hafen das tuckernde Geräusch eines Bootsmotors in Conways Büro.

Jeder im Raum horchte auf, denn dieser marode Motor konnte nur einem Mann gehören.

Leo Harkins sprach aus, woran alle sofort dachten. »Hört Ihr, Sebastian Picard fährt wieder raus! Heute Abend gibt's günstigen Seebarsch.«

»Wir haben jetzt andere Sorgen«, sagte Conway gewollt streng, gerade weil er selbst Picards bester Kunde war. »Bleiben wir bei der Sache.« Kopfschüttelnd legte er die Akte wieder auf den Schreibtisch. »Ich weiß nicht... Guiton hat hohe Schulden. Wer sollte neidisch sein auf ihn?« Er wandte sich an Ellwyn. »Wie sehen Sie das?«

»Genauso. Ich glaube eher, dass alle auf dem Gestüt unter einer Decke stecken.«

Wenigstens hatte Frank Guiton den brutalen Angriff überlebt, dachte Sandra beruhigt. Und das grenzte angesichts der harten Schläge fast schon an ein Wunder. Seine Haushälterin hatte ihn gefunden. Jetzt lag er im Krankenhaus. Er hatte innere Blutungen, eine Leberschwellung, Kopfwunden und ein paar gebrochene Knochen. Aber er lebte.

Sie ertappte sich dabei, wie sie fast sehnsuchtsvoll an sein markantes, jungenhaftes Gesicht und die hellen, klaren Augen darin denken musste. Seit sie ihm am Flughafen gegenübergestanden hatte, war das Bild nicht mehr aus ihrem Kopf gewichen.

Jetzt mischte sich zum ersten Mal Leo Harkins in die Diskussion ein. »Ich sag's ehrlich, ich finde, wir sollten den Fall einfach auf sich beruhen lassen. Das Pferd ist wieder da, und Guiton hat seine Prügel bekommen. Das ist doch schon 'ne ganze Menge. Haben wir nicht genügend anderes zu tun?«

Jedem war klar, dass Conway genauso dachte. Er war ein Pragmatiker. Trotzdem musste er irgendwie die Form wahren und durfte Harkins nicht einfach Recht geben. Sein Ton wurde wieder streng. »Bitte, Leo, ja?! Wir geben nicht einfach so auf! Sogar Richter Willingham hat schon angerufen und sich nach dem Stand der Dinge erkundigt. Also, irgendeiner von uns sollte auf jeden Fall noch mal mit Guiton reden. Sonst heißt es wieder, wir sind nachlässig.«

Er blickte kurz in die Runde. »Wer fährt zu ihm ins Krankenhaus?«

Viel schneller, als sie eigentlich wollte, hob Sandra Querée den Arm. »Ich könnte das machen.« Sie fühlte, wie sie errötete. Nur dadurch, dass sie sich schnell bückte, um ihre Tasche vom Boden aufzuheben, konnte sie es vor den anderen verbergen.

Die beiden Kollegen waren froh, dass sie um die lästige Fahrt ins Krankenhaus herumkamen. Auch Conway fiel ein Stein vom Herzen.

Noch während Ellwyn und Harkins sich rasch aus dem Büro verdrückten, gab er Sandra die Akte Guiton und verabschiedete sie auffallend zügig. »Machen Sie sich am besten gleich auf den Weg.«

Sandra wusste genau, warum er so in Eile war. Wie alle anderen Chef de Police auf der Insel hatte er heute Nachmittag die große Ehre, zu einem Grillfest beim *Bailiff* eingeladen zu sein, der als Präsident von Jersey auch Stellvertreter der Krone war. Und Conway wollte pünktlich dort sein.

Als sie schon in der Tür stand, rief er sie noch einmal zurück.

»Damit ich es nicht vergesse, Sandra, sagen Sie doch bitte Isabel, sie soll gleich mal Constance Farrow auf dem Handy anrufen. Miss Farrow kann leider erst morgen früh in die Wohnung ihrer Schwester einziehen.«

»Das mache ich schnell noch selbst«, versprach sie.

»Besten Dank. Und heizen Sie Guiton ordentlich ein!«

Wenige Minuten später hatte sie alles erledigt. Erleichtert, die engen Polizeiräume wieder verlassen zu können, verschwand sie durch den Hinterausgang zum Parkplatz. Sie machte sich nichts vor. Es war gar nicht ihr Pflichtgefühl, das sie zu Frank Guiton trieb, es war purer Egoismus. Sie musste diesen attraktiven Mann unbedingt wiedersehen. Sie war jung und frei. Und es gab überhaupt keinen Grund für sie, auf dieses prickelnde Spiel mit dem Feuer zu verzichten.

Der Besucher, der auf einem Stuhl neben dem Krankenhausbett des verletzten Frank Guiton saß, war Richter Willingham. Sein helles Jackett hatte er ausgezogen, sodass er in seinem hellblauen Oberhemd mit den steifen Manschetten für seine Verhältnisse fast schon leger aussah.

Lächelnd gab er dem in weißen Mull verpackten Guiton ein Glas Wasser und sagte scherzend:

»Seien Sie froh, dass Ihnen wenigstens die Schnabeltasse erspart bleibt. Diese Dinger passen einfach nicht zu einem Gentleman.«

»Danke, Richter, das tröstet mich«, antwortete Guiton. Sein rechter Arm war eingegipst, sodass er das Glas mit der Linken halten musste, während er trank.

Der Richter nahm ihm das Glas wieder ab. »So, Frank, und jetzt mal unter uns Pferdefreunden: Wie geht's weiter mit Ihnen? Was sagt der Arzt?«

Es war ein ganz anderer Willingham als der beim Abschied am Royal Court. Obwohl er in jeder Lebenslage eine elegante Erscheinung blieb, wirkte er hier, im Krankenzimmer, auf einmal gelassen und entspannt. Es schien, als hätte er nach dem ganzen Trubel um seinen Leichenfund den festen Entschluss gefasst, sich nicht länger um sein Bild in der Öffentlichkeit zu kümmern. Schließlich war er jetzt Privatmann.

Auch Frank Guiton spürte diese Veränderung. Ohne seine schwierige Situation zu beschönigen, gestand er offen: »Ich glaube nicht, dass die Ärzte mich so schnell nach Hause lassen. Und damit ist mein Schicksal dann wohl besiegelt.«

»Wieso?«, fragte Willingham überrascht. »Sie sind wieder auf freiem Fuß und können jetzt auch den Rest der Vorwürfe gegen Sie entkräften. Das ist doch schon was.«

»Ja, ja...« Guiton schloss die Augen, als hätte er große Schmerzen. »Aber es sind die Schulden, die mich erdrücken. Der Züchterverband hat mir heute Morgen mitgeteilt, dass meine Mitgliedschaft gesperrt ist, solange ich wegen Versicherungsbetrugs verdächtigt werde. Das wird mir den Rest geben. Wer wird mir jetzt noch ein Pferd abkaufen?«

Willingham spitzte nachdenklich den Mund. »Ich verstehe... Ist es sehr viel Geld?«

»Mehr als siebenhunderttausend Pfund. Sie wissen ja, was wir im letzten Jahr neu gebaut und renoviert haben. Vor allem an den vorderen Ställen, wo jetzt auch Ihr Pferd untergebracht ist.«

»Haben Sie denn schon mit der Bank gesprochen?«

»Gerade vorhin. Aber das hätte ich mir sparen können.« Guiton klang verbittert. »Es ist die West Island Bank. So viel Herzlichkeit, wie einem da entgegenschlägt, kann man gar nicht ertragen. Sie umarmen einen zu Tode. Und teilen dir eiskalt mit, dass ohne weitere Sicherheiten nichts mehr läuft.«

»Das tut mir wirklich leid für Sie, Frank. Aber Sie haben doch hoffentlich jemanden in Ihrem Personal, der Ihr Gestüt ordentlich führt, während Sie weg sind, oder?«

»Im Prinzip schon. Nur, bevor ich nicht weiß, wer mir das alles eingebrockt hat, traue ich nicht mal mehr meinen eigenen Leuten.«

»Kann ich gut verstehen.« Richter Willingham machte eine

kleine Pause und sah Frank Guiton eindringlich an. »Frank, ich möchte Ihnen jetzt eine Frage stellen, die Sie mir ganz ehrlich beantworten müssen. Und ich tue das als Freund. Sie können auch einfach schweigen, das werde ich genauso akzeptieren. Und selbstverständlich werde ich alles für mich behalten. Ich muss es nur wissen.«

Guiton drehte seinen bandagierten Kopf zu Willingham, sodass er dem Richter in die Augen sehen konnte. »Fragen Sie.«

Jetzt war John Willingham wieder ganz der erfahrene Richter, der dem Mann vor ihm in die Seele zu schauen versuchte. Seine Frage kam leise, aber eindringlich. »Haben Sie auf irgendeine Weise mit dem Verschwinden des Rennpferdes zu tun? Das muss ja nicht aktiv gewesen sein ... Vielleicht haben Sie es nur geduldet. Oder Sie wissen, wer es war, und möchten es nicht sagen.«

Im ersten Augenblick schien es, als wollte Frank Guiton sich um eine Antwort drücken, sodass Willingham bereits angespannt die Augenbrauen hob. Doch dann kam ein Geständnis, mit dem der Richter ganz und gar nicht gerechnet hatte.

»Ich kann jetzt zwar schlecht meine Finger heben«, sagte Guiton, »aber ich schwöre bei allem, was mir heilig ist, dass es genau so war, wie ich es gesagt habe. Als ich morgens in den Stall kam und feststellte, das mein wertvollstes Pferd verschwunden ist, dachte ich, jetzt ist alles vorbei, davon erholt sich die Zucht nicht mehr. Und bis heute habe ich keine Ahnung, wer mir das angetan hat ... Aber ich kann Ihnen etwas anderes gestehen. Es wird Sie schockieren, Richter, aber ...« Über Guitons Gesicht huschte der Hauch eines ironischen Lächelns. »Nachdem ich den ersten Schreck hinter mir hatte, habe ich mich ein paar verrückte Stunden lang über den Diebstahl gefreut. Plötzlich war ich ja einen Teil meiner Bankschulden los. Die Stute war mit dreihunderttausend Pfund versichert. Sie würde mir zwar in der Zucht gewaltig fehlen, aber Sie wissen ja, dass ich noch vier andere sehr starke Stuten habe. Na ja, und dann sind plötzlich zwei Zeugen aufgetaucht, die gesehen haben wollen, dass ich selbst den Transporter mit dem Pferd in der Nacht weggefahren habe. Und meine heimliche Freude hatte ein Ende.«

Guiton sah den Richter beinahe herausfordernd an. »War das ehrlich genug?«

Willingham, der bisher keine Miene verzogen hatte, knöpfte langsam den obersten Knopf seines Hemdes auf. Fast schien es, als bräuchte er Zeit, um Guitons Geständnis moralisch zu bewerten. Schließlich sagte er voller Bewunderung: »À la bonheur! Mit so viel Ehrlichkeit hatte ich nicht gerechnet. Ab jetzt haben Sie mein vollstes Vertrauen, Frank, das sollen Sie wissen. Nur Lügner betonen immer, dass sie die Wahrheit sagen.«

»Danke, Richter. Schade, dass Sie kein Anwalt sind.«

»Sie haben doch einen.«

»Ich werde mich von ihm trennen. Er hat eine ganze Menge falsch gemacht, während ich im Gefängnis saß.«

Willingham spitzte nachdenklich die Lippen. Dann sagte er: »Mal sehen, was ich für Sie tun kann. Mir kommt da schon eine Idee ...«

Ein leises Klopfen an der Zimmertür unterbrach ihr Gespräch. Langsam wurde die Tür aufgedrückt, und Sandra Querée trat ein, mit zaghaftem Blick in Richtung Krankenbett. Als sie Richter Willingham entdeckte, blieb sie überrascht stehen. »Oh, Entschuldigung, ich möchte nicht stören. Ich warte draußen.«

Sie wollte schon wieder gehen, doch Willinghams Stimme rief sie zurück.

»Nein, nein, bleiben Sie! Sie sind doch Miss Querée von der Polizeidienststelle St. Aubin, nicht?«

»Ja, Sir«, sagte Sandra. Sie war überrascht, dass er sie noch kannte. Es war mehr als vier Monate her, dass sie in einem Gerichtsprozess als Zeugin hatte aussagen müssen.

»Eine Minute. Ich bin gerade dabei, zu verschwinden«, sagte Willingham.

Geduldig wartete sie an der Tür, bis Willingham so weit war. Dabei ließ sie so unauffällig wie möglich ihren Blick zu Frank Guiton wandern. Er sah mitleiderregend aus, wie er da in seinem Krankenbett lag, blass und unrasiert. Sie nahm sich fest vor, ihre Fragen behutsam zu stellen.

Willingham stand auf und warf sich sein Jackett locker über die Schulter. Sandra war überrascht, wie entspannt und drahtig der Richter heute wirkte.

»Also dann, Frank, bleiben Sie positiv! Ich melde mich wieder. Wahrscheinlich schon ziemlich bald.«

»Schön, dass Sie hier waren«, sagte Guiton.

Der Richter ging zur Tür, blieb aber noch einmal stehen, die Hand auf der Klinke, und wandte sich an Sandra. Dabei wirkte er beinahe übermütig, wie jemand, der sich auf irgendetwas freut.

»Miss Querée, walten Sie Ihres Amtes.« Mit einem Nicken ging er hinaus.

Während draußen auf dem Flur Willinghams Schritte immer leiser wurden, ging Sandra zu Frank Guiton. Lächelnd sah sie ihn an, nahm auf dem Stuhl Platz, auf dem eben noch Willingham gesessen hatte, und sagte schlicht: »Hallo.«

Er schien irritiert zu sein. »Hallo ... Habe ich schon wieder Ärger?«

»Nein, keine Sorge. Ich bin nur hier, um ein paar restliche Fragen zu klären ... Wie geht es Ihnen?«

»Na ja, so ähnlich fühlt man sich wahrscheinlich nach einem Rodeo. Aber ich lebe noch, das ist schließlich auch was.«

»Der Notarzt hat uns gesagt, wenn Ihre Haushälterin Sie nicht so schnell gefunden hätte, wäre das Ganze sehr viel schlechter ausgegangen für Sie.«

»Gott, was Ärzte so reden ... Wahrscheinlich hält man mehr aus, als man denkt.«

»Sie hatten ja gerade hohen Besuch. Sind Sie und Richter Willingham befreundet?«

»Befreundet wäre zu viel gesagt. Wir kennen uns gut, weil sein Pferd in meinem Stall steht. Aber dass er sich die Mühe macht, persönlich hierherzukommen, hätte ich nicht gedacht.«

»Er wirkte so ... locker. Ich war ganz überrascht.«

»Hat sicher damit zu tun, dass er jetzt nur noch Privatmann ist.« Ernst fügte er hinzu: »Wenn er nicht gerade eine Leiche in seinem Kofferraum findet.«

Sandra nickte. »Ja, eine schlimme Sache.«

»Gibt es etwas Neues? Ich meine, wegen Debbie?«

»Nein, leider nicht.«

Sein Blick wurde traurig. Er sah zum Nachttisch, auf dem neben einer Zeitung ein kleines Foto lag, das ihn und Debbie, strahlend und eng umschlungen, vor einem Rennpferd zeigte, dem man einen Siegerkranz um den Hals gehängt hatte. Es musste einer der stolzen Momente im Leben von Frank Guiton gewesen sein.

Um ihm nicht unnötig zuzusetzen, beschloss Sandra, als Erstes die Fragen zum Überfall zu stellen. »Der Chef de Police lässt Sie grüßen und möchte vor allem wissen, warum Sie ...«,

Müde abwinkend hob er die linke Hand, die voller Blutergüsse war. »Geschenkt! Mich interessiert nur, was Sie zu sagen haben.«

Sandra spürte, wie schwer es ihr fiel, die Rolle der kühlen Polizistin zu spielen. Er lag so hilflos vor ihr, und er tat ihr unendlich leid. Vielleicht war es doch keine so gute Idee gewesen, sich freiwillig zu melden, um ihn zu befragen.

»Es geht vor allem darum, ein paar neue Schlüsse aus dem Überfall zu ziehen«, sagte sie, »möglicherweise wird Sie das auch weiter entlasten.«

»Okay. Schießen Sie los.«

»Sie sagen mir ganz ehrlich, wenn es zu viel wird für Sie, ja?«
»Versprochen.«

Sandra zwang sich, so professionell wie möglich zu wirken, damit sie sich mit ihrer Sympathie nicht verriet. »Vermuten Sie in dem Überfall eine Verbindung zum Pferdediebstahl?«

Frank Guiton überlegte auffallend lange. Sandra hatte den Eindruck, dass er es nur tat, weil er nach seinen schlechten Erfahrungen mit Detective Inspector Waterhouse Sorge hatte, gleich wieder auf jedes einzelne Wort festgenagelt zu werden.

»Wie Sie sich denken können, war es das Erste, was ich mich gefragt habe«, antwortete er schließlich. »Aber meine Gedanken drehen sich immer nur im Kreis. Da klaut irgendwer mein Pferd und gibt es wieder zurück. Dann passiert der Mord an Debbie, und ich lande im Gefängnis. Dann werde ich zusammengeschlagen. Warum passiert das alles? Egal, wie sehr ich mir darüber den Kopf zerbreche, ich komme nicht weiter.«

»Gehen wir noch einmal die Fakten des Überfalls durch«, sagte Sandra. »Sie sind aus dem Taxi gestiegen und auf Ihr Gestüt zugegangen. Das Tor war zu. Den Täter selbst haben Sie gar nicht gesehen. Immerhin wissen wir, dass es sich nur um eine Person handelte. Das hat sich aus den Spuren im Kies ergeben.«

Nachdenklich fuhr er sich mit der gesunden Hand über das Grübchen an seinem Kinn.

»Hmm ... Besonders die Sache mit dem Tor hat mich beschäftigt«, gab er zu. »Offenbar war das Tor verschlossen, damit ich aufgehalten wurde. Aber keiner von meinen Leuten weiß, wer das getan hat.«

»Wer wusste überhaupt, dass Sie an diesem Vormittag aus dem Gefängnis zurückkommen würden?«

»Nur meine Haushälterin. Aber die ist verschwiegen. Für sie lege ich meine Hand ins Feuer.«

»Gut. Nächster Punkt.«

Sandra arbeitete ihren Fragenkatalog Punkt für Punkt ab. Erstaunlich schnell hatten sie beide einen gewissen Rhythmus dabei gefunden – Frage, Antwort, Nachfrage, Relativierung oder Bestätigung, auf beiden Seiten präzise und ohne Umschweife. Harold Conways Vermutung, Guiton könnte in dubiose Geschäfte verwickelt sein, löste sich dabei mehr und mehr in Luft auf. Dieser Mann war ein Opfer, er war auf keinen Fall ein Täter.

Schließlich waren sie fertig. Und Sandra hatte eine überraschende Entdeckung gemacht. Frank Guiton war offensichtlich viel mehr als nur ein gut aussehender, von allen bewunderter Pferdezüchter. Er war ein Träumer. Und er war weitaus sensibler, als der Chef de Police ihn nach seinem Verhör beschrieben hatte.

Plötzlich kam ihr eine Idee. »Dieser Überfall ... könnten Sie sich auch vorstellen, dass er nur zum Schein stattfand?«

»Was meinen Sie mit *zum Schein*?«

»Dass jemand Sie zusammenschlägt, damit wir *glauben*, dass Sie Prügel verdienen.«

Er sah sie verblüfft an. »Diese Frage habe ich mir noch gar nicht gestellt.«

»Na ja ... wenn Sie in beiden Fällen wirklich unschuldig sind, könnte es doch jemanden geben, der mit aller Macht will, dass Sie auf irgendeine Weise unter Verdacht geraten.«

Erschrocken sah Guiton sie an.

»Das hieße ja auch ... Dieser Person würde es gut in ihren Plan passen, dass man mich des Mordes verdächtigt.« Er wurde noch blasser. »Oder es ist sogar der Mörder selbst. Weil er wusste, dass Debbie und ich ein Paar sind ... Oh Gott!«

Auch Sandra erschrak.

Er hatte recht. Ein krankes Hirn, das verbissen daran arbeitete, Frank Guiton zu vernichten, hätte wahrscheinlich auch kein Problem damit, den Tod eines Menschen in Kauf zu nehmen, nur um sein Ziel zu erreichen. Musste Debbie Farrow sterben, damit ihr Freund Frank Guiton unter Mordverdacht geriet? Nein, dachte sie, das ist abstrus. So etwas Perverses konnte sich niemand ausdenken.

Sie versuchte, Frank Guiton schnell wieder zu beruhigen.

»So weit würde ich jetzt nicht gehen. Aber dass es jemanden gibt, der Sie unter allen Umständen vernichten will, scheint mir auf der Hand zu liegen. Wir sollten an dieser Stelle weiterbohren.«

»Bitte sagen Sie mir, wie ich Ihnen dabei helfen kann.«

»Ich werde mir etwas überlegen.«

Er blickte sie dankbar an. »Wissen Sie eigentlich, dass Sie die Erste sind, die bereit ist, mich als Opfer zu sehen?«

»Schön, dass Sie das bemerkt haben.«

Plötzlich wurde die Zimmertür aufgestoßen. Schnaufend schob eine dicke Krankenschwester einen Wagen voller Medikamente vor das Krankenbett. »Ein bisschen was zum Naschen, Mr. Guiton?«, fragte sie grinsend. Mit einem Seitenblick zu Sandra fügte sie hinzu: »Könnte die Lady uns zwei mal ein bisschen allein lassen?«

»Bitte, Rosie!«, sagte Guiton gequält. »Können Sie nicht noch eine halbe Stunde damit warten?«

Die Schwester schüttelte energisch den Kopf, während sie schon begann, eine Spritze aufzuziehen. »Sie wissen doch, betteln hilft bei mir nicht. Je schneller Sie mir Ihren Hintern zeigen, desto schneller ist es auch vorbei.«

Sandra verabschiedete sich. Guiton und sie lächelten sich noch einmal zu, dann verließ sie das Zimmer.

Als sie ein paar Minuten später auf der Straße neben ihrem Auto stand und zum Fenster hochschaute, hinter dem er lag, spürte sie, dass sie sich in ihn verliebt hatte.

Emily klopfte vorsichtig an die Badezimmertür. »Constance?«

Die Dusche, unter der Constance schon minutenlang stand, wurde abgestellt. Mit einem Klappern öffnete sich die Schiebetür der Duschkabine. Der Hall der Badezimmerfliesen ließ die Stimme der Fünfundzwanzigjährigen reifer erscheinen, als sie in Wirklichkeit war.

»Ja, Mrs. Bloom?«

»Soll ich uns asiatisches Hühnchen oder irgendwas Deftiges machen? Worauf hast du Lust?«

»Lieber was Deftiges. Aber bloß keine Umstände, bitte! Ich bin auch gleich fertig.«

Schmunzelnd verschwand Emily wieder in ihrer Küche und nahm das Porzellan aus dem Schrank. Genauso hatte sie Constance eingeschätzt: bodenständig und geradeheraus. Schon früher, als Constance während ihrer Schulzeit regelmäßig zu den Nachhilfestunden bei Jonathan gekommen war, hatte sie am liebsten rohes Gemüse geknabbert, wie ein Kaninchen. Nur Süßigkeiten waren ihr noch lieber.

Harold Conways Nachricht, dass Debbies Wohnung noch bis Morgen früh versiegelt bleiben würde, hatte die Kleine ziemlich durcheinandergebracht. Wo sollte sie auf die Schnelle hin? Viel Geld besaß sie offenbar nicht. Emily hatte es deshalb für das Beste gehalten, ihr für die Nacht eines ihrer beiden Gästezimmer anzubieten. Erleichtert und dankbar war ihr Constance um den Hals gefallen.

Die Badezimmertür ging auf, und Constance kam barfuß in den Flur getapst. Das blaue Badetuch, das Emily ihr vorhin auf den Badewannenrand gelegt hatte, hatte sie locker um ihren schlanken Körper gewickelt. Auf ihrer Schulter und am Hals perlten noch ein paar Wassertropfen, aber das schien ihr nichts auszumachen. Sie sah hübsch aus und mädchenhaft. Als sie auf dem Weg zu ihrem Zimmer an der Küche vorbeikam, blieb sie kurz stehen und steckte den Kopf durch die offene Tür.

»Danke für die Dusche! Ich fühle mich wie neugeboren!«

»Lass dir ruhig Zeit«, sagte Emily, während sie zwei große Stücke Käse, geräucherten Schellfisch und Tomaten aus dem Kühlschrank nahm. »Wir haben überhaupt keine Eile.«

»Das werde ich auch genießen.«

Constance verschwand in dem kleinen Zimmer am Ende des Flures. Früher hatte Jonathan hier geschlafen, wenn er aus dem Internat nach Hause kam, doch diese Zeiten waren schon lange vorbei. Es tat Emily gut, wieder einmal jungen Besuch im Haus zu haben. Dabei wurden nicht nur ihre mütterlichen Instinkte wach, sondern auch die Lebendigkeit, mit der sie immer ihre Familie versorgt hatte.

Gut gelaunt ging sie ins Esszimmer hinüber, um den Tisch zu decken. Als das Telefon klingelte, überlegte sie kurz, ob sie sich jetzt überhaupt stören lassen wollte, aber dann ging sie doch dran.

Es war Helen. Sie klang ziemlich vorwurfsvoll. »Weißt du, wo ich gerade bin?«

»Ich kann leider nicht hellsehen«, sagte Emily.

»Immer noch im Archiv. Deinetwegen habe ich heute nämlich Überstunden gemacht.«

»Du kannst davon ausgehen, dass ich dir das nicht vergessen werde«, sagte Emily trocken. »Hast du was rausgefunden?«

Helen holte tief Luft, dann begann sie zu berichten, was sie im Archiv ausgegraben hatte. »Es gab damals vier große *Black Butter*-Feste. Zumindest sind das die offiziell vermerkten.«

Gespannt fragte Emily: »Und? Welche Gutshöfe waren es? Ich brauche vor allem die Namen der Besitzer.«

Helen zählte sie auf. »Edwin Phillips auf *Orchard House*, Trevor de Sagan auf *Sagan Manor*, ein Mr. de la Haye – den Vornamen weiß ich nicht – auf *Langley Farm* und Francis Barnie de Gruchy auf *Les Mielles Manor*.«

In Gedanken ließ Emily die vier Namen durch ihren Gedächtnisspeicher laufen. Trevor de Sagan und Francis Barnie de Gruchy, beide aus sehr alten und einflussreichen Familien, kannte sie persönlich, die beiden anderen Namen sagten ihr nichts. Beide Männer waren Ende fünfzig, Trevor de Sagan ein erfolgreicher Farmer und Geschäftsmann und Francis Barnie de Gruchy ein intellektueller Zyniker, der mit Kunst handelte.

»Könntest du morgen Näheres über die Besitzer von *Langley Farm* und von *Les Mielles Manor* rauskriegen?«, fragte sie.

»Sei mir nicht böse, Schätzchen, aber morgen und übermorgen kann ich leider gar nicht.« Helen klang plötzlich beschwingt. »Die Zeit meines sexuellen Notstands ist nämlich vorbei. Alfred hat mich zu einem Wochenende auf Sark eingeladen.«

»Na endlich!«, gratulierte Emily. »Dann will ich eurem Liebesleben natürlich nicht im Wege stehen. Und feiern kann man auf Sark ja nun wirklich sehr gut.«

Sie spielte darauf an, dass die sechshundert Einwohner der benachbarten kleinen Kanalinsel für ihren fröhlichen Alkoholkonsum bekannt waren.

Doch merkwürdigerweise ging Helen gar nicht darauf ein. Stattdessen druckste sie herum. »Wenn du noch eine Sekunde Zeit hast, Emily...«, sagte sie vorsichtig, »...ich möchte dich auch was fragen.«

»Dann frag«, sagte Emily.

»Was würdest du anziehen? Ich meine, für die erste Nacht mit einem Mann, mit dem noch nie... Lieber ein unschuldiges weißes Etwas oder ein super sexy verführerisches Teil?«

Emily klemmte den Hörer zwischen Ohr und Schulter und fuhr dabei fort, die Teller und das Besteck auf den Esstisch zu stellen. »Himmel, Helen – das müsstest du aber eigentlich noch wissen! Zieh einfach das an, worin du dich selber sexy fühlst.«

»Du hast gut reden! Ich hatte seit vier Jahren keinen Kerl mehr im Bett.«

»Ups!«, sagte Emily überrascht. »So lange? Das wusste ich ja gar nicht.«

»Na ja ... Du warst ja auch oft abgelenkt.«

Das saß. Helens boshafte Anspielung auf die komplizierte Affäre, die Emily bis vor sechs Monaten mit einem Piloten von British Airways gehabt hatte, ließ das Gespräch augenblicklich stocken. Typisch Freundin, dachte Emily verärgert, kein anderer hätte mir diesen Dolch so genüsslich in den Rücken gerammt. Vor allem störte sie daran, dass Helen diese missglückte Piloten-Geschichte ausgerechnet in Verbindung mit ihrer eigenen zweifelhaften Eroberung Alfred brachte, einem abgebrannten Börsenmakler.

»Dann also ein schönes Wochenende«, sagte sie deshalb ziemlich kühl. »Und schönen Dank für deine Hilfe.«

Der verletzte Ton in Emilys Stimme war Helen offenbar nicht entgangen. Um ihren Fehler möglichst schnell wiedergutzumachen, offerierte sie durch die Blume ein Friedensangebot. »Ich mach dir einen Vorschlag, Emily. Bis morgen früh habe ich alles recherchiert, was du brauchst, okay? Und wenn dir das dann immer noch nicht reicht, besorge ich dir einen Tagesausweis, damit du selber im Archiv rumschnüffeln kannst.«

Emily gab sich geschlagen. Einen Streit mit ihrer ältesten Freundin wollte sie unbedingt vermeiden. Und Helen war nun einmal, wie sie war – das Herz auf der Zunge, manchmal auch launisch, aber immer ehrlich und treu.

»Einverstanden. Und jetzt ab mit dir ins Bett!«

»Besten Dank.« Kichernd und erfreut über diesen versöhnlichen, schlüpfrigen Schlussakkord legte Helen auf.

Als Constance zum Abendessen erschien, duftete sie nach Emilys Duschgel und trug ein kleines, rundes Päckchen in der Hand. Es war in gelbes Geschenkpapier eingewickelt und mit einer roten Schleife versehen. Lächelnd überreichte sie es Emily. »Für Sie. Es war das Einzige, was ich auf die Schnelle besorgen konnte.«

Emily legte das scharfe Messer aus der Hand, das sie gerade für die beiden Käsestücke aus der Küche geholt hatte, und nahm das Präsent entgegen. »Also bitte, Constance, ich freue mich doch auch ohne Geschenk, dass du hier bist ...«

»Ich weiß. Aber ich bin gespannt, ob Sie auch noch wissen, warum ich im Laden nicht daran vorbeigehen konnte.«

Neugierig beobachtete Constance, wie Emily das Geschenkpapier aufriss und eine Schachtel mit Pistazien-Pralinen auspackte.

»Natürlich! Die letzte Nachhilfestunde vor Weihnachten!«, rief sie aus. »Jonathan hat mit dir Mathematik geübt. Und dabei habt ihr heimlich meinen ganzen Vorrat an Pistazien-Pralinen gefuttert, den ich mir für die Weihnachtstage angelegt hatte.«

»Drei Schachteln.« Constance nickte. »Gott, war mir hinterher schlecht!«

»Danke. Das ist sehr lieb von dir, dass du daran noch gedacht hast.«

Sie gingen zum Esstisch, der in einer verglasten Veranda zwischen Küche und Wohnzimmer stand.

»Ich denke dauernd daran, Mrs. Bloom ... Ich meine, an diese Zeit«, sagte Constance. »Ich war zwölf, Debbie war achtzehn ... Wir haben uns ständig gefetzt. Und dann auch wieder eine Menge Quatsch zusammen gemacht. Wenn ich so überlege, waren das die einzigen Jahre, in denen wir so normal wie andere Mädchen waren ...« Sie brach ab. Ihr Mund zuckte, während sie voller Emotionen mit beiden Händen auf dem Rand der Stuhllehne hin und her fuhr.

Man muss gut auf sie aufpassen, dachte Emily, sie ist noch sensibler als Debbie.

Die Erkenntnis, wie intensiv bei manchen Menschen die unglücklichen Lebenslinien der Kindheit bis ins Erwachsenenalter nachwirkten, war erschreckend. Emily hatte sich schon oft gefragt, ob es ihr tatsächlich gelungen war, ihrem eigenen Sohn jede Art von belastender Erinnerung zu ersparen. Insgeheim ging sie davon aus, aber sie nahm sich vor, Jonathan bei nächster Gelegenheit vorsichtig danach zu fragen.

Nachdem Constance Platz genommen hatte, hielt Emily ihr einen großen Teller mit Schellfisch und ein Käsebrett hin. »So, jetzt lang erst mal ordentlich zu. Du musst ja mitten in der Nacht aufgestanden sein. Wann ging die Fähre?«

Constance legte sich zwei kleine Stückchen Räucherfisch, ein bisschen Cheddar und zwei Tomaten auf den Teller. »Ach, das war gar nicht so schlimm. Um zehn. Aber ich wohne ganz im Norden von Weymouth, und bis ich rechtzeitig mit dem Bus am Hafen war...«

»Wir müssen es ja heute nicht so spät werden lassen«, versprach Emily.

»Ich kann im Moment sowieso kaum schlafen. Und nach diesem schrecklichen Besuch im General Hospital ... Ich darf gar nicht dran denken.«

»Dann solltest du das auch nicht tun. Wir haben später noch Zeit, über all diese Dinge zu reden. Natürlich nur, wenn du möchtest. Der Chef de Police wird dich mit seinen Fragen schon genug gequält haben.«

»Ach, eigentlich war er ganz nett. Höchstens ein bisschen...« Sie suchte nach dem passenden Wort.

»Wichtigtuerisch«, ergänzte Emily seufzend. »Ich weiß. Aber er hat hier nun mal das Sagen.«

Sie nahm die Flasche französischen Weißwein und goss beide Gläser voll. »Du hast ja gesehen, St. Aubin und St. Brelade's Bay sind immer noch dieselben kleinen Welten.« Sie hob ihr Glas. »Santé! Darauf, dass du endlich wieder zur Ruhe kommst.«

»Danke, Mrs. Bloom.«

Auch Constance hob ihr Glas, trank aber nur einen winzigen Schluck. Im Kontrast zu den dunklen Haaren wirkte ihr ungeschminktes mädchenhaftes Gesicht im Schein der gedimmten Deckenlampe blass und mitgenommen.

»Es ist schon komisch«, sagte sie nachdenklich. »Jedes Mal, wenn man irgendwo anders war und wieder auf die Insel kommt, ist die Welt da draußen plötzlich ganz weit weg. Das ist mir heute auch wieder so gegangen. Und das nach so langer Zeit.«

»Oh ja, dieses Gefühl kennen wir alle. Die Gerüche, der Wind, das Gefühl von Freiheit... Wir sind nun mal hier auf der Insel aufgewachsen. Wirst du irgendwann wieder auf Jersey leben wollen?«

Constance steckte sich eine Gabel mit Schellfisch in den Mund und schüttelte den Kopf. »Ich glaube nicht, dass ich das schaffe. Jetzt schon gar nicht. Im Gegenteil, ich überlege ernsthaft, ob ich nicht nach London ziehe.«

»Du weißt, dass Jonathan in London arbeitet, oder? Als Kinderarzt am King's College Hospital.«

»Ja, Debbie hat's mir mal erzählt. Das ist doch super für ihn. Ist er glücklich?«

»Ich denke, schon. Er hat jetzt endlich seinen Facharzt gemacht und ist ziemlich beschäftigt.«

»Vielleicht kann ich ihn mal wieder treffen.«

Emily überlegte, ob sie Constance etwas fragen sollte, was sie schon seit einiger Zeit beschäftigte. Sie entschied, es ruhig anzusprechen. »Constance... Ich hatte Debbie ein paar Mal angeboten, für den kleinen David einen Termin auf Jonathans Kinderstation zu machen, aber sie wollte partout nicht. Hast du eine Ahnung, warum?«

»Sie wissen doch... Wenn es um ihr Kind ging, war Debbie ziemlich eigen«, antwortete Constance ausweichend.

Emily wollte sich mit dieser Erklärung nicht zufriedengeben. »Ehrlich gesagt, ich glaube, dahinter steckte irgendwas anderes. Vielleicht bilde ich mir das nur ein, aber es kam mir damals so vor, als wollte sie David nicht noch anderen Ärzten zeigen.«

»Das kann ich mir nicht vorstellen.«

»Doch. Sie wollte nicht mal mit Jonathan deswegen telefonieren...«

Plötzlich, völlig überraschend, verlor Constance die Nerven.

»Ich will nicht darüber reden!«, schrie sie. Ihre Stimme überschlug sich dabei so sehr, dass sie schrill klang. Trotzig wie ein Kind begann sie, mit dem Messer an den Tomaten auf ihrem Teller herumzusäbeln.

Ihre heftige Reaktion erschrak Emily. Davids Krankheit war offenbar für alle in der Familie ein Tabu gewesen. Das Einzige, was sie jemals von Debbie selbst dazu gehört hatte, war, dass die vielen Infektionen ihren Jungen geschwächt hatten. Am Ende war er im Krankenhaus an Nierenversagen gestorben.

Sie beschloss, nicht weiter nachzuhaken. Über ihnen im Gebälk knackte ein Balken, während sie beide stumm weiteraßen. Emily durchbrach als Erste das betretene Schweigen. Versöhnlich sagte sie: »Entschuldige, Constance, aber ich mochte den kleinen Kerl schließlich auch gern...«

Constance blickte auf. »Tut mir leid... War blöd von mir, so zu reagieren.«

Unvermittelt warf sie das Besteck auf den Teller, schlug die Hände vors Gesicht und flüsterte weinerlich: »Verdammter Mist, ich weiß nicht, wie lange meine Nerven das noch aushalten...«

Emily legte Constance beruhigend eine Hand auf den Arm. »Schschsch... Soll ich dich in dein Zimmer bringen? Möchtest du dich hinlegen?«

Constance schüttelte den Kopf. Sie schien nachzudenken. Plötzlich sagte sie mit fester Stimme: »Ich glaube, Sie haben recht. Ich sollte endlich aufhören mit dem Versteckspiel, Mrs. Bloom.«

»Was meinst du damit?«, fragte Emily überrascht.

»Sie lagen schon richtig. Debbies Kind war viel kränker, als wir zugeben wollten. David hatte ständig Infektionen. Aber wenn es nur das gewesen wäre, hätten die Ärzte es vielleicht irgendwann in den Griff bekommen.«

Emily hielt den Atem an. »War es ... Krebs?«, fragte sie vorsichtig. Allein der Gedanke daran entsetzte sie.

Constance schüttelte den Kopf. »Nein. Das wäre ja ein Feind gewesen, den man hätte bekämpfen können. Aber er bekam plötzlich Lähmungen, von einem Tag auf den anderen. Keiner wusste, warum. Die Ärzte vermuteten, dass es an den vielen Infektionen lag. Und an der seltenen Erbkrankheit, die er hatte.« Sie machte eine kleine Pause. »David war Bluter. Er muss es von Debbies Vater geerbt haben.«

Erschrocken verkrampften sich Emilys Finger an der Tischplatte. Es war wie ein Paukenschlag, der in ihren Ohren dröhnte. Constance redete weiter, aber Emily hörte gar nicht mehr richtig zu.

Sie kannte einen Menschen auf Jersey, der Bluter war.

Sie kannte ihn sogar gut, denn er war ein enger Freund ihres Mannes gewesen.

Er hatte sich sein Leben lang bemüht, die Krankheit geheim zu halten. Ein richtiger Gentleman, elegant und sportlich, Spross einer der vornehmsten Familien auf Jersey.

Dieser Mann war Trevor de Sagan, Seigneur auf *Sagan Manor*. Und sein Name gehörte zu denen, die Helen ihr heute Abend am Telefon vorgelesen hatte.

Das Polizeihauptquartier *Rouge Bouillon* – benannt nach der Straße, an der es lag – war schon tagsüber ein unauffälliger Gebäudekomplex, den sich die staatliche Polizei mit der Feuerwehr teilen musste. Abends wirkte das Gelände durch den fast leeren Parkplatz fast öde. Doch der Eindruck täuschte. Im Erdgeschoss bereitete sich gerade die Nachtschicht der Bereitschaftspolizei auf ihren Dienst vor, im Stockwerk darüber hatten sich die Leute von Jane Waterhouse eingeschlossen.

Die abendliche Runde im Sitzungszimmer war klein. Nur Jane Waterhouse selbst, Harold Conway und die Spurensicherung in Person von Edgar MacDonald waren anwesend. Für jeden gab es ein Sandwich und ein Mineralwasser. Neben den Sandwichtellern lagen, ordentlich sortiert, die Fotokopien der Laborergebnisse und eine kurze Zusammenfassung des aktuellen Ermittlungsstandes.

Harold Conway biss in sein Brötchen und studierte dabei mit übertrieben konzentriertem Gesicht die Untersuchungsergebnisse. In Wirklichkeit sehnte er sich nach der lockeren Herrenrunde, in der man hier früher gesessen hatte. Damals war auch ein Schluck Whisky nicht verpönt gewesen, wenn es den Ermittlungen auf die Sprünge half.

Detective Inspector Waterhouse berichtete als Erstes über den Mordfall Jolanta Nowak.

»Also: Unser erster Eindruck, dass Jolanta Nowak eine Einzelgängerin war, hat sich bestätigt. Als sie vor zwei Jahren aus Polen hierherkam, um ihre Tante zu pflegen, konnte sie kaum Englisch.«

»Was war sie eigentlich von Beruf?«, fragte Edgar MacDonald und kramte in den Unterlagen herum. »Das steht hier nirgends.«

»Sie war gelernte Krankenschwester. Aber in Polen war sie arbeitslos. Deshalb hat die Familie beschlossen, sie hierher zu schicken, zumal die Tante keine anderen Verwandten hat und auch nicht ganz arm ist.«

»Typisch Familie«, sagte MacDonald.

Ohne seinen Kommentar zu beachten, fuhr Jane Waterhouse fort: »Tatsächlich scheint sich Jolanta Nowak die meiste Zeit in der Wohnung ihrer Tante aufgehalten zu haben. Der Arzt der Tante hat mir bestätigt, dass die alte Frau seit einem halben Jahr nur noch dahindämmert. Jolanta Nowak hatte also einen aufreibenden Job. Nur alle drei Tage ist eine Mrs. Black gekommen, die für einen privaten Pflegedienst arbeitet, und hat sie für jeweils acht Stunden abgelöst. Hin und wieder kam Mrs. Black auch für die Nacht, aber nur, wenn Jolanta Nowak das unbedingt wollte.«

»Am Tag der Tat hatte Jolanta Nowak also definitiv frei?«, fragte Harold Conway.

»Ja. Sie hat die Wohnung der Tante um elf Uhr vormittags verlassen, gleich nachdem Mrs. Black den Dienst übernommen hatte. Laut Obduktion wurde sie dann zwischen vier Uhr und halb fünf nachmittags erstochen.«

Harold Conway sah auf die Fotokopie vor sich. Dort war als Muster die Klinge eines zwanzig Zentimeter langen schmalen Messers abgebildet. Ungefähr diese Form könnte die Tatwaffe gehabt haben.

»Das heißt also, wir müssen jetzt rausfinden, was die junge Frau in ihrer Freizeit gemacht hat, weil das der einzige Berührungspunkt mit dem Täter sein kann?«

Stirnrunzelnd blickte Jane Waterhouse den Chef de Police an. »Theoretisch gäbe es ja wohl viele Berührungspunkte: der Bäcker, ein Nachbarjunge, ein verliebter, aber verschmähter Nachbar ...«

»So schlau bin ich auch«, konterte Harold Conway. Er hatte geahnt, dass sie irgendwann wieder nervig werden würde. »Aber so perfekt, wie Sie recherchieren, haben Sie diese Möglichkeiten sicherlich schon ausgeschlossen.«

»Natürlich haben wir das. Und dabei haben wir noch was ganz anderes erfahren. Sie hat das Meer geliebt. Edgar, berichten Sie mal.«

Edgar MacDonald wischte sich die dicken Finger an seinem blauen Pullover ab und faltete eine Landkarte der Insel Jersey auseinander. Sie war voller roter Linien und Kringel. Er zeigte auf einen kleinen Strandabschnitt im Süden. »Hier. An diesem Strand scheint sie sich als Letztes aufgehalten zu haben Wir haben den Sand in ihren Schuhen analysiert. Er passt genau dorthin.«

»Wurde sie dort auch erstochen?«

»Nein, definitiv nicht. Der Sand bestätigt nur, dass sie dort war. Die wenigen Leute, mit denen sie näher Kontakt hatte – Nachbarn, Ladenbesitzer, der Briefträger – berichten übereinstimmend, dass Jolanta Nowak stundenlang wandern war, immer rund um die Insel. An ihrer Kleidung zu Hause haben wir dementsprechend auch jede Menge Sand und Erde von anderen Stränden gefunden.«

»Und wie ist sie da überall hingekommen?«, fragte Conway.

»Mit dem Fahrrad, manchmal auch mit dem Bus«, antwortete MacDonald.

»Aber nicht am Tag des Verbrechens«, mischte sich Jane Waterhouse ein. »Das ist ja das Rätselhafte. Eine Busfahrerin will gesehen haben, dass Jolanta Nowak einen Tag vorher am Liberation Square in einen Pick-up oder einen Kombi gestiegen ist. Aber an die Farbe des Wagens kann sie sich nicht erinnern. Sie weiß auch nicht, ob ein Mann oder eine Frau hinter dem Steuer gesessen hat.«

Edgar MacDonald grinste. »Darf ich darauf aufmerksam machen, dass wir nicht über die Jungfrau Maria reden? Jolanta Nowak war im zweiten Monat schwanger. Hey, Freunde, irgendeinen Mann muss es da ja wohl gegeben haben!«

»Und wenn es mehrere waren?«, fragte Conway.

Die Chefermittlerin schüttelte den Kopf. »Dafür gibt es keine Anhaltspunkte. Auch ihre Mutter in Polen, mit der wir telefoniert haben, hat Jolanta als eher scheu beschrieben.«

Sie lehnte sich zurück und breitete ihre Handflächen auf dem Tisch aus. »Wir suchen also *einen* Mr. Unbekannt.« Sie nickte wieder dem Kollegen MacDonald zu. »Edgar, erzählen Sie uns, was sie auf Jolantas Gürtel gefunden haben.«

MacDonald legte die Fotografie eines Fingerabdrucks auf den

Tisch. Der Abdruck hatte relativ saubere, gut konturierte Rillen. »Diesen Daumenabdruck haben wir auf dem Kunststoffgürtel der Toten gefunden. Er passt zu keiner der Personen, mit denen Jolanta Nowak normalerweise Kontakt hatte. Na gut, werdet Ihr sagen, damit ist höchstens bewiesen, dass es diesen Mr. Unbekannt tatsächlich gibt.«

Conway genoss die Art und Weise, mit der Edgar jedes Mal seine Nummer abzog. Es war großartig. Dagegen war die unterkühlte Sachlichkeit der Spitzmaus Waterhouse am Tischende ziemlich langweilig.

»Na komm, du hast doch noch was im Köcher«, sagte er gut gelaunt.

MacDonald zwinkerte ihm zu. Dann legte er ein zweites Foto mit einem Fingerabdruck auf den Tisch, genau neben das erste.

Der erfahrene Chef de Police brauchte keine drei Sekunden, um zu erkennen, dass die Abdrücke identisch waren.

»Na, was sagt ihr?«, fragte MacDonald stolz.

»Woher stammt der?«, fragte Conway voller Bewunderung.

»Von der rechten silbernen Schuhschnalle von Debbie Farrow«, antwortete MacDonald stolz. »Der Schuh hat in einem Luftloch unter der Erde gelegen. Und damit schließt sich der Kreis. Wir müssen jetzt davon ausgehen, dass beide Frauen von ein und demselben Täter ermordet worden sind.«

Jedem in der Runde war klar, dass sie endlich einen Durchbruch geschafft hatten. Doch der warf zugleich wieder eine ganze Menge neuer Fragen auf. Hatten die beiden Frauen sich vielleicht doch gekannt, obwohl bisher alles dagegensprach? Oder hatte der Mörder mit beiden ein Verhältnis gehabt, ohne dass Jolanta und Debbie voneinander wussten?

Harold Conway überlegte. »Könnte man nicht eine Belohnung aussetzen? Dann würden unsere Chancen auf Hinweise aus der Bevölkerung bestimmt steigen.«

Jane Waterhouse hob bedauernd die Hände. »Von welchem Geld? Können Sie mir das sagen?«

»Sie kennen doch die Töpfe der Ministerien am besten.«

»Es gibt keine Töpfe«, sagte sie knapp. »Jedenfalls nicht dafür.« Damit war das Thema für sie erledigt. Sie blickte in die Runde. »Pause?«

Mittlerweile war es Nacht geworden.

Sie waren die Letzten auf ihrer Etage, in allen anderen Büros brannte längst kein Licht mehr. Immerhin hatte der kleine Erfolg sie endlich ein bisschen zusammengeschweißt. Aber vielleicht empfand Conway das auch nur so, weil er das ständige Kämpfen gegen Jane Waterhouse leid war.

Sie ging hinaus und kam kurze Zeit später lächelnd mit einem Tablett zurück. Darauf standen drei Tassen mit Instantkaffee.

Jetzt mochte er sie sogar ein bisschen. Aber es irritierte ihn, dass er bei Jane Waterhouse nie wusste, wie sie wirklich war.

Schon am frühen Morgen klingelte Emily telefonisch Vikar Ballard aus dem Bett. Sie hatte ihm zwar gestern hoch und heilig versprochen, niemandem von ihrem Wissen über Mary-Ann Farrows Vergewaltigung zu erzählen, aber jetzt hatte sich die Situation dramatisch geändert. Godfrey Ballard musste sie schnellstens vom *hoch und heilig* entbinden. Schließlich wollte auch er, dass Debbies Tod schnellstens aufgeklärt wurde.

Emily konnte geradezu durch den Telefonhörer sehen, wie Godfrey sich am anderen Ende der Leitung heftig wand.

»Muss das denn sein, Mrs. Bloom?«, jammerte er. »Debbie wird mir vom Himmel aus zuschauen und sich fragen, ob das Beichtgeheimnis gar nichts mehr gilt.«

»Unsinn, Godfrey! Sie wird sich eher fragen, warum ein Mann der anglikanischen Kirche einen Mörder deckt!«

Schließlich stimmte er zu, allerdings erst, nachdem sie ihm versichert hatte, dass sie ihr Wissen vorerst nicht an die Polizei weitergeben, sondern nur für ihre eigenen Nachforschungen nutzen würde.

Erleichtert legte sie den Hörer auf. Schon eine halbe Stunde später saß sie im Auto und war auf dem Weg nach *Sagan Manor*.

Der Herrensitz des Seigneur Trevor de Sagan – der Titel *Seigneur* entsprach dem englischen Lord, hatte jedoch auf Jersey eine ungleich stärkere feudalistische Tradition – befand sich dort, wo die Landschaft noch besonders ursprünglich war, in der Mitte der Insel. Hier ließ sich alles, was man sah, mit nur einer einzigen Farbe beschreiben: sattgrün. In Jerseys mildem Klima hatte die Natur einen weitflächigen großen wilden Park hervorgebracht, über dem auf einer sanft geschwungenen Anhöhe das Anwesen *Sagan Manor* thronte. Aus der Ferne wirkte das Landgut mit seinen vier weißen glatten Säulen sehr elegant. Man vermutete kaum, dass hier schon seit über hundert Jahren Landwirtschaft betrieben wurde.

Hinter einer Brücke bog Emily von der Hauptstraße ab. Hier begann Trevor de Sagans Privatallee. Sie war schon früher ein paar Mal bei Trevor zu Gast gewesen, zusammen mit ihrem Mann, der mit ihm befreundet gewesen war. Doch jetzt, nach so vielen Jahren, erschien ihr die Zufahrt noch länger als damals. Was sie sofort wiedererkannte, waren die zwei gelben Gutsgebäude, hinter denen das letzte Stück der Auffahrt zum Herrenhaus begann.

Ob es wohl immer noch die große Herde Jerseykühe gab, für die Trevors Familie so berühmt gewesen war? Schon wenig später entdeckte sie die Tiere. Sie hielt den Wagen an, ließ die Scheibe herunter und beobachtete fasziniert, wie sie grasten. Jerseykühe waren etwas ganz Besonderes, es gab sie nur hier auf der Insel. Ihre schmalen braunen Körper und die ausdrucksstarken großen Augen erinnerten Emily jedes Mal an sanfte Hirschkühe. Es war ein friedlicher Anblick, der ihr ein kleines bisschen die Unruhe vor dem Treffen nahm.

Sie fuhr im Schritttempo weiter, bis sie die Anhöhe erreicht hatte. Vor ihr lag das Haupthaus mit seinen weißen Säulen. Der rechte Gebäudeflügel war im Gegensatz zu früher ganz von rotem Weinlaub bewachsen. Auch das turmgroße runde Taubenhaus – in früheren Jahrhunderten ein besonderes Privileg der Seigneurs – hatte sich leicht verändert. Man hatte ihm ein neues Strohdach verpasst. Direkt dahinter stand eine offene Garage für die Traktoren. Alles andere schien sich nicht verändert zu haben. Zum Glück hatte man auch die zwei prachtvollen Zedern im Park nicht angerührt.

Emily war sich immer noch nicht klar darüber, wie sie bei Trevor vorgehen wollte. Sie hatte zwar vorhin kurz mit ihm telefoniert und ihren Besuch angekündigt, aber die Wiederbegegnung würde schwierig werden. Das wusste sie jetzt schon.

Trevor de Sagan war ein Jugendfreund ihres Mannes gewesen. In Emilys Augen trug er ganz erheblich Schuld daran, dass Richard später oft mit seinem Leben als schlichter Teeimporteur gehadert hatte. Er und Trevor kannten sich seit der Kinderzeit. Richards Vater war der Jagdaufseher des alten Seigneur, sodass Richard und Trevor zusammen aufwuchsen, bis Trevor schließlich nach Eton ging. Erstaunlicherweise hatte ihre Freundschaft auch später noch gehalten, wobei der Begriff *Freundschaft* vielleicht nicht ganz treffend war. Trevor nahm Richard wie einen Hund überall mit hin, und Richard fühlte sich geschmeichelt. Noch als Jugendliche spielten sie in den Ferien regelmäßig zusammen Tennis – auf dem Privatplatz der Sagans –, ritten gemeinsam aus – auf den Vollblütern der Sagans – oder gingen segeln – natürlich auf der teuren französischen Jacht der Sagans. Richard war stets nur ein geduldeter Begleiter des verwöhnten reichen Trevor gewesen. Und es hatte ihm nicht gutgetan.

Noch während Emily aus dem Auto stieg und ihre schwarze Handtasche vom Rücksitz holte, lief ihr laut bellend ein brauner Setter entgegen. Er schnupperte an ihr herum, ließ sie jedoch unbehelligt die breite Treppe zum Eingang hochsteigen.

Aus dem linken Seitengebäude ertönte ein Piff, und der Hund verschwand, während Trevor de Sagan aus der Eingangshalle ins Freie trat. Er war jetzt Ende fünfzig, ein fülliger Herr, braun gebrannt, mit grauem Haar. In seinem dunkelblauen Blazer steckte ein geblümtes Einstecktuch. Emily erschrak ein bisschen, wie selbstgefällig sein Gesicht geworden war. Und wie übertrieben weiß sein Gebiss gegen die Bräune hervorstach.

»Emily!«

Sie umarmten sich. Trevor roch nach einem besonders teuren Aftershave, aber am Hals über dem Kragen war er nur nachlässig rasiert.

Emily schob ihn elegant von sich. »Hallo Trevor! Tut mir leid, dass ich dich hier so überfalle.«

»Ach was! Ich freue mich, dich wieder mal zu sehen. Du siehst fabelhaft aus.«

»Leider nicht so braun wie du.«

»Ich bin gestern erst von den Bermudas zurückgekommen. Wir besitzen dort eine kleine Firma und hatten eine Woche lang Aufsichtsratssitzung.«

Rechts und links von der Treppe standen hohe Terrakottatöpfe mit blühendem Oleander. Trevor ging zu einem der Büsche, knipste mit den Fingern eine große rote Blüte ab und steckte sie Emily galant ans Kleid.

»So, damit du weißt, dass du hier immer willkommen bist.«

Im Stillen bewunderte sie, wie es ihm gelang, in jeder Lebenslage charmant zu sein.

»Vielen Dank, Trevor. Ich muss wirklich sagen, *Sagan Manor* ist immer noch so schön wie früher. Sogar eure Jerseykühe gibt es noch. Ich habe sie eben bewundert.«

»Oh ja, die Landwirtschaft ist mir nach wie vor sehr wichtig. Sie ist so was wie das Herz der Familie. Ich schlage vor, wir gehen in mein Büro.«

Er schritt voran. Sie durchquerten die große Halle. Ein Bediensteter in dunklem Anzug war gerade damit beschäftigt, eine hohe Bodenvase mit frischen Blumen neben der Tür zu platzieren. Im Vorübergehen rief ihm Trevor zu: »Wenn Sie uns bitte zwei Gläser Champagner bringen, Arnold.«

Der nächste Raum war die Bibliothek. Bewundernd ließ Emily ihren Blick über die endlosen Reihen ledergebundener Bücher und Folianten wandern. Trevor bemerkte es.

»Ja, in diesen Regalen stehen vielleicht unsere größten Schätze«, sagte er stolz. »Heute bin ich froh, dass ich die Bibliothek gelassen habe, wie sie war. Meine Schwester hätte hier damals lieber ein Schwimmbad eingebaut.«

»Oh Gott!«, entfuhr es Emily.

Trevor lachte. »Ja, das habe ich auch gesagt.«

»Was macht deine Schwester jetzt?«

»Sie lebt seit ein paar Jahren in Genf. In einer umgebauten ehemaligen Dorfkirche ... Suzanne war ja schon immer ein bisschen exzentrisch, wie du vielleicht noch weißt.«

Emily wusste es nicht, denn sie hatte nur wenig Kontakt gehabt zu den Sagans. Aber sie ließ es sich nicht anmerken und sagte nur höflich: »Ah ja.«

Sie betraten Trevors Büro. Es war das Erkerzimmer mit Blick auf den Park. Zu Emilys Überraschung war es mit modernen Designermöbeln eingerichtet. Nur die verschnörkelte alte Couch aus rotem Samt und der rot gepolsterte Sessel vor dem Schreibtisch stachen daraus hervor.

»Bitte nimm doch Platz.«

Während Emily sich setzte und neugierig ihren Blick durch den eher kühlen Raum wandern ließ, ging Trevor auf die andere Seite des Glasschreibtisches und ließ sich auf den gestylten Lederstuhl fallen. Vor ihm lag ein großes Plakat, auf dem eine Herde brauner Jerseykühe zu sehen war. Er hielt es hoch und zeigte es Emily.

»Wie findest du es? Der zweite Entwurf für das Plakat zu unserer Rinderauktion. Von der Druckerei Morton.«

Sie überlegte. Es sah originell aus, weil die Kühe aus der Tür von Sagan Manor trotteten. »Keine schlechte Idee«, sagte sie anerkennend. »Ich hab für mein Geschäft auch schon mal bei Morton drucken lassen.«

Jetzt erst schien Trevor wieder einzufallen, dass es Richard nicht mehr gab und dass sie allein lebte. Er rollte das Plakat zusammen. »Erzähl mir ein bisschen. Wie kommst du ohne Richard zurecht, Emily? Geht's dir gut?«

»Ja, danke. Jonathan ist inzwischen Arzt, und ich habe zum Glück genug zu tun.«

»Das freut mich.«

Der Angestellte kam durch die Tür und stellte zwei Gläser perlenden Champagner auf den Schreibtisch. Dann verschwand er lautlos.

Trevor hob sein Glas und prostete Emily zu. »Also dann, auf unser Wiedersehen! Du siehst wirklich großartig aus, Emily. Darf ich das sagen?«

»Ich muss es ja nicht unbedingt glauben«, antwortete sie mit einem kleinen Lächeln. Ihre entgegenkommende Reaktion schien Trevor gut zu gefallen. Doch sie ließ sich nicht täuschen. Sie wusste, wie gut ein Mann wie er höfliches Geplänkel und knallharte Interessen zu verknüpfen verstand.

»Also, was kann ich für dich tun?«, fragte er unvermittelt.

Sie schlug die Beine übereinander und sagte: »Du hast vielleicht gelesen, Trevor, dass ich die Leiche einer jungen Nachbarin aus St. Brelade's Bay gefunden habe. Debbie Farrow.«

Er wurde ernst. »Ich hatte keine Ahnung, dass du das warst...«

»Es war schlimm. Und das ist jetzt schon der zweite Mord auf Jersey innerhalb einer Woche.«

Trevor blickte sorgenvoll. »Gestern Nachmittag stand beim Empfang des *Bailiff* zufällig der Chef de Police aus St. Aubin neben mir...«

»Harold Conway...«

»Ja. So ruppig der Bursche sonst auch ist, er hat etwas Vernünftiges gesagt: Kriminalität macht eben auch vor den Inseln nicht halt.«

»Ein schwacher Trost für Debbie, findest du nicht?«

»Oh ja, natürlich...«

Sie glaubte zu spüren, wie er sich bei der erneuten Erwähnung von Debbies Namen in eine Schutzhülle aus Kälte zurückzuziehen begann. Jetzt muss ich angreifen, dachte sie, sonst ist es womöglich zu spät. Und ich muss es erbarmungslos tun, sonst gibt er es nie zu.

Sie schoss ihre Frage wie einen Pfeil ab. »Trevor, ich möchte dich etwas fragen. Hast du Debbie Farrow gekannt?«

Er lachte nervös auf. »Nein. Warum sollte ich?«

»Weil sie einen kleinen Sohn hatte, der Bluter war – wie du. Und weil ihre Mutter vor einunddreißig Jahren auf *Sagan Manor* ein *Black Butter*-Fest gefeiert hat, das sie nie wieder vergessen konnte.«

Sie hatte nicht damit gerechnet, dass gleich ihr erster Schuss treffen würde. Trevor wurde blass. Die Fassade aus Arroganz und Geschmeidigkeit bröckelte schlagartig.

Er setzte sich auf und starrte sie an. Seine Bräune wirkte in diesem Augenblick wie eine traurige Tünche. »Woher weißt du das?«

»Debbie hatte sich jemandem anvertraut. Ich habe es nur durch

Zufall erfahren.« Sie versuchte, jegliche Schärfe aus ihrer Stimme zu nehmen, während sie weiterredete. »Trevor, dass ich jetzt hier sitze und dich frage, hat nichts mit der Polizei zu tun. Ich möchte, dass du das weißt.«

»Und das soll ich dir glauben?«

»Es ist so. Debbie und ich haben uns gut gekannt. Es würde mich sehr quälen, wenn ich nicht alles tun würde, um sie nachträglich besser zu verstehen. Bitte sag mir die Wahrheit: War Debbie deine Tochter?«

Trevor stützte sich auf die Ellbogen, legte die Hände zusammen und legte das Kinn darauf. So blickte er einen Augenblick lang nachdenklich auf die beiden Warhol-Lithografien an der Wand. Dann erst schaute er wieder zu Emily und sagte schließlich seufzend: »Also gut ... Ja, sie war meine Tochter. Wir haben sogar einen Gentest machen lassen. Er war positiv.« Sein Blick bekam etwas Flehendes. »Glaub mir, Emily, ich hatte wirklich keine Ahnung. Die Geschichte mit ihrer Mutter, damals in der *Black Butter*-Nacht ...«

»Die Geschichte?« Emily musste an sich halten, um nicht die Beherrschung zu verlieren. »Trevor, es war eine Vergewaltigung! Du hast das Leben von Mary-Ann zerstört! Und du hast dich nie mehr um sie gekümmert! Ist dir das eigentlich klar?«

»Danke, dass du mich darauf aufmerksam machst«, antwortete er scharf. »Was denkst du eigentlich? Dass es mir egal war, was ich damals angestellt hatte? Sturzbetrunken bin ich gewesen. Ich habe es mein Leben lang bereut. Aber es war nun mal passiert, und das Leben ging weiter. Warum hat sie sich nicht gemeldet, als sie wusste, dass sie schwanger ist?«

»Das weißt du selbst. Weil sie sich geschämt hat. Aber lass uns damit aufhören, Trevor. Ich glaube, es ist sinnlos, dass wir jetzt darüber diskutieren. Wann war das, als Debbie zum ersten Mal zu dir kam und dir gesagt hat: Ich bin deine Tochter?«

»Vor zehn Monaten. Sie stand eines Morgens vor der Tür und ließ sich nicht mehr abwimmeln. Dann hat sie es mir gesagt. Sie wusste jedes Detail aus der *Black Butter*-Nacht. Ihre Mutter hatte es ihr erzählt.«

»Ich weiß. Kurz bevor sie starb. Aber das liegt schon vier Jahre zurück. Warum hat Debbie mehr als drei Jahre gewartet, bis sie zu dir gekommen ist? Hat sie dir das erklärt?«

Trevor zuckte mit den Schultern. »Wenn ich jetzt darüber nachdenke – nein. Aber zu dieser Zeit hat ihr kleiner Sohn noch gelebt. Da hatte sie wahrscheinlich ganz andere Sorgen.«

»Wäre das nicht erst recht ein Grund gewesen, sich bei dir zu melden? Debbie hatte wenig Geld. Du mit deinen finanziellen Mitteln hättest Davids Leben vielleicht sogar retten können. Er war immerhin dein Enkel.«

Trevor fuhr auf. Emily wusste von Richard, dass er schnell jähzornig werden konnte. Trotzdem erschrak sie, als er jetzt mit hochrotem Kopf losbrüllte: »Hör auf, mich zu belehren! Ja, er war mein Enkel! Aber es ist nun mal so, wie es ist, und das Kapitel ist für mich abgeschlossen!« Plötzlich schien er zu bemerken, wie unangemessen seine Reaktion wirkte. Mit zwei Fingern lockerte er seine Krawatte, setzte sich wieder und mäßigte seinen Ton. »Ich hab's am Anfang selbst nicht glauben wollen, aber... Debbie hatte den Ehrgeiz, alles im Leben aus eigener Kraft zu schaffen, auch nachdem wir uns kennengelernt hatten. Sie wollte gar kein Geld von mir – jedenfalls nicht für sich.«

»Was meinst du damit, *nicht für sich?*«, fragte Emily irritiert.

Trevor zögerte. »Sie hat mich gebeten, eine Stiftung für kranke Kinder einzurichten, die *Trevor de Sagan Foundation.* Mit einem Startkapital von einer Million Pfund. Das war alles, was sie wollte.« Er bemerkte ihr ungläubiges Staunen. »Ja, Emily, sieh mich nicht so skeptisch an, genauso war es. Hier...« Er bückte sich zur Seite, zog fast trotzig eine Schublade an seinem Schreibtisch auf, holte ein Dokument hervor und hielt es Emily über die Schreibtischplatte hinweg vor die Nase.

»Was ist das?« Sie sah das große Siegel des *State of Jersey*. Schnell versuchte sie, auch den Text darunter zu entziffern.

»Die offizielle Gründungsurkunde«, erklärte Trevor, »ausgestellt am 1. Dezember vorigen Jahres. Die Stiftung wird nach Debbies Wunsch Monat für Monat um jeweils zehntausend Pfund aufgestockt, das sind hundertzwanzigtausend Pfund plus Zinsen pro Jahr. Sie hat in diesen Zahlungen einen Ersatz für die ihr entgangenen Alimente gesehen.«

Emily schüttelte verständnislos den Kopf. »Das ist zwar alles typisch Debbie, trotzdem verstehe ich einiges nicht. Noch vor drei Tagen hat sie mir erzählt, dass sie in eine billigere Wohnung umziehen muss, weil sie zu wenig Geld hat. Ich nehme an, du hättest ihr leicht eine schöne Wohnung besorgen können. Warum wollte sie das nicht? Du bist schließlich ihr Vater. Hast du eine Erklärung dafür?«

In Trevors Augen war ein Funken Gram erkennbar. »Sie war ein verschlossener und eigenwilliger Mensch. Ich habe selbst eine Weile gebraucht, bis ich begriffen hatte, wie starrköpfig sie sein konnte. Jedes andere Mädchen hätte alles dafür getan, endlich eine de Sagan zu werden ... Nicht aber Debbie.« Er lachte bitter auf. »Aus erster Ehe habe ich zwei undankbare Söhne, die bei meiner Exfrau in London leben und die mich eines Tages beerben werden. Da hätte mir Debbie sogar ganz gutgetan. Doch jedes Mal, wenn sie mich hier besuchte, was vielleicht zehn Mal passiert ist, stand ihre Mutter zwischen uns. Debbie war höflich, aber sie ließ mich nie an ihrem Leben teilnehmen. Es war absolut tabu. Ich weiß weder, wer der Vater ihres Kindes ist, noch, ob sie wieder einen Freund hatte.«

Emily nickte, beinahe gerührt über das realistische Bild, das Trevor von Debbie zeichnete.

»Ja, genauso war sie.«

»Heute ist mir klar, dass das ihre Rache an mir war«, fuhr Trevor nachdenklich fort. »Die Art und Weise, wie sie sich als Mensch vor mir verbarg. Und dass sie niemals eine de Sagan sein wollte. Weil es die Ehre ihrer Mutter zerstört hätte.«

Emily stimmte ihm zu. »Ja, so könnte es gewesen sein. Sie war trotzig und kämpferisch.«

»Wann wird die Beerdigung sein?«, fragte Trevor mit brechender Stimme.

»Das steht noch nicht fest. Solange die Polizei ermittelt, wird sie den Leichnam nicht freigeben.«

»Ja, natürlich ... Sie sollen bloß alles tun, um den Mörder schnell zu finden.«

Er fuhr sich mit der Hand über die Augen, als sei es ihm unangenehm, so offen seine Gefühle zu zeigen und zu weinen. »Mein Gott, warum musste es ausgerechnet Debbie treffen?«

Emily war sich nicht ganz sicher, ob seine Trauer um Debbie wirklich so groß war, wie er tat. Immerhin war er damit auch eine finanzielle Last los.

Ihr fiel eine Möglichkeit ein, wie sie Trevors Glaubwürdigkeit testen könnte. Der Schlüssel zur Wahrheit war die Stiftung, zu der Debbie ihn gezwungen hatte.

Trevor stand auf und ging zur Fensterfront. »Darf ich einen Augenblick aufmachen?«, fragte er. »Ich brauche frische Luft.«

»Ja, natürlich.«

Er öffnete beide Flügel des mittleren Sprossenfensters und atmete den frischen Wind ein.

Emily blieb sitzen und tat so, als würde sie in ihrer Handtasche kramen. In Wirklichkeit rief sie sich jedoch die Urkunde in Erinnerung, die Trevor ihr eben hingehalten hatte. Er konnte ja nicht ahnen, dass sie die Fähigkeit besaß, sich in so kurzer Zeit den genauen Wortlaut einzuprägen.

Sie schloss für einen kurzen Moment die Augen. Jetzt sah sie das Dokument wieder in allen Einzelheiten vor sich. Oben stand der Stiftungszweck, darunter waren ein paar gerichtliche Bestimmungen vermerkt. In der untersten Zeile war Trevor als alleiniger Stiftungsrat genannt, was ungewöhnlich war, weil es nach Willkür roch.

Trevor schloss das Fenster und ging wieder zum Schreibtisch zurück. Kaum hatte er Platz genommen, blickte ihn Emily mit gespielter Bewunderung an und sagte: »Eines hast du immerhin geschafft, Trevor. Du hast Debbie durch deine Stiftung glücklich gemacht.«

»Das will ich hoffen.«

»Deshalb denke ich, jetzt ist es an uns, dafür zu sorgen, dass die *Trevor de Sagan Foundation* überall bekannt wird. Eine Freundin von mir ist Journalistin. Sie könnte darüber schreiben. Ich finde, es ist allein schon eine Sensation, dass die Stiftung jeden Monat um zehntausend Pfund reicher wird.«

Sie spürte, wie ihm unbehaglich wurde.

»Ich will keine Presse«, sagte er barsch. »Auf keinen Fall.«

Emily ließ nicht locker. »Obwohl niemand erfahren würde, was der wahre Grund für deine Stiftung ist?«

»Ich sagte, ich will nicht.«

Emily bohrte unbeirrt weiter. »Warum nicht? Weil du so öffentlichkeitsscheu bist? Oder weil du die monatlichen Zahlungen sofort nach Debbies Tod eingestellt hast?«

Fassungslos starrte er sie an. Dann erst begriff er, dass sie ihm eine Falle gestellt hatte. »Du verdammte Schlange!«, sagte er heiser. »Verschwinde aus meinem Haus!«

»Also habe ich recht. Du hast die Zahlungen längst gestoppt. Warum, Trevor? Hast du so wenig Respekt vor diesem tapferen Mädchen?«

Er gab sich keine Mühe mehr, sein wahres Gesicht zu verbergen. Sie sah nur noch Wut in seinen Augen. »Respekt?«, höhnte er. »Vor jemandem, der mich erpresst hat, eine Million Pfund auf dieses Konto einzuzahlen? Ich glaube, du hast keine Ahnung, wie raffiniert Debbie war.« Er lachte auf. »In ihrem dämlichen Stolz hat sie ja schon protestiert, wenn ich ihr mal ein paar Scheine zugesteckt habe, damit sie sich schicke Klamotten kaufen kann.«

Emily platzte der Kragen. Seine Arroganz war unerträglich. Plötzlich schloss sie auch nicht mehr aus, dass er selbst dafür gesorgt hatte, dass Debbie zu Tode kam. Auch wenn er es sicherlich nicht höchstpersönlich getan hatte. Es war ein erschreckender Gedanke, aber sein Jähzorn sprach dafür.

»Es muss eine große Erleichterung für dich gewesen sein, als Debbie endlich tot war«, sagte sie provozierend.

Sein Gesicht wurde dunkelrot. Drohend hob er den Zeigefinger. »Das nimmst du sofort zurück!«, brüllte er sie an. »Ich war acht Tage lang auf den Bermudas, dafür gibt es Zeugen! Vier Aufsichtsratsmitglieder!« Er schlug mit der Faust auf den Schreibtisch. »Obwohl dich das alles eigentlich gar nichts angeht.«

»Mich nicht, aber vielleicht die Polizei.«

Ohne ein Wort zu sagen, stand er auf, ging zur Tür und öffnete sie bis zum Anschlag.

»Geh bitte! Sonst lasse ich dich rauswerfen«, sagte er mit eiskalter Miene.

Sie erhob sich. »Schade, Trevor. Ich hätte mich gern vernünftig mit dir unterhalten. Aber vielleicht bist du dafür doch zu egoistisch.«

»Stammt diese Erkenntnis von dir oder von deinem bigotten Mann?«

Sie ging auf ihn zu. »Hör auf, so über Richard zu reden! Er war dein Freund!«

»Ein guter Freund, ja, aber ein schlechter Ehemann. Hast du das gewusst, Emily?«

»Es wird dir nicht gelingen, meine Erinnerung an Richard zu zerstören.«

»Da wäre ich mir nicht so sicher. Wir können es ja auf einen Versuch ankommen lassen...«

»Bitte, Trevor!«, sagte sie fast flehend.

Doch er ließ sich nicht aufhalten. »Weißt du, warum Richard dich damals Hals über Kopf im Stich gelassen hat? Er wollte mit Debbies Mutter nach Frankreich verschwinden. Mary-Ann und er hatten jahrelang ein Verhältnis.«

»Nein!«

»Doch! Aber Mary-Ann, dieses Luder, hat im letzten Moment gekniffen und ihn allein lossegeln lassen. Sie hat es schließlich doch nicht übers Herz gebracht, sich von ihren Töchtern zu trennen. Richard hat mich damals vom Hafen aus angerufen und hat es mir erzählt.«

»Ich will diese Lügen nicht hören!«

»*Du* hast die Büchse der Pandora geöffnet, Emily, nicht ich«, sagte er höhnisch. »Jetzt musst du dir auch den Rest anhören.«

»Das werde ich nicht tun.«

Doch statt hinauszulaufen, blieb sie wie gelähmt stehen und hörte seinen Worten weiter zu.

Er wusste, wie sehr er sie quälte. Entsprechend genüsslich fuhr er fort. »Auch wenn du die Wahrheit nicht wissen willst – aber dein wunderbarer Mann ist der Vater von Debbies Schwester Constance. Du kennst doch die Kleine, nicht wahr? Er hat sogar regelmäßig für sie bezahlt.«

Emily starrte Trevor ungläubig an. Dann drehte sie sich um, angeekelt von seinem höhnischen Blick, und stürmte in den Flur hinaus. Als sie durch die Halle rannte, warf sie die Bodenvase um, die klirrend auf dem Boden zersprang.

Erst draußen im Hof kam sie wieder zu Atem. Ohne sich noch einmal umzublicken, riss sie die Tür ihres Wagens auf und ließ sich auf den Sitz fallen. Mit zitternden Händen startete sie den Motor und raste los.

Sie brauchte ein paar Stunden, bis sie den Schock halbwegs verkraftet hatte. Nachdem sie von *Sagan Manor* zurückgekehrt war, hatte sie sich weinend ins Schlafzimmer zurückgezogen und sich angekleidet aufs Bett geworfen. Doch je mehr sie dort über Trevor de Sagans Behauptungen nachdachte, desto mehr wuchs in ihr die Erkenntnis, dass er vermutlich die Wahrheit gesagt hatte. Plötzlich erschien ihr das ganze Haus, und vor allem das Schlafzimmer, von Richards Lügen vergiftet.

Als sie es nicht mehr aushielt, flüchtete sie in den Garten, der immer *ihr* Garten gewesen war.

Fast manisch ging sie mit einem kleinen Eimer in der Hand durch die Beete und sammelte Dutzende gefräßiger Nacktschnecken ein. Nun mussten die armen Dinger für Richard Blooms Verfehlungen büßen. Eine nach der anderen wanderten die schleimigen braunen Schädlinge in den Eimer, als wären sie es gewesen, die Emilys Leben durcheinandergebracht hatten.

Erst als nirgendwo mehr eine Schnecke zu finden war, kam sie wieder zur Besinnung. Der Eimer war zur Hälfte gefüllt. Eigentlich, fand sie, hatten die Schnecken den Tod verdient. Aber dann brachte sie es irgendwie doch nicht fertig, sie umzubringen. In letzter Zeit gab es schon genügend Leichen auf der Insel, dachte sie grimmig. Sie begnügte sich damit, die Schnecken schwungvoll über die Gartenmauer nach unten in den Wald zu kippen.

Wie befreit kehrte sie ins Haus zurück.

Jetzt erst entdeckte sie, dass auf dem Küchentisch, beschwert mit der Knoblauchpresse, ein Zettel lag, auf den Constance eine

Nachricht für sie gekritzelt hatte: *Conway hat angerufen, dass ich jetzt in Debbies Wohnung kann. Ich habe schnell gepackt und bin dann jetzt weg. Noch mal tausend Dank, Constance.*

Emily war erleichtert. Schon während der ganzen Fahrt hatte sie sich mit der Frage gequält, wie sie Constance in dieser neuen Situation gegenübertreten sollte. Wenn Richard tatsächlich der Vater des Mädchens war – war es jetzt Emilys Aufgabe, ihr das zu sagen? Für Emily als Ehefrau war es schwer genug, zu akzeptieren, dass ihr untreuer Mann noch ein Kind gezeugt hatte. Doch wie würde Constance in ihrer jetzigen Verfassung damit umgehen?

Je mehr sich Emily in den folgenden Stunden mit Trevor de Sagans Äußerungen befasste, desto mehr brach die sorgsam versiegelte Schutzhülle auf, die ihr Leben mit Richard bisher umgeben hatte.

Zum Vorschein kam die bittere Wahrheit: Trevor hatte recht. Sie hatte es nur nie wahrhaben wollen.

Mary-Ann Farrow … Wie gut sie passte zu Richards Vorstellungen von einer Frau! So wie sie damals in der *Black-Butter*-Nacht auch Trevor de Sagans Blut in Wallung gebracht hatte, selbstbewusst und widerborstig, wie sie war.

Ich muss endlich aufhören, mich selbst zu belügen, dachte Emily.

Richard war immer ein liebevoller Vater und Ehemann gewesen, trotzdem hatte er einen schlechten Charakterzug nie ganz ablegen können. Als Mitläufer hatte er sich von Trevor abgeschaut, welche Vorteile es brachte, wenn man in kritischen Augenblicken nur an sich selbst dachte. Emily fragte sich, wie lange Richard und Mary-Ann wohl schon ihr Verhältnis gehabt hatten. Sie rechnete nach. Vierzehn Jahre mussten es auf jeden Fall gewesen sein, denn als Richard mit Mary-Ann nach Frankreich verschwinden wollte, war Constance schon älter als dreizehn. Es war genau die Zeit, als das schmale, dunkelhaarige Mädchen fast täglich bei ihnen zu Gast gewesen war, mit Jonathan kichernd auf der

Terrasse gesessen hatte, wo sie Karten spielten und Kuchen futterten. Und wie oft hatte Emily abends, wenn sie im Bett neben Richard lag und von den Streichen der Kinder erzählte, davon geschwärmt, dass Constance wie die Tochter war, die sie sich immer gewünscht hatte...

Natürlich hätte Emily sich damit trösten können, dass die beiden längst tot waren, aber das war natürlich Unsinn. Im Gegenteil, der Tod machte alles nur noch schlimmer, weil sie nicht mehr mit Richard darüber sprechen konnte. Er hatte alle Geheimnisse mit ins Meer genommen. Sie hatte ihren Mann verloren und wusste nicht, warum.

Wie immer, wenn Emily unsicher war, suchte sie Rat in ihrem Gedächtnis. Sie wusste, in diesem Archiv konnte sie alles finden. Auch ihre letzten Gespräche mit Richard. Hatte er damals etwas gesagt, das ihr einen Hinweis hätte geben können?

Sie schloss die Augen und ließ sich wieder durch die Zeit fallen.

Am 23. Juni vor zwölf Jahren war Richard verschwunden. Am Tag davor waren sie beide noch gemeinsam auf einem Jazzkonzert in der Burgruine von *Mont Orgueil Castle* gewesen. Über dem glitzernden Meer hatte die Sonne ihr letztes sanftes Licht ausgesandt. Das alte Gemäuer und die Menschen schienen wie rötlich angestrahlt zu sein. Im Gewühl waren sie vielen Menschen begegnet, die sie kannten. Auf dem unteren Burghof, wo sonst die Vorführungen der Falkner stattfanden, swingten fünf junge Musiker und sorgten für gute Laune.

Emily lehnte sich mit dem Rücken an die Burgmauer, hörte selig zu und fühlte sich wunderbar jung. Wenigstens für ein paar Stunden versuchte sie zu verdrängen, dass ihr am nächsten Morgen dieser Termin bei Professor Riddington in der Klinik bevorstand, wegen ihres schrecklich perfekten Gedächtnisses. Heute wollte sie noch einmal unbeschwert sein.

Spontan streckte sie den Arm aus, zog Richard zu sich heran und versuchte ihn zu küssen. Doch er wich ihr aus, denn in diesem Augenblick entdeckte er Mary-Ann Farrow auf der anderen Seite des Platzes und winkte ihr zu.

»Hast du gesehen?«, rief er gegen die Musik an. »Da drüben ist Mary-Ann!«

»Och, du bist unromantisch«, beschwerte sich Emily. »Siehst du, jetzt kommt sie zu uns rüber.«

Geschickt drängelte Mary-Ann Farrow sich durch die Menschenmenge. Für Anfang vierzig war sie immer noch sehr schlank. Sie trug weiße Jeans, ein weißes Polohemd und weiße Bootsschuhe, sodass sie wie eine Seglerin aussah, obwohl sie es gar nicht war. Emily hatte sie noch nie so gut angezogen gesehen. Auch sonst hatte sie sich stark verändert. Ihre dunklen Haare waren jetzt anders geschnitten, aus den fusseligen Strähnen, über die sie früher immer gejammert hatte, war eine Art Bubikopf geworden.

»Hallo ihr zwei!«, sagte sie fröhlich, dann küsste sie Emily auf beide Wangen. Richard dagegen gab sie keinen Kuss, stattdessen lächelte sie ihm lange und intensiv zu. Er sagte nichts, sondern lächelte nur zurück.

»Bist du allein hier?«, fragte Emily.

»Du weißt doch, ich bin immer allein«, antwortete Mary-Ann seufzend. »Meine Mädels haben mich neulich sogar schon gefragt, ob ich vielleicht gar keine Männer mag.«

»Wie Teenies sich das eben so vorstellen«, sagte Emily amüsiert.

Richard lachte. Als er sah, dass die Musiker ihre Instrumente zur Seite legten, um eine Pause zu machen, zeigte er auf den provisorisch aufgebauten Stand, der als Bar diente.

»Wie wär's mit einem Drink? Geht ihr mit rüber?«, fragte er.
»Gerne«, sagten beide Frauen gleichzeitig.
Sie schlenderten auf die andere Seite. Die ersten Gäste kamen ihnen mit Gläsern in der Hand entgegen.
»Arbeitest du eigentlich immer noch in diesem Kinderheim?«, fragte Emily.
»Ja. Aber das Heim würdest du gar nicht mehr wiedererkennen. Die Stadt hat es komplett renovieren lassen. Genau genommen leite ich jetzt eine moderne Großküche. Und immer komme ich erst nachts nach Hause. Es ist ziemlich stressig geworden.«
»Zeit, dein Leben zu verändern, meinst du nicht?«, sagte Richard, der zwischen ihnen ging, mit seltsam herausforderndem Blick.
Sie lächelte geheimnisvoll. »Vielleicht.«
Bestimmt hat sie einen Liebhaber, dachte Emily. Sie würde es ihrer Jugendfreundin wünschen, denn Mary-Ann hatte es immer schwer gehabt im Leben.
Richard schien Vergnügen an diesem Spiel mit Mary-Ann bekommen zu haben. In provozierendem Ton bohrte er weiter:
»Und wie würdest du leben wollen, wenn du dürftest, wie du willst?«, fragte Richard.
»Jetzt hör doch mal damit auf«, meinte Emily etwas genervt. Um sie herum war nur Fröhlichkeit. Doch Mary-Ann schien die Fragerei nichts auszumachen.
»Nein, lass ruhig ... Wie würde ich leben wollen ...« Sie dachte nach. Dann antwortete sie mit ernstem Gesicht: »So, dass ich es nie bereuen müsste.«
Emily hatte den Eindruck, als würde Richard ein klein wenig erröten. Aber vielleicht hatte sie sich auch getäuscht.
»Na, das wird sich doch machen lassen«, sagte er lächelnd und versuchte, Mary-Anns braunen Augen standzuhalten.

Sie waren an der Bar angekommen. Zwei flinke Studentinnen schenkten Bier, Mineralwasser und Champagner aus. Emily hatte keine Lust mehr, sich den schönen Jazzabend von Richards philosophischem Geplänkel zerreden zu lassen.

»Jetzt sei bitte ein Gentleman und hol etwas zu trinken für uns«, bat sie ihn. »Die Musik geht nämlich gleich weiter.«

»Was wollt ihr? Champagner oder Wasser?«, fragte er.

»Champagner«, antworteten Emily und Mary-Ann wieder wie aus einem Mund.

Mit einem Zwanzig-Pfundschein in der Hand stellte sich Richard in der Schlange an. Ein paar Minuten später kam er fröhlich zurück, drei Gläser in den Händen. Sie stießen an.

Über ihr Glas hinweg fragte Mary-Ann: »So, Richard. Und jetzt möchten wir wissen, was du in einem neuen Leben tun würdest.«

»Das würde mich auch mal interessieren«, sagte Emily. Sie freute sich, dass sie und Mary-Ann sich immer noch so gut verstanden.

Richard hob seine buschigen Augenbrauen. »Ich?«, sagte er, ohne lange nachzudenken. »Ich würde am liebsten in einer Woge aus perlendem Champagner untergehen ...«

Alle drei prusteten los.

Emily konnte nicht fassen, wie naiv sie damals gewesen war. Die scheinbar fröhliche Unterhaltung zwischen Richard und Mary-Ann Farrow strotzte in Wirklichkeit vor geheimen Signalen. Ihre Blicke, die Anspielungen auf ein neues Leben, Mary-Anns kryptischer Wunsch, dass sie einen Neuanfang hoffentlich nie bereuen müsse – das ganze Gespräch in dieser lauen Nacht verbarg so viel zwischen den Zeilen, was Emily bisher nicht erkannt hatte.

Plötzlich ergab alles einen ganz neuen Sinn. Auch Richards Witz darüber, dass er am liebsten in einer Woge aus Champagner untergehen würde.

Schon vierundzwanzig Stunden später war er untergegangen. Ein tragischer Zufall. Oder nicht? Denn es könnte auch bedeuten, dass er seinen Tod sorgfältig inszeniert hatte.

Emily hielt den Atem an.

War Richard in Wirklichkeit noch am Leben?

Sein Besuch bei Frank Guiton im Krankenhaus hatte Richter Willingham dazu gebracht, die Pläne für sein künftiges Leben kurzfristig zu ändern. Lange Zeit war er davon ausgegangen, dass er sich nach der Beendigung seiner Tätigkeit am Magistratsgericht ganz aus dem Rechtsgeschäft zurückziehen und nur noch privatisieren würde. Doch jetzt dachte er anders. Dass er aus der Sicht Frank Guitons miterleben durfte, wie man mit einem Verdächtigen umsprang, hatte einen faszinierenden Blickwinkel ergeben, den er zuletzt als junger Verteidiger erlebt hatte.

Er zweifelte nicht daran, dass die Polizei – die Honorary Police unter Harold Conway ebenso wie die Kriminalpolizei in St. Helier – im Prinzip einen guten Job machte. Und doch gab es in ihrem Verhalten gegenüber Guiton etwas, das ihn störte.

Plötzlich reizte Willingham der Gedanke, wie früher wieder als Anwalt zu arbeiten. In den vergangenen Jahren hatte er immer wieder beobachtet, dass unter der sogenannten neuen Elite eine gefährliche Krankheit grassierte. Exzellent ausgebildete junge Leute wie sein Nachfolger Edward Waterhouse, wie die kaltschnäuzigen Banker oder die gerade mal dreißigjährigen Finanzanwälte – sie alle litten unter Selbstüberschätzung. Und Opfer dieser Arroganz waren die einfachen Bürger.

Jersey war immer eine Insel der Zupackenden gewesen. Willingham war stolz darauf, dass ihm *seine* kleine Insel die Chance auf ein Studium und später auf ein hohes Amt ermöglicht hatte, obwohl er aus kleinen Verhältnissen stammte.

Nein, jetzt durfte er nicht kneifen. Jetzt begann es eigentlich erst, Spaß zu machen.

Noch am selben Nachmittag unternahm er alle notwendigen Schritte, um wieder als Anwalt zugelassen zu werden. Es war leicht. Die Anwaltskammer fühlte sich geehrt, ihn wieder in ihren Reihen begrüßen zu können, denn das traditionsorientierte Rechtssystem auf Jersey – eine komplizierte Mischung aus britischen, französischen und normannischen Rechtselementen – erforderte gewiefte Juristen wie Willingham.

Gleich anschließend suchte er Frank Guiton im Krankenhaus auf.

Er fand ihn im fortgeschrittenen Stadium schrecklicher Langeweile. Auf dem weißen Nachttisch und auf seiner Bettdecke stapelten sich die zerlesenen Ausgaben mehrerer Tageszeitungen und Wettzeitschriften. In dem kleinen Fernsehapparat, der an der Wand hing, lief stumm ein Golfturnier.

Überrascht blickte Guiton zur Tür, als Willingham mit einer schwarzen ledernen Aktentasche in der Hand eintrat.

»Richter Willingham!«

»Ich will sie nicht lange stören, Frank. Ich wollte Sie nur kurz über eine Neuigkeit informieren.«

»Bitte nehmen Sie sich doch den Stuhl...«

»Nein, danke, es tut mir ganz tut, zu stehen.« Er kam lächelnd näher, während Guiton mit der Fernbedienung den Fernseher ausschaltete. »Die Neuigkeit betrifft mich selbst.«

Irritiert hob Guiton seinen bandagierten Kopf vom Kissen.

»Inwiefern?«

»Richter Willingham gibt es ab heute nicht mehr.«

»Wie meinen Sie das?«

»Ich habe beschlossen, wieder als Anwalt zu arbeiten. Und wenn Sie Lust haben, sind Sie mein erster Mandant.«

Guiton hob den Kopf von seinem Kissen. »Das ist ja eine Überraschung!« sagte er strahlend. »Natürlich würde ich mich freuen, wenn Sie meinen Fall übernehmen könnten!« Er ließ sich wieder zurücksinken. »Ich kann's nicht glauben!«

»Noch heute Abend werde ich mich hinsetzen und unsere nächsten Schritte ausarbeiten«, erklärte Willingham. »Als Erstes müssen wir es schaffen, Ihr Gestüt vor dem Zugriff der Bank zu retten. Danach können wir uns darum kümmern, wie wir den Vorwurf des Versicherungsbetrugs abschmettern.«

»Aber wie soll das alles gehen, solange ich an dieses Bett gefesselt bin?«

»Das sollte kein Problem sein. Dann muss eben ich die Ärmel hochkrempeln. Geben Sie mir eine Vollmacht für Ihre Haushälterin mit und sagen Sie mir, wo ich in Ihrem Gestüt die entsprechenden Unterlagen finde.«

Ohne auch nur eine Sekunde zu zögern, weihte ihn Frank Guiton in alles Geschäftliche ein. Er hatte das Gefühl, Willingham blind vertrauen zu können. Innerhalb von Minuten verwandelte sich das Krankenzimmer in ein Büro. Willingham zauberte mehrere Vollmachten, einen teuren Schreibblock, zwei silberne Kugelschreiber und jede Menge Heftklammern aus seiner teuren Aktentasche hervor, dann begannen sie mit der Arbeit.

Als sie fertig waren, packte Willingham alles wieder ein. Er tat es so ruhig und so selbstverständlich, als hätte er nie anders gearbeitet.

»Ausgezeichnet«, sagte er zufrieden, »so können wir es schaffen. Schon morgen Vormittag wird Ihre Bank eine Klage wegen Vertragsverletzung auf dem Tisch haben, die den Jungs Angst machen wird.«

Frank Guiton konnte nur staunen.

In einem entscheidenden Punkt war Harold Conway mit seinen Ermittlungen im Mordfall Debbie Farrow immer noch unzufrieden.

Bis auf Constance Farrow und einen Cousin namens Oliver Farrow – ein arbeitsloser Bursche aus St. Helier – gab es keine Verwandten mehr, die er befragen konnte. Debbies Mutter war vor vier Jahren verstorben, und Väter waren in dieser merkwürdigen Sippe offenbar unerwünscht.

Den Cousin hatte Conway gestern noch einmal am Hafen verhört. Viel war dabei allerdings nicht herausgekommen. Wie auch seine Nachbarn bestätigten, war Oliver Farrow zwar eine haltlose, verlorene Seele, aber im Grunde ein prima Kerl. Früher hatte er sich oft um Debbie Farrows kleinen Sohn gekümmert, ihn sogar gelegentlich mit zu sich nach Hause genommen. Doch seit er nur noch selten Arbeit fand und viel trank, war nicht mehr viel los mit ihm. Für die Tatzeit in Debbies Fall hatte er das zuverlässigste Alibi, das man sich überhaupt nur vorstellen konnte: Eine Polizeistreife hatte ihn gegen neunzehn Uhr auf der Küstenstraße nach St. Clement aufgegriffen, wo er unter dem Einfluss von Ecstasy als Anhalter unterwegs gewesen war. Da er keine Papiere bei sich hatte, hatten die Kollegen ihn sicherheitshalber mit aufs Revier genommen. Von dort war er erst kurz nach Mitternacht zurück nach Hause gebracht worden.

Auch mit dem Mord an Jolanta Nowak ließ sich Oliver Farrow nicht in Verbindung bringen. Es gab keine Fingerabdrücke, die zu ihm passten, und keine Zeugen, die ihn zusammen mit der Polin gesehen hatten. Zur vermuteten Tatzeit entlud er gerade ein Frachtschiff im Hafen.

Blieb aus der Familie also nur Constance Farrow, mit der sich Conway noch einmal näher beschäftigen wollte.

Eigentlich hatte der Chef de Police einen guten Eindruck von ihr gehabt. Was ihn jedoch immer mehr irritierte, war, dass Constance es so eilig damit gehabt hatte, in die Wohnung ihrer ermordeten Schwester einzuziehen. Normalerweise hatten nahe Verwandte allergrößte Probleme damit, die Räume von Verstorbenen überhaupt nur zu betreten.

Ließ sich vielleicht doch ein engerer Kontakt zwischen den beiden Schwestern nachweisen als von Constance zugegeben? Oder was konnte der Grund dafür sein, dass es die kleine Schwester so magisch in diese Wohnung zog?

Conway fuhr zum Hafen und parkte dort, wo er gestern erst Constance von der Fähre abgeholt hatte. Bisher war er automatisch davon ausgegangen, dass sie allein aus England angereist war. Aber das musste ja nicht so sein.

Jetzt, um diese Zeit, war das Fährterminal noch leer. Auf dem Weg zum Eingang war nur ein dünner alter Mann zu sehen, der mit seltsam roboterhaften Bewegungen dabei war, das Pflaster zu fegen. Als Conway auf ihn zuging, unterbrach er seine Arbeit.

»Guten Tag, Mr. Ramsey«, sprach ihn der Chef de Police freundlich an. Er wusste, dass Ramsey seit einem schweren Bootsunfall nicht mehr ganz gesund war, aber sein Kopf war immer noch klar.

»Hallo«, sagte der alte Mann mit krächzender Stimme. »Hab Sie lange nicht mehr gesehen, Mr. Conway.«

»Ich komme ja auch nie von dieser verdammten Insel runter«, antwortete der Chef de Police mit gespieltem Knurren.

Ramsey lachte. »Ich auch nicht. Aber es geht ja auch so, oder?«

Conway nickte. »Das will ich meinen.« Er zog ein Foto von Constance Farrow aus der Tasche. Es war eine Kopie ihres Passfotos. »Ich komme wegen dieser jungen Dame, Mr. Ramsey. Können Sie sich zufällig noch an die erinnern? Sie ist gestern Mittag mit der Fähre aus Weymouth gekommen.«

Ramsey nahm das Foto in die Hand und betrachtete es mit zusammengekniffenen Augen.

»Oh ja! Natürlich erinnere ich mich. War schließlich die Hübscheste an Bord.« Er kicherte. »Was meinen Sie, was hier sonst manchmal von Bord rollt?!«

»Ich wusste, dass Sie ein Frauenkenner sind«, sagte Conway einschmeichelnd. »Und wissen Sie auch noch, ob das Mädchen allein hier ankam oder in Begleitung?«

»Allein. Die Jungs vorne im Hafen haben sich ja fast die Köpfe verrenkt, als sie sie gesehen haben.«

»Es gibt auch keinen Zweifel, dass es die Fähre aus Weymouth war?«

»Es war hundertprozentig Weymouth, Mr. Conway. Sie ist ja beim letzten Mal auch aus Weymouth gekommen.«

Conway stutzte. »Wieso beim letzten Mal?«

»Weil sie vorvorgestern auch schon mal hier war. Ja, genau, das war der Montag. Wie nennt man diese Leute noch schnell, die immer hin und her fahren?«

»Pendler«, antwortete Conway. »Wann ist sie denn gependelt – vorvorgestern?«

»Lassen Sie mich überlegen ...« Er kratzte sich an seiner staubbedeckten Oberlippe. »Ich glaube, sie ist am Spätnachmittag angekommen und am nächsten Morgen wieder weggefahren. Zurück nach Weymouth.«

Conway war schlagartig unter Hochspannung. Er hielt Ramsey für einen guten Beobachter, dem nichts entging, das hatte er bereits früher mehrfach festgestellt. Am Montagabend war Debbie Farrow ermordet worden. Wenn Ramsey recht hatte, wäre Constance Farrow zur Tatzeit auf der Insel gewesen – und sie hätte alle angelogen.

»Können Sie mir auch beschreiben, was das Mädchen anhatte?«, fragte er so ruhig wie möglich.

Ramsey dachte nach.

»Hmm ... Einen roten Anorak und einen blauen Rucksack, glaube ich.«

Volltreffer. Genauso hatte Constance Farrow bei ihrer Ankunft ausgesehen.

»Haben Sie die junge Dame schon mal früher hier gesehen?«

»Nein«, sagte Ramsey kopfschüttelnd, »aber ich hab ja auch nicht jeden Tag Dienst an der Rampe.«

»Ich weiß. War nur eine Frage. Sie haben mir auch so sehr geholfen, Mr. Ramsey.«

Nachdem er sich eilig von ihm verabschiedet hatte, ging Conway zum Polizeiwagen zurück und rief über Funk Sandra Querée an.

»Wie es aussieht, gibt es eine Wende im Fall Farrow«, begann er ohne Umschweife. In zwei Sätzen erklärte er ihr, worum es sich handelte.

Sandra hörte schweigend zu. Dann sagte sie: »Das passt ja gut. Gerade hat jemand die Liste mit den Verbindungsdaten von Constance Farrows Handy bei uns abgegeben. Die britische Telefongesellschaft hat sie erst jetzt freigegeben.« Es raschelte. »Sekunde, gleich hab ich sie.«

»Gut. Dann schauen Sie schnell nach, mit wem Constance am Montag und am Dienstag telefoniert hat.«

Es dauerte nur wenige Augenblicke, bis Sandra Querée das Datum auf der Liste gefunden hatte.

»Hier ... Sieht so aus, als wenn heute unser Glückstag wäre ... Am Montag um 10 Uhr 21 Uhr ist Constance von ihrer Schwester angerufen worden. Von Debbies Handy aus. Ein ziemlich langes Gespräch, fast vierzig Minuten! Zu dem Zeitpunkt hat Constance sich noch in Weymouth aufgehalten, denn es ist ein Telefonat von Jersey aus ins englische Netz.«

»Weiter.«

»Um 19 Uhr 05 hat Constance Farrow dann schon von Jersey aus telefoniert. Mit einer Nummer in Weymouth. Ich sehe gerade, das ist die Nummer der Firma, in der sie arbeitet.«

»Sonst noch Gespräche?«

»Nein, erst wieder am nächsten Tag und wieder aus dem englischen Netz. Also war sie zu diesem Zeitpunkt schon wieder nach Weymouth zurückgekehrt.«

Der Chef de Police lehnte sich in seinem Autositz zurück und ließ die Scheibe ein Stück herunter. Während ihm frische Luft ins Gesicht wehte, versuchte er, die Uhrzeiten, die Sandra genannt hatte, miteinander in Verbindung zu bringen. Aus seiner Sicht entstand dabei nicht nur ein Bewegungsprofil von Constance Farrow, sondern möglicherweise auch ein Einblick in das nicht immer einfache Verhältnis der beiden Schwestern zueinander.

Draußen, vor seinem Autofenster, schob sich die Fähre aus Southampton in den Hafen, doch Conway nahm sie kaum wahr.

»Sind Sie noch dran?«, fragte Sandra.

»Ja... Ich denke gerade nach. Es gibt eigentlich nur eine Schlussfolgerung aus diesen Telefonaten: Am Tag ihres Todes hat Debbie bei Constance in England angerufen, weil sie irgendetwas Wichtiges mit ihr zu besprechen hatte. Und zwar etwas, das Constance vor uns verheimlichen will.«

»Klingt nach einem Problem unter Schwestern.«

»Es wird ein Streit gewesen sein. Von mir aus auch ein Hilferuf von Debbie, weil sie in der Patsche steckte. Auf jeden Fall nimmt Constance die nächste Fähre, bezahlt das Ticket bar und kommt her. Sie treffen sich abends, ihre Auseinandersetzung eskaliert, und Constance bringt Debbie um. Am nächsten Morgen kehrt sie nach Weymouth zurück und wartet, bis wir sie über den Tod ihrer Schwester informieren. Dann reist sie wieder an, diesmal ganz offiziell, und lässt sich von mir die Leiche präsentieren.« Wütend drehte er den Schlüssel im Zündschloss um und startete den Wagen. »Sie hat uns reingelegt, dieses Biest! Aber das wird sie mir büßen!«

Sandra Querée versuchte, Conway wieder zu beruhigen, indem sie ihre Hilfe anbot.

»Soll ich irgendwas tun?«

»Informieren Sie sofort alle Kollegen, dass wir nach Constance Farrow suchen. Ich bin in zehn Minuten da.«

Er beendete das Gespräch, stieß rückwärts aus der Parklücke und fuhr auf die Ausfahrt des Parkplatzes zu. Doch gleich darauf musste er abbremsen und sich im Schneckentempo zwischen zwei großen Reisebussen hindurchquetschen, die sich direkt vor der Ausfahrt breitgemacht hatten. In seiner Ungeduld bekam er große Lust, auszusteigen und den Bussen höchstpersönlich Strafzettel zu verpassen. Doch für solche Spielchen hatte er jetzt keine Zeit.

Endlich konnte er den Parkplatz verlassen. Rasant fuhr er nach St. Aubin zurück. Erst unterwegs wurde ihm klar, wie dramatisch die Ermittlungen sich soeben verändert hatten. Wenn Constance Farrow tatsächlich ihre Schwester umgebracht hatte, war sie eine gefährliche Mörderin. Hatte sie vielleicht einen männlichen Komplizen, der auch hinter dem Mord an Jolanta Nowak steckte und bei beiden Mordopfern seine Fingerabdrücke hinterlassen hatte?

Plötzlich war alles denkbar.

In Emily Blooms Teegeschäft war an diesem Vormittag viel mehr los als sonst. Tim und sie hatten alle Hände voll zu tun, um die vielen Kunden in dem kleinen, engen Laden zu bedienen.

Alles musste schnell gehen. Emily wog den Tee ab, Tim verpackte und etikettierte die Teetüten. Draußen nieselte es, während drinnen der wohlige Duft exotischer Teesorten den Raum füllte.

Natürlich wusste jeder, dass Mrs. Bloom eine Leiche gefunden hatte. Einige Kunden hatten Debbie Farrow persönlich gekannt. Emily musste deshalb ununterbrochen Fragen beantworten, was sie zwar geduldig tat, aber auch so ausweichend wie möglich. Mrs. Olivier und Mrs. Hickmott ließen sich von Tim sogar Klappstühlchen aus dem hinteren Teelager holen, angeblich, damit sie sich von ihren Einkäufen ausruhen konnten. In Wirklichkeit wollten sie nur noch ein Weilchen den interessanten Antworten lauschen, die Emily den anderen Kunden gab.

Plötzlich schob sich ein roter Anorak in den Laden. In ihm steckte Constance. Sie zog sich die nasse Kapuze vom Kopf und lächelte Emily schüchtern zu. Auch Tim hatte sie schon gesehen und schaute fragend von seiner Waage zu Emily auf.

»Kannst du mal einen Moment allein bedienen?«, raunte sie ihm zu.

Tim nickte, und Emily gab Constance ein Zeichen. Zusammen verschwanden sie im angrenzenden Büro. Tim blickte hinter Constance her, bis sich die schmale Tür hinter den beiden Frauen schloss.

»Bei Ihnen ist ja die Hölle los«, sagte Constance, während sie in dem winzigen, fensterlosen Hinterzimmer ihren Anorak auszog.

Emily nickte und räumte schnell ein paar Aktenordner von den Stühlen.

»Eigentlich sollte ich mich darüber freuen. Aber du kannst dir ja denken, dass viele Leute nur sensationsgierig sind ... Schön, dass du mal vorbeikommst. Du hast den Laden ja ewig nicht gesehen.«

»Er sieht immer noch so aus wie früher.«

»Ja«, sagte Emily und lachte. »Aber nur weil ich kein Geld habe, um zu renovieren. Komm, nimm dir den Stuhl.«

Doch Constance blieb stehen. Sie wirkte unschlüssig und sehr angespannt. »Nein, ich will nicht lange bleiben. Ich wollte nur fragen, wann wir heute noch einmal in Ruhe sprechen könnten ... Unter vier Augen. Vielleicht hätten Sie Lust auf einen Spaziergang.«

Etwas in der Stimme von Constance ließ Emily hellhörig werden. Die Kleine war anders als am Tag zuvor. Sie wirkte unkonzentriert und nervös. Irgendetwas stimmte nicht.

»Warum machen wir das nicht gleich?«, schlug Emily deshalb vor. »Man sollte nichts Wichtiges aufschieben.«

»Das möchte ich nicht, Mrs. Bloom, ihr Laden ist voll...«

Doch Emily ließ keinen Widerspruch zu.

»Mach dir keine Sorgen. Tim schafft das auch allein.«

Emily öffnete den Einbauschrank in der Ecke, in dem auf einem Bügel ihr Anorak hing. Sie nahm ihn heraus und zog ihn an. »Ich weiß sogar schon, was wir jetzt machen«, sagte sie, während sie ihre Haare über den Kragen des Anoraks schob. »Wir laufen oben auf den Klippen. Das macht den Kopf wunderbar frei.«

Insgeheim kam Emily diese Gelegenheit, noch einmal mit Constance allein sprechen zu können, gerade recht. Tief in sich verspürte sie den Wunsch, mehr über die Tochter ihres Mannes zu erfahren. Wie lebte sie? Was für Freunde hatte sie? Wie stellte sie sich die Zukunft vor?

Andererseits hatte Sie sich fest vorgenommen, Constance bis auf weiteres nichts davon zu erzählen, dass Richard Bloom ihr Vater war. Zum jetzigen Zeitpunkt würde es sie nur unnötig verstören. Das arme Mädchen hatte in den vergangenen Tagen schon genug durchmachen müssen.

Nachdem Emily kurz Tim Bescheid gesagt hatte, traten sie auf die Straße.

Ihr Wagen parkte direkt vor dem Schaufenster, das hübsch mit alten indischen Teekisten dekoriert war. Es hatte aufgehört zu regnen. Emily öffnete die Autotür und warf ihren kleinen Taschenschirm, der immer im Auto lag, vom Beifahrersitz nach hinten. Dann setzte sie sich hinters Steuer.

»So! Jetzt wollen wir nur noch Sonne haben.«

Constance nahm auf dem Beifahrersitz Platz. Mit einem seltsamen Gesichtsausdruck blickte sie zu Emily hinüber, sagte aber nichts.

Nachdenklich ging Trevor de Sagan in seinem Büro auf und ab. Der Besuch von Emily Bloom hatte ihn stärker aufgewühlt, als er sich eingestehen wollte. Ihr Wissen war nicht nur erschreckend, es war auch gefährlich.

Es ärgerte ihn, dass er sich vor ihren Augen dermaßen hatte gehen lassen. Aber Emily war schon immer eine Frau gewesen, deren Attraktivität einen dazu verleitete, ihren Scharfsinn zu vergessen. Er hatte sie viele Jahre lang nicht gesehen. Vielleicht hatte ihn auch deshalb ihre reife Schönheit, mit der sie ihm heute gegenübergesessen hatte, aus dem Gleichgewicht gebracht.

Als Debbie Farrow damals zum ersten Mal bei ihm aufgetaucht war, hatte er noch geglaubt, er könnte die Probleme mit Geld lösen. Doch Debbie hatte diese Vorstellung mit einer Widerstandskraft zerstört, die ihn so hilflos gemacht hatte wie nie zuvor in seinem Leben. Im Grunde genommen hatte Debbie mit ihm gespielt. Und er hatte es erdulden müssen. Dass er diese Hilflosigkeit ausgerechnet Emily Bloom eingestanden hatte, machte alles nur noch schlimmer.

Trevor beugte sich über den Schreibtisch, pickte mit den Fingern ein paar Erdnüsse aus der silbernen Schale neben dem Telefon und warf sie sich in den Mund. Er liebte diesen Geschmack, der ihn beruhigte. Kauend trat er vor das Fenster und blickte in den Garten.

Die wichtigste Frage war jetzt, ob Emily Bloom die Polizei einschalten würde. Sein Instinkt sagte ihm, dass sie es nicht tun würde, erst recht nicht, nachdem er ihr die Sache mit Richard erzählt hatte. Am Ende war sein unbedachtes Verhalten vielleicht doch zu etwas gut gewesen.

Trotzdem musste er Alex warnen. Auch bei ihm konnte Emily auftauchen und gefährliche Fragen stellen. Er hatte zwar ein gespaltenes Verhältnis zu Alex Flair und dessen prätentiösem Lebensstil, aber sie mussten unbedingt zusammenhalten in dieser Sache.

Während er zum Schreibtisch ging, zog er sein Jackett aus, hängte es über die Rücklehne seines Lederstuhls und griff zum Telefon. Er hatte die Nummer im Kopf. Alex und er gingen mehrmals im Jahr in Schottland zur Jagd und trafen sich bei Poloturnieren.

Alex Flair war gleich am Telefon.

Trevor nahm nur aus anerzogener Höflichkeit einen kurzen Anlauf, bevor er zum Thema kam.

»Ich weiß, dass ihr heute sehr beschäftigt seid«, begann Trevor. »Hast du trotzdem ein paar Minuten?«

»Aber ja.« Alex klang gelassen wie immer. »Du kennst ja Louise. Seit zwei Tagen ist draußen alles perfekt hergerichtet. Ich muss nur noch die Rechnungen für sieben Gärtner und den teuren Gartenarchitekten bezahlen.«

Trevor wusste, dass Alex und seine Frau ihren prächtigen Privatpark heute zum ersten Mal der Öffentlichkeit präsentierten. Dafür hatten sie einen großen Empfang vorbereitet. Trevor war auch geladen, musste jedoch absagen, weil er einen anderen wichtigen Termin hatte.

»Dann will ich es kurz machen«, sagte Trevor. »Heute war Emily Bloom bei mir. Sie hat eine Menge unangenehmer Fragen gestellt.«

Er berichtete in kurzen Worten, worum es gegangen war. Alex gehörte zu den wenigen, die von der Sache mit Debbie wussten, auch von Trevors Jugendsünde aus der *Black Butter*-Nacht. Als Achtzehnjähriger war Alex, damals Gast der Familie de Sagan, dabei gewesen. Trevor rechnete ihm hoch an, dass er bis heute nie ein Wort darüber verloren hatte.

Alex Flair schwieg einen Augenblick. Dann sagte er: »Typisch Emily. Charmant und nett. Deshalb unterschätzt man sie immer.«

»Ihre Fragen nach Debbies Tod können auch dir Probleme bereiten. Ich denke, das ist dir klar.«

»Natürlich. Ich bin Realist.«

»Und was unternehmen wir jetzt?«, fragte Trevor.

»Ich mache dir ungern einen Vorwurf, Trevor. Aber dass du Richard erwähnen musstest ... Das hätte dir nicht passieren dürfen.«

Trevor reagierte ungewollt scharf. »Ich sagte bereits, dass es mir leidtut!«

»Was meinst du? Wird Emily ihr Wissen an die Polizei weitergeben?«

»Ich denke, sie wird, wenn überhaupt, noch eine Weile zögern. Schon aus Stolz wird sie nicht zugeben, dass sie jahrelang von ihrem Mann betrogen worden ist. Es könnte nur sein, dass sie jetzt auch zu dir kommt und Fragen stellt.«

»Gut, ich bin vorbereitet. Hast du Kontakte zur Polizei?«

»Nein, die hatte ich früher. Aber seit es im Hauptquartier personelle Veränderungen gegeben hat, fehlt mir der Draht.«

»Du bringst mich gerade auf eine Idee«, sagte Alex Flair. »Unter den Gästen ist heute auch Detective Inspector Waterhouse. Die Schwester von Edward Waterhouse, dem neuen Richter.«

Trevor de Sagan lachte kurz auf. »Ich wusste, dass dein Garten eine gute Investition ist.«

»Wo kann ich dich heute Abend erreichen?«, fragte Alex.

»Im Club. Etwa ab acht.«

»Dann drück mir die Daumen. Dass mir rechtzeitig einfällt, wie ich bei Jane Waterhouse an Informationen komme.«

»Du bist ein intelligenter Mann, Alex. Ich verlasse mich auf dich.«

Sie wussten beide, dass sie sich die komplizierte Situation schöner geredet hatten, als sie war.

Während der Fahrt hatte Conway sich entschlossen, die Verhaftung von Constance Farrow selbst vorzunehmen, falls sie sich noch in der Wohnung ihrer Schwester aufhielt. Er fuhr direkt nach St. Brelade's Bay. Doch als er dort ankam, sah er schon Roger Ellwyn aus dem Garten kommen. Neben ihm ging ein Mann in Arbeitskleidung, der einen Kasten mit Handwerkszeug in der Hand trug.

Conway stieg aus und ging den beiden entgegen. »Und? Ist sie nicht da?«

Ellwyn schüttelte den Kopf. »Nein. Das ist Mr. Ridge vom Schlüsseldienst. Er war sowieso gerade hier, um das Wohnungsschloss auszutauschen. Er hat mich reingelassen.«

»Wie sieht es mit den persönlichen Sachen von Constance Farrow aus – sind sie noch in der Wohnung?«, fragte Conway.

»Soweit ich gesehen habe, ja«, antwortete Ellwyn.

»Gut. Sie bleiben vorerst hier und haben ein Auge auf das Haus. Ich fahre jetzt schnell zurück nach St. Aubin.« Missmutig stieg Conway wieder ins Auto und machte sich auf den Weg zur Polizeistation.

Schon wenige Minuten später hatte er St. Aubin erreicht. Gleich am Ortseingang befand sich Emily Blooms Teegeschäft. Mit einem kurzen Blick zur Seite sah er, dass in ihrem Laden eine Menge los war. Er ärgerte sich darüber, denn er ahnte, warum Emily plötzlich so viel Zulauf hatte.

Emily!

Er trat auf die Bremse.

Eigentlich hätte er viel früher darauf kommen müssen. Seine Ex-Schwägerin war die Einzige, die Constance Farrow näher kannte und die seit gestern ständig Kontakt mit ihr gehabt hatte. Vielleicht erfuhr er von ihr, wo er die Gesuchte finden konnte.

Er parkte am Straßenrand, stieg eilig aus und lief quer über die Straße zum Teeladen. Links neben der Tür, in einer Mauernische zwischen Emilys Geschäft und dem Nachbarhaus, stand ein altes Motorrad mit glänzend polierten Chromteilen. Conway wusste, dass es Tim gehörte, der ständig daran herumbastelte, sodass der Auspuff von Woche zu Woche lauter wurde.

Er riss die Tür auf, marschierte in den Laden und drängelte sich unter gemurmelten Entschuldigungen an den Kunden vorbei bis zur Ladentheke, wo er ungeduldig nach Emily Ausschau hielt. Als er sie nirgendwo entdecken konnte, wandte er sich an Tim, der gerade eine Tüte Assam-Tee auf die Waage stellte.

»Ich muss dringend Mrs. Bloom sprechen. Ist sie hinten im Büro?«, sagte er leise.

»Nein, Sir«, antwortete Tim genauso leise. »Constance Farrow hat sie gerade abgeholt.«

»Wann war das?« Conway war beunruhigt.

»Vor einer halben Stunde. Miss Farrow hatte es wohl eilig, und da ist Mrs. Bloom schnell mitgegangen.«

Der Gedanke, dass Emily mit Constance Farrow allein unterwegs war, gefiel Conway ganz und gar nicht.

»Weißt du, wohin die beiden wollten?«, fragte er.

»Ich glaube, zu den Klippen von La Moye.«

Das hatte gerade noch gefehlt. An dieser Stelle war die Steilküste besonders gefährlich. Conway wollte sich lieber nicht vorstellen, was Emily zustoßen könnte, wenn Constance sie aus irgendeinem Grund aus dem Weg räumen wollte. Von dort oben war die nächste Straße eine Meile weit entfernt und direkt neben dem schmalen Küstenpfad fielen die Klippen senkrecht zum Meer ab.

Er bereute heftig, dass er so lange auf Constance Farrows unschuldiges Gesicht hereingefallen war.

Emily ging auf dem schmalen Küstenpfad voran, Constance folgte ihr. Beide schwiegen.

Wohin sie auch traten, überall wucherten Farne und dornige Sträucher, die sie mit den Händen zur Seite schieben mussten, um überhaupt durchzukommen. Die grauen Wolken über ihnen hatten den Nieselregen endgültig eingestellt und ließen hier und da sogar den blauen Himmel durchscheinen.

Nach einem letzten Stück bergauf hatten sie es endlich geschafft. Schwitzend und keuchend traten sie auf das weit vorspringende Felsplateau hinaus. Vorsichtig schielten sie über den Rand in die beklemmende Tiefe. Gut hundert Fuß unter ihnen brodelte das aufgewühlte Meer. Emily zeigte keinerlei Angst, als sie so dicht am Abgrund stand.

»Für mich der schönste Platz, um nachzudenken«, sagte sie ehrfurchtsvoll, ohne sich umzudrehen. »Findest du nicht auch?«

Constance stand dicht hinter Emily. Der Wind blies ihr die Haare aus dem Gesicht. Ihre Augen waren so fest auf Emilys Rücken fixiert, als wenn sie sich daran festsaugen würden.

»Ja ... Man kommt sich fast vor wie auf einem Schiff«, sagte Constance in den Wind hinein.

Emily spürte, dass Constance seltsam elegisch klang, und blickte sich um. Lächelnd sagte sie: »Ein bisschen sind Inseln ja auch wie Schiffe ... Schiffe, die nie ankommen.«

»Ja ... vielleicht konnte ich deshalb nicht auf Jersey bleiben. Ich wollte irgendwann angekommen sein.« Der Wind pfiff so laut, dass Constance' Stimme ganz hell klang.

»Warum beschäftigt dich das eigentlich so? Ich meine, dass du dich damals entschlossen hast, nach England zu gehen ...«, fragte Emily.

»Weil ich ein schlechtes Gewissen habe. Wäre ich geblieben, wüsste ich heute mehr über meine Schwester«, antwortete Constance ausweichend.

Emily hatte das Gefühl, dass irgendetwas Dramatisches in Constance vorging. Doch sie musste geduldig sein und durfte nicht drängen.

Sie zogen ihre Anoraks aus und breiteten sie nebeneinander auf dem nassen Boden aus, um trocken zu sitzen. Ihr Platz war wie ein Adlerhorst, von dem aus sie einen weiten Blick in alle Himmelsrichtungen hatten. Unter ihnen rauschte das Meer, als würde bald die Welt zusammenbrechen.

»Wie war deine erste Nacht in Debbies Wohnung?«, fragte Emily vorsichtig.

»Nicht so schlimm, wie ich dachte. Auch wenn ich viermal aufgewacht bin und ziemlich wirre Träume hatte.«

»Das ist ganz normal. Du musst in diesen Tagen viel verarbeiten.« Emily nahm einen trockenen Zweig in die Hand, der neben ihr auf dem Felsen lag, und spielte damit. »Aber irgendwann wirst du es geschafft haben.«

Constance kaute nervös auf der Unterlippe und nickte nur. Sie machte den Eindruck, als fehlte ihr der Mut, über ihr eigentliches Anliegen zu sprechen.

Emily beschloss, jetzt doch die Initiative zu ergreifen. Leise fragte sie:

»Was beschäftigt dich, Constance? Bitte sag's mir.«

Constance verzog schuldbewusst den Mund. »Ich hab ein paar Sachen verbockt... Deswegen wollte ich auch mit Ihnen allein reden...«

»Erzähl.«

Plötzlich spürte Emily, wie der Fels unter ihr erzitterte. Gerade noch rechtzeitig warf sie sich zur Seite. In dem großen runden Stein, auf dem sie bis eben gesessen hatte, bildete sich wie in Zeitlupe ein langer Riss. Dann brach er auseinander, und ein Teil stürzte mit lautem Poltern in die Tiefe.

Erschrocken betrachtete sie die schroffe Abbruchstelle. Sie hätte eigentlich wissen müssen, dass so etwas hier oben jederzeit passieren konnte, vor allem, wenn der Boden feucht war. In ihrer Sorge um Constance war sie viel zu leichtsinnig geworden.

Als sie sich umblickte, stellte sie überrascht fest, dass Constance vor dem Ginsterbusch sitzen geblieben war, als wäre nichts geschehen. Gedankenverloren und mit angezogenen Knien saß sie da, als hätte sie den Vorfall gar nicht mitbekommen.

Emily nahm ihren Anorak, legte ihn neben den von Constance und setzte sich wieder. »Also, was ist los?«

»Mrs. Bloom ... es gibt da etwas, das ich Ihnen sagen möchte. Ich habe lange überlegt, ob ich es überhaupt tun soll, aber ... es betrifft ja uns beide.«

Irritiert fragte Emily: »Wie meinst du das?«

»Es wird ein Schock für Sie sein ... Für mich war's ja auch einer. Aber ich weiß, dass die Sache wahr ist ...« Sie schluckte. »Ihr Mann ist mein Vater.«

Ängstlich wartete sie auf Emilys Reaktion.

Emily holte tief Luft, schloss kurz die Augen und sagte dann seufzend: »Man hat es dir also gesagt.«

»Sie wissen Bescheid?«, fragte Constance ungläubig.

Emily nickte. »Ja. Aber erst seit gestern. Ein alter Freund meines Mannes hat mich eingeweiht. Nicht ganz freiwillig, aber das ist jetzt egal ... Seit wann weißt du es?«

»Seit ein paar Tagen.«

Emily war klar, was das bedeutete: Debbie hatte es ihr erzählt. »Wann hat deine Schwester es dir gesagt?«

»An dem Tag, an dem sie ermordet wurde.« Constance hatte plötzlich Tränen in den Augen. »Sie wusste es von Mum. Und es gibt wohl auch alte Überweisungen von Ihrem Mann an uns.«

Emily reichte ihr ein Taschentuch. »Ich nehme an, du hast mit der Polizei noch nicht darüber gesprochen.«

Constance schüttelte den Kopf. »Das ist ja mein Problem ... Wenn die wüssten, dass Debbie und ich uns an diesem Tag in ihrer Wohnung verabredet hatten, käme ich wahrscheinlich sofort ins Gefängnis.«

»Aber du warst doch noch in Weymouth. Oder etwa nicht?«

»Das habe ich nur behauptet.«

»Oje!« Jetzt war Emily klar, warum Constance so nervös war.

»Debbie hatte mich an diesem Vormittag überraschend in meiner Firma in Weymouth angerufen. Sie klang ziemlich aufgeregt, irgendwie wütend. So war sie immer, wenn irgendwas schieflief und sie es mit Gewalt wieder in Ordnung bringen wollte.«

»Aber den genauen Grund für ihre Aufregung hat sie dir nicht genannt?«

»Zuerst nicht. Sie hat nur lauter verschwommene Andeutungen gemacht. Dass sie jetzt endlich bald Klarheit darüber hätte, warum David gestorben ist. Und dass sie auch sonst keine Familiengeheimnisse mehr mit sich herumtragen will. Ich hab sie gefragt, wie sie das meint. Und da hat sie gesagt: *Zum Beispiel, indem ich dir endlich sage, wer dein Vater ist*. Dann hat sie's mir erzählt.«

»Wie hast du reagiert?«

»Ich hab nur noch geheult. Und sie auch. Und dann hat sie gesagt: *Nimm die nächste Fähre und komm rüber, bitte! Es gibt noch viel mehr, was ich dir erzählen muss.*«

»Und dann bist du nach St. Helier gekommen?«

»Ja, mit der Nachmittagsfähre. Um Viertel vor fünf war ich hier. Mit dem Bus bin ich zu ihr nach Hause gefahren. Aber sie war nicht da, obwohl sie es versprochen hatte. Und sie kam an diesem Abend auch nicht mehr.«

»Woher weißt du das? Hast du vor der Tür gewartet?«

»Fast eine Stunde lang. Ich dachte, sie hat vielleicht den Bus verpasst. Debbie hat ja momentan kein Auto. Als sie nicht kam, bin ich unten auf der Promenade ein Eis essen gegangen, und dann hab ich noch mal bei ihr geklingelt. Da war es vielleicht acht. Wieder nichts. Auch das Handy war ausgeschaltet.«

»Hast du eine Nachricht darauf hinterlassen?«

»Natürlich, immer wieder. Bestimmt fünf, sechs Mal. Dann hatte ich die Nase voll und hab mir in St. Helier ein Hotelzimmer genommen. Im *Harbour Inn*. Da ist es am billigsten.«

Alles, was Constance sagt, klingt glaubwürdig dachte Emily. Die Bausteine passten perfekt zusammen. Ihr gegenüber hatte Debbie ja ähnliche Andeutungen gemacht. Auch da war es darum gegangen, dass sie neue Erkenntnisse über den Tod ihres Kindes besaß.

»Mein Gott, Constance, wie konntest du das nur so lange für dich behalten?«, fragte sie kopfschüttelnd. »Jetzt lass uns in Ruhe überlegen, wie du aus diesem Schlamassel wieder rauskommst. Am besten, du gehst gleich anschließend zu Harold Conway, bevor Detective Inspector Waterhouse dich in die Finger bekommt.«

Constance nickte. »Das hatte ich auch vor. Ich wollte nur vorher mit Ihnen reden. Auch wegen der anderen Sache...« Sie zögerte. »Hassen Sie mich jetzt?«

»Aber warum denn? Du kannst doch am allerwenigsten dafür, dass mein Mann und deine Mutter...« Sie wollte sagen *mich betrogen haben*, unterließ es aber.

Constance schien ihr genau anzusehen, dass an diesem Punkt ihr größter Schmerz saß. Tröstend meinte sie: »Es klingt jetzt vielleicht hart, Mrs. Bloom, aber mir hat nach dem ersten Schock geholfen, dass die beiden längst tot sind. So müssen wir wenigstens nicht mehr mit ihnen darüber reden, was sie Schlimmes angerichtet haben...«

Die erwachsene Art und Weise, wie Constance es sagte, rührte Emily zutiefst. Sie waren zwei Opfer ein und desselben Komplotts.

Sie würden viel Zeit miteinander brauchen, um den Schmerz zu überwinden. Mit aufmunterndem Lächeln antwortete sie: »Wenn dir das die Sache leichter macht, Constance, dann darfst du so denken ... Aber wenigstens wir beide sollten den Mut haben, offen darüber zu reden.«

Constance nickte tapfer. Emily glaubte, einen Ausdruck ehrlicher Zuneigung in ihrem Gesicht zu erkennen, und zog sie im Sitzen spontan an sich.

»Danke!«, flüsterte Constance mit Tränen in den Augen. Mit einem Mal schien sich die gewaltige Anspannung der vergangenen Tage in ihr zu lösen. Emily musste an sich halten, um nicht mitzuweinen. Sie wollte, dass Constance sie für stark hielt. Plötzlich wusste sie, dass sie von diesem Augenblick an eine ganz besondere Verantwortung für Richards Tochter übernahm.

Allmählich wurde ihnen kalt auf den Steinen. Sie standen auf und schüttelten ihre Anoraks aus. Emily dachte mit Sorge daran, dass Constance nach ihrem Geständnis die neue Hauptverdächtige der Polizei sein würde. wenn es ihr nicht gelang, ein lückenloses Alibi für die Mordnacht vorzuweisen.

Vorsichtig fragte sie: »Hast du das Hotel neulich Abend noch einmal verlassen?«

»Nein«, antwortete Constance, »ich war so sauer auf Debbie, dass ich mich aufs Bett geworfen und den ganzen Abend nur noch Fernsehen geglotzt habe ...« Sie brach ab und korrigierte sich. »Nein, stimmt nicht. Um kurz vor neun war ich noch beim Bankautomaten gegenüber und hab mir Geld geholt.«

Emily schloss die Augen und konzentrierte sich. Schon sah sie das mehrstöckige Bankgebäude mit dem breiten Glaseingang vor sich. Es lag tatsächlich genau gegenüber vom *Harbour Inn*.

»Und am Vormittag bist du dann wieder mit der Fähre nach Weymouth zurückgefahren?«

»Erst nachdem ich mindestens zehn Mal versucht habe, Debbie

zu Hause oder auf dem Handy zu erreichen. Wenn ich gewusst hätte, dass sie da schon längst tot war...«

Plötzlich hörten sie hinter sich lautes Geknatter. Überrascht drehten sie sich um. Auf einem Motorrad kam Harold Conway den gewundenen Küstenpfad heraufgefahren. Er saß auf Tims alter Maschine. Sein Oberkörper ragte gerade so weit über die Büsche, dass man sehen konnte, wie ihm unentwegt Zweige ins Gesicht peitschten. Gegen die gnadenlose Fahrweise des Chef de Police wehrte sich der Motor mit grässlich schrillen Geräuschen.

Auf dem letzten Stück gab Conway noch einmal Gas und machte dann neben den Frauen eine Vollbremsung. Er ließ das Motorrad einfach zu Boden fallen und lief auf die beiden zu. Sein Gesicht war puterrot.

»Vorsicht Emily!«, rief er erregt, »sie ist gefährlich!«

»Harold, was soll das...?«

Ohne darauf einzugehen, packte Conway die überraschte Constance am Arm und zog sie von Emily weg. Constance schrie auf, versuchte aber nicht, sich zu wehren.

»Miss Farrow, Sie stehen unter dem Verdacht, ihre Schwester getötet zu haben!«, sagte Conway laut.

Emily blieb gelassen. Irgendjemand musste ja die Nerven behalten. »Du kannst sie loslassen«, sagte sie seelenruhig. » Constance hat mir alles erzählt. Sie ist nicht die Mörderin.«

»Sei nicht so naiv!«, bellte Conway. »Hat Miss Farrow dir zufällig auch gesagt, wo sie sich aufgehalten hat, als ihre Schwester ermordet wurde? Dafür gibt es bisher nämlich keine Erklärung.«

Constance schwieg. Emily verstand das gut, sie hätte hier draußen in der Wildnis genauso wenig den Mund aufgemacht. Andererseits musste sie Harold irgendwie besänftigen.

»Ich kann dir verraten, wo Constance in dieser Nacht war«, sagte sie, während sie zu Tims Motorrad ging und es mühsam wieder aufrichtete. »Im *Harbour Inn*. Sie hat es mir gerade erzählt.

Übrigens, wenn du wissen willst, ob sie das Hotel wirklich nicht verlassen hat, solltest du dir mal die Filme der Überwachungskamera aus der Bank gegenüber anschauen. Darauf müsste der Hoteleingang eigentlich zu sehen sein.«

Verständnislos blickte Conway sie an. »Was soll das? Führst du hier die Untersuchung oder ich?«

»Du brauchst dich nicht aufzuregen. Constance wollte sich gerade auf den Weg zu dir machen. Sie hat mit dem Mord nichts zu tun...«

»Halt deinen Mund!« Wütend funkelte Conway Emily an.

Sie hatte ihn noch nie so unbeherrscht gesehen. Sein aggressiver Ton bewies, dass er überhaupt nicht begriff, was sie ihm zu erklären versuchte. Doch selbst wenn sie akzeptierte, dass er unter großem Druck stand, hatte er noch lange nicht das Recht, in dieser Art mit ihr zu reden. Trotzig beschloss sie, ihm eine Lehre zu erteilen.

Conway wandte sich wieder an Constance. Mit kräftiger Stimme, die keinen Widerspruch duldete, sagte er: »Miss Farrow, ich hoffe, Sie machen jetzt keine Schwierigkeiten. Ich muss Sie leider...«

In diesem Moment sprang hinter ihnen das Motorrad an.

Erschrocken blickte Conway sich um. Emily saß breitbeinig auf dem braunen Ledersitz und ließ den Motor aufheulen, als hätte sie nie etwas anderes getan.

»Komm sofort da runter!«, rief Conway laut.

Doch Emily schüttelte den Kopf. »Ihr solltet Euch mal in Ruhe aussprechen!«, brüllte sie gegen den Lärm. »Lasst Euch Zeit! Mein Wagen steht unten auf dem Parkplatz!«

Sie warf ihm den Autoschlüssel zu.

Verdutzt fing er ihn auf. »Aber...«

Weiter kam er nicht.

Emily ließ die Kupplung los und drehte auf. Mit einem gewaltigen Satz schoss die Maschine los, und Emily fuhr winkend davon.

Da Tim sein Motorrad getunt hatte, steckte so viel Kraft dahinter, dass sie es problemlos quer über die nasse Wiese lenken konnte, um die Abkürzung zur nächsten Straße zu nehmen.

»Emily!«, rief Conway ihr wütend hinterher. »Du bleibst jetzt stehen!«

Doch alles, was er noch zu sehen bekam, waren Emilys fliegende Haare und das Rücklicht der schweren Maschine.

Wie von John Willingham vorausgesagt, zogen die drei Juristen der *West Island Bank* noch im Laufe des Vormittags den Schwanz ein und erneuerten mit versteinertem Gesicht ihre alte Kreditzusage an Frank Guiton. Ihre Drohung, dem Pferdezüchter den Geldhahn abzudrehen, entschuldigten sie im Nachhinein mit Kommunikationsproblemen innerhalb der Bank.

Doch Willingham sagte ihnen auf den Kopf zu, dass er Willkür in dieser Drohung erkannt hatte. Nur weil sein Mandant für kurze Zeit in Untersuchungshaft gesessen hatte, glaubte man ihn auf diese Weise als Kunden schnell loswerden zu können.

Die Juristen protestierten. Willingham drohte ihnen jedoch so unverhohlen mit einer gerichtlichen Prüfung all ihrer Vertragswerke, dass sie sofort nachgaben. Sie erklärten sich sogar bereit, den mit Mr. Guiton vereinbarten Zinssatz nochmals um einen halben Prozentpunkt zu senken.

Willingham akzeptierte das Friedensangebot. Zwar war ihm klar, dass es innerhalb der Bank jemanden geben musste, der Frank Guiton nicht leiden konnte und der ihm die Sache eingebrockt hatte, aber das spielte jetzt keine Rolle mehr. Dafür hatte er den Bankern nicht verraten, was er von Guiton wusste: dass Debbie Farrow damals als Angestellte der Bank die Kreditverträge ihres Geliebten hausintern beschleunigt hatte, obwohl sie dazu eigentlich gar nicht berechtigt gewesen war. Dieser Vorgang war für beide Seiten peinlich, und so fiel er einfach unter den Tisch.

Willingham genoss diesen ersten Sieg als wieder auferstandener Anwalt.

In seiner Rolle als Richter hatte er zur Ehre Jerseys oft genug auf das prickelnde Gefühl von Kampfeslust verzichten müssen, doch jetzt waren die alten Kräfte wieder freigesetzt.

Seit er sich in den Fall Guiton eingearbeitet hatte, kam ihm mehr und mehr der Verdacht, dass auch Detective Inspector Waterhouse zu denen gehörte, die seinen Mandanten vom ersten Tag an vorverurteilt hatten.

Schon die Gründe für Guitons Untersuchungshaft waren aus seiner Sicht nicht ausreichend gewesen. Auch hatte sein Mandant bis heute nicht erfahren, wer die beiden Zeugen waren, die behauptet hatten, er selbst habe sein Pferd heimlich zu dem Versteck transportiert. Sozusagen mit gewetztem Messer machte Willingham sich deshalb auf den Weg zu Detective Inspector Jane Waterhouse.

Er begegnete ihr schon im Erdgeschoss des Polizeigebäudes. Sie trug eine beigefarbene Hose und ein hellblaues Männeroberhemd mit hochgekrempelten Ärmeln. Ihre grauen Augen musterten ihn kurz, nachdem er erklärt hatte, weshalb er gekommen war.

»Haben Sie eine Vollmacht von Mr. Guiton dabei?«, fragte sie.

»Selbstverständlich.«

Willingham zeigte sie ihr. Äußerlich war ihm nichts anzumerken, aber innerlich begann er zu kochen. Diese Frau war noch emotionsloser, als er vermutet hatte. Er war ihr bisher erst zweimal begegnet, aber er wusste: Es würde reine Zeitverschwendung sein, sich in ihrer Gegenwart um Höflichkeit zu bemühen. Wenn nicht einmal die Tatsache, dass er und ihr Bruder drei Jahre lang am Magistratsgericht Kollegen gewesen waren, für ein entspanntes Klima sorgte, musste er sich gar nicht erst anstrengen.

»Ich werde Sie auch nicht lange aufhalten«, sagte er. »Es geht nur um Verfahrensfragen.«

»Am besten bleiben wir gleich hier unten im Besprechungszimmer«, sagte sie.

Sie zeigte auf eine angelehnte Tür, ließ ihn vorangehen in einen kleinen Sitzungsraum und schloss die Tür hinter sich. Während sie ihm gegenüber Platz nahm, fragte sie: »Wie geht es Ihrem Mandanten?«

»Nicht besonders gut. Er wird wohl noch einige Tage im Krankenhaus bleiben müssen.«

»Das tut mir leid.«

»Es würde ihm zweifellos erheblich besser gehen, wenn er endlich Klarheit darüber hätte, wer die beiden Zeugen sind, die ihn beschuldigt haben, sein eigenes Pferd entführt zu haben. Schließlich haben damit alle Missverständnisse begonnen.«

Jane Waterhouse lächelte dünn. »Das Wort *Missverständnisse* klingt mir ein bisschen zu harmlos, wenn ich das sagen darf. Übrigens, Glückwunsch zu Ihrem Neustart als Anwalt. Mein Bruder hat mir davon erzählt.«

Also doch, dachte Willingham erstaunt. Sie will das übliche Geplänkel. Dann soll sie es bekommen.

»Danke«, sagte er. »Er fühlt sich hoffentlich wohl in meinem alten Büro?«

»Sieht ganz so aus. Aber Sie wissen ja, der Appendale-Prozess beginnt in Kürze. Das nimmt ihn sehr in Anspruch.«

»Oh ja!« Willingham nickte. »Betrugsprozesse sind fürchterlich.« Und scherzend fügte er hinzu: »Dagegen ist meine Verteidigung von Frank Guiton wahrscheinlich ein Spaziergang.«

»Meinen Sie? Ich will Sie nicht entmutigen, Mr. Willingham, aber das sehe ich anders.«

»Interessant! Waren Sie es nicht selbst, die Mr. Guiton vom Verdacht des Mordes an Debbie Farrow freigesprochen hat?

»Moment! Wir haben feststellen müssen, dass er ein glaubhaftes Alibi hat. Mehr nicht.«

Willingham runzelte die Stirn. »*Mehr nicht?* Ist ein glaubwürdiges Alibi in Ihren Augen denn kein Beweis für die Unschuld?«

Jane Waterhouse räusperte sich. »Selbstverständlich ist es das. Trotzdem, Mr. Willingham, ich kann den Pferdediebstahl leider immer noch nicht ganz vom Mordfall Debbie Farrow abtrennen.«

»Nein? Weil Frank Guiton und Debbie Farrow ein Paar waren? Merkwürdig. Aber wie auch immer, Sie könnten uns die Verteidigung erheblich erleichtern, wenn Sie endlich Akteneinsicht gewähren würden.«

»Sie wissen, dass ich das nicht allein entscheiden kann«, versuchte Jane Waterhouse auszuweichen.

Willingham blieb hart. »Aber Sie können zustimmen. Ich brauche vor allem die Namen der beiden Zeugen.«

Er sah, wie es in ihr arbeitete. Sie versuchte wahrscheinlich eine Finte. »Die Zeugen des Pferdediebstahls erscheinen derzeit im Kontext der Mordermittlungen, das ist sehr problematisch ... Wir können das nicht einfach voneinander trennen.«

»Können Sie nicht?«

Beinahe traurig erkannte Willingham, dass er einen anderen Weg beschreiten musste. Eigentlich hatte er sich auf ein fachmännisches Scharmützel gefreut, doch dafür war Detective Inspector Waterhouse in ihrer undurchdringlichen Art wohl ungeeignet. Mit dieser Frau machte es einfach keinen Spaß. Also musste er sie nun doch so lange einer Kanonade von Paragrafen aussetzen, bis sie nachgab.

»Juristisch gesehen *müssen* Sie die beiden Ermittlungsteile sogar voneinander trennen«, belehrte er sie mit geschliffener Eloquenz. »Die Rolle der erwähnten Zeugen lässt sich in diesem Zusammenhang problemlos vereinzeln. Damit später ein Verfahrensfehler Ihrerseits ausgeschlossen werden kann, bedarf es darüber hinaus der Berücksichtigung folgender Paragrafen ...«

Mit spielerischer Leichtigkeit begann er mit den Paragrafen zu jonglieren, als seien sie nur für ihn gemacht. Fast eine Viertelstunde lang zwang er Jane Waterhouse, seinen Wortkaskaden stumm zuzuhören. Wie immer, wenn etwas nicht nach ihrem Willen ging, wirkte sie eisig. Aber das störte ihn nicht.

Nachdem er sie endlich aus seinen Klauen gelassen hatte, verzog sie sich kommentarlos in einen Nebenraum, wo sie endlos lange telefonierte.

Als sie zurückkehrte, hatte Willingham auch seine zweite Schlacht gewonnen.

»Die Staatsanwaltschaft hat der Akteneinsicht zugestimmt«, sagte sie seltsam müde. Sie wirkte wie ein Fisch an der Angel, der aufgehört hatte zu kämpfen. »Wenn Sie gleich hier warten wollen, ich lasse Ihnen die Ordner herunterbringen.«

»Vielen Dank.«

»Mich müssen Sie allerdings entschuldigen. Ich habe gleich einen wichtigen Termin.«

»Selbstverständlich. Und grüßen Sie bitte Ihren Bruder, wenn Sie mal wieder mit ihm telefonieren.«

Es war nur ein Waffenstillstand, das wussten beide. Doch Willingham war nicht wählerisch. Solange er ihm half, war ihm selbst ein brüchiger Frieden willkommen.

Schon eine Viertelstunde später wühlte er sich durch den Aktenberg. Die Luft im fensterlosen Raum war so stickig, dass er seine Krawatte lockern musste, um durchatmen zu können. Mit sicherem Blick erkannte er sofort, was wichtig und was unwichtig war. Anerkennend stellte er fest, dass Detective Inspector Waterhouse alles in allem sorgfältig ermittelt hatte.

Im zweiten Ordner fand er schließlich, was er suchte. Die Vernehmungsprotokolle der beiden Zeugen waren aneinandergeheftet.

Als er ihre Namen las, war er mehr als überrascht.
Es war nahezu unglaublich.

Schon vier Stunden nach der hässlichen Szene mit Harold Conway war Constance wieder auf freiem Fuß. Sie meldete sich umgehend bei Emily. Alle ihre Angaben waren überprüft worden. Jedes Detail hatte gestimmt. Jetzt wünschte sie sich nur noch ein heißes Bad und viel Schlaf.

Emily bot ihr wieder das Gästezimmer in ihrem Cottage an, doch Constance wollte in Debbies Wohnung bleiben. Sie hatte das dringende Bedürfnis, allein zu sein und ein bisschen zur Ruhe zu kommen, was Emily gut verstand. Also verabredeten sie sich für den nächsten Abend.

Voller Dankbarkeit darüber, dass ihr Vertrauen in Constance nicht enttäuscht worden war, beschloss Emily, wieder einen Schritt auf Harold zuzugehen. Sie hatten beide falsch reagiert.

Sie schaltete ihren Computer ein, suchte seine E-Mail-Adresse heraus und schrieb ihm:

Lieber Harold,
warum lässt uns der normannische Stursinn bloß so impulsiv sein? Hast Du eine Antwort?
Sorry!
Deine Emily

Schon zehn Minuten später war seine Antwort da.

Liebe Emily,

Dein Glück ist, dass Du wegen Constance Farrow recht hattest. Und über Deine Frage muss ich erst noch nachdenken. Du bist mir zu schnell.
Ebenfalls sorry!
Dein Harold

Emily dachte gerade noch darüber nach, ob diese Zeilen wirklich so friedfertig waren, wie sie sich auf den ersten Blick lasen, da klingelte ihr Telefon.

Es war wieder einmal Helen. Sie klang hochdramatisch. Ihre Stimme schien aus einem hallenden Keller zu kommen. »Emily? Ich weiß einfach nicht mehr weiter! Du musst mir helfen.«

Emily ließ sich nicht nervös machen. »Wo bist du denn?«

»Im Keller.«

Dann wusste sie schon, worum es ging. Helen suchte wieder mal irgendwas. Das hatte jedoch weniger mit dem zunehmenden Alter zu tun, wie Helen immer besorgt meinte, sondern allein mit der Tatsache, dass sie ihren Lavendelpark allein betrieb und sich viel zu viel zumutete.

»Was ist denn los?«

»Es gibt eine gute und eine schlechte Nachricht. Die gute ist: Alfred und ich fahren doch nicht nach Sark, sondern nach Paris!«

»Glückwunsch!«, sagte Emily. »Und die schlechte?«

»Ich suche meinen Pass und finde ihn nicht.«

»Und was habe ich damit zu tun?«, fragte Emily.

»Du musst ihn finden.«

Emily seufzte. Das hätte sie sich denken können. Seit sie ihrer Freundin unvorsichtigerweise verraten hatte, dass es ihr manchmal gelang, mithilfe ihres Gedächtnisses die Wege verschwundener Gegenstände in ihrem Haus zu rekonstruieren, hatte sie das Gleiche schon zweimal bei Helen versuchen müssen.

»Und wieso, bitte, soll ich deinen Pass gesehen haben?«, fragte sie betont unfreundlich.

»Als du am Sonntag bei mir warst, habe ich dir einen kleinen blauen Karton voller Urlaubsfotos gezeigt. Und genau darin war auch mein Pass.«

»Ein toller Platz«, kommentierte Emily sarkastisch. Sie sah die blaue Schachtel wieder vor sich. Sie lag auf Helens Wohnzimmertisch neben einem Reiseprospekt über Spanien.

In ihrem Bedürfnis, Emily mit Stichworten weiterzuhelfen, sprudelte Helen unentwegt weiter. Sie wirkte ungewohnt hektisch.

»Du erinnerst dich? Wir haben erst die kleine Tarte gegessen, dann habe ich dir die Fotos von meiner Reise gezeigt, und du wolltest den Spanien-Prospekt sehen...«

»Könntest du mal die Klappe halten?«, fuhr Emily in strengem Ton dazwischen. Sie schloss die Augen und blätterte in ihrer Erinnerung die einzelnen Szenen durch.

Als Helen den Tisch abgeräumt hatte, war die blaue Schachtel auf dem Sofa gelandet. Danach hatte es geklingelt, und Helen war mit dem Gärtner eines wichtigen Kunden hereingekommen. Er hatte sich für ein paar Minuten auf das Sofa gesetzt und eine Rechnung bezahlt. Mit großen Scheinen.

Die blaue Schachtel lag jetzt auf der Anrichte. Nachdem der Gärtner gegangen war, hatte Helen sie genommen und in einen Korb mit schmutziger Wäsche geworfen, da beides in den Keller sollte...

Emily ließ ihr Gedächtnis wieder anhalten.

»Wenn mich nicht alles täuscht, liegt die Schachtel in einem

Wäschekorb mit schmutzigen Overalls«, sagte sie. »Du kannst ja mal nachsehen, wenn du schon im Keller bist.«

»Oh nein!«, rief Helen erschrocken. »Gerade hab ich den Stapel in die Waschmaschine gestopft und wollte sie anstellen! Warte mal!«

Emily hörte ein Durcheinander von Geräuschen, dann folgte ein Jubelschrei. Kurz darauf war Helen wieder am Hörer.

»Du bist ein Schatz! Sie war tatsächlich da drin! Tausend, tausend Dank, Emily! Wie machst du das nur?«

»Kein Kommentar«, sagte Emily. »Und wenn dir wieder mal jemand so viel Geld ins Haus bringt, solltest du dir endlich ein richtiges Fotoalbum leisten.«

»Ich wünschte, Alex Flair würde seinen Gärtner öfter zu mir schicken«, kicherte Helen. »Aber was soll's – ich hab ja jetzt Alfred!«

Nachdem Emily aufgelegt hatte und wieder Ruhe in ihr Gehirn eingekehrt war, blieb sie noch einen Moment nachdenklich sitzen.

Alex Flair – der Name elektrisierte sie.

Gerade hatte sie in der Zeitung gelesen, dass Alex Flair heute seinen Privatpark der Öffentlichkeit vorstellte. Vermutlich hatte Helen deshalb so viel mit seinem Gärtner zu tun.

Auch Alex war ein Freund Richard Blooms gewesen. Und als wohlhabender Geschäftsmann war er durch seine erstklassigen Verbindungen und durch die Jagd immer eng mit Trevor de Sagan verbunden gewesen.

Emily erinnerte sich, dass es vor vielen Jahren einen Anlass gegeben hatte, bei dem Trevor und Alex etwas Provozierendes gesagt hatten. Es hatte Streit darüber gegeben, auch zwischen ihr und ihrem Mann.

Vergeblich versuchte sie, sich wieder daran zu erinnern. Diesmal versagte ihre Kraft. Sosehr sie es auch versuchte, ihr Gedächtnis streikte.

Trevor, Alex, Richard ... Sie kam nicht weiter. Dabei war es etwas sehr Wichtiges, das fühlte sie.

Der Gedankenpfad zu Alex Flair war blockiert. Es war eine Katastrophe.

Wie jedes Jahr erwarteten alle mit Spannung den Beginn des jährlichen Blumenfestivals. Auch die zwei grausigen Morde konnten zum Glück nicht verhindern, dass sich heute die Tore der öffentlichen Parks öffneten, um den staunenden Besuchern farbenprächtige Symphonien aus heimischen und exotischen Pflanzen zu präsentieren. Es waren nur Könner am Werk. Ob im *Howard Davies Park*, im *Millbrook Park*, im *Jardin de la Mer* – überall zeigte sich der Stolz der Gärtner. Und keiner konnte sagen, dass die Blumeninsel Jersey jemals diese Tradition vergessen hätte.

Auch ein paar schöne Privatgärten standen den Besuchern offen, darunter zum ersten Mal ein parkähnliches Anwesen in St. Lawrence. Jeder in der Gegend wusste, wem die goldgelbe Villa und der Garten gehörten. Und niemand wunderte sich, dass die Besitzer es auf die Liste des Blumenfestivals geschafft hatten. Alex und Louise Flair mochten zwar Angeber sein, aber ihr Garten war atemberaubend schön. Selbst wenn die riesigen Phönixpalmen nicht langsam gewachsen, sondern bereits in stattlicher Höhe für viel Geld gekauft worden waren – wen störte das schon? Auch die gefächerte Washingtonia von nie gesehener Größe, die dichten Reihen blühender Büsche und die Hänge voller Wildblumen wogen das leicht wieder auf.

Alex Flair war es egal, was die Leute redeten. Ihm kam es nur darauf an, dass Louise endlich Ruhe gab. Seit Jahren hatte sie ihm wegen des Gartens in den Ohren gelegen, jetzt durfte sie endlich die Pracht ihrer aufwändigen Schöpfung vorzeigen.

Der lange herbeigesehnte Tag der offiziellen Eröffnung war gekommen. Und als gewiefter Unternehmer hatte Alex Flair dafür gesorgt, dass Louise ihn auch opulent beging. Die erlesenen Einladungskarten auf italienischem Büttenpapier wurden nur an wirklich wichtige Leute verschickt: Vertreter der Regierung, befreundete Rotarier, Louises plappernde Ladys aus dem Golfclub, Gartenarchitekten und natürlich die Presse. Bedauerlicherweise konnte Richter Edward Waterhouse, der junge Nachfolger von John Willingham am Gericht und ebenfalls Rotarier, nicht selbst erscheinen. Er wollte sich jedoch durch seine Schwester vertreten lassen.

Von seinem Terrassenplatz aus beobachtete Alex Flair mit zufriedener Miene, wie Louise – die neue Perlenkette um den Hals – ein letztes Mal prüfend durch die Reihen der elegant gedeckten Stehtische ging. Auf dem grünen Rasen wirkten die Tische wie weiße Margaritentupfer. Während Louise ihrem Dienstmädchen ein paar Rosen aus der Hand nahm und die Blumensträuße auf den Tischen damit ergänzte, fiel Alex auf, dass sie schon wieder zugenommen hatte. Selbst das teure malvenfarbene Kostüm aus Mailand konnte ihre hundertsechzig Pfund nicht mehr kaschieren. Ein Rest von wahrer Liebe in ihm weigerte sich, diesen Zustand zu akzeptieren. Er nahm sich fest vor, ihr von seinem Spezialisten wieder einmal einen dieser wirkungsvollen Spezialcocktails zum Abnehmen mixen zu lassen.

Manchmal gönnte er sich in Italien eine Geliebte. Doch momentan stand das kleine Apartment nahe des Mailänder Doms leer. Bei seinen verschwiegenen Freunden im Club klagte er zwar gerne zynisch darüber, dass man leider erst mit fünfzig merke, wie viele herrliche Erektionen man mit zwanzig nutzlos hatte verstreichen lassen, doch das war reine Koketterie. In Wirklichkeit war er mit seinem Leben höchst zufrieden.

Seine Millionen hatte er schon mit Anfang dreißig durch eine geniale Idee gemacht. Mehrmals im Jahr flog er nach Italien und besuchte dort die Schuhmessen. Schon nach wenigen Tagen kehrte er mit prall gefülltem Gepäck nach Jersey zurück. In seinen Koffern befanden sich dann Dutzende neuer Schuhmodelle, wunderschöne italienische Exemplare, vorzüglich gearbeitet, aus feinstem polierten Leder. In Alex Flairs Augen hatten sie nur einen Nachteil: Sie waren zu teuer.

Also schickte er sie per Boten weiter nach Thailand, wo er Vertragspartner hatte, die mit ihm der Meinung waren, dass Schuhe erschwinglich sein müssten. In vier Werken zwischen Phuket und Chiang Mai begann dann die Arbeit des Kopierens. Zugegeben, das Leder aus Thailand war vielleicht nicht ganz so glänzend wie das aus Mailand, aber der Rest war täuschend ähnlich. Und so landete jede neue Schuhkollektion von Alex Flair schon Wochen später in den Kaufhäusern von ganz Europa, für einen unschlagbar niedrigen Preis und mit einem Design, vom dem sich sogar die Italiener eine Scheibe abschneiden konnten.

Die ersten Gäste trafen ein. Louise küsste ihre Freundinnen auf die Wange.

»Elena... und da ist ja auch Colette! Ich dachte, du bist in London!«

»Nein, wir sind gestern zurückgekommen.«

Alex Flair knöpfte seinen dunkelblauen Blazer zu und stellte sich neben seine Frau, um die nächsten Gäste zu begrüßen. Während er Dutzende von Händen schüttelte, wurden die eingetroffenen Besucher großzügig mit Champagner versorgt. Danach schlenderten sie neugierig durch den Park. Unter ihren Schuhen knirschte der feine Kies. Ganz besonders begeistert waren alle von Louises englischen Rosen und dem Seerosenteich. Begleitet von leiser Musik warfen drei runde Springbrunnen ihr Wasser in die Luft. Die Lautsprecher waren oben in den Bäumen angebracht.

Louises Sinn für Effekte ist wirklich phänomenal, dachte Alex bewundernd, das muss man ihr lassen. Vielleicht waren sie beide auch deshalb ein erfolgreiches Paar.

Plötzlich stand eine schmale junge Frau mit kurzen Haaren vor ihm und reichte ihm die Hand.

»Hallo! Ich bin Jane Waterhouse. Danke für die Einladung.«

Zu verblüfft, um charmant zu sein, sagte er lachend: »Was? Sie sind die Schwester von Edward?«

»Ja, ich weiß, man sieht es uns nicht an.«

An ihrer Stimme ließ sich die Verwandtschaft allerdings doch erkennen. Sie klang genauso sachlich wie die ihres Bruders. Der kühle Ton der Verwaltungslaufbahn. Als exzellenter Menschenkenner erkannte Alex Flair sofort, dass man sich in Acht nehmen musste vor ihr.

»Ich würde mich nachher gerne noch ein bisschen in Ruhe mit Ihnen unterhalten, wenn Sie mögen«, sagte Alex.

»Gerne.« Jane Waterhouse nickte. Im Gegensatz zu den anderen Damen trug sie keine Handtasche.

Louise gab Alex vom Rasen her dezent einen Wink. Es war Zeit, dass er seine Begrüßungsrede hielt. Entschlossen griff er sich einen Stuhl, kletterte hinauf, damit ihn alle sahen, und klopfte mit seinem goldenen Feuerzeug ans Champagnerglas.

»Darf ich einen Augenblick um Ihre Aufmerksamkeit bitten! Ich werde es auch kurz und schmerzlos machen!«

Die Gäste lachten. Stolz und besitzergreifend trat Louise neben ihren Mann und schaute lächelnd zu ihm hoch.

Alex hielt seine Rede wie immer locker und witzig. Bei jeder Kopfbewegung fielen ihm Haarsträhnen in die Stirn. Mit gewohnter Nonchalance warf er seine Worte wie Taubenfutter in die Runde und wurde dafür belohnt. Immer wieder erntete er Lacher und Zwischenapplaus.

Während der Rede näherte sich hinter ihnen Veronica le Long. Sie war die Besitzerin des Modehauses *Création Le Long*. Neben ihren langen Beinen, die in dunkelgrünen Stiefeletten unter einem unschuldig-weißen Kleid steckten, trabte ein schwarzer Riesenschnauzer, frei und ohne Leine.

Louise war entsetzt, als sie den Hund entdeckte. Sie wusste, was ihr jetzt bevorstand. Voller Begeisterung würde das schwarze Monster gleich ihren Mittagsblumen-Hügel anpinkeln und überall auf dem neuen Rasen verätzte Stellen hinterlassen. Sie ärgerte sich. Es war ein schwerer Fehler gewesen, dass sie die exzentrische Veronica auf ihre Einladungsliste gesetzt hatte.

Ausgerechnet in diesem Augenblick dankte Alex mit warmherzigen Worten seiner Frau, die diesen Garten Eden gestaltet hatte. Obwohl sie Veronica am liebsten sofort die Leviten gelesen hätte, blieb Louise nichts anderes übrig, als weiterhin brav neben Alex' Stuhl stehen zu bleiben und gerührt seiner Lobeshymne zu lauschen. Errötend blickte sie in die Runde. Die schönste Stelle hatte sich ihr Mann bis zum Ende seiner Rede aufgehoben, als er einen wundervollen Vergleich zog.

»Und deshalb kann ich nur sagen: Wenn ich der Maulwurf in diesem Garten bin, ist Louise der bunte Schmetterling! Und zwar der schönste und beglückendste, den man sich denken kann! Ich wünsche unserem schönen Jersey viele solcher Schmetterlinge! Cheers!«

Alle stießen auf die Flairs an.

Sobald Louise sich unbeobachtet fühlte, schoss sie an den Stehtischen und Fackeln vorbei auf Veronica le Long zu. »Bist du verrückt?«, zischte sie. »Hier mit deinem Hund aufzutauchen?«

Veronica kraulte dem Schnauzer liebevoll die buschigen Kopfhaare. An ihren Fingern steckten gigantische Ringe.

»Wenn ich mich richtig erinnere, hast du geschrieben *mit Begleitung*. Oder irre ich mich?«, fragte sie mit bissigem Unterton. »Stell dich gefälligst nicht so an. Bellamie ist ausgezeichnet erzogen.«

»Trotzdem will ich ihn nicht in meinen Beeten haben. Würdest du ihn bitte wenigstens anleinen?«

»Tut mir leid, ich habe keine Leine dabei.« Sie zupfte mit zwei Fingern vertraulich an Louises Bluse. »Also komm, du hast doch früher selbst mal einen Terrier gehabt.«

Louise schob wütend die Finger weg und sagte warnend: »Verdirb mir nicht das Fest, das sag ich dir!«

Sie drehte sich um und ging zur Wiese zurück, um sich um die beiden Journalistinnen zu kümmern.

Im selben Moment hob Bellamie die Nase und schnupperte. Von irgendwoher schien plötzlich ein interessanter Geruch zu kommen.

»Los, mach Platz und erspar mir Ärger!«, befahl Veronica mit ausgestreckter Hand. Mehr pädagogischer Einsatz schien aus ihrer Sicht nicht nötig zu sein. Dann folgte sie Louise zu den anderen Gästen.

Von dem gepflasterten Rondell hinter den Rosen stieg Rauch auf. Dort bereitete der Hausmeister der Flairs den extragroßen Grill für die Fische vor, die es anschließend geben sollte.

Was dann geschah, bekamen zum Glück nur der Hausherr und Jane Waterhouse mit, die zufällig in der Nähe stand. In Gedanken versunken bewunderte sie gerade die Fontänen der Springbrunnen, als Alex Flair sie ansprach.

»Perfekte Technik, finden Sie nicht? Wenn alles im Leben so ein gutes Timing hätte, würde man sich eine Menge Ärger ersparen.«

»Ich fürchte eher, es würde einem etwas fehlen«, sagte Inspector Detective Waterhouse mit schmalem Lächeln.

»Oder so, ja. Sie müssen es schließlich wissen. Ihr Beruf lebt ja bekanntlich davon, dass andere Fehler machen. Das hat mich schon immer fasziniert.«

»Das höre ich oft. Dabei ist es ein Beruf wie jeder andere, glauben Sie mir. Manchmal sogar frustrierender.«

»Wie laufen Ihre Ermittlungen in den beiden Mordfällen?«

»Noch schleppend«, gab Jane Waterhouse zu. »Es gibt leider immer noch keine konkreten Ergebnisse.«

»Darf ich Sie etwas fragen? Ihr Bruder hat mir gestern erzählt, dass bisher nur wenige Hinweise aus der Bevölkerung eingegangen sind. Ich wäre bereit, fünftausend Pfund auszusetzen. Würde Ihnen das weiterhelfen?«

Jane Waterhouse dachte kurz an Harold Conway, der den Einsatz einer Belohnung gefordert hatte, aber natürlich auf Kosten der Staatskasse. Im Gegensatz dazu erschien ihr Alex Flairs Spende durchaus interessant.

»Wenn Sie das tun möchten – sehr gerne!«, sagte sie. »Ich müsste allerdings noch mit ein paar Leuten besprechen, wie das gehandhabt werden kann.«

Flair beruhigte sie. »Keine Sorge, das bekommen wir schon hin.«

Noch bevor er sich darüber ärgern konnte, dass sie so spröde umging mit seinem Vorschlag, öffnete sich quietschend das seitliche Gartentor. Von der Straße kommend betrat ein etwa vierzigjähriger, gut aussehender Mann in Arbeitskleidung das Gelände. An seinen Gummistiefeln, an der offenen Regenjacke, die er trotz des guten Wetters anhatte, und an seinem kräftigen Körperbau erkannte Jane Waterhouse sofort den typischen Fischer. Er trug eine große Kunststoffbox zum Haus. Sie war bis oben hin gefüllt mit Seezungen.

Alex Flair ging dem Fischer entgegen. Neben dem gemauerten Bogen zur Terrasse fing er ihn ab.

»Sie sind spät, Tony! Wir warten schon seit einer halben Stunde auf Sie!«

Wenig beeindruckt von Flairs Ungeduld, setzte der Mann seelenruhig die Box auf dem Boden ab. Die nassen Hände rieb er an seiner blauen Hose trocken.

»War nicht meine Schuld. Unten auf der Hauptstraße ist ein Anhänger mit Kartoffeln umgekippt.«

Flair sah mit kritischem Blick in den Behälter. »Sind das auch alles Seezungen?«

»Wie bestellt.«

»Gut. Lassen Sie die Box hier stehen. Wir rechnen später ab.«

Bevor er ging, warf der Fischer noch einen Blick auf die feine Gesellschaft im Garten. Er tat es amüsiert. Der leicht spöttische Ausdruck in seinem Gesicht verriet, dass er die Reichen, die hier versammelt waren, nicht unbedingt beneidete.

Jane Waterhouse beobachtete, wie der Mann das Grundstück verließ. Kaum war er durch das Gartentor verschwunden, tauchte plötzlich neben ihr der schwarze Riesenschnauzer auf. Dann ging alles ganz schnell. Dem verlockenden Fischgeruch folgend entdeckte der Hund die Seezungen und stürzte mit einem Satz darauf zu.

»Vorsicht!«, schrie Alex Flair.

Jane Waterhouse reagierte als Erste. Obwohl der Hund sich schon einen der Fische geschnappt hatte, umschlang sie mit beiden Armen seinen Hals und hielt ihn fest. Er knurrte, biss aber nicht zu. Von seinem Frauchen war weit und breit nichts zu sehen.

»Schnell! Machen Sie die Tür zum Wohnzimmer auf!«, rief Jane Waterhouse.

Alex riss den Griff der Schiebetür nach unten und schob sie einen Spaltbreit auf. Mit einem kräftigen Schubs drängte Jane Waterhouse den Hund hinein. Verwundert blieb der Schnauzer auf dem weißen Teppich stehen und beobachtete, wie Alex die Tür hinter ihm wieder zuschob. Dann erst begriff er, dass er jetzt eingesperrt war. Er richtete sich an der Scheibe auf und bellte mit tiefer Stimme, bis das Glas beschlug.

»Danke!«, sagte Alex Flair. »Das hätte ein schönes Gemetzel gegeben.«

»Meinen Sie die Fische oder mich?«, fragte Jane Waterhouse trocken.

»Beides. Sie haben wirklich toll reagiert.«

Jane Waterhouse sah, dass an ihren Händen Hundehaare klebten. Sie zog ein Papiertuch aus der Tasche und wischte sich damit die Finger sauber. »Nach meiner Erfahrung sind Schnauzer meistens gutmütig.«

Alex Flair wollte ihre Bescheidenheit nicht gelten lassen. Er lächelte sie an. »Wissen Sie was? Als kleines Dankeschön verdopple ich meine Belohnung auf zehntausend Pfund. Was halten Sie davon?«

Detective Inspector Jane Waterhouse konnte nur staunen. »Und warum tun Sie das?«, fragte sie.

»Weil ich ein zufriedener Bürger dieser Insel bin und weil ich es auch bleiben möchte«, antwortete Alex Flair. Humorvoll fügte er hinzu: »Und weil ich gern selbst Detektiv spielen würde.«

»Ich mache Ihnen ein Angebot«, sagte Jane Waterhouse spontan. »Dafür, dass Sie die Belohnung aussetzen, verschaffe ich Ihnen den Kontakt zu unserer Pressesprecherin. Ist das fair?«

Ihr Gastgeber tat höchst erfreut und strahlte. »Danke. Eine solche Gelegenheit werde ich nicht ausschlagen.«

Endlich hatte er, was er wollte.

Es gab neue Informationen aus der Pathologie.

An Jolanta Nowaks Körper hatte man Hämatome gefunden, die bisher Rätsel aufgegeben hatten. Jetzt waren sich die Gerichtsmediziner darüber einig, dass sie sich nur mit dem Transport der Leiche auf hartem Untergrund erklären ließen. Die Hämatome verteilten sich über den ganzen Rücken der Toten. Es konnten

Druckstellen sein, wie sie entstanden, wenn ein Körper auf eisernen Bodenbefestigungen oder Schraubenköpfen lag.

Damit kam erneut das Auto ins Spiel, in dem Jolanta Nowak gesehen worden war.

Mittlerweile hatten drei Zeugen angegeben, an verschiedenen Tagen und an verschiedenen Orten beobachtet zu haben, wie die junge Polin in einen dunklen kleinen Lastwagen, vielleicht auch in einen Pick-up gestiegen und weggefahren war. Ein Mann habe am Steuer gesessen. Leider konnte keiner der Zeugen genaue Angaben über dessen Aussehen machen. Mal hatte man die beiden in St. Helier beobachtet, mal in Grouville und mal bei St. Saviour.

In allen zwölf *parishes*, den Pfarrbezirken der Insel, begannen daraufhin Polizisten, nach weiteren Zeugen zu suchen. Da sie davon ausgingen, dass ein Mann, der einen solchen Wagen fuhr, in der Landwirtschaft, im Handwerk oder als Lieferant arbeitete, konzentrierte man sich zunächst auf die touristischen Gegenden der Insel, wo naturgemäß viele Lebensmittel oder große Mengen anderer Versorgungsgüter benötigt wurden. Dazu gehörten neben den Hotels, dem Flughafen und den Häfen auch die Kaufhäuser in der Hauptstraße von St. Helier, der *Durrell Tierpark*, die Parks und Gärten der Insel, *Mont Orgueil Castle*, die Rennbahn und, nicht zu vergessen, das Freilichtmuseum *Hamptonne Country Life*.

Sandra Querée war in der Nähe von Helen Keatings Lavendelpark im Einsatz. Helen Keating gab ihr einen guten Tipp. Zwei Straßen weiter wohnte ein pensionierter Briefträger, der jeden in der Gegend kannte und viele Geschichten über die Nachbarschaft erzählen konnte. Er hieß François Le Feuvre.

Sandra fand ihn im Garten seines Reihenhäuschens. Mit einem Messer in der Hand stand der alte Mann im Gemüsebeet und schnitt Salatköpfe ab. Der Garten war dekoriert mit Fundstücken aus der Natur, ein Hobby, das Le Feuvre mit vielen Inselbewohnern teilte. Unter den Bäumen lagen Steinfindlinge, an der Hauswand lehnten ungewöhnlich geformte Äste in Tiergestalt, und der Gartenweg war mit Muschelschalen eingefasst.

Le Feuvre musste schon weit über achtzig sein. Durch den ständigen Aufenthalt in frischer Luft hatte er immer noch eine gesunde Gesichtsfarbe. Nur der krumme Rücken und der schleppende Gang verrieten sein wahres Alter.

Als Sandra Querée ihm beschrieb, nach wem die Polizei suchte, kratzte er sich unter seinem grünen Gartenhemd am Bauch und dachte nach. Das Hemd war voller Flecken von schwarzer Erde und rotem Obst.

»Und das soll jetzt erst gewesen sein?«, fragte er.

»Ja. Innerhalb der letzten sieben Tage«, sagte Sandra. »Was ja nicht heißt, dass der Mann nicht schon länger mit diesem Fahrzeug unterwegs ist.«

»Na ja...« Le Feuvre bückte sich, nahm ächzend den Salatkopf, den er geschnitten hatte, vom Boden auf und legte ihn zu den anderen in einen Weidenkorb. »Es gab da einen, der kam bis vor kurzem regelmäßig mit einem amerikanischen Lieferwagen in unsere Straße. Zu Laura Jenkins.«

»Und wer ist das, Laura Jenkins?«, fragte Sandra.

Beleidigt sah der alte Mann sie an. »Die sollten Sie eigentlich kennen, junge Frau. Laura war die Erste, die zweimal hintereinander das *Round Island Solo* gewonnen hat«, antwortete er.

»Ach, ich erinnere mich wieder«, sagte Sandra. »Das Wettschwimmen rund um die Insel.«

Sie wusste nur, dass diese extravagante Sportveranstaltung schon seit fünfzig Jahren existierte. Sie war typisch für ihre Landsleute. Jedes Jahr im Juli stürzten sich ein paar Verrückte ins Meer und schwammen in zehn Stunden einmal um Jersey.

»Ja, das schönste Wettschwimmen der Welt!«, fuhr Le Feuvre fort. »Leider ist Laura letztes Jahr mit dreiundsiebzig gestorben. Ein großer Verlust für den Schwimmclub.«

Vorsichtig versuchte Sandra, ihn wieder zum Thema zurückzuführen. »Und wer war das, der sie immer besucht hat und der mit einem Lieferwagen kam?«

»Ein junger Mann, so ein sportlicher Bursche. Ich hab ihn ja immer nur aus der Ferne gesehen. Aber fragen Sie mich nicht nach der Automarke. Irgendwas Dunkles mit einer Ladefläche.«

»Was hat er denn so regelmäßig geliefert? Hat Laura Jenkins mit Ihnen darüber gesprochen?«

»Irgendwann einmal habe ich sie darauf angesprochen. Chinesische Kräutertees und asiatische Wundermittel, meinte sie. Wenn ich Laura richtig verstanden habe, hat sie diese Sachen unter der Hand gekauft. Sie glaubte fest daran, dass sie ihr die Schmerzen nahmen. Vielleicht sollte ich noch erwähnen, dass sie seit vielen Jahren unter Arthritis und Zucker litt. Oder habe ich das schon gesagt?«

»Nein, aber es ist gut, das zu wissen. Waren es große Pakete?«

»Nein. Eher Päckchen, aber jedes Mal ziemlich viele. Und der junge Mann brachte sie immer gegen Abend.«

»Blieb der Fahrer lange bei ihr?«

»Höchstens ein paar Minuten, dann war er schon wieder draußen.«

»Wurde er dabei hin und wieder von einer Frau begleitet?«

»Nie. Jedenfalls habe ich nie eine gesehen.«

»Könnten Sie mir diesen Mann beschreiben? Wenigstens ungefähr?«

Er bemühte sich, das Bild des Lieferanten wieder vor Augen zu bekommen, doch es fiel ihm offenbar nicht leicht. Mit zusammengekniffenen Augen begann er die Merkmale aufzuzählen.

»Er war kräftig, mit braunen oder schwarzen Haaren ... nicht sehr groß ... oder doch, er war bestimmt eins achtzig ...« Kopfschüttelnd brach er ab. »Es hat keinen Zweck. Es ist zu lange her.«

»Das macht nichts. Sie haben mir trotzdem sehr geholfen. Gibt es irgendwo Hinterbliebene von Mrs. Jenkins, die ich befragen könnte?«

Der alte Gärtner schüttelte traurig den Kopf. »Nein, sie hatte ja niemanden. Und in den letzten Jahren, nach ihrem leichten Schlaganfall, lebte sie ziemlich zurückgezogen.« Er seufzte. »Ein Jammer. So eine begabte Sportlerin, und plötzlich liegt sie tot im Bett ... Bis dahin waren wir jeden Morgen zusammen im Meer schwimmen. Von Mai bis in den Oktober.«

»Alle Achtung!«, sagte Sandra voller Bewunderung.

Sie konnte sich gut vorstellen, wie sich Mr. Le Feuvre mit eisernem Willen bei Wind und Wetter in die kalten Fluten stürzte. Ihr eigener Großvater war auch ein solcher Haudegen der alten Schule gewesen.

»Wo hat Mrs. Jenkins denn gewohnt? Kann man das Haus von hier aus sehen?«

Le Feuvre zeigte auf ein Dach links hinter seinem Garten. »Dort drüben. Die neuen Besitzer haben es gerade umgebaut. Überhaupt – alles fremde Gesichter in unserer Straße...« Er wirkte plötzlich traurig. »Ich fürchte, inzwischen bin ich der Einzige, der die Erinnerung an Laura noch wachhält.«

Sandra bedankte sich bei ihm. Zum Abschied schenkte er ihr einen Salatkopf und zwei Gurken. Er war nicht davon abzubringen.

Als sie mit dem Gemüse in der Hand wieder auf der Straße stand, beschloss sie, trotz seiner Zweifel weiter in der Nachbarschaft herumzufragen.

Doch der alte Briefträger behielt Recht. In der ganzen Nachbarschaft war niemand zu finden, der ihr etwas über Laura Jenkins und den geheimnisvollen Lieferwagen sagen konnte.

Erst mit Verspätung begriff Emily Bloom den vollen Umfang des Dramas, das ihr Leben erfasst hatte. Auf einmal war alles brüchig geworden.

Ihr schrecklicher Verdacht, dass Richard seinen Tod nur vorgetäuscht hatte und in Wirklichkeit noch lebte, gewann immer mehr an Kraft. Gleichzeitig zermürbte sie diese erneute Beschäftigung mit dem Rätsel um sein Verschwinden. Auf den Klippen hatte sie Constance gegenüber so tun müssen, als sei sie stark genug, mit der Wahrheit über ihren Mann umzugehen. Doch in Wirklichkeit brauchte sie jetzt selbst jemanden, der ihr an diesem Abgrund von Lügen zur Seite stand. Ihr Sohn kam dafür nicht in Frage, jedenfalls jetzt noch nicht. Irgendwann einmal würde sie ihm alles erzählen. Es passte ganz gut, dass Jonathan sich gerade auf einem Ärztekongress in Madrid aufhielt und nur schwer erreichbar war.

Der einzige Mensch, dem Emily sich anvertrauen konnte, war Helen Keating. Helen neigte zwar manchmal dazu, nicht den richtigen Ton zu treffen. Aber sie war der ehrlichste Mensch, den Emily kannte.

Um diese Jahreszeit war Helens Park besonders schön. In langen Reihen zogen sich die duftenden Lavendelpflanzen mit den dichten blauen Rispen bis zum Wald, wo das Farmgrundstück an einem hohen Zaun endete. Zwei Pflückerinnen mit Strohhut auf dem Kopf und einem großen Sammelkorb in der Hand zogen in gebückter Haltung langsam durch die Reihen und sammelten die wertvollen Blüten ein. Jetzt, im Juni, begann die Erntezeit.

Am rechten Rand des Geländes stand die schlichte Halle, in der aus dem Lavendel das wertvolle Öl destilliert wurde. Da die hohe Hallentür zur Seite geschoben war, konnte Emily die beiden Männer sehen, die das gewaltige Destilliergerät bedienten. Sie kamen mit ihrer Arbeit kaum nach.

Helen und Emily saßen auf der Terrasse des Wohnhauses und genossen die warme Frühsommersonne. Helen hielt einen Lavendelzweig in der Hand und schnupperte daran. Es war eine neue Sorte, die sie in diesem Jahr zum ersten Mal angebaut hatte.

»Und warum bist du plötzlich so fest davon überzeugt, dass Richard noch lebt?«, fragte sie.

»Weil es genau zu seinem Wesen passen würde«, antwortete Emily nervös. »Er war immer konsequent. Anfangs habe ich das geliebt an ihm, aber in den letzten Jahren unserer Ehe hatte er sich sehr verändert. Das weißt du doch auch. Da war er nur noch mit sich selbst beschäftigt.«

»Ich bitte dich, Emily, niemand kann einfach so verschwinden! Dafür braucht man eine neue Identität, Papiere... Das wäre ja kriminell.«

Emily reagierte trotzig. »Dann ist er das eben – kriminell! Schließlich wollte er mich ja auch mit der Firma und den ganzen Krediten sitzen lassen, nur um mit seiner Geliebten zu verschwinden.«

Helen seufzte und verscheuchte eine Fliege von ihrer Wange. Durch die Arbeit im Freien war ihre Haut so stark gebräunt, dass man sie fast für eine Südländerin halten konnte. Auch ihre schwarzen Haare passten dazu. Sie war etwas älter als Emily, wirkte durch ihre sportliche Figur aber jünger.

»Jetzt pass mal auf«, sagte sie. »Du bist gekränkt und emotional platt wie eine Flunder, das kann ich gut verstehen. Aber dass du jetzt anfängst, die Sache noch weiterzuspinnen, geht einfach zu weit.«

»Ich spinne gar nichts weiter! Aber ich spür's, Helen, glaub mir! Durch Debbies Tod ist etwas ins Rollen gekommen, und das rast wie eine Lawine auf mich zu. Und es hat viel stärker mit Richard zu tun, als ich gestern noch angenommen habe. Das ist mir heute klar geworden.«

»Dann geh mit deinem Verdacht zur Polizei.«

»Genau das kann ich eben nicht tun! Ich habe Constance und dem Vikar versprochen, niemandem davon zu erzählen. Mir sind die Hände gebunden, wenn ich die beiden nicht enttäuschen will.«

»Herrgott, Emily, es geht um einen Mord! Jersey ist schließlich nicht Rio de Janeiro oder sonst einer dieser scheußlichen Orte, wo man tagtäglich Leute umbringt. Bisher sind wir hier auf Jersey immer gut damit gefahren, auf Ehrlichkeit zu setzen. Was ist zum Beispiel mit Trevor de Sagan? Du hast gesagt, du traust ihm nicht. Trotzdem willst du deinen schlimmen Verdacht für dich behalten. Das ist doch schizophren.«

»Hör bitte auf, alles so einfach darzustellen. Das ist es nicht. Und ich bin schon gar nicht schizophren.«

Helen reagierte schnippisch, wie immer, wenn sie beleidigt war. So war sie auch schon gewesen, als sie noch neben Emily auf der Schulbank gesessen hatte. »Na gut. Dann muss ich mir deine Jammerei ja auch nicht länger anhören.«

Sie tat so, als wollte sie aufstehen und zu den Pflückerinnen hinübergehen.

Emily beugte sich vor und hielt Helen am Zipfel ihrer Jacke fest. »Jetzt bleib schon hier. Entschuldigung!«

Helen setzte sich wieder. »Warum reagierst du eigentlich so empfindlich, wenn ich Trevor de Sagan erwähne? Da ist doch irgendwas. Ich will's jetzt wissen.«

Zögernd nahm Emily einen vorsichtigen Anlauf. »Ich habe heute verzweifelt versucht, mich an eine wichtige Begegnung mit Trevor und Alex Flair zu erinnern ...«

»Alex Flair? Was hat der denn damit zu tun?«

»Wenn ich das nur wüsste! Aber es gab eine merkwürdige Verbindung zwischen Trevor, Alex und Richard, daran erinnere ich mich noch.«

Helen schaute sie ungläubig an. »Ausgerechnet du kannst dich nicht erinnern? Soll das ein Witz sein?«

»Es ist wie eine Blockade. Mein Gehirn macht einfach nicht

mit. Ich weiß, dass ich irgendetwas Entscheidendes über Alex und Trevor weiß, aber es fällt mir nicht mehr ein.« Sie schüttelte verzweifelt den Kopf. »Als wenn ich atmen will, und es geht nicht ...«

Helen legte ihre Hand auf Emilys Arm. »Ist das wirklich so furchtbar? Eigentlich hast du dich doch immer nach diesem Zustand gesehnt? Dich nie mehr erinnern zu müssen.«

»Aber nicht so. Nicht so quälend, Helen. Und nicht ausgerechnet jetzt.«

Sie schwiegen einen Augenblick.

Schließlich sagte Emily: »Ja ... und deshalb werde ich so lange nichts gegen Trevor unternehmen, bis ich weiß, welcher Baustein mir fehlt.«

»Und Constance vertraust du?«

»Absolut.« Sie lächelte. »Du meinst, weil ihre Mutter und ihr Vater Lügner waren, sollte ich vorsichtiger sein?«

Helen beeilte sich, diesen Eindruck nicht entstehen zu lassen.

»Nein, nein, ich dachte nur ... dass sie vielleicht nur nett ist zu dir, weil sie etwas erwartet von dir. Zum Beispiel das, was du getan hast. Sie vor Harold Conway in Schutz zu nehmen.«

Emily schüttelte den Kopf. »Du schätzt sie ganz falsch ein. Constance ist eigentlich immer noch ein kleines Mädchen, das verzweifelt nach richtigen Eltern sucht. Die hat sie nie gehabt. Soll ich sie ausgerechnet jetzt allein lassen?«

»Und es macht dir nichts aus, dass du immer Richards Gesicht in ihr siehst?«

»Nein.« Emily biss sich auf die Unterlippe. Dann fuhr sie leise fort: »Weil ich ihn bis zuletzt geliebt habe ...«

Helen beugte sich vor und nahm Emily fest in den Arm. »Dumme Frage von mir. Natürlich musst du alles so machen, wie dein Herz es dir befiehlt.« Sie stand auf. »So – und jetzt gönnen wir uns was!«

Sie verschwand im Haus und kam mit einem Tablett zurück, auf dem zwei Gläser Pimms standen, dem beliebten Sommercocktail der Insel. Plötzlich wanderte ihr Blick zum Ende des Farmgeländes, wo ein schlanker grauhaariger Mann stand, der ihnen zuwinkte. Sie stutzte. »Wer steht denn da hinter dem Zaun?«

»Der will was von dir«, stellte Emily fest, die insgeheim erleichtert war über diese Unterbrechung.

Der Mann befand sich auf der benachbarten Wiese, die bereits zu den Pferdekoppeln von Frank Guitons Gestüt gehörte. Helen hatte vor ein paar Tagen mehrfach miterleben müssen, wie dort drüben die Kriminalbeamten durch das Gelände gestapft waren, vor allem in der Zeit, als Guiton noch im Gefängnis saß.

»Komm mit«, sagte sie grimmig.

Sie verließen die Terrasse und gingen durch die langen Reihen der Lavendelpflanzen zum Zaun. In diesem Bereich des Parks hing der Duft der blauen Blüten besonders stark in der Luft, denn an der Rückseite der Destillerie lagerten Helens gesamte Vorräte an frischer Ernte.

Emily wusste sofort, wer da vor ihnen stand.

Es war der ehemalige Richter Willingham, der die Leiche in St. Helier gefunden hatte. Er trug eine abgenutzte dunkelblaue Barbourjacke. Sie kannte ihn als Kunden aus ihrem Laden, wo er oft teure Teesorten orderte. Was tat er hier?

»Tut mir leid, wenn ich Sie gestört habe«, rief er über den Zaun hinweg. »Ich wollte mich nur als neuer Nachbar vorstellen. Hallo, Mrs. Bloom!« Er nickte zuerst Emily, dann Helen lächelnd zu. »Und Sie sind Miss Keating, nehme ich an. Mein Name ist Willingham.«

»Angenehm«, sagte Helen kühl. Doch Emily sah genau, mit welch intensiver Neugier Helen den Mann betrachtete. Damit Willingham keinen schlechten Eindruck von ihrer sprachlosen Freundin bekam, mischte sich Emily schnell ein.

»Haben Sie denn das Gestüt übernommen, Richter Willingham?«

»Nein. Aber ich bin jetzt wieder als Anwalt tätig und nehme für eine Weile Mr. Guitons Interessen wahr. Deshalb werde ich auch für die nächsten Tage hier draußen wohnen.« Er wandte sich wieder an Helen. »Ich soll Sie übrigens ganz herzlich von Frank grüßen, Mrs. Keating. Er muss leider noch im Krankenhaus bleiben.«

»Danke«, sagte Helen. »Ich hoffe, Ihnen gelingt, was der Polizei bisher nicht gelungen ist.«

Willingham stutzte. »Und das wäre?«

»Franks Unschuld zu beweisen.«

»Genau darum bin ich gekommen«, antwortete Willingham.

Die beiden maßen sich mit ihren Blicken. Für Emily war sofort klar, dass sich hier zwei Menschen gegenüberstanden, die sich in ihrer Ähnlichkeit erkannten. Beide liebten offene Worte und den direkten Weg.

»Wohnen Sie im Gästetrakt oder in der Wohnung über den Ställen?«, fragte Helen.

»Über den Ställen. Ich möchte so viel Kontakt wie möglich haben zu Franks Leuten.«

Willinghams Antwort schien Helen zu gefallen.

»Dann passen Sie gut auf den alten Stallmeister auf. Fremden gegenüber ist er ein Stinkstiefel«, sagte sie warnend.

»Danke für den Rat. Was ist mit der Haushälterin?«

»Sie ist eine Seele von Mensch. Sie würde alles tun für Frank.«

»Und die jungen Bereiter?«

»Die kenne ich leider nicht gut genug. Schließlich habe ich hier noch einen kleinen Job zu machen und komme nur selten auf das Gestüt.« Helen wies auf ihre Felder. »Wir haben Erntezeit. Da kann es manchmal etwas lauter werden, wenn die Traktoren unterwegs sind.«

Willingham lächelte. »Ich weiß. Ich bin auf dem Land aufgewachsen.«

»Ach ja? Und wo?«

»Bei St. Martin.«

»Dann hätten wir uns eigentlich schon längst begegnet sein müssen. Ich komme aus Trinity, meine Eltern hatten dort einen Tomatenanbau«, sagte Helen.

»Oh, ein Tomatenmädchen!«

Helen lachte. Sie wusste, wie die Jungs früher immer um die Felder herumgeschlichen waren, um ihre Späße mit den jungen Pflückerinnen zu machen. Auch wenn in ihrer Jugend die eigentliche Glanzzeit der berühmten Jersey-Tomaten längst vorbei war.

Willingham wurde wieder ernst und zog zwei große Fotos aus der ausgebeulten Tasche seiner Jacke. Es handelte sich um Seiten, die er ganz offensichtlich aus dem Internet heruntergeladen hatte.

»Darf ich Ihnen noch etwas zeigen, Miss Keating? Wie ich schon sagte, bin ich gerade dabei, Entlastungsmaterial für Mr. Guiton zu sammeln. Werfen Sie doch bitte mal einen Blick auf diese Fotos.«

Er hielt Helen die beiden DIN-A4-Seiten über den Zaun hinweg hin. »Haben Sie diese beiden Männer jemals hier draußen gesehen?«

Aufmerksam studierte Helen die Gesichter. Sie waren sehr unterschiedlich. Der eine hatte einen bulligen Schädel, kleine Schweinsaugen und eine Halbglatze, der andere lange dunkle Haare, ein kantiges Kinn und einen Schnurrbart. Beide lächelten.

»Ja, ich glaube schon, dass ich sie kenne. Ich bin mir sogar ziemlich sicher.«

»Und woher?«

»Sie waren als Besucher hier. Bei einer unserer täglichen Führungen durch das Gelände und durch unsere Destillerie.«

Emily staunte, dass sich Helen noch daran erinnern konnte. Aber wie viele gute Geschäftsleute besaß sie eine vorzügliche Menschenkenntnis. Auch Willingham war sichtlich davon beeindruckt. Plötzlich war er wieder ganz der aufmerksame Jurist. »Interessant. Und die Männer erschienen gemeinsam?«

»Ja.«

»Wissen Sie auch noch, wann das war?«

Sie überlegte. »Es ist noch gar nicht so lange her... Sie kamen am ersten Juni, als wir von morgens bis abends nur japanische Gruppen zu Besuch hatten. Eigentlich wollten wir sie gar nicht reinlassen, aber dann jammerten sie herum, sie kämen aus Oxford und seien nur diesen einen Tag auf Jersey... Na ja, dann wird man eben doch weich. Sie haben sich besonders für die Destillerie interessiert, das weiß ich noch. Und sie waren ständig am Fotografieren.«

Willingham schätzte den Abstand von der Rückseite der Destillerie bis zu Frank Guitons Grundstück. Es waren höchstens hundert Fuß. »Hmm... Das könnte einen Sinn ergeben«, sagte er nachdenklich, während er prüfend in alle Richtungen blickte. »Hier vom Zaun aus kann man zwar das Gestüt nicht sehen, aber einen Teil des dazugehörigen Grundes... Der hat sie offensichtlich interessiert.«

»Und jetzt?«, fragte Helen. »Wer sind diese Männer? Oder dürfen Sie mir das nicht verraten?«

Willingham schaute sie einen Augenblick lang forschend an, als wäre er unsicher, ob er ihr die Wahrheit sagen durfte.

Doch dann schien sein Vertrauen zu siegen.

»Das sind die beiden Männer, die gesehen haben wollen, wie Frank Guiton sein Pferd nachts mit einem Anhänger quer über die Insel transportiert hat. Ein Gemüsehändler und ein Versicherungsagent. Der eine will Frank in der Hauptstraße von St. Ouen beobachtet haben, der andere in St. Peter.« Er zog ein weißes Taschentuch aus der Hosentasche und wischte sich damit die Hände ab, die am Zaun ein bisschen schmutzig geworden waren. »Angeblich sind sich diese Zeugen noch nie begegnet.«

Helen reagierte etwas irritiert. »Das heißt, ich bin jetzt die Einzige, die das widerlegen könnte?«

Mit dem Blick des Siegers hob Willingham seine Augenbrauen

an und gönnte sich ein kleines triumphierendes Lächeln. »Nein, Sie sind nicht allein, Miss Keating. Und ein paar alte Gerichtsakten werden das leicht beweisen. Ich selbst habe die zwei nämlich vor zwölf Jahren wegen gemeinschaftlicher Schlägerei zu einer Geldstrafe verdonnert.«

An schönen Sommertagen war an den Stränden von Jersey eine Menge los. Sobald sich die Sonne zeigte, spielten alle ein bisschen Karibik. Das war das Englische an Jersey. Selbst wenn die Luft eigentlich viel zu kühl war für sommerliche Kleidung, zogen Männer ihre Shorts an und Frauen ihre dünnsten Kleider mit Spaghettiträgern. Jeder tat so, als sei eine Hitzewelle ausgebrochen.

Überall vor der Küste sah man Windsurfer und Kiter, vor allem in der langen Bucht von St. Ouen und am Strand zwischen St. Aubin und St. Helier. Erst kurz vor Sonnenuntergang kamen die Jugendlichen mit ihren Surfbrettern unter dem Arm wieder an Land.

Als erfolgreicher Windsurfinglehrer wusste Shaun Flair, dass er die Mädels vor allem dann rumkriegte, wenn sie noch eine Gänsehaut hatten. Er war der Neffe von Alex Flair, und er hatte von seinem Onkel vor allem eines gelernt: Es kam auf den richtigen Augenblick an.

Jetzt, mit dreiunddreißig, kannte er alle Knöpfe, die man bei den Sprachschülerinnen aus Frankreich und Deutschland drücken musste, damit sie auch nachts von ihren Karibikgefühlen hingerissen wurden.

Meistens nannte er die Mädchen zärtlich *Jersey Lily*. Während seine Finger romantisch über ihre Haut streichelten, erzählte er ihnen mit betörend leiser Stimme die berühmte Geschichte der schönen Lillie Langtry, einer Pfarrerstochter aus St. Saviour, die im 19. Jahrhundert von Jersey aus zur umschwärmten Schönheit der Londoner Gesellschaft aufgestiegen war und bis heute bewundert wurde. Im Museum hing ein Bild von ihr.

In dieser Nacht hatte Shaun die neunzehnjährige Jeanette zu seiner Lily erkoren. Er war so scharf auf sie, dass er den ganzen Nachmittag an nichts anderes hatte denken können, als sie flachzulegen. Sie kam aus Bordeaux und machte auf Jersey ihren Surfschein, gleichzeitig wollte sie Englisch lernen. Sie war dunkelhaarig, hatte lange Beine und war mit einem schlanken Körper gesegnet, der sich auf dem Surfbrett biegen konnte wie ein Zweig im Wind. Auch sonst entsprach sie genau Shauns Vorstellungen von einer Frau. Nur ihr Mund war nach seinem Geschmack etwas zu schmal, aber dieses Manko glich sie aus durch wunderschöne, beinahe mandelförmige dunkle Augen.

Eigentlich hatte er an diesem Abend mit seinem Motorradfreund Tim Sousa etwas vorgehabt. Sie wollten der alten Harley einen neuen Auspuff verpassen. Doch Tim hatte kurzfristig abgesagt. Es hatte wohl damit zu tun, dass Mrs. Bloom in letzter Zeit kaum noch im Laden war und Tim sie andauernd vertreten musste. Das hatte er nun von seiner Gutmütigkeit.

Für die romantische Nacht in den Dünen hatte Shaun Flair wie immer gut vorgesorgt: zwei Flaschen Rotwein, zwei kalte halbe Hummer und eine Dreierpackung Kondome. Er war optimistisch. Jeanette war so weich und nachgiebig, dass er auf eine lange Nacht hoffte. Er wusste, dass er mit seinen dunkelblonden Haaren und seinem muskulösen Körper der geborene Verführer war und dass er leichtes Spiel haben würde. Jeanette himmelte ihn an.

Sie enttäuschte ihn nicht. In der Art, wie sie sein Gesicht hielt, wie sie ihn küsste und ihm ihre Zunge in den Mund drängte, daran konnte er erkennen, dass sie bereit war. Während sie knutschend auf der Decke hin und her rollten, begannen sie sich auszuziehen.

Ungeduldig halfen seine Finger mit, Jeanette den fliederfarbenen Slip von den Füßen zu streifen. Seine Finger suchten den Weg zwischen ihren Beinen, fuhren zart über den schmalen dunklen Streifen Schamhaar und wanderten tiefer. Zu seiner Überraschung wartete Jeanette nicht lange. Sie spreizte ihre Beine und zog ihn leidenschaftlich an sich.

Während er in sie eindrang, bog sie den Kopf nach hinten und keuchte. Dieser Moment machte ihn jedes Mal verrückt. Ungeduldig stieß er zu. Sie klammerte sich an ihn, als gingen sie zusammen auf eine lange Reise, während sie sich lustvoll auf die Unterlippe biss und ihre Augen ihn nicht mehr sahen.

Plötzlich spürte er einen scharf stechenden Schmerz in seinem Hoden, als hätte ihm jemand einen Nagel ins Fleisch getrieben. Es war nicht auszuhalten. Panisch ließ er Jeanette los, sodass sie nach hinten fiel.

Erschrocken hob sie den Kopf.

»Was ist?«

»Scheiße, da ist was unter der Decke!«

Er ließ sich zur Seite rollen. Ohne, dass Jeanette es mitbekam, untersuchte er dabei schnell seinen Hoden, der tatsächlich an einer Stelle blutete. Hektisch tasteten seine Finger unter der Decke durch den Sand, bis er die Ursache der Verletzung fühlte. Mit einem Ruck zog er das Teil hervor. Es sah aus wie eine abgebrochene Fahrradspeiche. Wütend schleuderte er die dünne Stange von sich. »Verdammte Touristen!«

Jeanette saß nackt und mit angezogenen Beinen vor ihm, ihren Blick magisch auf sein Unterteil gerichtet. Sichtlich enttäuscht sah sie zu, wie sich das stolze Segel ihres Surflehrers langsam wieder einrollte. Jedenfalls kam es Shaun so vor. Vielleicht starrte sie aber doch nur auf die blutende Schnittwunde und bedauerte ihn wirklich. »Du Armer! Ist es schlimm?«

»Geht schon ... Hey, das tut mir jetzt echt leid«, sagte er entschuldigend.

»Macht doch nichts...« Sie lächelte tröstend. »Wir holen das nach.«

Es war eine liebevolle Lüge, denn er wusste, dass sie morgen früh wieder mit der Fähre nach Frankreich zurückkehren würde.

Schweigend sammelten sie ihre Kleidung ein und zogen sich an. Seine Wunde schmerzte bei jeder Bewegung, er hätte sich krümmen können. Doch er zeigte es nicht. Hand in Hand gingen sie zum Wagen zurück.

Am meisten fürchtete er, dass Jeanette es herumerzählen könnte. Der König der Surfer mit einer Fahrradspeiche in den Eiern – auf dem College hätten die Jungs ihm für diese Leistung ein Denkmal errichtet.

Nachdem er Jeanette wieder vor dem Eingang des Jugendhotels aus dem Auto gelassen hatte, fuhr er nicht gleich wieder los, sondern dachte einen Augenblick mit laufendem Motor nach. Seine Schmerzen nahmen zu. Was ihn besonders beschäftigte, war die Frage, was er jetzt mit der Wunde machen sollte. Wenn ihn nicht alles täuschte, begann der Hoden bereits heftig anzuschwellen. Doch ins Krankenhaus wagte er damit nicht zu gehen, das wäre ihm peinlich gewesen.

Plötzlich erinnerte er sich an die vertrauliche Telefonnummer, die ihm sein Onkel Alex vor einiger Zeit für Notfälle zugesteckt hatte. Angeblich verstand der Mann, dessen Namen Shaun nicht einmal kannte, mehr von Medizin als jeder Arzt. Genau so einen Mann brauchte er jetzt.

Hastig durchsuchte er das Telefonverzeichnis seines Handys und fand die Nummer auch wieder. Nachdem er gewählt hatte, klingelte es lange, ohne dass jemand abnahm. Gerade wollte er enttäuscht den Anruf beenden, als sich am anderen Ende doch noch eine männliche Stimme meldete.

»Hallo...?«

Obwohl der Mann seinen Namen nicht nannte, erkannte ihn Shaun sofort. Es machte ihn so sprachlos, dass er ein paar Sekunden brauchte, bis er sich wieder gefasst hatte und antworten konnte.

Für den nächsten Vormittag hatten Emily und Vikar Ballard sich in der Markthalle von St. Helier verabredet. Das kuppelartige Granitgebäude mit den roten Eingängen aus Eisen präsentierte sich noch im selben viktorianischen Stil, in dem es 1881 errichtet worden war. Nach Art französischer Markthallen wurde hier alles geboten, was Feinschmeckern Freude bereitete.

Es war Godfrey Ballards Wunsch gewesen, dass sie sich hier trafen. Emily kam diese Verabredung sehr gelegen. Nach ihrer gestrigen Krise tat es ihr gut, sich auf diese Weise abzulenken.

Mit ihren Einkaufskörben in den Händen zogen sie plaudernd durch die Markthalle. Beim Fischhändler wurden gerade frische Muscheln auf dem Eis ausgebreitet. Ein französischer Weinhändler pries lautstark seinen Bordeaux an. Aus der Reihe gegenüber duftete es nach frischem Brot.

Godfrey hatte verschiedene Pasteten, eingelegte Oliven, frischen Salbei und einen kleinen halben Hummer in seinem Korb. Jetzt blieb er mit Kennermiene vor dem Käse stehen.

»Kennen Sie den Gaperon aus der Auvergne, Mrs. Bloom?«, fragte er und ließ sich ein Stück zum Probieren geben. »Hmmm! Ich liebe ihn!«

»Mir ist er zu fett«, meine Emily und wandte sich an die Verkäuferin. »Für mich bitte Charolais und Bleu du Jura...«

Sie freute sich auf ihr heutiges Abendessen mit Constance. Dass das Mädchen allein in Debbies Wohnung hauste, wo sie durch jedes Bild an der Wand und jedes Kleidungsstück im Schrank an ihre verstorbene Schwester erinnert wurde, gefiel Emily gar nicht. Da war es schon besser, sie nutzten die Zeit, um sich näher kennenzulernen.

Auch der Vikar freute sich auf sein opulentes Mahl. Liebevoll legte er den verpackten Käse neben den Salbei, während sie weitergingen. »Ich will heute Mittag ein neues Hummer-Rezept ausprobieren«, erklärte er. »Das Ganze wird überbacken und kommt zusammen mit dem Käse auf den Teller.«

»Klingt gut«, sagte Emily. »Aber haben Sie nicht heute um halb zwölf Ihre Sprechstunde?«

Godfrey pickte im Vorbeigehen eine Kostprobe von einem spanischen Schinken auf, die ein junger Mann ihm auf einem Holzbrett hinhielt.

»Nein, heute fällt die Sprechstunde aus. Wir haben den Installateur im Haus.«

Sehnsüchtig schielte er zum Pralinenstand hinüber. Doch in Emilys Beisein wagte er nicht, etwas zu kaufen. Sie bemerkte jedoch seinen hungrigen Blick. Der verlockende Geruch von Schokolade drang auch zu ihr herüber. Ganz plötzlich bekam sie Lust auf Pralinen. Und wie immer, wenn sie dabei war, ihre Prinzipien zu verraten, hatte sie auch schon eine passende Entschuldigung parat. Diesmal lautete sie: Godfrey und ich haben ja erlebt, wie schnell ein Leben zu Ende gehen kann.

Sie stieß den Vikar an. »Na, wie wär's, Godfrey?«, fragte sie mit verschwörerischem Lächeln. »Wollen wir uns eine kleine Praline genehmigen?«

»Na, da sage ich doch nicht Nein!«, antwortete er erleichtert und eilte zur gegenüberliegenden Seite des Ganges. Mit strahlenden Augen betrachtete er die Türme aus Schokotrüffeln.

Als sie ein paar Minuten später zufrieden weitergingen, schob Godfrey sich genüsslich eine Ingwertrüffelpraline in den Mund

und fragte: »Wie geht es eigentlich Constance? Ich habe sie noch gar nicht gesehen, seit sie hier ist.«

»Ach, sie ist ziemlich gefasst«, antwortete Emily. »Und natürlich erleichtert, dass Harold Conway seinen Verdacht gegen sie fallen gelassen hat.«

Am liebsten hätte sie sich auf die Zunge gebissen, aber nun war es zu spät. Eigentlich hatte sie die Sache gegenüber dem Vikar gar nicht erwähnen wollen.

Godfrey horchte auf. »Wieso? Was für ein Verdacht?«, fragte er überrascht, als sei es ein unverzeihlicher Vertrauensbruch, dass Emily ihm nicht längst davon erzählt hatte.

Dabei wollte sie ihn nur schonen. Dass er selbst in den Mordfall verwickelt gewesen war, hatte ihm in den vergangenen Tagen schon genug zu schaffen gemacht. Aus demselben Grund hatte sie bisher auch kein Wort verloren über ihren Besuch bei Trevor de Sagan.

Sie berichtete ihm in Kurzform, wie der Chef de Police sie und Constance an den Klippen aufgestöbert hatte. Zufrieden darüber, dass er jetzt wieder vollständig informiert war, lauschte ihr der Vikar. Als sie fertig war, meinte er amüsiert:

»Das wird Harold Conway Ihnen nie verzeihen, das ist Ihnen hoffentlich klar?«

»Ich weiß. Deswegen habe ich auch gebetet, dass Constance die Wahrheit gesagt hat.«

»Und, hat sie?«

»Ja. Man hat alles nachgeprüft. Es war genau so, wie sie es beschrieben hat.«

Godfrey nahm einen Pfirsich von einem Stapel Obst und roch daran. »Machen die Ermittlungen denn Fortschritte?«

»So richtig nicht. Außer dass man jetzt alle dunklen Pick-ups überprüft, die auf Jersey gemeldet sind. Ich habe gerade vorhin mit Harold Conway telefoniert.«

Süffisant fragte Godfrey: »Ach, Sie sprechen doch noch miteinander?«

»Um ehrlich zu sein, ich habe mich bei ihm entschuldigt. Das wollten Sie doch hören, oder?«

Er lächelte zufrieden wie ein Baby. »Ja. Hätte mir auch leidgetan, wenn Sie und Mr. Conway dermaßen über Kreuz liegen. Unsere Gemeinde ist zu klein für Streitereien, finde ich.«

»Das ist wohl wahr.«

Plötzlich wurde er ernst. »Ja, unsere Gemeinde ... Das ist auch das Stichwort, Mrs. Bloom, weswegen ich Sie heute treffen wollte. Ich brauche Ihren Rat.«

»Bitte, Godfrey.«

Sie gingen langsam weiter.

»Wir haben ja neulich über mein ... persönliches Problem gesprochen. Mir ist danach klar geworden, wie dringend ich etwas ändern muss. Ich habe ein bisschen im Internet herumgestöbert ... Da gibt es im Prinzip zwei Möglichkeiten. Entweder ich melde mich hier auf Jersey bei den Anonymen Alkoholikern an. Oder ich lasse mich für sechs Wochen in eine Klinik in der Nähe von London einweisen.« Er sah Emily unsicher an. »Was ist wohl besser für mich?«

Sie überlegte einen Moment. »Wenn Sie es hier machen wollen, laufen Sie Gefahr, aus Scham gar nicht hinzugehen. Ich kenne Sie, Godfrey.«

»Vielleicht haben Sie recht – also lieber die harte Tour?«

Lächelnd bemühte sie sich, ihn zu lockern. »Als Küchenpsychologin würde ich sagen, ja. Sie nehmen Urlaub und verschwinden.«

»Und was sage ich der Kirchenleitung? Die ganze Wahrheit?«

Sie sah ihn schief an. »Godfrey! Sie glauben doch nicht im Ernst, dass die Kirchenleitung noch nichts von Ihrem Hang zum Alkohol bemerkt hat ...«

Der Vikar wurde rot bis unter seinen dunkelblonden Haaransatz. »Meinen Sie?«

»Na, aber sicher! Das ändert nichts an Ihrer Beliebtheit. Beantragen Sie einfach Sonderurlaub für eine Kur, und ich wette mit Ihnen, die Kirchenleitung wird es verstehen. Weil nämlich jeder hofft, dass Sie endlich das Richtige tun.«

»Klingt so einfach, wenn Sie das sagen«, sagte er bewundernd. »Ich muss es nur noch schaffen.«

»Das werden Sie, Godfrey, da bin ich mir ganz sicher.«

Sie hatten den Ausgang der Markthalle erreicht. Während sie ihm aufmunternd zulächelte, trat er zur Seite, um eine kräftige Frau Mitte vierzig vorbeizulassen, die mit schnellen Schritten hereinstürmte. Sie trug schwarze Leggings und einen weiten grauen Pulli darüber. Abrupt blieb sie stehen.

»Vikar Ballard! Schön, Sie zu sehen! Kennen Sie mich noch? Ich bin Lindsay Newman, Debbies Kollegin.«

Jetzt erkannte er sie endlich. »Oh ja, natürlich! Mrs. Newman! Debbie hatte sie im vorigen Jahr zu unserem Grillfest im Pfarrhaus mitgebracht.« Er zeigte auf Emily, die wartend neben ihm stand. »Darf ich bekannt machen? Mrs. Newman – Mrs. Bloom.«

Lindsay Newmans Stimme wurde augenblicklich leiser. »*Die* Mrs. Bloom? Die unsere arme Debbie gefunden hat?«

Emily kam nicht umhin, ihr mit ein paar Worten darüber zu berichten. Debbies Tod schien ihr sehr nahe gegangen zu sein.

»Debbie und ich haben im selben Büro gesessen«, sagte Lindsay Newman traurig. »Wir waren wie Freundinnen. Mit ihr konnte man alles bequatschen.«

»Hat sie ab und zu auch was von sich erzählt?«, fragte Emily.

»Debbie?« Lindsay schüttelte den Kopf. »So gut wie nie. Auch dass sie was mit einem Kunden von uns hatte – mit diesem Pferdezüchter –, das habe ich erst gestern zufällig bei uns in der Bank gehört. Ich wollte es erst nicht glauben.«

Vorsichtig mischte Vikar Ballard sich ein: »Darf ich kurz stören? Wenn Sie mir beide nicht böse sind ... Ich müsste schnell zurück ins Pfarrhaus ...«

»Gehen Sie ruhig. Wir können ja später telefonieren«, sagte Emily. »Ich möchte Mrs. Newman nur noch kurz was fragen.«

Godfrey nickte und verschwand durch das rote Tor nach draußen.

Emily wandte sich wieder an Lindsay Newman. »Ich würde gerne wissen, Mrs. Newman, ob Debbie an ihrem letzten Tag im Büro irgendetwas Ungewöhnliches gesagt oder getan hat? Sie konnte ja so impulsiv sein. Können Sie sich an irgendetwas erinnern?«

»Das hat mich die Polizei natürlich auch schon gefragt, aber mir ist nichts eingefallen. Außer dass Debbie morgens später als sonst ins Büro gekommen ist, erst gegen halb zehn. Weil sie vorher noch ihren Cousin Oliver treffen musste. Es ging wohl um was Familiäres. Sie hat mir aber nicht gesagt, was es war. Überhaupt war sie an diesem Tag ziemlich schweigsam.«

»Wo haben die beiden sich getroffen? Wissen Sie das?«

»Nein. Aber es gibt doch eigentlich nur zwei Plätze, wo Oliver zu finden ist: in Archies Pub oder im Hafen.«

Oliver! Emily ärgerte sich, dass sie nicht selbst darauf gekommen war, sich mit Oliver über Debbie zu unterhalten. Da jedoch auch Constance einen großen Bogen um ihren missratenen Cousin machte, war es eigentlich kein Wunder, dass niemand an ihn dachte.

Plötzlich hatte sie das Gefühl, Lindsay Newman erklären zu müssen, warum sie sich so ausgiebig nach Debbies Tagesablauf erkundigte. »Damit Sie sich nicht wundern, warum ich so penetrant frage, Mrs. Newman. Ich kümmere mich momentan ein bisschen um Debbies Schwester Constance. Und wir rätseln schon die ganze Zeit, warum Debbie an diesem Abend vom Büro nicht direkt nach Haus gegangen ist, wo sie mit ihrer Schwester verabredet war ... Wann hat sie eigentlich das Büro verlassen?«

»Um kurz nach fünf. Wir hatten nachmittags sehr viel zu tun. Sie müssen wissen, unsere Bank hat in den letzten Wochen zwei Filialen geschlossen, und deshalb müssen jetzt viele Verträge auf die Zentrale übertragen werden. Viel Schreibkram, und wir sind eben nur zu zweit in der Abteilung.«

»Und, wie war das, als Debbie gegangen ist? War sie in Eile?«

Lindsay Newman dachte angestrengt nach. »Eigentlich war es wie jeden Abend. Sie hat zuerst ihren Schreibtisch aufgeräumt, dann hat sie wie immer den großen Aktenschrank verschlossen. Sie hat sich nochmal geschminkt ... und dann ist sie gegangen.« Sie überlegte kurz. »Nein, vorher war sie noch schnell in der Teeküche, um ihren Becher wegzubringen. Als sie zurückkam, hatte sie zwei Reinigungstücher in der Hand.«

»Wozu das?«

»Keine Ahnung.« Wieder überlegte sie. »Doch, jetzt, wo Sie fragen, fällt mir was ein! Während sie die Reinigungstücher in ihre Handtasche gesteckt hat, hat sie gemurmelt, *damit meine Hände morgen nicht so nach Fisch stinken.*« Lindsay Newman wirkte plötzlich aufgeregt. »Du liebe Zeit, meinen Sie, dass das irgendeine Bedeutung hat?«

Emily versuchte sie zu beruhigen. »Wahrscheinlich nicht. Debbie war ja ursprünglich mit ihrem Freund auf dessen Schiff verabredet. Da macht es durchaus Sinn, dass sie die Tücher noch schnell mitgenommen hat.«

Erleichtert sagte Lindsay Newman: »Da haben Sie auch wieder recht.« Sie blickte auf die große Uhr in der Halle. »Oh Gott, ich muss ins Büro zurück, sonst kriege ich Ärger! Es fällt mir sowieso schon schwer genug, mich auf die Arbeit zu konzentrieren. Ständig geht mir der Mord an Debbie durch den Kopf. Und auch der an dieser armen Polin. Debbie muss es an diesem Morgen genauso gegangen sein. Sie hat den Artikel darüber aus der Zeitung rausgerissen und in ihre Handtasche gesteckt.«

Emily horchte auf. »Gleich als sie von ihrem Cousin kam oder erst später?«

»Als sie kam. Der Mord an der Polin war ja Thema Nummer eins in den Büros. Aber Debbie wollte nichts davon hören. *Mir wird übel, wenn ich nur daran denke*, hat sie gesagt. Sie war richtig blass.«

»Es ist ja auch furchtbar«, bestätigte Emily.

Lindsay verabschiedete sich eilig. »War schön, sie kennengelernt zu haben«, sagte sie. »Auch wenn ich mir andere Umstände dafür gewünscht hätte. Wir sehen uns dann bei der Beerdigung, nehme ich an. Wann ist die überhaupt? Wissen Sie das?«

»Das wird bestimmt noch dauern«, antwortete Emily ausweichend.

Lindsay Newman verzog das Gesicht. »Oh, natürlich, verstehe. Also, bis dann.« Mit schnellen Schritten ging sie weiter.

Emily blieb nachdenklich am Ausgang zurück.

Was sie soeben erfahren hatte, irritierte sie. Lindsay Newman hatte ihr drei unterschiedliche Informationen gegeben, die auf den ersten Blick nicht zusammengehörten: Debbie hatte an jenem Morgen ihren Cousin getroffen, sie hatte sich intensiv mit dem Zeitungsartikel über den Mord an Jolanta Nowak befasst, und sie rechnete fest damit, dass sie an diesem Abend mit Fisch in Berührung kommen würde.

Hatten auch nur zwei dieser Informationen miteinander zu tun, ergaben sich daraus verschiedene Möglichkeiten.

Variante eins: Debbies Cousin arbeitete am Hafen, wo viel Fisch umgeladen wurde. Hatte ihr morgendliches Treffen mit ihm vielleicht Auswirkungen auf den Abend? Oliver Farrow – das wusste sie von Harold Conway – konnte für die Tatzeit ein bombensicheres Alibi vorweisen, weil er auf dem Polizeirevier festgehalten worden war. Aber vielleicht hatten die beiden sich ursprünglich für den Abend am Hafen verabredet, und Debbie war eher durch Zufall dem Mörder in die Hände geraten, weil Oliver nicht kam?

Variante zwei: Nachdem Debbie morgens den Artikel über den Mord an der Polin gelesen hatte, ahnte sie aus irgendeinem Grund, dass ihr Cousin den Mörder kennen könnte. War sie deshalb nicht gleich ins Büro gefahren, sondern erst zu Oliver?

Gedankenversunken verließ Emily die Markthalle. Sie dachte darüber nach, wann genau sie Debbie auf der Straße getroffen hatte. Dabei stellte sie sich noch einmal intensiv das Zifferblatt ihrer Armbanduhr vor, auf die sie geschaut hatte, bevor sie in St. Helier geparkt hatte.

Es war exakt um 9 Uhr 04 gewesen. Nur Sekunden später war Debbie ihr entgegengekommen.

Das bedeutete, dass Debbie zu diesem Zeitpunkt schon wieder auf dem Rückweg war von ihrem Treffen mit Oliver. Hatte sie dabei irgendetwas Wichtiges erfahren, weil sie später auf der Straße so hektisch telefoniert hatte?

Mit einem Piepsen meldete sich Emilys Handy. Auf dem Display erschien eine SMS-Nachricht von Tim. Er erinnerte sie daran, dass er heute ausnahmsweise pünktlich um ein Uhr den Laden verlassen musste.

Seufzend steckte Emily ihr Handy wieder ein. Es half nichts, sie musste zurück ins Geschäft. Am liebsten wäre sie jetzt gleich bei Oliver Farrow im Hafen vorbeigefahren, aber das musste leider bis morgen warten.

Ihre Besuche im Krankenhaus machte Sandra Querée so heimlich, dass ihre Kollegen bei der Polizei nichts davon mitbekamen. Sie ging jeden Tag hin, immer wenn sie allein mit dem Streifenwagen unterwegs war und ihr Weg sie durch St. Helier führte. Oft schaute sie nur für einige Minuten bei Frank Guiton vorbei, zweimal huschte sie auch abends zu ihm. Die Krankenschwestern der Tag- und Nachtschicht kannten sie inzwischen und ließen die beiden schmunzelnd allein.

Die private Annäherung zwischen der Polizistin und dem Mann, den sie ursprünglich nur verhören sollte, geschah mit einer Selbstverständlichkeit, die beide überraschte, auch wenn sie immer noch vermieden, sich beim Vornamen zu nennen. Nach wie vor war Frank Guiton nicht in der Lage, sich aus seinem Krankenbett zu erheben. Doch wenigstens hatte man ihm ein paar seiner lästigen Verbände abgenommen. Auch seine Arme waren jetzt frei. Die Haut zwischen Handgelenk und Ellenbogen zeigte hässliche genähte und verfärbte Stellen, die von den Schlägen des brutalen Täters stammten und die ihm große Schmerzen bereiteten, sodass er oft die Zähne zusammenbeißen musste.

Sandra saß geduldig lächelnd neben seinem Bett und machte ihm Mut, schon allein durch ihre Anwesenheit. Instinktiv hatte sie in ihm den Typ Mann erkannt, dem es die Frauen immer leichtmachten, der aber gerade deshalb ein Zweifler blieb. Hinter der Fassade des unkomplizierten, sportlichen Naturburschen entdeckte sie eine interessante Seite an ihm, die geprägt war von Humor, klugen Gedanken und reifer Zärtlichkeit.

Seine Liebe zu Debbie Farrow war offenbar echt und tief gewesen, das hatte er Sandra schon am ersten Abend gestanden. Dass er sie mit diesem Geständnis unausgesprochen um Geduld bat, verstand Sandra. Ihr wäre auch so klar gewesen, dass sie in nächster Zeit nicht zu viel von ihm erwarten durfte. Vorerst genügte es ihr, die markanten Linien seines männlichen Gesichtes auf dem weißen Krankenhauskopfkissen betrachten zu dürfen, während sie sich gegenseitig ihr Leben erzählten.

Als sie an diesem Tag ihre Mittagspause dazu benutzte, schnell noch einmal bei ihm vorbeizuschauen, wurde sie von der kräftigen Oberschwester im Flur abgefangen.

»Nur damit Sie keinen Schreck bekommen: Mr. Guiton kriegt heute seinen Schnabel nicht auf«, sagte sie warnend. »Machen Sie es also kurz.«

»Wie meinen Sie das?«, fragte Sandra irritiert.

»Es hat sich herausgestellt, dass man ihm auch das Kiefergelenk neu richten musste. Das war heute Morgen fällig.«

Noch bevor Sandra etwas sagen konnte, stand plötzlich John Willingham neben ihr.

»Was höre ich da?«, fragte er mit seiner kräftigen Stimme. »Man hat Frank schon wieder malträtiert?«

Die Oberschwester schien von Willinghams Auftreten und von seiner teuer aussehenden Kleidung beeindruckt zu sein. Jedenfalls wurde sie sofort eine Spur höflicher. »Ja, aber es geht ihm gut, und Sie können auch ruhig zu ihm. Er darf nur nicht sprechen.«

Gemeinsam betraten sie das Krankenzimmer.

Zu ihrer Erleichterung sah Frank Guiton nicht so schlecht aus, wie sie es befürchtet hatten. Er schien seine Situation sogar mit Humor zu nehmen, denn noch bevor Sandra und Willingham etwas sagen konnten, zog er einen großen Schreibblock und einen Kugelschreiber aus seinem Nachttisch hervor und kritzelte auf das Papier:

REDEVERBOT! ABER ICH KANN ZUHÖREN.

Sandra schaute ihn mitfühlend an. Auf dem Nachttisch lagen starke Schmerzmittel. »War es sehr schlimm?«

Er nickte. Am liebsten hätte Sandra über seine nackten Arme gestreichelt, die wie wehrlos auf der Bettdecke ruhten. Doch in Willinghams Gegenwart hätte sie sich das nie getraut.

»Bald haben Sie es ja hinter sich, Frank«, sagte Willingham aufmunternd. »Und bis dahin gibt's hoffentlich noch ein paar gute Nachrichten.« Er blickte zu Sandra, die sich ihm gegenüber auf die andere Seite des Bettes gesetzt hatte. »Soll ich loslegen?«

Sandra nickte. »Wenn Sie mögen.«

Ihnen war beiden klar, dass sie sich in einer problematischen Situation befanden, sie als Polizistin und Willingham als Verteidiger. Doch da Sandra offiziell gar nicht hier war und sie einander vertrauten, setzten sie sich einfach über diese Bedenken hinweg.

Willingham griff in seine Aktentasche und zog die Internetfotos der beiden Männer hervor, die als Zeugen gegen Frank Guiton ausgesagt hatten. »Hier habe ich sie, Ihre beiden Quälgeister«, sagte er und hielt Frank die Fotos hin. »Alan Fonteau, Gemüsehändler aus St. Ouen, und Andrew Poll, Versicherungsvertreter aus St. Peter. Kennen Sie die Jungs?«

Frank Guiton schüttelte den Kopf.

»Das habe ich mir schon gedacht«, meinte Willingham. »Wer auch immer die ganze Sache eingefädelt hat – er hätte nie irgendwelche Männer als bezahlte Zeugen ausgewählt, denen Sie schon einmal begegnet sind.«

Sandra Querée wurde hellhörig. »Wieso als bezahlte Zeugen? Warum sind Sie sich da so sicher?«

»Weil ich inzwischen mehr über die beiden Burschen weiß, als denen lieb sein dürfte.«

Er berichtete Sandra und Frank von seinen bisherigen Recherchen. Da er Fonteau und Poll schon vor zwölf Jahren als gemeinsame Schläger bei Gericht hatte erleben dürfen, hatte er vermutet, dass beide noch mehr Probleme mit der Justiz haben könnten. Und er fand sich bestätigt. Gegen Fonteau lag bei Gericht ein aktueller Pfändungsbeschluss vor, allerdings seit sechs Wochen gegen eine Anzahlung ausgesetzt, und gegen Poll lief ein Insolvenzverfahren.

»Wir haben es also mit zwei Schuldenmachern zu tun«, sagte Willingham scharf, »denen so etwas wie Ehre nicht sonderlich viel bedeutet. Ich weiß, dass *Ehre* heute für viele ein Fremdwort ist, aber zum Glück ist unsere Insel eine Ausnahme, und so fallen solche Menschen bei uns noch auf. Genau so habe ich die beiden übrigens auch aus dem damaligen Prozess in Erinnerung: rücksichtslos und grob.«

Als Jüngere wusste Sandra nicht, ob sie Willinghams ungebrochenen Einsatz für die Erhaltung der bürgerlichen Moral auf Jersey bewundern oder bemitleiden sollte.

Er verkörperte immer noch den klassischen Vertreter von Recht und Ordnung unter der britischen Krone, wie es in gewisser Weise auch Harold Conway tat. Beide waren im festen Glauben an das alte, halbfeudale Rechtssystem der Kanalinseln aufgewachsen. Und plötzlich war Jersey auch nur wie der Rest der Welt.

Frank Guiton brachte nur einen krächzenden Ton heraus, schrieb etwas auf und hielt den Schreibblock in die Höhe.

WER KANN DIE MÄNNER BEZAHLT HABEN?

Willingham sah ihn mit sorgenvoller Miene an. »Ich vermute, Frank, es ist jemand, der mehr über Sie weiß, als Sie ahnen.«

»Jemand aus dem Umfeld des Gestüts?«, fragte Sandra.

»Das könnte sein. Obwohl ich bisher keinen Anhaltspunkt dafür gefunden habe. Alle Angestellten scheinen große Sympathien für ihren Chef zu hegen. Aber ich wohne ja erst seit einem Tag da und kenne die meisten noch nicht gut genug.«

Wieder schrieb Frank etwas auf seinen Block.

IST DAS FOHLEN VON *PRINCESS* SCHON DA?

Willingham lächelte stolz, sodass man meinen konnte, er selbst hätte es auf die Welt gebracht.

»Ja, gestern Nacht. Ein Hengst. Ihr fabelhafter Stallmeister hat der Tierärztin geholfen, ihn herauszuziehen.«

Frank strahlte trotz der Schmerzen in seinem Kiefer.

Sandra kam noch einmal auf die Zeugen zurück. Ihr war klar, dass man bei ihnen ansetzen musste, um von dort aus den Pfad der Verschwörung bis zum Gestüt zurückverfolgen zu können. Über das Bett hinweg wandte sie sich an Willingham.

»Sie glauben also auch, dass Fonteau und Poll nur Helfershelfer sind?«

»Absolut. Ihre Aufgabe scheint es gewesen zu sein, Frank mithilfe von Falschaussagen zu Fall zu bringen, damit jemand anderes den Profit macht.«

»In welcher Form?«

Willingham warf ihr ein väterliches Lächeln zu. »Seien Sie nicht so bescheiden, Miss Querée! Sie selbst haben Frank und mich neulich erst darauf gebracht. Jemand will das Gestüt an sich reißen. Das steht für mich so sicher fest wie das Amen in der Kirche! Frank sollte als unseriöser Züchter bloßgestellt werden. Dann würde die Bank ihm keine neuen Kredite mehr gewähren.«

Sandra genoss es, ausgerechnet von einem so erfahrenen Mann wie Willingham gelobt zu werden. Conway hätte ihr nie so geduldig zugehört wie der pensionierte Richter. Das machte ihr Mut, ihre nächste Frage zu stellen.

»Und der Mord an Debbie Farrow? War er von Anfang an geplant, oder geschah er spontan?«

Willingham gab die Frage an sie zurück. »Was glauben Sie?«

»Dass der Mord spontan geschehen ist. Wenn der oder die Hintermänner sogar vor Mord nicht zurückschrecken würden, hätten er oder sie auch gleich Frank umbringen lassen können, um an das Gestüt zu kommen.«

Willingham legte bewundernd den Kopf schief. »Hmm, das hat eine gewisse Logik. An dieser Stelle sollten wir weiterbohren.«

»Ich würde von dem, was Sie über die Zeugen herausgefunden haben, gerne offiziell Gebrauch machen«, bat Sandra. »Können wir das irgendwie lösen?«

»Machen Sie sich darüber keine Gedanken, Miss Querée. Mir ist Ihre schwierige Situation klar. Ich werde Ihnen heute Nachmittag ganz amtlich meinen Bericht über die Zeugen vorbeibringen.«

»Danke.«

Willingham wusste, dass sie gegenüber dem Chef de Police einen Anlass brauchte, damit die Polizei sich mit dieser neuen Entwicklung im Fall Guiton beschäftigte. Sie konnte Harold Conway ja schlecht sagen, dass sie inzwischen privaten Kontakt zu Frank Guiton und seinem Anwalt unterhielt. Andernfalls würde man ihr weitere Nachforschungen in der Sache sofort untersagen.

Mit gekrauster Stirn sah Frank fragend von einem zum anderen. Sandra begriff, was er wollte. Sie musste lächeln über seine Ungeduld. »Sie wollen wissen, wie es jetzt weitergeht ...?«

Frank nickte zustimmend.

»Wir müssen jetzt sehen, dass wir so schnell wie möglich mehr über das Privatleben von Poll und Fonteau herausfinden«, erklärte sie geduldig. »Ich nehme an, Mr. Willingham wird das Gleiche tun.«

»Und ob! Vor allem aber werde ich weiter auf Ihrem Gestüt die Ohren und Augen offen halten«, sagte Willingham und erhob sich vom Bettrand. »Sonst noch Fragen, Frank?«

Vor lauter Wut, dass er nicht reden durfte, kritzelte sein Mandant zwei Wörter auf den Schreibblock. Als er das Geschriebene vor ihnen hoch hielt, lasen sie:

SCHEISS REDEVERBOT!!!

Nach dem Abendessen bei Emily Bloom radelte Constance wieder zurück zu Debbies Wohnung. Der Dynamo der Fahrradlampe summte beruhigend durch die Nacht. Auf der Straße, die fast immer bergab führte, war nur noch wenig Verkehr, und die Nachtluft roch sommerlich nach Heu. Debbies altes Rennrad war noch erstaunlich gut in Schuss, deshalb hatte Constance es nachmittags aus dem Keller geholt und aufgepumpt.

Während des Essens bei Emily war etwas Seltsames mit ihr geschehen. Nicht nur, das Mrs. Bloom ihr das Du angeboten hatte – was beiden ganz selbstverständlich erschien –, es war Emily durch ihre burschikose Art gelungen, in Constance wieder das schöne Gefühl von Familienleben wachzurufen.

Zuerst hatten sie zusammen ein paar Leckereien gekocht, dann gemütlich gegessen und sich danach ausführlich unterhalten. Natürlich hatten sie viel über Debbie geredet, aber auch über Emilys Mann. Constance bewunderte, wie diszipliniert Emily sich dabei verhielt. Selbst als sie aus eigenem Antrieb uralte Fotoalben aus dem Schrank gekramt hatte, um Constance das Leben von Richard Bloom vor Augen zu führen, hatte Emily keine einzige Träne vergossen ...

Vor Debbies Wohnung angekommen, stieg Constance vom Rad. Sie überlegte, ob sie es gleich wieder in den Keller tragen sollte, entschied sich aber dann doch, es über Nacht an der Hauswand stehen zu lassen, für den Fall, dass sie morgen noch einmal damit fahren wollte.

Im Haus war es stockdunkel. Constance bereute, dass sie nicht wenigstens im Flur das Licht angelassen hatte. Die Mieter der oberen Etage, ein Ingenieur und seine Frau, lebten für ein halbes Jahr in Dubai, sodass sie die einzige Bewohnerin des Zweifamilienhauses war.

Sie schloss die Wohnungstür auf, ging hinein und machte das Licht an. Dann verriegelte sie die Tür, zog die Vorhänge zu und ging ins Bad. Dort duftete es noch immer nach Debbies Parfüm.

Eine Viertelstunde später lag sie im Bett. Obwohl sie mit ihren Gedanken gerne noch eine Weile bei ihrem Besuch in Emilys Haus geblieben wäre, schlief sie übermüdet ein.

Mitten in der Nacht wurde sie wach. Aus dem Wohnzimmer drangen merkwürdige Geräusche. Sie sah auf ihre Armbanduhr. Es war kurz nach zwei.

Sie lauschte angespannt. Da, ein metallisches Klirren, gefolgt von schweren Schritten auf dem Holzboden.

Jemand war in der Wohnung. Wahrscheinlich ein Mann.

Constance fühlte, wie ihr vor Angst kalt wurde. Ihr Herz schlug schneller. Wie war der Einbrecher in die Wohnung gekommen? Kein Fenster stand offen, das wusste sie genau. Das Schloss an der Eingangstür hatte sie gestern Morgen austauschen lassen, und die Kellertür …

Oh Gott, dachte sie entsetzt, die Kellertür! Über das kleine Zimmer im Souterrain gab es eine Verbindung zum Keller und zum Garten. Und dieses Schloss sollte erst morgen erneuert werden.

Die Schritte näherten sich. Nebenan, im Kinderzimmer, wurde die Tür aufgerissen. Offenbar kontrollierte der Eindringling jeden einzelnen Raum. Wusste er, dass sie hier war?

Vor Angst zitternd stand sie leise auf, strich mit eiligen Handbewegungen die Bettdecke glatt und kniete sich auf den Boden. Unter dem Bett war gerade genug Platz, dass sie sich dort verstecken konnte. Sie raffte noch schnell ihre Kleidungsstücke vom Stuhl zusammen und kroch damit unter das Bettgestell.

Zwischen Lattenrost und Teppich war es enger, als sie gedacht hatte. Bei jedem Atemzug krochen ihr Staubflusen in die Nase. Constance betete inständig, dass sie jetzt nicht niesen musste.

Sie hatte sich gerade rechtzeitig versteckt. Mit einem brutalen Ruck wurde die Tür aufgerissen, dann trat der Eindringling mit schweren Schritten ins Zimmer. Seine großen Turnschuhe drückten sich nur wenige Zentimeter neben ihren zitternden Fingern in den grauen Teppich. Zum Glück machte er kein Licht, sodass nur der Schein der Flurlampe ins Zimmer fiel.

Der Atem des Mannes ging schwer, als käme er aus einem gewaltigen Blasebalg. Constance versuchte verzweifelt, sein Gesicht zu erkennen, doch ihr Blick reichte nur bis zu seiner Hose. Sie war dunkelgrün, gegen Nässe imprägniert, wie sie von Jägern getragen wurde. Entsetzt bemerkte sie, dass am linken Hosenbein getrocknetes Blut klebte. In ihrer Panik glaubte sie sogar, das Blut riechen zu können, aber das bildete sie sich wahrscheinlich nur ein.

Der Mann hatte offenbar genug gesehen, denn er wandte sich um und ging zur Tür. Constance betete, dass er auch ja die Tür wieder zumachte, sonst hätte sie noch länger unter dem Bett ausharren müssen.

Die Tür schloss sich.

Constance atmete auf. Jetzt musste alles schnell gehen.

Sie kroch so leise wie möglich aus ihrem Versteck hervor, stand auf, ging auf Zehenspitzen zur Tür und presste ihr Ohr daran, um zu hören, was der Fremde jetzt tat. Wenn sie die Geräusche richtig interpretierte, war er gerade dabei, im Wohnzimmer die Schubladen der Schränke aufzuziehen. Dann hörte sie Papier rascheln. Er schien irgendetwas zu suchen.

Ihr blieb nicht viel Zeit.

Sie schnappte sich ihren Pulli und ihre Jeans, überprüfte, ob ihr Handy in der Tasche steckte – Gott sei Dank, ja! –, öffnete in Zeitlupe das Fenster, warf ihre Sachen nach draußen ins Gras und kletterte hinterher.

In Windeseile zog sie sich an. Dann wählte sie den Notruf der Polizei und meldete flüsternd den Einbruch.

Sie versteckte sich in der Ecke hinter dem Gartenhaus. Von dort aus hatte sie einen Teil der Straße und den Hauseingang im Blick. Noch war der Mann in der Wohnung, und sie hoffte, dass er dort auch blieb, bis die Polizei eintraf.

Plötzlich hatte Constance das Bedürfnis, auch Emily zu informieren. Sie glaubte fest daran, dass der Einbrecher etwas mit Debbies Tod zu tun hatte. Vielleicht war er sogar ihr Mörder. Warum sonst sollte er in Debbies Sachen herumwühlen?

Angespannt kauerte sie auf dem feuchten, matschigen Boden

zwischen Gartenhaus und Ligusterhecke und wählte Emilys Nummer. Es dauerte eine Ewigkeit, bis Emily sich schlaftrunken meldete.

»Ja?«

»Ich bin's. Ich kann nur flüstern«, hauchte Constance ins Handy. »Ein Einbrecher ist im Haus, die Polizei ist schon unterwegs...«

»Oh Gott! Bist du noch in der Wohnung?«

»Nein, im Garten.«

Emily erschrak. »Bist du verrückt? Du musst sofort verschwinden!«

»Nein, ich will sehen, wer es ist«, flüsterte Constance. »Emily, er durchsucht Debbies Sachen! Das ist kein gewöhnlicher Einbrecher.«

»Überlass das der Polizei! Bitte verschwinde, Constance, versprich es mir!«

Doch Constance hörte gar nicht mehr richtig hin, denn der Augenblick, auf den sie gewartet hatte, war gekommen. Ein dunkelhaariger, kräftiger Mann entfernte sich mit schnellen Schritten vom Hauseingang, ging über die Straße und verschwand in Richtung der nächsten Kreuzung.

»Er ist gerade aus dem Haus gekommen«, sagte Constance aufgeregt, während sie ihre Deckung neben der Hecke aufgab und losrannte. »Ich hab ihn schon mal gesehen, aber sein Name fällt mir nicht mehr ein! Das Fahrrad... Ich schnappe mir jetzt das Fahrrad und versuche, wenigstens noch die Autonummer zu erkennen...«

»Ich komme zu dir!«, rief Emily noch.

Constance reagierte nicht mehr und beendete das Gespräch. Als sie das Handy wieder in ihre Hosentasche stopfen wollte, rutschte es ihr vor lauter Aufregung aus der Hand und fiel ins Gras. Nein, sie hatte jetzt keine Zeit, danach zu suchen.

Von dem Mann war nichts mehr zu sehen. Sie stieg aufs Fahrrad und fuhr los. Wahrscheinlich hatte er seinen Wagen auf dem kaum beleuchteten kleinen Parkplatz in der Parallelstraße stehen gelassen.

Sie hatte recht. Kaum hatte sie die Straße erreicht, sah sie, wie ein dunkler Pick-up sich vom Parkplatz löste. Die Scheinwerfer leuchteten auf, dann bog er in die schmale Nebenstraße, die den Hügel hinauf nach St. Aubin führte. Obwohl sie wusste, dass es keinen Sinn hatte, den Wagen bergauf zu verfolgen, wollte sie wenigstens versuchen, die Autonummer zu erkennen.

Der Wagen fuhr seltsamerweise nicht sehr schnell. Indem sie geschickt die Gänge des Rennrads nutzte, hatte sie keine Mühe, ihm zu folgen. Ihr eigenes Licht ließ sie ausgeschaltet, damit er sie im Rückspiegel nicht sofort erkennen konnte.

Doch auf einmal, nach den letzten Häusern, dort wo die Felder begannen, verschwanden die roten Rücklichter vor ihr, als hätte ein schwarzes Loch sie verschluckt. War der Wagen irgendwo abgebogen? Auch das Motorengeräusch war nicht mehr zu hören.

Keuchend vor Anstrengung trat sie in die Pedalen. Irgendwo musste er doch sein!

Jetzt machte die Straße eine Kurve. Plötzlich sah sie den Pick-up direkt vor sich am Straßenrand stehen. Sie bremste, um nicht aufzufahren. In Eile warf sie einen Blick auf die Autonummer, prägte sie sich ein und wendete sofort wieder. Sie wollte nicht zu viel riskieren. In der Ferne hörte sie eine Polizeisirene.

Doch es war zu spät.

Aus der Dunkelheit schossen zwei mächtige Hände auf sie zu, rissen sie vom Sattel und schleuderten sie auf die Wiese neben der Straße.

Noch in der Nacht hatte die Polizei auf der ganzen Insel ein Netz von Kontrollpunkten errichtet. Autos waren durchsucht und Taxifahrer befragt worden. Nächtliche Passanten ließen sich um diese Zeit nicht mehr in St. Brelade's Bay finden. Außer in der Hauptstadt St. Helier ging man früh schlafen auf der Insel.

Wie Harold Conway von Anfang an befürchtet hatte, war die Fahndung ergebnislos. Constance Farrow blieb verschwunden. Nur ihr Fahrrad, das neben der Straße in einem Gebüsch entdeckt wurde, ließ darauf schließen, an welcher Stelle sie entführt worden war.

Angesichts der Tatsache, dass es sich bei Constance Farrow um eine wichtige Zeugin handelte – *seine* Zeugin –, hatte man Conway kurz nach Eintreffen des ersten Notrufs geweckt und informiert. Dann war der aufgeregte Anruf von Emily Bloom erfolgt, der schließlich die Großfahndung in Gang gesetzt hatte.

Jetzt war es sieben Uhr morgens.

Übermüdet saßen sich Emily und der Chef de Police in dessen Büro an dem kleinen Teetisch in der Fensterecke gegenüber. Emilys Haare waren zerzaust, im Spiegel der kleinen Damentoilette in der Polizeistation von St. Aubin hatte sie auch die Ränder unter ihren Augen gesehen. Selbst der sonst so eiserne Harold wirkte bleich und mitgenommen. Auf seinen Knien lag eine mit rotem Filzstift markierte Landkarte.

»Im Moment müssen wir davon ausgehen, dass der Entführer über die A 13 entkommen ist«, fasste er zusammen. »Aber auf keinen Fall Richtung St. Helier oder Richtung Flughafen, denn von dort waren schon die ersten beiden Streifenwagen unterwegs. Und denen sind nur drei Taxen begegnet.«

»Hat man denn in Debbies Wohnung irgendwelche Spuren gefunden?«, fragte Emily erschöpft. Mit jeder Stunde des Wartens, die sie hier verbrachte, machte sie sich größere Vorwürfe, dass sie Constance gestern nicht wieder zu sich geholt hatte.

»Vor zehn Minuten hat die Spurensicherung angerufen«, antwortete Conway mit sorgenvoller Stimme. »In dem ganzen Chaos, das der Einbrecher in Debbies Wohnung angerichtet hat, wurden reichlich Fingerabdrücke gefunden...« Er holte tief Luft, als müsste er sich überwinden, Emily die Wahrheit zu sagen. »Sie sind identisch mit den Fingerabdrücken, die man auch bei Debbie und Jolanta Nowak sichern konnte.«

Emily presste die Hände zusammen. Das hatte sie befürchtet, nachdem Constance angedeutet hatte, dass sie dem Mann früher schon einmal begegnet war.

Sie seufzte wie unter Schmerzen. »Ach, Harold! Bitte nicht auch noch Constance!«

Conway schien seine Aversionen gegen Emily vergessen zu haben. Mit tröstender Stimme sagte er: »Davon, dass Constance tot sein könnte, geht im Moment noch niemand aus, Emily. Nicht mal die hartgesottenen Kollegen in St. Helier. Wenn dieser Mann ihr etwas hätte antun wollen, hätte er das gleich machen können. So wie bei den anderen beiden Frauen. Stattdessen nimmt er sie mit und lässt auch noch ihr Rad da.«

»Das heißt aber auch, dass er sie jetzt irgendwo gefangen hält...« Emily schlug ihre Hände vors Gesicht. »Ich darf nicht daran denken... Wer weiß, was er mit ihr vorhat.«

»So schwer es fällt, Emily – wir müssen jetzt sachlich bleiben. Die Entführung gibt uns wenigstens noch die Chance, sie lebend zu finden.« Er legte die Landkarte neben seinem Stuhl auf den Boden. »Und deshalb brauche ich jetzt *deine* Hilfe.«

»Was soll ich tun?«

»Benutze dein Gedächtnis, Emily. Ich weiß, dass ich oft Witze darüber gemacht habe. Aber im Grunde habe ich dich immer darum beneidet. Und ich denke, jetzt ist die Zeit gekommen, dass wir mit dem ganzen Unfug aufhören und dass du uns hilfst.«

Erstaunt hob Emily die Augenbrauen. Solche Töne hatte sie noch nie von ihm gehört. »Und wieso kommst du gerade jetzt darauf? Als Debbie ermordet wurde, wolltest du mich nicht mal in deiner Nähe haben.«

»Ich kann dir genau sagen, warum ich meine Meinung geändert habe. Als ich gestern hier im Büro mit Constance gesprochen habe, hat sie mir berichtet, wie detailliert du alles wiedergeben konntest, was Debbie dir vor Monaten erzählt hat. Und dass du immer noch nach übersehenen Zusammenhängen suchst, weil der Mord dir keine Ruhe lässt.«

»Was ist daran so erstaunlich? Das hättest du dir doch denken können, dass ich das tue.«

Conway suchte nach den richtigen Worten. Er schien seine Ehrlichkeit nicht zu bereuen.

»Vermutlich bin ich zu sehr daran gewöhnt, Ermittlungen nach unserem üblichen Schema durchzuführen. Aber heute Nacht habe ich begriffen, dass das, was momentan auf unserer Insel vor sich geht, alle üblichen Kategorien sprengt.« Er schüttelte sorgenvoll den Kopf. »Da ist etwas im Gange, Emily, das einen schrecklicheren Hintergrund hat, als wir uns vorstellen können. Ich fühle das. Die Mordkommission geht von einem Serientäter aus, aber das ist nur die Oberfläche. Es muss dabei um mehr gehen als nur um den Rachefeldzug eines Liebhabers.«

Emily nickte. Zum ersten Mal seit vielen Jahren fiel ihr auf, dass Harold auch zu freundlicheren Tönen fähig war. »Ich denke, du hast recht. Und mir tut es genauso leid, dass wir uns nicht schon früher in Ruhe aussprechen konnten.« Sie streckte ihm die Hand entgegen. »Frieden?«

Lächelnd schlug er ein. »Frieden.«

Erleichtert blickte sie ihn an. »Was erwartest du jetzt von mir?«

»Dass du mir alles über Debbie und Constance sagst, was dein Gedächtnis hergibt.«

Sie lächelte, obwohl sie überrascht war, und versuchte, mit einem Scherz Zeit zu gewinnen.

»Du meinst, ich werde deine Geheimwaffe?«

»So könnte man es nennen, ja.«

Emily wurde wieder ernst. »Erwarte nicht zu viel von mir, Harold. Es stimmt zwar, dass mir nach und nach einzelne Gespräche mit Debbie einfallen, aber das meiste davon ist viel zu vage.« Sie wurde nachdenklich. »Bis auf ein paar Äußerungen von Debbie, die mit ihrem Kind zu tun haben.«

Er merkte auf. »Mit dem Tod ihres Kindes?«

»Ja. Wenn du dich erinnerst, wir haben schon mal darüber gesprochen. Gleich nachdem ich Debbie gefunden hatte.«

Es war ihm sichtlich unangenehm, an die Arroganz erinnert zu werden, mit der er sie damals behandelt hatte.

»Da hast du nur gesagt, dass sie immer noch Schwierigkeiten hatte, mit Davids Tod fertig zu werden.«

»Inzwischen bin ich immer mehr davon überzeugt, dass Debbie Zweifel daran hatte, dass David eines natürliches Todes gestorben ist.«

»Wie kommst du darauf?«

»Eigentlich kreisen alle Gespräche mit ihr nur um Davids Tod. Jetzt kannst du sagen, das ist normal für eine Mutter, die ihr Kind verliert. Aber mir sind in den vergangenen Tagen ein paar Sätze eingefallen, in denen Debbie immer wieder von Nachforschungen spricht, die sie angestellt hat.«

»Zum Beispiel?«

»Nimm nur mal mein letztes Treffen mit ihr in der Stadt. Da hat sie gesagt, als es wieder mal um David ging: *Aber ich mache Fortschritte. Ich weiß jetzt von Dingen, die ich vorher nicht wusste.* In meiner Naivität dachte ich natürlich, sie meint damit, dass sie jetzt besser mit Davids Tod umgehen kann. Aber heute Nacht fiel mir wieder ein, was sie mir gesagt hat, als wir uns vor ein paar Wochen zufällig am Strand getroffen haben. Vor uns rannten ein paar Kinder zum Wasser. Debbie zeigte auf einen kleinen Jungen und meinte traurig: *So alt wäre David jetzt auch. Wenn die Ärzte mehr für ihn getan hätten. Und wissen Sie was? Am Ende wussten diese verdammten Götter in Weiß nicht mal, woran er wirklich gestorben ist. Vielleicht hätte ich doch einer Obduktion zustimmen sollen. Aber das konnte ich seinem kleinen Körper doch nicht antun...«*

Emily machte eine kleine Pause. Es war ihr nicht leichtgefallen, diese Sätze zu wiederholen.

Geduldig wartete Harold Conway, bis sie sich wieder im Griff hatte.

Sie fuhr fort: »Die dritte Bemerkung über Davids Tod, die mich im Nachhinein skeptisch gemacht hat, stammt von Constance. Wörtlich sagte sie: *Aber er bekam plötzlich Lähmungen, von einem Tag auf den anderen. Keiner wusste, warum. Die Ärzte vermuteten, dass es an den vielen Infektionen lag. Und an der seltenen Erbkrankheit, die er hatte. David war Bluter. Er muss es von Debbies Vater geerbt haben.«*

Conway stand auf. Jetzt hatte sein Gesicht wieder Farbe. Unruhig fuhr er sich mit der Hand über die kurzen Haare. »Debbies Kind! Emily, das ist genial! Wir haben über alles nachgedacht, aber kein Mensch ist darauf gekommen, dass an diesem Punkt etwas nicht stimmen könnte!«

Emily bremste seine Euphorie sofort wieder.

»Moment, Harold. Debbies Zweifel müssen ja noch lange nicht beweisen, dass es sich hier um einen Ärzteskandal handelt. Ich habe mal im Internet nachgelesen. Ein Kind, das an der Bluterkrankheit leidet, lebt immer gefährlich. Vielleicht haben die Farrows das einfach nicht wahrhaben wollen...«

»Kann ja alles sein. Aber auch ein anderes Szenario lässt sich nicht ausschließen. Einer der Ärzte vertuscht einen tödlichen Fehler. Debbie kriegt es raus, trifft sich mit ihm und droht, dass sie es an die Öffentlichkeit bringt. Das würde übrigens auch erklären, warum heute Nacht jemand ihre Wohnung durchsucht hat.«

»Und wie erklärst du dir dann, dass der Täter auch schon Jolanta Nowak umgebracht hat?«, fragte sie.

»Vergiss nicht, dass auch Jolanta Nowak wegen ihrer Schwangerschaft im Krankenhaus war.«

Emily dachte nach. Es war geradezu beängstigend, wie logisch plötzlich alles klang. Sie erschrak. Ihr war gar nicht bewusst gewesen, dass sie mit ihren Gedächtniszitaten den Ermittlungen einen ganz neuen Weg eröffnen konnte.

Harold war mit seinen Überlegungen bereits einen Schritt weiter. »Als Erstes werde ich eine Exhumierung der Kinderleiche beantragen. Dann verhören wir jeden einzelnen Arzt, der mit der Behandlung zu tun hatte ... Du wirst sehen, Emily, jetzt geht es vorwärts! Dank deiner Hilfe!«

Sie sah ihn skeptisch an. »Harold ... Vergiss nicht, dass man jetzt erst mal Constance finden muss! Bitte! Versprich mir, dass das Vorrang hat!«

»Keine Sorge, ich habe längst zusätzliche Leute angefordert. Die sollen uns helfen, endlich den Fahrer dieses ominösen Pickup zu ermitteln. Wir überprüfen jeden Einzelnen auf der Insel, der so einen verdammten Wagen fährt.«

»Gut, das beruhigt mich.«

Emily fand es geradezu rührend, wie sehr ihr Ex-Schwager sich darum bemühte, ein neues Klima zwischen ihnen aufzubauen. Es war ihm sicher nicht leichtgefallen. Und wenn sie ehrlich war – sie hatte früher auch eine ganze Menge dazu beigetragen, ihn in seiner Eitelkeit zu provozieren. Sie beschloss, ab jetzt genauso fair mit ihm umzugehen wie er mit ihr. Sie durfte ihm nichts mehr vorenthalten. Weder die Sache mit Trevor de Sagan noch das Doppelleben ihres Mannes, auch wenn es ihr schwerfiel und sie Vikar Ballard gegenüber zur Verräterin wurde.

Sie stand auf und sagte zaghaft: »Harold ... Ich würde gerne noch etwas anderes mit dir besprechen...«

Doch Conway war nicht mehr bei der Sache. Er stand am Fenster und schaute mit kritischem Blick zu, wie draußen auf dem Platz vor dem Haupteingang ein Mannschaftswagen der Polizei aus St. Helier vorfuhr. Kaum hatte der Wagen angehalten, ging die Schiebetür auf, und Chefermittlerin Jane Waterhouse sprang heraus. Mit schnellen Schritten verschwand sie im Gebäude. Jeden Augenblick würde sie hier auftauchen.

»Entschuldigung, Emily ... Jane Waterhouse ist gerade im Anmarsch. Können wir später weiterreden?«

»Ja, natürlich. Ich warte draußen. Vielleicht weiß sie ja schon was Neues.«

Sie ging zur Tür, während Harold wieder hinter seinem Schreibtisch Platz nahm. Rasch begann er, seine Unterlagen zu zwei ordentlichen Stapeln zu sortieren. »Oder Emily, machen wir es doch so: Du gehst jetzt nach Hause und ruhst dich aus. Sobald ich etwas höre, rufe ich dich an.«

»Wie du willst.«

In der Tür wäre sie fast mit Jane Waterhouse zusammengestoßen, die gerade noch rechtzeitig ausweichen konnte.

»Mrs. Bloom! Haben ich Sie jetzt vertrieben?« Jane Waterhouse bemühte sich um ein freundliches Gesicht.

»Schon in Ordnung«, sagte Emily. »Ich glaube, Sie haben jetzt Wichtigeres mit dem Chef de Police zu bereden.«

»Ja, es eilt leider«, meinte Jane Waterhouse knapp und ging ins Zimmer.

Emily nickte nur und schloss die Tür hinter sich.

Harold Conway blickte scheinbar überrascht von einer Vernehmungsakte auf. »Oh, welche Ehre! Bitte nehmen Sie doch Platz!«

Er erhob sich ein paar Zentimeter von seinem Stuhl und wies auf den Besuchersessel auf der anderen Seite des Schreibtisches.

»Guten Morgen, Mr. Conway«, antwortete Jane Waterhouse. Sie blieb seltsam unruhig mitten im Raum stehen. Irgendwie wirkte sie unsicher. »Ich bin gerade auf dem Weg zum Sicherheitschef des Innenministers, wollte aber vorher noch etwas Dringendes mit Ihnen besprechen.«

Conway sah sich durch ihr merkwürdiges Verhalten gezwungen, nun doch aufzustehen.

»Hat die Großfahndung etwas ergeben?«

»Nein, bis jetzt nicht ... Und genau das könnte unser Problem werden. Mir gehen die Leute aus.«

»Deshalb habe ich heute Morgen auch den Vorschlag gemacht, zusätzlich zwei Mitarbeiter anzufordern. Die könnten sich ausschließlich um die Suche nach dem Pick-up kümmern. Außerdem sollten wir von Scotland Yard einen Profiler kommen lassen ...«

Sie schüttelte den Kopf. »Nein, vergessen Sie's. Es gibt nämlich ein kleines politisches Problem. Der amerikanische Außenminister will morgen überraschend einen Abstecher von London nach Jersey machen. Er wird gegen Mittag hier eintreffen. Ihnen ist sicher klar, was das bedeutet.« Ihre Stimme klang ausnahmsweise mal ironisch. »Ab jetzt werden unsere Leute gebraucht, um durch die Kanalisation zu kriechen und unter Autos nach Bomben zu suchen. Also machen Sie sich keine Illusionen. Wir behalten den Stab, den es jetzt gibt, bekommen aber keinen einzigen Beamten mehr.«

Conway spürte, wie Zorn in ihm aufstieg.

»Haben Sie vergessen, dass ein Menschenleben auf dem Spiel steht? Sie wissen doch genau, was es heißt, wenn wir Constance Farrow nicht innerhalb der nächsten vierundzwanzig Stunden finden ...« Er machte eine kleine Pause und nahm seine erregte Stimme wieder etwas zurück. »Ist das alles schon beschlossene Sache?«

»Ja, mir blieb nichts anderes übrig. Schließlich geht es hier um übergeordnete Staatsinteressen.«

Conway begriff, wie es gelaufen war. Vor lauter Ehrgeiz und

aus Sorge, dass sie damit ihren Aufstieg gefährden könnte, hatte sie das Ansinnen des Ministeriums widerspruchslos hingenommen. Ließen sich die Morde dann später nicht aufklären, konnte sie sich jederzeit damit entschuldigen, dass der überraschende Staatsbesuch ihre Ermittlungen leider gebremst hätte. Niemand würde es wagen, ihr einen Vorwurf zu machen.

Doch Conway gab sich so schnell nicht geschlagen. »Warum machen Sie nicht von der Möglichkeit Gebrauch, einen Profiler von Scotland Yard anzufordern? Ich wäre dafür.«

Beide wussten, dass dieser Weg nur in Ausnahmefällen beschritten wurde, denn ein solches Verfahren bedeutete in den meisten Fällen Gesichtsverlust für Jerseys Polizei.

Sie reagierte, wie er erwartet hatte. »Also bitte – dafür gibt es nun wirklich keinen Anlass! Wir kommen auch alleine klar. Machen Sie Ihre Arbeit, Mr. Conway, und ich mache meine. Und es würde mich sehr wundern, wenn wir nicht bald Ergebnisse hätten.«

Zufrieden stellte Conway fest, dass sie ihm mit dieser deutlichen Ablehnung die Möglichkeit gegeben hatte, selbst tätig zu werden. Ob sie sich darüber im Klaren war?

Sie ging zur Tür und warf ihm schnell noch einen versöhnlichen Blick zu. »Wir werden schon einen Weg finden! Also dann, bis zu unserer Sitzung heute Nachmittag!«

Nachdem sie sein Büro verlassen hatte, ließ sich Conway wieder auf seinen Schreibtischstuhl fallen.

Er hatte die Nase voll und wünschte sich, dass wieder alles so wurde, wie es vor dem Auftauchen von Detective Inspector Jane Waterhouse gewesen war: unpolitisch, ohne neumodische Taktiererei, eine Zusammenarbeit der kurzen Wege. Bis heute gab es auf Jersey keine Parteien, sondern nur freie Abgeordnete, die von den Bürgern direkt ins Parlament gewählt wurden. Einigen Leuten passte das nicht, sie hätten lieber politische Netzwerke gefördert, doch noch funktionierte die gute alte Jersey-Methode. Jeder kannte jeden, bis hin zum *Bailiff*. Und es war das Recht jedes Bürgers, um Hilfe zu bitten, wenn er sich im Unrecht fühlte.

Das war auch sein Recht als Chef de Police. Und es wurde Zeit, dass er Gebrauch davon machte. Er öffnete die Ledermappe mit dem offiziellen Briefpapier der *Honorary Police St. Brelade,* griff zu seinem schwarzen Füllhalter und begann, dem *Bailiff* einen sehr persönlichen Brief zu schreiben.

Es ließ Emily keine Ruhe. Sie hatte einen schweren Fehler gemacht.

Oliver Farrow war im Augenblick der Einzige, der ihr Näheres über die Krankheit seines kleinen Neffen David sagen konnte, und sie hatte bisher noch nicht mit ihm gesprochen.

Sie fuhr direkt von Harold Conway weiter zum Hafen von St. Helier.

Im Büro des Hafenmeisters sagte man ihr, an welcher Pier Oliver heute mithalf, ein Schiff aus Holland zu entladen. Emily bedankte sich und nahm gleich den Hinterausgang, der eigentlich nur dem Personal zur Verfügung stand.

Sie kletterte die schmale Metalltreppe zu den Booten hinunter, drängte sich an einem Stapel leerer Holzpaletten vorbei und blickte sich suchend um. Es war viel los um diese Zeit. Da mit der Flut ein halbes Dutzend Schiffe in den Hafen eingelaufen waren, musste das Entladen schnell gehen.

Die Pier, wo Oliver arbeitete, lag am hintersten Hafenbecken. Emily beschloss, einfach quer durch das Gelände dorthin zu laufen.

Schon von Weitem erkannte sie die holländische Flagge. Das

Schiff sah ziemlich runtergekommen aus. Auf der Kaimauer davor standen neben einem roten Gabelstapler ein paar Hafenarbeiter zusammen. Zwei von ihnen, wie alle anderen in blauem Overall, beugten sich über etwas, das am Boden lag.

Erst als Emily näher heranging, entdeckte sie, dass ein Mensch auf dem Pflaster lag und sich krümmte. Man hatte ihn auf eine gelbe Plastikfolie gelegt, der Kopf war hochgelagert auf einem der heruntergefahrenen Hebearme des Gabelstaplers.

Es war Oliver Farrow. Emily erkannte ihn sofort wieder, auch wenn sie ihn seit zehn Jahren nicht mehr gesehen hatte. Sein wachsbleiches Gesicht glänzte vor Schweiß. Die Augen hatte er geschlossen.

Während Emily auf die Gruppe zueilte, rief einer der Männer: »Sind Sie die Ärztin?«

»Nein. Leider nicht. Aber wenn ich helfen kann...«

Der Mann winkte ab, zog sein Handy aus der Tasche und begann zu telefonieren. Offenbar sprach er mit der Hafenleitung.

Emily wandte sich an den Ältesten in der Runde. »Das ist doch Oliver Farrow, nicht wahr? Was ist passiert?«

Der Mann stand breitbeinig vor ihr, seine Finger spielten mit einer zusammengerollten Schiffsleine.

»Wenn Sie Oliver kennen, können Sie sich's ja fast denken. Keine Ahnung, was er diesmal wieder geschluckt hat, aber es muss ziemlich heftig gewesen sein. Wir tippen auf Kokain. Jack hat ihn hier draußen gefunden.« Er zeigte auf den Arbeiter, der gerade telefonierte.

Emily kniete sich neben Oliver auf den Boden. Seine Gesichtszüge wirkten verkrampft, und sein Brustkorb hob und senkte sich erschreckend schnell. Sie strich ihm mitfühlend über die Haare. Er schien es gar nicht zu bemerken.

»Ist denn der Notarzt schon verständigt?«, fragte sie besorgt.

»Schon vor eine Viertelstunde.«

Emily stand wieder auf. Mit gedämpfter Stimme wandte sie sich wieder an den Hafenarbeiter.

»Darf ich Sie etwas fragen? Ich bin eine Bekannte der Familie Farrow, und ich war eigentlich gekommen, um mit Oliver über seine Cousine Debbie zu sprechen ... Sie haben sicher von diesem Mordfall gehört.«

»Natürlich.«

»Hat Oliver mal darüber gesprochen?«

»Nur ein Mal, allerdings arbeiten wir hier ja nicht ständig im selben Team. Aber uns hat er erzählt, dass sie seine Lieblingscousine war und dass ihr Tod ihn sehr mitgenommen hat. Als wenn eine Schwester stirbt, hat er gesagt. Aber fragen Sie am besten Tony Kinross und Jack Dorey, die waren öfter mit ihm zusammen als ich. Warten Sie mal.«

Er ging zu zwei Männern, die auf der anderen Seite des Gabelstaplers standen, und redete kurz mit ihnen. Der Größere der beiden stach durch sein Äußeres unter den anderen Arbeitern hervor. Dennoch hatte ihn Emily bisher noch gar nicht bemerkt. Er war Ende dreißig, hatte breite Schultern und trug als Einziger keinen Overall, sondern eine rote Wachsjacke, wie auch Segler sie tragen. Er sah interessant aus, mit äußerst wachen blauen Augen und einem intelligenten Gesicht. Emily musste unwillkürlich an einen amerikanischen Schauspieler denken, der in die Rolle eines Arbeiters geschlüpft war.

Im diesem Moment rollte der Krankenwagen auf die Kaimauer. Er fuhr bis kurz vor den Gabelstapler. Zwei Sanitäter und der Notarzt sprangen heraus und knieten sich neben Oliver. Mit erfahrenem Blick stellte der Arzt fest, dass Oliver Farrow so schnell wie möglich entgiftet werden musste. Schnell hatten die Sanitäter den Körper auf der Trage festgeschnallt und im Krankenwagen untergebracht. Mit eingeschalteter Sirene fuhr der Wagen im Rückwärtsgang vom Hafengelände.

Für Emily war es, als würde mit Oliver auch das letzte Mitglied der Familie Farrow vom Schicksal verfolgt. Wehmütig musste sie daran denken, wie die drei Kinder früher lachend mit ihren kleinen Fahrrädern unterwegs gewesen waren.

Olivers Arbeitskollegen standen betroffen da. Erst nachdem der Krankenwagen verschwunden war, machten sie sich langsam wieder an ihre Arbeit.

Nur zwei Männer blieben bei Emily stehen, Jack Dorey, der Vorarbeiter und der junge Mann in der roten Jacke. Er stellte sich als Tony Kinross vor.

Auch Emily nannte ihren Namen. Doch bevor sie ihre Frage nach Oliver wiederholen konnte, sagte Dorey barsch: »Wir wissen Bescheid. Der Kollege hat uns schon gesagt, warum Sie hier sind.«

»Und? Können Sie mir weiterhelfen? Hat Oliver jemals mit Ihnen über Debbie Farrow gesprochen?«

»Mit mir nicht. Nur dass er sauer war, weil die Bullen ihn zweimal wie einen Verdächtigen verhört haben.« Er zog ein schmutziges Taschentuch aus seinem Overall, schnäuzte sich laut und fügte maulend hinzu: »Hören Sie, Ma'm, wir haben gerade 'ne Menge zu tun. Am besten fahren Sie ins Krankenhaus und passen den Moment ab, wenn Ollie mal kurz nüchtern ist. Hier kriegt er bestimmt nie wieder einen Job. Hab ich recht, Tony?«

Kinross, der die ganze Zeit über schweigend zugehört hatte, schürzte nachdenklich die vollen Lippen. Dann sagte er mit überraschend dunkler Stimme: »Geh schon mal rüber zu den Containern, Jack. Ihr müsst in einer Stunde fertig sein. Ich mach das hier allein.«

»Sag ich doch«, meinte Dorey und entfernte sich.

»Entschuldigung«, sagte Tony Kinross zu Emily. »Aber die Jungs werden beim Entladen nach Akkord bezahlt, da zählt jede Minute.«

»Gehören Sie denn nicht dazu?«, fragte Emily überrascht. Sie hatte ihn für einen Vorarbeiter gehalten.

»Nein. Ich bin Fischer. Mir gehört der Kutter dort rechts.« Er zeigte auf ein dunkelgrün gestrichenes Schiff am Ende der Kaimauer. Es hieß *Harmony* und war für einen Kutter erstaunlich gepflegt.

»Schönes Schiff«, sagte Emily anerkennend. »Sieht ziemlich neu aus.«

»Ist es auch. Erst zwei Jahre alt. Ich fahre weit raus, da ist es wichtig, dass man sich auf den Kahn verlassen kann.«

»Hat Oliver auch bei Ihnen mitgeholfen?«

»Früher schon. Da hab ich ihn gerne was verdienen lassen. Aber in letzter Zeit war nicht mehr viel mit ihm anzufangen. Seit der Idiot nicht nur getrunken, sondern auch Drogen geschluckt hat.« Er knöpfte seine rote Jacke zu. »Und das ist das Letzte, was ich draußen auf See brauchen kann.«

Emily hatte den Eindruck, dass seine Enttäuschung über Olivers Absturz echt war. »Was meinen Sie, warum hat er sich so verändert?«, fragte sie. »Könnte das etwas mit dem Tod seiner Cousine zu tun haben?«

Ganz bewusst sprach sie nur von Debbie, denn sie ging davon aus, dass das Verschwinden von Constance bisher nicht an die Öffentlichkeit gedrungen war. Sie wollte keinen Fehler machen, indem sie der Polizei vorgriff.

Tony Kinross zögerte. »Nein... Oliver hat seine beiden Cousinen nie erwähnt... Jedenfalls bei mir nicht. Er war meistens ziemlich verschlossen. Und erst recht, wenn er was geschluckt hatte.«

»Seit wann war er denn so?«

Kinross überlegte. »Eigentlich seit ich ihn kenne. Seit er hier im Hafen zum ersten Mal aufgetaucht ist. Vor etwa drei Jahren.«

»Hat er Ihnen mal erzählt, dass er manchmal auf das Kind von Debbie aufgepasst hat?«, fragte Emily.

Kinross reagierte überrascht. »Ein Kind? Ach nee! Ich wusste gar nicht, dass Debbie Mutter war! Hat er nie was von gesagt.«

Enttäuscht merkte Emily, dass Kinross wohl kaum dazu geeignet war, ihr neue Erkenntnisse über das Leben von Oliver Farrow zu vermitteln. Vielleicht wollte er es auch gar nicht, weil Oliver ihm egal war. Trotzdem griff sie in ihre Handtasche und zog eine Visitenkarte mit dem grünen Emblem ihres Teeladens heraus. »Hier, das ist meine Karte. Vielleicht können Sie mich kurz anrufen, wenn Sie hören, dass Oliver wieder aus dem Krankenhaus entlassen wurde. Wäre das möglich?«

»Ja, wenn ich nicht gerade mit dem Kutter draußen bin...«

Emily lächelte ihn an. »Also dann, viel Erfolg heute auf See.«

»Erst morgen wieder. Heute ist mein freier Tag«, sagte Kinross und schlug den Kragen seiner Jacke hoch. Hinter ihm ließ ein Windstoß vom Meer die gelbe Plastikfolie, auf der Oliver gelegen hatte, durch die Luft fliegen.

»Dann auf Wiedersehen, Mr. Kinross.«

»Auf Wiedersehen.«

Emily drehte sich um und ging zum Hauptgebäude zurück. Ihre Gedanken wanderten sofort wieder zu Constance. Sie hoffte inständig, dass die Polizei in der Zwischenzeit eine Spur des Entführers gefunden hatte. Es war jetzt kurz vor halb neun. Harold hatte ihr versprochen, sich zu melden, wenn es etwas Neues gab. Sie versuchte sich einzureden, dass es nichts Schlimmes bedeuten musste, wenn er sich nicht meldete. Sie hatte ja mitbekommen, in welchem Dilemma er steckte wegen der fehlenden Mitarbeiter.

Als sie das Hafengelände verließ, hörte sie hinter sich einen Wagen vom Parkplatz fahren. Sie trat zur Seite, um ihn vorbeizulassen. Hinter dem Steuer saß der Hafenmeister, den sie vorhin nach Oliver gefragt hatte.

Er bremste und rief ihr durch das offene Autofenster zu: »Tut mir leid, dass Sie das mit Oliver Farrow miterleben mussten. Aber ich hoffe, Tony Kinross hat Ihnen weiterhelfen können.«

Irritiert sah Emily ihn an. »Woher wissen Sie, dass ich mit Kinross geredet habe?«

Er lachte. »Vergessen, dass ich der Chef bin? Mein Büro hat ein schönes Panaromafenster – von da oben sehe ich alles.«

Er wollte schon weiterfahren, doch Emily hob den Arm. »Moment! Ich hätte noch eine Frage. Können Sie mir sagen, wo Oliver Farrow gearbeitet hat, bevor er hier angefangen hat?«

Er zuckte mit den Schultern. »Ehrlich gesagt, ich habe keine Ahnung. Das müsste aber Kinross wissen. Die beiden kennen sich schließlich seit ewigen Zeiten.«

»Aber mir hat Kinross gesagt, er und Oliver hätten sich erst hier kennengelernt ...«, wandte Emily ein.

»Das müssen Sie falsch verstanden haben«, sagte der Hafenmeister kopfschüttelnd. »Kinross selbst hat Oliver vor drei Jahren zu mir gebracht und darum gebeten, dass wir ihn beschäftigen.« Er seufzte. »Aber Sie haben ja gerade mitbekommen, was ich von meiner Gutmütigkeit habe. Einen schönen Tag noch, Mrs. ...?«

»Bloom«, sagte Emily.

Der Hafenmeister nickte und fuhr weiter.

Nachdenklich blieb Emily stehen und fasste sich an den Kopf. Mein Gott, war sie naiv!

Dass Kinross ein Lügner war, hätte sie spätestens dann erkennen müssen, als sie ihn nach Olivers Reaktion auf Debbies Tod gefragt hatte und er geantwortet hatte, *Oliver hat seine beiden Cousinen nie erwähnt*. Woher wusste er dann von ihnen?

Und welche Rolle spielte Tony Kinross wirklich in Olivers Leben?

Das Gestüt von Frank Guiton bestand aus einem historischen Farmhaus, zwei unlängst modernisierten Ställen und mehreren

Scheunen. Unter uralten Bäumen grasten Dutzende von Pferden. Die Koppeln waren umgeben von gepflegten weißen Zäunen. Es gab zwei sandige Longierplätze, einen Springparcours mit Hindernissen und – weit entfernt hinter den Bäumen – eine gestüteigene kleine Rennbahn.

John Willingham hatte sich als Hausherr auf Zeit eingelebt. Er liebte es, wenn ihm aus der Scheune der herrliche Geruch von frisch eingefahrenem Heu entgegenwehte. Zweimal am Tag ritt er mit seiner eigenen Stute aus und kontrollierte vom Rücken seines Pferdes aus, wie Guitons Leute arbeiteten, vor allem wenn sie sich unbeobachtet fühlten.

Alle wussten, dass ihr Chef noch immer im Krankenhaus lag und dass Willingham ihn nur vertrat. Vielleicht unterschätzten sie ihn deshalb. Sie hielten ihn für einen arroganten pensionierten Richter, der das Glück hatte, sich für ein paar Tage hier einnisten zu dürfen. Willingham genoss diesen Irrtum. Auf diese Weise konnte er wenigstens ungestört tun, was er sich vorgenommen hatte.

Er ging systematisch vor. Als Erstes analysierte er die Buchführung, alle Verträge der vergangenen Jahre und den gesamten Schriftverkehr des Gestüts. Dabei fiel ihm auf, dass sein Mandant ziemlich nachlässig gewesen war. Viele Überweisungen waren geradezu stümperhaft verbucht worden. Aber irgendwie passt diese Schlampigkeit auch zum Sunnyboy Guiton, dachte Willingham seufzend, als er endlich den letzten Ordner durchgeackert hatte.

Der Betrieb schien schon seit Jahren auf der Kippe zu stehen, aber das hatte Guiton ja selbst zugegeben. Der Rennsport war europaweit in der Krise. Die Konkurrenz der Züchter aus Übersee hatte deutlich zugenommen. Jersey war nur ein winzig kleiner und für die großen Rennen nicht besonders interessanter Fleck auf der Landkarte.

Insofern war Guitons Entscheidung, sich künftig auf die Zucht von Springpferden zu konzentrieren, durchaus verständlich. Er hatte eigens einen Spezialisten aus Irland kommen lassen, Patrick O'Leary, einen vierzigjährigen Mann, der kaum den Mund aufbekam, wenn man mit ihm redete, der aber reiten konnte wie der Teufel.

Dann gab es noch den fast fünfundsiebzigjährigen Stallmeister Henry Coland und zwei junge Burschen namens Carlo und Josh, der eine Italiener, der andere ein 18-jähriger Junge aus Guernsey.

Während Willingham am Anfang noch der Meinung war, dass dem unfreundlichen Henry Coland durchaus ein Verrat an Frank Guiton zuzutrauen sei, lernte er schnell, dass Coland in Wirklichkeit die Seele des Gestüts war. Auf krummen Beinen und stets schlecht gelaunt ging der alte Stallmeister jeden Morgen durch die Stallgasse und bellte den verschreckten Nachwuchsbereitern seine Anweisungen zu. Er hatte vor niemandem Respekt.

Erst als Willingham sich in der Sattelkammer mit dem alten Mann auf ein Feierabendbier zusammengesetzt hatte, war ihm klar geworden, was Coland leistete. Er hatte schon unter Frank Guitons Vater gearbeitet, und er bewunderte Frank mehr, als dieser ahnte.

»Was meinen Sie?«, hatte Coland mit knarziger Stimme geknurrt. »Hab schon gedacht, ob ich den Chef einfach mal im Krankenhaus anrufe. Ob ihm das recht ist?«

Überrascht von diesem Gefühlsausbruch, hatte Willingham gesagt: »Tun Sie das. Ich wette, er springt vor Freude aus dem Bett, wenn er Ihre Stimme hört.«

Coland hatte so laut gewiehert, dass die Pferde erschraken.

In der darauffolgenden Nacht war Willingham auf die Idee mit dem Telefon gekommen.

Ihm war bei einer Rechnung aufgefallen, dass Guiton erst vor wenigen Monaten für teures Geld sein veraltetes Telefonsystem erneuert hatte. Aus der Verwaltung im Gericht wusste Willingham, dass die meisten neuen Zentralgeräte mit einer automatischen Nummernspeicherung ausgerüstet waren. Damit konnte man in Betrieben mit vielen Nebenstellen – wie es auf dem Gestüt der Fall war – jederzeit die Kostenkontrolle über Dienstgespräche behalten.

In einer ruhigen Mittagsstunde zog Willingham sich in Guitons Büro zurück, schloss die Tür hinter sich ab und begann damit, die Gebrauchsanleitung für das interne Telefonnetz zu studieren. Er wusste, dass er für die nächste Dreiviertelstunde ungestört bleiben würde, denn die Angestellten saßen unten in der Vorhalle am runden Tisch und ließen sich das schmecken, was die Haushälterin für sie gekocht hatte.

Es half Willingham, dass er trotz seiner akademischen Laufbahn ein Tüftler geblieben war. Im Nu hatte er das Telefonsystem durchschaut. Es war gar nicht schwer, die Liste mit allen Telefongesprächen der letzten Wochen auszudrucken. Noch bevor die offizielle Mittagspause um war, nahm Willingham zufrieden eine fünfseitige Liste aus dem Drucker. Darauf waren sämtliche Telefonate verzeichnet, die im Gestüt von Anfang April bis heute geführt worden waren.

Er war selbst überrascht, wie einfach alles ging. Mit Hilfe von Guitons handgeschriebenem Telefonheft, das auf dem Schreibtisch lag, konnte er die meisten Telefonnummern ziemlich rasch Kunden und Lieferanten zuordnen. Natürlich waren auch viele Gespräche zwischen Debbie Farrow und Frank Guiton dabei, wie er beklommen feststellen musste.

Doch dann kam die Überraschung.

Es gab auf der Liste nur eine einzige Nummer, die nirgendwo verzeichnet war. Ausgerechnet von einem Nebenapparat im Aufenthaltsraum der Bereiter war sie in letzter Zeit zweimal angewählt worden, einmal vor einer Woche, das zweite Mal gestern.

Willingham leckte Blut. Er spürte, dass etwas nicht stimmte. In kriegerischer Laune griff er zum Telefon und wählte die Nummer. Er würde sofort wieder auflegen, sobald sich jemand mit Namen meldete.

Es lief nur der Anrufbeantworter. Ein gewisser Alan Fonteau bedauerte, dass man ihn zurzeit nicht erreichen könne.

Willingham hätte nicht überraschter sein können. Fonteau war der Gemüsehändler aus St. Ouen, einer der beiden Zeugen, die gegen Frank Guiton ausgesagt hatten. Wer hatte ihn von hier aus angerufen?

Es gab also doch einen Verräter auf dem Gestüt.

Und es konnte nur noch eine Frage von Stunden sein, bis Willingham ihn überführt hatte.

Trotz ihrer großen Sorge um Constance stand Emily an der Seite von Tim im Teeladen, um sich abzulenken. Doch es fiel ihr schwer. Gerade hatte Constable Sandra Querée im Auftrag von Harold Conway angerufen und berichtet, die Polizei hätte noch immer keine Spur von Constance gefunden.

Emily quälte sich zunehmend mit dem Gedanken, dass sie der Polizei seit Tagen etwas verschwieg. Sie musste Harold endlich alles erzählen, was sie über Trevor de Sagan und Debbie in Erfahrung gebracht hatte.

Als nächste Kundin stand Louise Flair vor dem Ladentisch. Normalerweise schickten die Flairs ihr Dienstmädchen, deshalb war Emily überrascht, dass Louise heute ausnahmsweise selbst erschien. Bevor sie ihren reichen Mann geheiratet hatte, war sie Verkäuferin in einem Schmuckgeschäft in St. Helier gewesen. Damals hatten Emily und Louise sich noch geduzt, doch davon wollte Mrs. Flair jetzt nichts mehr wissen.

»Freut mich, dass Sie mal wieder vorbeischauen«, sagte Emily höflich. »Was darf's denn sein?«

»Ich möchte lieben Freunden im Ausland etwas Typisches mitbringen«, antwortete Louise Flair mit durchdringender Stimme, »vielleicht eine Mischung aus Bisquits und besonderem Tee. Was bietet sich denn da an?«

Emily ahnte, was jetzt kam. Louise blockierte von nun an eine Viertelstunde lang den Laden, um dann mit viel Wind um nichts zwei Tüten Ingwerbisquits zu kaufen. Für dieses Theater hatte sie jetzt keinen Nerv. Unter der Ladentheke zupfte sie einmal kurz an Tims Arm. Er verstand sofort.

»Tim zeigt es Ihnen«, sagte Emily. »Ich muss dringend ein Telefonat erledigen.«

»Schade«, sagte Louise indigniert, fand sich aber schnell damit ab. »Also gut, Tim – dann legen Sie mal los ...«

Emily verschwand nach hinten. Sie hörte nur noch, wie Tim sagte: »So, Mrs. Flair, hier hätten wir zunächst mal unsere Geschenkpackung mit ausgewählten japanischen Tees ... Dazu gehört diese Dose mit Honigplätzchen.«

Louise schien beim Anblick der Plätzchen versöhnt zu sein. »Darf ich probieren? ... Haben Sie schon gehört, Tim? Unser Neffe Shaun hatte einen schweren Surfunfall. So ein mutiger Junge! Ihr macht doch immer zusammen diese gefährlichen Motorradtouren ...«

Emily schloss die Tür hinter sich. Länger konnte sie die Stimme von Louise Flair nicht ertragen.

Unruhig wählte sie Harolds Nummer bei der Polizei. Wieder war Sandra Querée am Apparat.

»Hier ist noch mal Emily Bloom. Entschuldigung, aber ich habe ganz vergessen zu fragen, wann Mr. Conway wieder da sein wird.«

»Er sitzt immer noch in der Einsatzbesprechung. Es kann Abend werden, bis er zurück ist. Kann ich Ihnen vielleicht weiterhelfen?«

Emily überlegte. Sie kannte Sandra Querée nicht gut genug. Die Informationen über Trevor de Sagan waren brisant. Deshalb erschien es ihr sicherer, nur Harold einzuweihen. »Danke, Miss Querée, das ist nett. Dann versuche ich es später noch mal.«

Erschöpft ließ sie sich auf den winzigen Sessel in der Ecke sinken. Sie fühlte sich, als wäre sie in einer düsteren Sackgasse gelandet.

Plötzlich musste sie wieder daran denken, dass ihre Erinnerung noch immer nicht den Faden zu Ende gesponnen hatte, der seit neulich durch ihr Gedächtnis flatterte. Trevor, Alex Flair, Richard... Was war damals denn nur vorgefallen?

Sie versuchte es noch einmal und schloss die Augen.

Undeutlich sah sie die ersten Szenen vor sich.

Es war ein halbes Jahr vor Richards Verschwinden gewesen, in einer mondänen Penthousewohnung bei Grouville. Am Rande der Party bei gemeinsamen Freunden hatte sich das Gespräch zwischen ihrem Mann und Trevor um etwas Geschäftliches gedreht, so viel wusste sie noch. Sie hatten in kleiner Runde auf der Terrasse zusammengestanden. In seiner undiplomatischen Art hatte sich Richard kritisch über die vielen ausländischen Firmen geäußert, die ihren Sitz aus steuerlichen Gründen auf die Kanalinseln verlegten. Alex Flair war dazugestoßen, wie immer ein Glas mit Gin in der Hand...

Mit quälender Langsamkeit tropften die Bilder jener Nacht durch Emilys Gehirn, jedoch ohne konkrete Form anzunehmen.

Erschöpft öffnete sie wieder die Augen Es war zwecklos. Sie kam einfach nicht weiter. Wahrscheinlich war es auch naiv, zu glauben, dass sie ausgerechnet im Hinterstübchen ihres Teeladens eine neue Gedächtnisspur finden würde. Sie musste es später noch einmal in Ruhe versuchen.

Plötzlich durchzuckte sie ein Gedanke.

Tee!

Richard und Trevor de Sagan hatten über Gesundheitstees gesprochen. Und über etwas, das weit darüber hinausging.

Emily versuchte ein zweites Mal, sich zu konzentrieren.

Plötzlich wusste sie es wieder. Trevor hatte den Anfang gemacht.

Trevor stand lässig an den Rand der Dachterrasse gelehnt. Wie immer zu solchen Anlässen trug er ein weißes Dinnerjackett. Mit einer kleinen eleganten Bewegung der Finger drückte er seine Zigarette auf der Marmorplatte der Terrassenmauer aus und sagte zu Richard:

»Bloß kein Neid! Das Geld der Ausländer macht uns schließlich jeden Tag ein bisschen reicher.«

»Dich vielleicht«, entgegnete Richard Bloom trocken und wandte sich an Alex Flair. »Hab ich recht?«

»Da fragst du den Falschen. Ich bin auch nicht ärmer geworden dadurch.« Er grinste.

Emily sah, wie Richard sich ärgerte. Auch Trevor schien es zu bemerken, denn er lenkte sofort ein. »Mal ehrlich, Richard, was spricht dagegen, dass jemand seine Millionen bei uns anlegt?«

»Im Prinzip gar nichts. Jedenfalls nicht, solange man nicht vergisst, dass auf Jersey auch eine Menge fleißige Leute wohnen, die hart arbeiten müssen für ihr Geld. So wie Emily und ich.«

Trevor de Sagan rollte die Augen und trank sein Weinglas leer. »Also komm, Junge, seit wann interessierst du dich für den Klassenkampf? Denk an die Asiaten, wie viel Geld die mit ihren Tees verdienen!«

»Weiß Gott!«, stimmte Alex Flair ihm zu. »Die wissen, wie man es machen muss.«

Emily sah die beiden irritiert an. Auch Richard schien sofort zu begreifen, was Trevor mit seiner Bemerkung meinte. »Wieso? Die meisten Plantagen gehören doch Europäern.«

Die Männer lachten. Richard legte den rechten Arm liebevoll um Emily und erklärte:

»Schatz, Trevor meint nicht die Plantagen. Wir reden über das Zeug, dass die Schlitzaugen als Gesundheitstees und Pülverchen verhökern. Potenzmittel zum Beispiel ...«

Emily schwieg. Was sollte sie auch dazu sagen?

»Im Ernst«, fuhr Trevor fort. »In diesen Sachen steckt eine Menge Geld. Auch bei uns. Die Asiaten verstehen was von Medizin, das ist unbestritten. Das müsste man viel stärker nutzen.«

»Dann investier doch«, meinte Richard provozierend, »du kannst es dir ja leisten.«

Trevor schüttelte den Kopf. »Nein, kein Interesse. Aber wie wär's mit dir? Kein Mensch verlangt von dir, dass du nur immer brav Early Morning Tea importierst. Langweilt dich das nicht auf Dauer?«

Noch bevor Richard antworten konnte, mischte Emily sich ein. Die Arroganz, mit der Trevor de Sagan daherredete, war widerlich. Er wusste genau, wie stolz Richard und sie darauf waren, ihren Teehandel über all die Jahre aufgebaut zu haben. Es war ihr Lebenswerk.

Zornig funkelte sie ihn an. »Es ist unfair von dir, Trevor, uns als geschäftliche Versager hinzustellen. Wir wissen selbst, dass wir nicht in deiner Liga spielen. Aber deswegen hast du noch lange nicht das Recht, Richard für seine Arbeit hochzunehmen!«

Trevor reagierte mit einem verblüfften Gesichtsausdruck. Ohne seine Antwort abzuwarten, ließ Emily ihn einfach stehen und ging demonstrativ zur anderen Seite der Terrasse, wo sie sich mit dem Rücken an die Balustrade lehnte und zu den drei Männern hinüberschaute. Es ärgerte sie, dass Richard ihr nach einer solchen Beleidigung nicht solidarisch gefolgt war. Stattdessen hörte sie, wie ihr Mann zu Trevor sagte: »Wenn ich so darüber nachdenke, finde ich die Idee verdammt gut, weißt du das? Und niemand auf Jersey vertreibt das Zeug.«

»Tja, nur schade, dass du nicht in unserer Liga spielst«, antwortete Trevor de Sagan zynisch. Alex Flair lachte und zwinkerte Richard zu.

Richard drehte schweigend das Weinglas in seinen Händen und starrte über die Terrassenmauer hinweg in die Nacht hinein.

Entsetzt fuhr Emily hoch. Auch wenn dieses Gespräch damals nicht mehr als ein kurzes Geplänkel gewesen zu sein schien – jetzt bekam es eine ganz neue Bedeutung. Denn schlagartig erinnerte Emily sich an etwas, das Harold Conway ihr heute Morgen erzählt hatte.

Der Fahrer des gesuchten Pick-up – der Mann, den die Polizei als Doppelmörder in Verdacht hatte – verkaufte angeblich chinesische Kräutertees und andere asiatische Wundermittel. Das jedenfalls hatte ein Zeuge ausgesagt.

Aus ihren Fachzeitschriften wusste Emily, dass der Schwarzhandel mit solchen Tees und angeblichen Wundermitteln überall auf der Welt florierte. Darunter waren auch viele pflanzliche Medikamente, deren Einfuhr strikt verboten war, die aber gerade deshalb viel Geld einbrachten. Was, wenn aus der damaligen Diskussion während der Party tatsächlich eine Geschäftsidee entstanden war?

Sie schob den Gedanken schnell beiseite. Im Nachhinein traute sie Richard zwar vieles zu, aber jetzt ging ihre Fantasie mit ihr durch.

Sie wünschte sich, sie hätte sich nie an dieses Gespräch erinnert. Doch jetzt musste sie das Mosaik auch fertig zusammensetzen, ob sie wollte oder nicht. Das war sie ihrer Erinnerung schuldig.

Langsam stand sie auf. Erst jetzt spürte sie, wie zerschlagen sie sich fühlte.

Es klopfte. Tim kam herein. »Ich wollte nur sagen, Sie können sich wieder zeigen. Mrs. Flair ist gerade zufrieden abgezogen ...« Erschrocken blickte er Emily an. »Was ist? Sie sehen aber blass aus! Alles in Ordnung?«

Emily versuchte gar nicht erst, ihn zu täuschen. Tim war ein zu guter Beobachter. »Geht schon wieder, danke. Ich glaube, es war doch keine gute Idee, das Mittagessen ausfallen zu lassen.«

»Bleiben Sie ruhig noch ein bisschen sitzen. Im Augenblick ist sowieso nicht viel los im Laden.«

»Danke. Tut mir leid, Tim, dass ich dich in letzter Zeit so strapazieren muss.«

»Nicht der Rede wert, Mrs. Bloom. Ich hab ja bald Urlaub.«

Er wollte gerade wieder in den Laden zurückgehen, als Emily plötzlich eine Idee hatte. »Tim! Du kennst doch so viele Leute ... Hast du mal von jemandem gehört, der auf der Insel asiatische Wundermittel vertreibt? Du weißt schon, Tees, Salben und was es da sonst noch so gibt.«

Sie hatte nicht viel Hoffnung, schließlich war er jung und sportlich, er brauchte garantiert noch keine chinesischen Salben. Doch zu ihrer Überraschung grinste er.

»Witzig, dass Sie das fragen. Gerade heute Morgen hat mir Shaun von so einem Typen erzählt.«

»Welcher Shaun?«

»Na, Shaun Flair, mit dem ich mein Motorrad umgebaut habe! Der Neffe von Mrs. Flair.«

»Und der weiß, wer mit solchen Sachen handelt?«

»Ja – ist wohl so was wie ein Geheimtipp. Die Adresse hat er von seinem Onkel.«

»Von Alex Flair? – Was weißt du noch?«

Tim überlegte. »Shaun hatte gestern beim Windsurfen einen kleinen Unfall. Er wollte damit nicht zum Arzt gehen. Da hat er diesen Typen angerufen. Der vertreibt ein Mittel, mit dem Wunden nach zwei Tagen wieder verheilt sind. Aber weil es bei uns verboten ist, darf er es nur heimlich verkaufen. Deswegen soll man auch nicht groß drüber reden.«

»Hat Shaun dir zufällig gesagt, wie der Mann heißt?«

Tim schüttelte den Kopf.

»Nein ... Aber Shaun kennt ihn wohl vom Windsurfen.« Plötzlich fiel ihm doch noch etwas ein. »Warten Sie ... Einmal hat er den Vornamen erwähnt ... Tony, glaube ich ... Und dass er sich mit ihm am Hafen getroffen hat, weil die Sachen von einem Schiff kommen ... Mrs. Bloom, bringen Sie Shaun bloß nicht in Schwierigkeiten!«

Emily bemühte sich, ruhig zu bleiben.

»Keine Angst, mich interessiert nur, was da so alles aus Asien zu uns kommt.«

»Ach so ...«, meinte Tim erleichtert.

Im Laden klingelte die Türglocke.

»Ich gehe schon«, sagte Tim und ging hinaus. Durch die Tür konnte Emily hören, wie er den Kunden freundlich begrüßte. Sie war unendlich dankbar dafür, Tim bei sich haben zu dürfen.

Kaum war sie wieder allein, hämmerte intensiv der Name *Tony* durch ihr Gehirn.

Tony Kinross ... Der Mann aus dem Hafen. Er hatte sie heute Morgen dreist belogen. Auch seiner Beziehung zu Oliver Farrow haftete etwas Rätselhaftes an. Konnte es sein, dass Tony Kinross der geheimnisvolle Lieferant mit dem Pick-up war?

Sie musste unbedingt mit Harold sprechen.

Doch auch diesmal versuchte sie vergeblich, ihn telefonisch zu erreichen. Die Einsatzbesprechung war immer noch nicht zu Ende. Sie beschloss, die Zeit zu nutzen und sich bis dahin selbst ein bisschen im Hafen umzuschauen. Das war sie Debbie und Constance schuldig.

Sie blickte auf die Uhr. Es war jetzt kurz vor fünf. Tony Kinross hatte davon gesprochen, dass er heute nicht mehr mit seinem Schiff hinausfahren würde, weil er einen freien Tag hatte. Auch die Hafenarbeiter hatten bald Feierabend. Das bedeutete, dass die Pier, wo der Kutter *Harmony* lag, ziemlich leer sein würde.

Mit einem Mal wich ihre Aufregung dem befriedigenden Gefühl, nach den Tagen der Ungewissheit endlich etwas Konkretes zu den Ermittlungen beitragen zu können.

Harold würde stolz auf sie sein.

Unruhig wartete Harold Conway während des ganzen Nachmittags – auch während der Sitzung im Polizeihauptquartier *Rouge Bouillon* – auf einen Anruf oder irgendein anderes Zeichen vom *Bailiff*. Doch nichts kam. Dabei hatte er in seinem Brandbrief ausdrücklich darauf hingewiesen, dass die Zeit drängte und dass es nicht zuletzt um das Leben von Constance Farrow ging. Er war enttäuscht.

In großer Runde, im Beisein aller Entscheidungsträger des Hauptquartiers, wurde die weitere Strategie bei der Suche nach Constance Farrow festgelegt. Es ging hoch her, weil jeder Spezialist einen anderen Ansatz vorschlug.

Jane Waterhouse glättete die Wogen so gut es ging, doch Conway hatte den Eindruck, als sei sie diesmal nervöser als sonst.

Selbst als er darauf drängte, die Leiche von Debbies Kind exhumieren zu lassen, um die Gerichtsmedizin nach Spuren eines Verbrechens suchen zu lassen, wirkte sie seltsam fahrig und blickte ständig auf die Uhr. Aber immerhin half sie ihm, seinen Vorschlag durchzusetzen. Noch vom Sitzungszimmer aus wurde die Pathologie über die Entscheidung informiert.

Der Einzige, der fehlte, war Edgar MacDonald. Er stieß erst mit Verspätung zu ihnen, dafür brachte er aber auch entscheidende Neuigkeiten mit. Die Liste der Zulassungsstelle mit allen dunklen Pick-ups war endlich überprüft worden. Jeden einzelnen Fahrzeugbesitzer hatte man befragt. Und MacDonald hatte sogar aus jedem Wageninneren Fingerabdrücke und Faserproben entnommen. Leider passten keine der Abdrücke zu denen, die man vom Doppelmörder besaß.

Wieder ein Rückschlag.

MacDonald sah, dass seine Kollegen ein langes Gesicht machten. »Moment, Freunde! In einem Punkt ist die Messe noch lange nicht gelesen«, sagte er. »Unsere Befragungen mussten sehr schnell gehen, viel zu schnell. Kein Alibi konnte richtig überprüft werden. Auch wenn wir keine verräterischen Fingerabdrücke gefunden haben, heißt das noch lange nicht, dass wir nicht weiterkommen. Ich würde eher sagen, jetzt geht es sogar erst richtig los!«

Jane Waterhouse nickte. »Das sehe ich genauso. Mich würde mal interessieren, was das für Leute sind, die einen Pick-up fahren.«

»Nun, wir waren selbst ziemlich überrascht«, antwortete MacDonald. »Es sind erheblich weniger Bauern, Fischer und Handwerker, als wir dachten, und viel mehr Privatleute, als man vermuten könnte. Unter den Fischern gibt es erstaunlicherweise sogar nur einen einzigen, der einen solchen Wagen fährt.« Er grinste. »Und das ist der alte Jeremias, mein Nachbar, mit seiner Rostlaube.«

»Jemand Bekanntes unter den Landwirten?«, fragte Conway.

MacDonald warf einen kurzen Blick auf seine Liste. »Im bäuerlichen Umfeld sind insgesamt fünf Pick-ups gemeldet. Vier davon gehören kleinen Nebenerwerbsbauern. Nur ein einziger Name fällt in diesem Zusammenhang auf.« Er schaute fast genüsslich in die Runde. »Seigneur Trevor de Sagan.«

»Ach, du Scheiße!«, murmelte Pommy Pomfield, ein bebrillter junger Mitarbeiter von Jane Waterhouse, der bis gestern mit einem anderen Fall befasst gewesen war. Strafend blickte seine Chefin ihn an. Betreten malte er Kringel auf sein Papier.

Sie wandte sich an MacDonald.

»Was sagt Mr. de Sagan zu dem Wagen?«

»Angeblich wird dieses Auto nur von seinem Jagdverwalter gefahren. Die Spuren im Wageninneren haben wir gesichert – negativ. Vorhandene Blutspuren auf der Ladefläche stammen laut de Sagan von der Jagd. Das prüfen wir gerade nach.«

»Was ist mit Alibis?«

»Trevor de Sagan selbst war bis vor ein paar Tagen auf den Bermudas, sein Jagdverwalter war in beiden Tatnächten mit Jagdgästen unterwegs. Aber der Wagen könnte natürlich jederzeit von anderen Mitarbeitern auf dem Landsitz gefahren worden sein. Wird auch gerade überprüft.«

»Gut. Sie halten uns bitte auf dem Laufenden ...«

Erst um sieben Uhr abends war die Sitzung beendet. Als Conway das Hauptquartier in St. Helier verließ und zu seinem Wagen ging, wirkte sein Gesicht noch hagerer als sonst. Müde schloss er das Auto auf und warf seine Aktentasche auf den Rücksitz.

»Einen Moment bitte, Mr. Conway!«

Hinter ihm stand Detective Inspector Waterhouse. Er drehte sich um. Sie sah wütend aus.

»Ja?«

»Warum haben Sie mir nicht gesagt, dass Sie beim *Bailiff* gegen mich interveniert haben?«

Conway war überrascht. Sein Brief hatte also doch etwas bewirkt.

»Ich habe nicht *gegen* Sie interveniert, sondern *für* die Unterstützung von Scotland Yard. Das ist ein Unterschied«, sagte er betont sachlich und ließ die Autotür wieder zufallen. »Soweit ich mich erinnere, wollten Sie sich heute Morgen damit abfinden, dass durch den Besuch des amerikanischen Außenministers unsere Ermittlungen ins Stocken geraten.«

Jane Waterhouse sah merkwürdig bleich aus. Er vermutete, dass sie hinter ihrer kühlen Fassade viel empfindsamer war, als sie immer tat. Er hätte sich gewünscht, dass sie ihm das nur ein einziges Mal auf andere Weise gezeigt hätte.

»Dann gratuliere ich Ihnen«, sagte sie mit scharfer Stimme. »Ich habe eben in meinem Büro eine Nachricht vom *Bailiff* vorgefunden. Er hat die Sache selbst in die Hand genommen. Morgen Vormittag wird der Profiler von Scotland Yard, um den Sie so dringend gebeten haben, bei uns eintreffen. Sie können sich also freuen.«

Erstaunt wollte Conway fragen, ob es nicht auch eine Erleichterung für sie selbst als Chefermittlerin war. Aber in diesem Augenblick kam ihre Sekretärin mit mehreren Akten unter dem Arm über den Parkplatz. Offensichtlich sollte sie die Unterlagen zum Wagen ihrer Chefin tragen.

»Ich komme, Brenda!«, rief Jane Waterhouse ihr über die Autodächer hinweg zu. An Conway gewandt, sagte sie knapp: »Tut mir leid, ich muss zu einem Termin.«

Conway wollte sich nicht so abspeisen lassen. Nicht schon wieder. Schließlich kämpften er und sie doch an derselben Front.

»Meinen Sie nicht, dass es Zeit wäre, einmal in Ruhe über alles zu reden?«, fragte er in friedfertigem Ton. »So können wir unmöglich zusammen weiterarbeiten. Ich jedenfalls nicht.«

Jetzt erst fiel ihm auf, dass er heute schon zum zweiten Mal als Friedensengel unterwegs war. Zuerst bei Emily Bloom, jetzt hier. Wo war bloß sein alter Kampfgeist geblieben?

Jane Waterhouse sah ihn lange an. Ihre grauen Augen tasteten sein Gesicht ab, als ob sie erwartete, dass er jeden Moment gehässig seine Miene verziehen würde. Doch sie sah nur, dass er ebenso erschöpft war wie sie.

»Einverstanden. Passt Ihnen morgen Mittag?«, fragte sie leise.

»Das würde mich freuen«, sagte er.

»Gut.«

Sie griff in die Innentasche ihrer schwarzen Jacke und sagte: »Hier, damit ich es nicht vergesse, die Kopie der Notiz, die der Oberstaatsanwalt mir geschickt hat.« Sie zog ein zusammengefaltetes Blatt hervor und gab es Conway. Dann ging sie mit schnellen Schritten zu ihrem Wagen hinüber, vor dem Brenda Poitou auf sie wartete.

Plötzlich sah Conway ein Foto neben dem Hinterrad seines Autos liegen. Seltsam. Lag es schon länger dort, oder war es Jane Waterhouse aus der Tasche gerutscht, als sie ihm die Kopie gegeben hatte? Er bückte sich und hob es auf. Es war schon älter und abgegriffen. Ein junger Mann war darauf abgebildet. Er sah gut aus mit seinen lockigen Haaren, dem ovalen Gesicht und dem ausgeprägten Kinn. Er saß auf einer Wiese und trug das typische Geschirr der Fallschirmflieger, neben ihm im hohen Gras breitete sich ein Fallschirm aus blauer Seide aus. Wahrscheinlich war er gerade auf dem Boden gelandet ...

Conway pustete den Staub von der Fotografie und steckte sie in die Hosentasche.

Er wollte gerade einsteigen, da sah er, dass Brenda Poitou auf ihn zukam. Sie war eine kleine, zierliche Frau, der man kaum zutraute, dass sie schon zum vierten Mal Jersey-Meisterin im Bogenschießen geworden war. Irgendwie passten sie und Jane Waterhouse in ihrer stählernen Art zusammen, fand Conway.

»Muss ihre Chefin schon wieder abends zu Hause arbeiten?«, fragte er. »Ich habe gerade die Akten gesehen...«

Brenda nickte mitfühlend. »Ja. Allein zwei Ordner sind voll mit hochnäsigen Instruktionen vom CIA. Ein echte Zumutung.«

»Wann kommt der Außenminister denn morgen an?«

»Es heißt immer nur, gegen Mittag. Mehr erfährt unsereins ja nicht.«

Wie beiläufig zog Conway das kleine Foto aus der Tasche und hielt es Brenda hin. »Kann es sein, dass Miss Waterhouse das gerade verloren hat?«

Er hatte eigentlich erwartet, dass sie es kommentarlos einstecken würde. Doch sie wurde puterrot, als sie ihm das Foto aus der Hand nahm.

»Äh... Danke«, sagte sie schnell. Und mit einem Stoßseufzer der Erleichterung fuhr sie fort: »Oh Gott, wie gut, dass Sie ihr das nicht selbst gegeben haben!«

»Wieso?«

Sie biss sich auf die Unterlippe, ihr Gesicht war immer noch rot wie Feuer. »Weil... weil es sehr privat ist...«, stotterte sie verlegen.

Plötzlich begriff er, was sie meinte. Er hatte soeben ein streng gehütetes Geheimnis der eisernen Jane Waterhouse entdeckt – ihr Privatleben. »Sagen Sie bloß, Jane Waterhouse hat einen Freund?«

Sie nickte schnell. Es schien ihr sehr peinlich zu sein, dass sie sich verplappert hatte.

»Und das soll keiner wissen?«, fragte Conway weiter.

Brenda begann zu weinen. Er kam sich barbarisch vor, dass er sie so quälte. Doch dass sie ihm erlaubte, so konkret zu fragen, ließ ihn vermuten, dass sie fast erleichtert war, endlich einmal mit jemandem darüber reden zu können.

»Sie müssen mir wirklich versprechen, dass Sie es für sich behalten«, flehte sie ihn an. »Bitte! Ich könnte Miss Waterhouse sonst nie mehr in die Augen schauen!«

»Mein Ehrenwort!«, versprach Conway.

»Also gut«, sagte Brenda. Sie holte tief Luft. »Ja, sie hat einen Freund. Seit elf Jahren. Sein Name ist Kenneth. Er ist ... *war* Fallschirmspringer.«

»Daher also das Foto«, warf Conway ein.

Brenda schüttelte den Kopf und schluchzte. »Nein ... Er sieht schon lange nicht mehr so aus wie auf dem Foto. Seit neun Jahren sitzt er im Rollstuhl, gelähmt und mit spastisch verkrümmten Gliedern. Er kann auch nichts mehr sehen und kaum noch etwas hören. Und trotzdem liebt Miss Waterhouse ihn abgöttisch.«

Entsetzt stieß Conway den Atem aus. Er wusste nicht, was er sagen sollte.

Brenda fuhr fort: »Es ist vor neun Jahren passiert, als er eine Zeit lang in Südafrika war, um andere Fallschirmspringer auszubilden. Kein Sturz, sondern eine Krankheit. Er hatte sich vorher in London eine Grippeimpfung geben lassen, da hatte er den Virus wahrscheinlich schon in sich, sagen die Ärzte. Als man ihn wieder nach Jersey zurückgeflogen hat, war er nur noch ein Schatten. Seitdem lebt er bei ihr. Sie überschüttet ihn mit Liebe, als wenn sie ihn geheiratet hätte. Und sie ist immer für ihn da. Immer. Auch nachts, wenn er diese schrecklichen Anfälle kriegt ... Heute muss sie wieder zum Arzt mit ihm ...«

Brenda schlug die Hand vor den Mund. Sie zitterte am ganzen Körper.

»Das tut mir leid«, sagte Conway hilflos. »Wenn ich geahnt hätte, dass sie so eine schwere Last tragen muss ...«

Brenda nickte stumm und wischte sich mit den Fingern die Tränen ab. Langsam beruhigte sie sich wieder. So standen sie beide einen Augenblick lang schweigend da. Schließlich sagte sie: »Ich muss jetzt wieder ins Büro zurück. Und Sie haben mir was versprochen!«

»Sie können sich darauf verlassen«, versicherte er.

Brenda ging mit gesenktem Kopf zum Eingang zurück.

Conway schämte sich plötzlich dafür, dass er Jane Waterhouse immer mit Vorurteilen begegnet war.

Er hätte wissen müssen, dass es keinen Menschen auf der Welt gab, der unter seinem Herzen nicht wenigstens einen Schmerz und ein Geheimnis trug.

Der Anruf vom Gestüt ging ein, als Sandra Querée und Roger Ellwyn gerade dabei waren, am Computer einen Unfallhergang zu protokollieren. Sandra ging ans Telefon.

Willingham war am Apparat. Ohne Einleitung sagte er: »Ich weiß jetzt, wer es war.«

Sandra verstand.

Sie verzichtete darauf, Ellwyn darüber zu informieren, worum es ging, sondern sagte ihm nur, dass sie noch mal kurz wegfahren musste. Die Aufklärung des Falles Guiton sollte ihr Meisterstück werden, mit dem sie den Chef de Police überraschen wollte.

Willingham erwartete sie schon voller Ungeduld auf dem Parkplatz des Gestüts. Als Sandra ankam, zog er sie beinahe aus dem Auto. Eilig führte er sie durch die große Empfangshalle des Gestüts zu einem kleinen Nebenraum. Es war das ehemalige Büro von Guitons verstorbenem Vater, das jetzt nur noch als Abstellkammer für ausrangierte Möbelstücke fungierte. Auch hier roch es nach Pferd und Mist.

Der Verräter saß zusammengekauert auf der schäbigen Eckbank und kaute an seinen schmutzigen Fingernägeln. Sobald er die Polizistin erblickte, stand er auf. Hinter seinem Rücken, zwischen der niedrigen vergilbten Holzdecke und der Eckbank, hing die verblasste Luftaufnahme der Rennbahn von Windsor an der Wand. Über dem Tisch, vor einem staubbedeckten Fenster, baumelte ein Band mit Fliegenleim, an dem unzählige tote Fliegen klebten.

Die muffige Atmosphäre des Raumes schien den jungen Mann zusätzlich einzuschüchtern. Willingham hatte ihm in strengem Ton befohlen, dass er sich nicht aus dem Zimmer wagen sollte, und er hatte sich daran gehalten.

»So, da sind wir«, sagte Willingham zu Sandra, während er die Tür hinter sich schloss. »Darf ich vorstellen: Josh Nisbet, einer unserer beiden Bereiterlehrlinge – Constable Officer Querée.«

Josh reichte Sandra stumm die Hand. Die Innenfläche war feucht und kalt. Auch sonst stand dem großen, schlaksigen Jungen die Angst ins Gesicht geschrieben. Es war voller Sommersprossen, auf der Stirn hatte er mehrere Pickel.

»Darf ich Josh sagen?«, fragte Sandra lächelnd. Er war erst achtzehn, und sie wollte ihm von Anfang an das Gefühl nehmen, dass man sich vor ihr in Acht nehmen musste, nur weil sie Polizistin war.

Josh nickte.

»Okay«, sagte Sandra, »wenn es dir recht ist, würde ich unser Gespräch auf Band aufnehmen, dann musst du später nicht alles noch mal erzählen. Einverstanden?«

»Kein Problem.«

Alle drei setzten sich. Willingham beobachtete, wie Sandra ein kleines Diktiergerät aus ihrer Handtasche holte, es vor sich auf den Tisch legte und den Aufnahmeknopf drückte. Ein rotes Licht leuchtete auf.

Als Erstes nahm sie Joshs Personalien auf, fragte ihn, wie lange er schon im Gestüt arbeitete – »Seit zehn Monaten, die Lehrstelle war in der Rennzeitung ausgeschrieben« – und wie sein Verhältnis zu Frank Guiton war.

»Eigentlich gut...« sagte Josh kleinlaut. »Deswegen tut mir das ja auch alles so leid...«

Verlegen zog er den Rotz in seiner Nase hoch.

»Was tut dir leid?«

»Dass ich ihn belogen habe.«

Willingham warf Sandra Querée einen triumphierenden Blick zu. Doch sie ließ sich dadurch nicht von ihrer freundlichen Art abbringen, sondern fragte in ruhigem Ton weiter. »Hast du Kontakt gehabt zu den beiden Zeugen, die behauptet haben, dass Mr. Guiton sein Pferd selbst entführt hat?«

»Ja, das hab ich. Wir haben ein paar Mal telefoniert, um alles abzusprechen.«

»Was abzusprechen?«

»Wie die Sache mit der Entführung der Stute ablaufen soll.«

»Und wie sollte sie ablaufen?«, fragte Sandra.

»Es musste alles so aussehen, als ob Mr. Guiton das Pferd irgendwo verstecken wollte, um danach die Versicherungssumme zu kassieren«, antwortete Josh.

»Es war also von Anfang an klar, dass die Polizei das Pferd am nächsten Tag finden sollte, ja? Um Frank Guiton Versicherungsbetrug zu unterstellen. Ist das richtig so?«

»Ja, so war's.«

»Wer hat denn das Pferd nachts weggebracht, wenn es dein Chef nicht selbst getan hat?«

Josh schwieg. Er blickte zu Willingham, der die Augenbrauen hob wie ein strenger Vater.

»Ich war es«, gab Josh leise zu. »Ich habe die Stalljacke von Mr. Guiton angezogen, seine Mütze aufgesetzt, falls mich doch jemand sieht, und die Stute auf den Anhänger gebracht. Das war morgens gegen drei. Dann habe ich das Pferd zu einer leeren Koppel bei St. Aubin gefahren...«

»... wo man es am nächsten Tag entdeckt hat. Und prompt hat die Polizei Mr. Guiton am Morgen danach festgenommen«, ergänzte Willingham grimmig. »So, wie es gewünscht war.«

Schuldbewusst verzog Josh den Mund und sah zum Fenster hinaus.

Jetzt war es Sandra, die Willingham einen zufriedenen Blick zuwarf. Sie hätte jubeln können. Damit war Frank Guiton endgültig von jedem Verdacht befreit.

»Kannst du uns auch sagen, wer Mr. Guiton am Tor zusammengeschlagen hat, als er aus dem Gefängnis zurückkam?«, fragte Willingham und beugte sich vor.

Sofort hob Josh abwehrend die Hände. »Damit habe ich nichts tun! Das war Mr. Fonteau!«

Willingham lehnte sich wieder zufrieden zurück. »Der Gemüsehändler, sieh mal an!« Er wandte sich an Sandra. »Sie erinnern sich – einer der beiden Zeugen.«

Sandra strich in Gedanken mit den Fingern über das Aufnahmegerät und fragte Josh: »Ich nehme an, Mr. Fonteau wusste von dir, dass dein Chef an dem Morgen entlassen wird? Hab ich recht?«

»Ja. Und ich wusste es nur, weil ich zufällig mithörte, wie Mr. Guitons Haushälterin einen Anruf aus dem Gefängnis erhielt.«

»Wie viel Geld hast du für deine ... Gefälligkeiten bekommen? Es war sicher nicht wenig.«

Er murmelte etwas.

»Könntest du bitte lauter sprechen?«

»Siebentausend Pfund.«

»Wer hat dir das Geld gegeben?«

»Jemand, der mit Mr. Guiton zur Schule gegangen ist. Und der unbedingt das Gestüt von der Bank haben wollte.«

»Und diesen Jemand kennst du persönlich?«

»Mein Vater kennt ihn gut. Sie besuchen sich manchmal gegenseitig mit dem Boot.«

»Wie heißt er?«

Josh schwieg. Er schien mit sich zu kämpfen, ob er den Namen wirklich preisgeben sollte.

Sandras Stimme wurde schärfer. »Wer ist es, Josh?«

»Er ist Fischer und heißt Tony Kinross.«

Zwanzig Minuten später raste Sandra Querée über die Uferstraße zurück nach St. Aubin, neben sich in der Handtasche das Tonbandprotokoll mit dem Geständnis von Josh Nisbet. Sie sah auf die kleine Digitaluhr unterhalb der Geschwindigkeitsanzeige. Harold Conway müsste jetzt eigentlich zurück sein von der Sitzung im Polizeihauptquartier. Sie brauchte sein Einverständnis, um die Festnahme des Fischers in die Wege zu leiten. Die Verhaftung selbst konnten dann die Kollegen der Honorary Police in St. Helier übernehmen.

Voller Vorfreude dachte sie daran, was sie nach Feierabend tun würde. Willingham wollte Frank Guiton zwar selbst die gute Nachricht überbringen, doch sie würde abends mit Frank am Krankenbett darauf anstoßen, egal, wie spät es wurde. Im Kühlschrank der Polizeistation versteckte sich noch eine Flasche Crémant, ein Rest von Ellwyns Geburtstagsfeier, die würde sie sich bis morgen ausleihen.

Plötzlich spürte sie eine tiefe Sehnsucht nach Frank, nach einer innigen Umarmung und einem Kuss seiner rauen Lippen. Nichts davon hatte sie sich bisher zu holen gewagt, aus Angst, dass sie ihn in seiner Erinnerung an Debbie Farrow zu sehr erschreckte. Doch heute würde sie Farbe bekennen und aufhören, sich zurückzuhalten. Ab jetzt war er frei – in jeder Hinsicht.

Sie stellte das Autoradio an. Es gab Nachrichten, aber sie wollte Musik. Laut, schnell und jetzt. Sie drehte am Knopf.

Hinter einer Kurve schoss plötzlich unter ohrenbetäubendem Hupen ein roter Sportwagen auf sie zu. Entsetzt registrierte sie, dass ihr kein Platz zum Ausweichen blieb. Viel zu ruckartig zog sie das Lenkrad nach links. Das Auto brach durch eine Buchenhecke und schoss auf einen dahinter liegenden Seerosenteich zu. Durch die Erschütterung jaulte kurz das Signalhorn auf ihrem Dach auf. Durch die aufgesprungene Tür flogen Gegenstände in hohem Bogen in den Teich, die Polizeikelle, der Feuerlöscher, ihre Handtasche.

Sandra bekam noch mit, wie der Wagen sich überschlug und irgendwo ein Baum splitterte. Dann war alles vorbei.

Emily hatte sich geirrt. Der Fischereihafen *La Collette*, in dem das Schiff von Tony Kinross vertäut lag, war so kurz vor der Dämmerung alles andere als ausgestorben. Von überall her hallte Lärm. Es roch nach Diesel. Nach den Stunden der Ebbe war die Flut zurückgekommen, sodass wieder Wasser ins Hafenbecken schwappte. Schwere Schiffsmotoren wurden angelassen, schillernde Ölspuren bildeten sich unterhalb der Kaimauer. Jeder, der mit dem Boot hinauswollte, konnte es nur jetzt tun. Zudem drohte die Nacht unruhig zu werden, wenn man dem Wetterbericht trauen durfte.

Andererseits waren die Seeleute an Bord der Schiffe zu beschäftigt damit, ihr Auslaufen vorzubereiten, als dass sie Zeit gehabt hätten, auf eine Gestalt zu achten, die hinter den Containern entlanglief. Immer wieder verirrten sich Touristen hierher, die eigentlich den Jachthafen suchten. In ihrer blauen Wachsjacke passte Emily gut in dieses Bild.

Sie sah sich neugierig um.

Die *MS Harmony* dümpelte in einer ruhigen Ecke des Hafenbeckens vor sich hin.

Ihre weißen Aufbauten und das grüne Deck wirkten wie frisch geschrubbt. Weder Möwendreck noch Fischreste – wie auf den anderen Kuttern – verrieten, dass es sich um ein Fischerboot handelte. Es war tatsächlich das einzige Schiff, auf dem niemand arbeitete.

In diesem Augenblick verließ ein großer Trawler den Hafen. Langsam schob er sich durch die Wellen ins offene Meer, dabei ließ er zweimal sein Horn erklingen. Die Männer an Bord der anderen Schiffe sahen hinüber.

Emily nutzte die Gelegenheit, um mit einem großen Schritt an Bord der *MS Harmony* zu gelangen. Der Handlauf der Reling fühlte sich klebrig an vom Salzwasser. Sie ging quer über das Deck bis zur Kajüte. Hier konnte sie von den anderen Booten aus nicht mehr gesehen werden, denn ein riesiger Trawler mit rostigen Netzkränen und Auslegern schirmte sie ab.

Sie rüttelte an der Tür der Kajüte. Verschlossen. Mit der Stirn an der Fensterscheibe spähte sie ins Innere. Neben dem polierten Steuerrad, auf einer hölzernen Ablagefläche über dem Radar, stand eine Teetasse, daneben lagen zwei Päckchen französische Zigaretten und eine aufgerissene Packung mit Teebeuteln. Die Marke war gut zu erkennen, es war der zarte japanische *Kovencha*, eines der teuersten Gewächse, die es gab. Emily kannte die seltene Teesorte nur zu gut. Ihr Mann hatte sie als einziger Händler auf die Kanalinseln importiert.

Ratlos blickte sie sich an Deck um. Was tat sie hier eigentlich? Wenn Harold Conway erfahren würde, dass sie hier eigenmächtig herumturnte, statt auf ihn zu warten und ihn selbst Tony Kinross verhören zu lassen, würde die neu begonnene Freundschaft mit ihm schnell wieder beendet sein.

Also kehrt marsch, befahl sie sich.

Sie ging zum Heck zurück. Nervös wie sie war, stolperte sie über eine Eisenschwelle und verlor dabei ihren Schuh. Als sie in die Hocke ging, um ihn wieder anzuziehen, entdeckte sie den offenen Spalt einer Ladeluke. Es war eine von zwei stählernen Luken zwischen den mittleren Aufbauten und dem Heck. Meistens öffneten sich darunter Stauräume, bei manchen Trawlern auch Kühlanlagen.

Emily sah sich die Luke näher an. Sie war tatsächlich nur zugedrückt worden und nicht verriegelt, was selbst erfahrenen Skippern auf Segelschiffen immer wieder passierte. Mit beiden Händen zog sie den runden Deckel auf und spähte nach unten.

Der weiß gestrichene quadratische Laderaum war etwa zehn Fuß tief. Eine schmale Eisenleiter führte nach unten. Auf dem Boden standen zwei blaue Fässer, ein Surfbrett und mehrere Kartons. Es roch beißend nach Chemie. Vielleicht war die Luke auch deshalb offen geblieben.

Emilys Neugier wuchs. Sie öffnete die Luke vollständig.

Trotz ihrer schweren Wachsjacke fiel es ihr leicht, sich durch die Öffnung zu zwängen und die Leiter hinunterzusteigen. Sorgfältig schloss sie die Luke hinter sich. Als sie unten war, bediente sie den Lichtschalter neben der Leiter. Ihre Schritte hallten so hohl wie im Inneren des Leuchtturms von La Corbière.

Es war eng unten. Sie konnte sich kaum bewegen zwischen den Fässern und den Kartons. In eine Wand war eine halbhohe, zugezogene Schiebetür eingelassen, die wahrscheinlich zu einem anderen Laderaum führte.

Rasch inspizierte sie die Kartons. Ein Teil war leer, drei andere waren vollgestopft mit Vorräten an Gemüsebüchsen, Fertiggerichten und Kartoffelchips. Ein begnadeter Koch schien Tony Kinross nicht zu sein. Auch die beiden blauen Fässer enthielten nichts Interessantes. Das kleinere war voller Salzlake, das größere diente dem Fischer offenbar als Mülleimer. Sie verzog angewidert die Nase und drückte schnell wieder den Deckel darauf.

Vielleicht ist der Nebenraum interessanter, dachte sie. Mit einem kräftigen Ruck am Hebel zog sie die sperrige Schiebetür auf und kroch hinüber.

Dort richtete sie sich wieder auf. Dabei stieß sie mit dem Kopf an ein Holzregal. Unter ihren Füßen spürte sie das Schiff schwanken. Aus dem anderen Raum fiel nur wenig Licht herein. Doch es reichte Emily aus, um ihr zu zeigen, das sie schneller am Ziel ihrer Suche angekommen war, als sie vermutet hatte.

Auf hohen Regalen lagerten ganze Stapel bunter Kartons, Tüten und Gläser mit chinesischen Schriftzeichen. Es sah aus wie in einer Apotheke.

Fassungslos stand sie mitten in dem engen Raum und drehte sich langsam um die eigene Achse. Kinross schien die asiatischen Medikamente nach einem bestimmten Prinzip geordnet zu haben, denn auf einem Regal befanden sich nur große Mengen Tee und Pulver, auf einem anderen reihten sich vakuumverschlossene Gläser aneinander, in denen man unter anderem zerriebene Pflanzen und andere Substanzen erkennen konnte. In einem Glas glaubte sie winzige Tierkrallen erkannt zu haben. Es war eklig.

Viel Platz nahmen auch Kartons voller Salbentuben und seltsamer sechseckiger Cremetöpfchen ein, die sie an das Tiger Balm erinnerte, das sie sich einmal aus London mitgebracht hatte.

Unter den Behältern klebten kleine Zettel, auf denen die Namen und die Wirkung der Mittel notiert waren: *Ling-Zhi-Pilze – Immunsystem (Göttliche Pilze der Unsterblichkeit)... Bu Gan-Tang – Leberbeschwerden... Tou Ton Ling – Kopfschmerzen... Mu Tong – Blasenentzündung/Entwässerung/Desinfektion... Ren Nai Li San – Männerstärke.* Beim Tee hieß es jeweils nur: *Meditationstee, Tee gegen Arterienverkalkung, Schmerztee...*

Von einem rostigen Nagel in einem der Regale baumelte eine Art Lehrbuch, in dem die jeweils richtigen Medikamente nachgeschlagen werden konnten.

Sie fragte sich, ob Kinross wirklich wusste, was er da unter die Leute brachte. Sie bezweifelte es. Aber wenn ihr Verdacht – oder eigentlich war es ja nur ein mulmiges Gefühl – richtig war und ihr Mann nach seinem Verschwinden tatsächlich in dieses Geschäft eingestiegen war, dann wurde das Ganze ohnehin noch viel komplizierter.

Plötzlich hörte sie ein Rumpeln über sich. Sie lauschte angespannt und erstarrte. Es klang, als wenn jemand mit schweren

Schritten zum Steuerstand ging. War Tony Kinross auf sein Schiff zurückgekehrt?

In ihrer Aufregung musste Emily sich dazu zwingen, das Richtige zu tun.

Das Licht.

Von Deck aus konnte man die angeschaltete Lampe unter dem offenen Spalt der Luke mit Sicherheit erkennen. Sie musste also schnellstens zurück in den anderen Laderaum.

So leise wie möglich robbte sie durch die niedrige Öffnung in den ersten Raum zurück. Ihre steife Wachsjacke machte raschelnde Geräusche, und sie beschloss, sie auszuziehen. Auch ihre Schuhe könnten sie verraten, also weg damit. Dann erst kletterte sie lautlos bis nach oben und knipste das Licht aus.

Auf einmal begann der Motor zu dröhnen. Tony Kinross hatte offenbar beschlossen, doch zum Fischen hinauszufahren. Alles um Emily herum vibrierte. Ihr wurde übel bei dem Gedanken, ein paar Stunden hier unten eingesperrt zu sein – wenn Kinross sie nicht vorher entdeckte, was ziemlich wahrscheinlich war.

Ganz langsam drückte sie die Luke auf und schaute nach draußen. Sie konnte den Fischer durch das große Fenster seiner Kajüte sehen. Er saß mit dem Rücken zu ihr am Steuerstand. Wieder trug er seine rote Arbeitsjacke. Als er sich zum Radar hinüberbeugte und seinen Monitor aufflimmern ließ, wusste Emily, dass es gleich losgehen würde.

Schnell schätzte sie die Entfernung bis zur Pier ab. Wenn sie schnell genug war, konnte sie es noch schaffen.

Doch es war zu spät. Bebend löste sich das Heck von der Kaimauer.

Emily war gefangen. Voller Entsetzen darüber, wie naiv sie sich verhalten hatte, zog sie sich wieder unter Deck zurück.

Fieberhaft überlegte sie, was sie tun konnte. Gar nichts, musste sie sich eingestehen. Sie konnte nur abwarten. Da sie nicht wagte, wieder das Licht einzuschalten, verharrte sie im Dunkeln. Schon bald hatte sie kein Gefühl mehr dafür, wie viel Zeit verging.

Plötzlich stoppte die Maschine, und das Heck schlug irgendwo hart an. Das Meer war rauer als vorher. Emily hörte das Quietschen einer Leine, die unter Spannung an einem Pfosten rieb. Sie hatten irgendwo angelegt.

Leise kletterte sie wieder nach oben und drückte vorsichtig die Luke auf. Kinross war nirgendwo zu entdecken. Die Brandung warf immer wieder Schwaden von Gischt durch die Luft. Das Schiff lag an einer Art Rampe, direkt unterhalb einer felsigen Steilküste, aus der neben der Bordwand der *Harmony* ein großes Portal aus bröckeligem Beton herausragte. In den Beton war eine graue Stahltür eingelassen. Emily vermutete, dass sie sich irgendwo an der windumtosten Nordküste befanden, wo es viele alte Bunker aus der deutschen Besatzungszeit gab.

Plötzlich tauchte Kinross am Bug hinter einer Netzwinde auf, eine zusammengerollte Leine in seinen Pranken. Er legte sie neben die Reling und kletterte geschickt zur Rampe des Bunkers hinüber, während sich das Schiff in der starken Brandung auf und ab bewegte.

Da er ihr den Rücken zudrehte, traute sich Emily etwas weiter aus ihrem Versteck heraus. Sie konnte genau beobachten, wie er eine Abdeckung von der Wand nahm und sie auf den Boden legte. Zum Vorschein kam eine Tastatur mit Zahlen, ähnlich wie bei einem Tresor. Da der Wind in ihre Richtung blies, konnte sie hören, dass jede Taste, sobald sie gedrückt wurde, ein piepsendes Geräusch von sich gab.

Dann zog Kinross die Bunkertür auf und verschwand nach innen. Die Tür ließ er offen. Nur zu gerne hätte Emily einen Blick in den Bunker geworfen, weil sie vermutete, dass er in diesem einsamen Versteck noch mehr Medikamente hortete, aber eine innere Stimme warnte sie.

Plötzlich hörte sie, dass Kinross im Bunker mit jemandem sprach. Eine Frauenstimme antwortete ihm hastig.

Kinross begann wütend zu brüllen.

Plötzlich schrie die Frau auf, mit einem herzzerreißenden Weinen. Es war Constance!

Zitternd vor Aufregung krampfte Emily ihre Finger um den Einstiegsrand der Luke. Immer wieder überlegte sie, wie sie jetzt vorgehen sollte. Wenn Tony Kinross Constance entführt hatte, war er vermutlich auch der Mörder von Debbie. Dann musste Emily davon ausgehen, dass weder sie selbst noch Constance überleben würden, falls er sie an Bord entdeckte.

Sie hatte kein Telefon bei sich, und es wäre glatter Selbstmord gewesen, einen starken Mann wie Kinross anzugreifen.

Ich muss ins Wasser springen und an Land schwimmen, dachte sie verzweifelt, das ist das Einzige, was ich tun kann, um Hilfe zu holen. Sie schaute in das aufgewühlte graue Wasser hinter der Reling. Die Strömung war zwar gefährlich, und die Wellen schlugen hoch, aber irgendwie würde sie es schon schaffen. Sie war eine ausgezeichnete Schwimmerin.

In diesem Moment hob eine gewaltige Welle das Schiff an. Es schien sich aufzubäumen, doch dann fiel es wie ein Stein hinunter. Ein dichter feiner Nebel aus weißer Gischt schlug über Emily zusammen. Sie versuchte noch, sich festzuhalten, doch ihre Finger rutschten ab. Sie rutschte die glatte Leiter hinunter und stürzte auf den Boden des Laderaums zurück.

Mit schmerzendem Kopf rappelte sie sich auf und kletterte die Leiter wieder hoch.

Als sie ihren Kopf aus der Luke steckte, wehte ihr ein frischer Fahrtwind entgegen. Entsetzt stellte sie fest, dass das Schiff schon wieder abgelegt hatte. Tony Kinross stand in seiner gläsernen Kajüte hinter dem Steuer und blickte durch ein Fernglas Richtung Horizont. Von Constance war nichts zu sehen.

Wie in Zeitlupe, die Augen tränenblind vor Enttäuschung und Resignation, schloss Emily die Eisenluke über sich und stieg zurück in ihr Versteck.

Schluchzend setzte sie sich unten auf den Boden. Unter dem lauten Dröhnen der Dieselmotoren stampfte das Schiff weiter durch die hohen Wellen.

Zu so später Stunde brannte im Krankenhaus nur noch dort Licht, wo jemand vor Schmerzen nicht zur Ruhe kam oder wo sich ein schlafloser Patient die Nacht mit dem Fernsehprogramm vertrieb.

Frank Guiton war der Einzige auf seiner Etage, der fröhlich in seinem Bett saß, in der Hand ein Glas Champagner. Nach den guten Nachrichten, die Willingham ihm überbracht hatte, konnte er vor Erleichterung kein Auge zumachen. Zum wiederholten Mal stießen die beiden an. Nur zu gerne hatte Willingham sich überreden lassen, etwas länger an Guitons Krankenbett auszuharren, gewissermaßen als Entschädigung dafür, dass Sandras Querée nicht hier war.

Beide vermuteten, dass Sandra unvorhergesehen zu einem Einsatz gerufen worden war. Frank hatte sich dabei ertappt, dass er sie mehr vermisste, als er sich eingestehen wollte. Ihre stille, geduldige Zuneigung fehlte ihm heute besonders.

Keiner der beiden konnte ahnen, dass Sandra nur zwei Stockwerke tiefer auf der Intensivstation lag. Sie hatte viel Blut verloren und war noch immer ohne Bewusstsein. Außerdem hatten die Chirurgen einen Beckenbruch diagnostiziert. Lebensgefahr bestand zum Glück nicht mehr.

Außer Sandras besorgten Eltern war auch Harold Conway

sofort ins Krankenhaus geeilt. Er rätselte noch immer, wo sie mit dem Dienstwagen hergekommen war. Erst bei Tageslicht würde man den schwer zugänglichen Unfallort nach weiteren Spuren absuchen können, bis dahin mussten sie Geduld aufbringen.

Irgendwann gegen Mitternacht spürte er, dass der anstrengende Tag ihn zermürbt hatte. Hinter der Glasscheibe, die Sandras Bett von der Außenwelt abschirmte, war die Nachtbeleuchtung eingeschaltet. Nur die Eltern wachten noch geduldig im kalten Neonlicht vor der Tür zu ihrer Tochter.

Nachdenklich fuhr Conway mit dem Lift nach unten. Die Wände des Fahrstuhls waren zerkratzt und abgestoßen von den vielen Krankenbetten.

Genauso zerkratzt wie unsere Hilfsbereitschaft und das Mitleid, das man uns Polizisten abfordert, dachte Conway traurig.

Was war nur mit ihm los? Er war doch sonst nicht so sentimental.

Kaum saß er wieder im Polizeiwagen, lenkte ihn zum Glück Roger Ellwyn ab, dessen Stimme plötzlich aus dem Funkgerät kam.

»Sind Sie wieder da, Chef?«

»Ja.«

»Wie geht es Sandra? Hat sie das Schlimmste überstanden?«

»Das hoffen wir alle. Ihr Zustand scheint stabil zu sein.«

»Gott sei Dank! Darf ich Sie noch mit etwas anderem behelligen?«

»Das würden Sie doch auch tun, wenn ich jetzt Nein sage«, knurrte Conway. »Also?«

»Ich habe mir noch mal die Liste mit den Pick-ups angesehen, die Sie heute Abend aus dem Hauptquartier mitgebracht haben. Die komplette Liste meine ich, also auch die Wagen, die keine dunkle Farbe haben.«

»Ja und?«

»Mir ist da ein Name aufgefallen. Oliver Farrow. Er besitzt einen weißen Pick-up. Mein Schwager hat seinen weißen Ford vor

Kurzem rot umlackiert, deswegen dachte ich ... Diesen Trick haben wir noch gar nicht in Erwägung gezogen ...«

Plötzlich war Conways Müdigkeit wie weggeblasen. Er beugte sich ganz dicht an das Funkgerät heran und rief hinein: »Verflixt noch mal, Ellwyn, dafür kriegen Sie einen Tag frei!«

»Oh, vielen Dank! Soll ich Ihnen vorher noch Farrows Adresse geben?«

»Die weiß ich auswendig. Und es wird mir eine große Freude sein, den Knaben aus dem Bett zu holen!«

Warum fuhr er denn immer im Kreis? Emily zermarterte sich den Kopf. Seit fünf Stunden war die *MS Harmony* jetzt auf hoher See unterwegs. Noch immer waren weder Richtung noch Ziel erkennbar. Nicht ein einziges Mal warf Kinross seine Netze aus. Sie mussten sich irgendwo südlich befinden, im Dreieck von Jersey, Guernsey und der französischen Küste bei Point de L'Arcouest, denn einmal, als sie kurz durch die Luke schaute, meinte sie in der Ferne den Leuchtturm von Île de Bréhat auszumachen.

Kinross schien auf etwas zu warten, auch wenn es längst nach Mitternacht war.

Immer wenn Emily aus ihrer Luke schaute, hoffte sie, endlich eine Hafeneinfahrt zu entdecken oder ein anderes Schiff. Was sollte sie tun? Sie war allein mit dem Mörder.

Sosehr sie sich auch den Kopf zermarterte – wie sie doch noch von Bord fliehen konnte, wie die schrecklichen Verbrechen, die Kinross offenbar begangen hatte, miteinander zusammenhingen –, resignierend musste sie erkennen, dass sie der Situation ausgeliefert war. Am meisten quälte sie der Gedanke an Constance, die hilflos in ihrem Verlies festsaß.

Gegen ein Uhr morgens ließ der Wind nach. Kurz darauf wurde die *Harmony* plötzlich langsamer, bis sie irgendwann im Leerlauf dahintrieb. Alarmiert stieg Emily wieder die Treppe hoch, öffnete vorsichtig die Luke und beobachtete ängstlich, was an Deck geschah.

Kinross hatte alle Positionslampen gelöscht und auch den Neonstrahler in seiner Kajüte ausgeschaltet, sodass nur noch der Mond sein Licht auf das Schiff warf. Breitbeinig stand Kinross vor dem Netzkran am Bug und starrte nach Backbord über die Reling.

Dort tauchte plötzlich ein Frachter auf. Seine Aufbauten und der Mast hoben sich fast bedrohlich gegen das Meer ab. Emily glaubte die spanische Flagge am Heck zu erkennen. Auch drüben waren die Lichter ausgeschaltet. Der Frachter schien auf dem Wasser stillzustehen, doch Emily wusste, dass dieser Eindruck täuschte, denn in Wirklichkeit trieben beide Schiffe genauestens aufeinander abgestimmt nebeneinander her.

Am geheimnisvollsten war, dass sich an Deck des Frachters niemand zeigte. Es sah aus wie ein Totenschiff. Die erwartungsvolle Stille, die sich zwischen beiden Schiffen aufbaute, wurde nur durch das Klatschen der Wellen unterbrochen.

Plötzlich kam ein Schlauchboot mit Außenbordmotor auf die *Harmony* zu.

Emily konnte erkennen, dass ein einzelner Mann in dem Boot saß, vor sich einen Stapel Kisten oder Kartons. Wahrscheinlich war es eine illegale Lieferung für die asiatische Apotheke an Bord.

Kinross ging zur Reling und warf dem Mann, der durch seine dunkle Wollmütze und die schwarze Fleecejacke fast mit dem schwarzen Hintergrund verschmolz, eine Strickleiter zu. Dann zog er ihn an Deck.

Emily hätte beinahe aufgeschrien, als der Besucher die Mütze abnahm. Vor Aufregung biss sie sich so fest auf die Unterlippe, dass sie den Geschmack von Blut in ihrem Mund spürte.

Der Mann war Richard.

Er war kaum wiederzuerkennen. Der graue Vollbart, der einen Großteil seines Gesichtes bedeckte, machte ihn älter, als er tatsächlich war. Er war auch dicker geworden, schwerfälliger, was vielleicht auch damit zu tun hatte, dass er Probleme beim Gehen hatte. Sein rechtes Bein schien steif zu sein. Er benutzte einen Stock. Einen Augenblick lang erinnerte er Emily an seinen eigenen Vater, einen britischen Kriegsveteranen.

Nach dem ersten Schock war Emilys zweite Empfindung ohnmächtige Wut, als sie ihren Mann dort stehen sah. Am liebsten wäre sie ihm entgegengetreten, damit er wusste, dass sie seine Lügen entlarvt hatte. Doch stattdessen musste sie weiter in diesem engen Loch unter Deck ausharren und durfte ihn nur beobachten – und das alles, damit sie *seine* Tochter retten konnte.

Was für ein Hohn!

Seine Stimme hatte sich kaum verändert, sie war wie früher ruhig und klar. Noch ein schmerzhafter Augenblick, den sie verkraften musste.

Während Richard sich an die Rückseite der Kapitänskajüte lehnte, wo es windgeschützt war, sagte er zu Tony Kinross:

»Ich weiß, dass wir heute spät dran sind. Aber meine Spanier hatten ein Problem mit dem Anker. Wir mussten die Kette austauschen.«

Mit beiden Händen begann er, sein Knie zu massieren.

Emily konnte jedes Wort verstehen. Sie sah auch, dass Kinross sehr nervös war, als hätte er Angst vor Richard.

»Ist schon okay«, sagte der Fischer. »Ich wünschte, das wäre meine größte Sorge.«

»Darauf kommen wir noch zu sprechen«, antwortete Richard seltsam gefühllos. Plötzlich wirkte er gefährlich, ganz anders, als sie ihn gekannt hatte. »Was macht Guernsey? Lief in letzter Zeit wohl nicht so gut. Oder täusche ich mich?«

»Stimmt schon«, gab Kinross zu. »Aber das hängt damit zusammen, dass die Leute auf Guernsey und Sark die Krise spüren und weniger kaufen. Sogar die Kranken. Das Einzige, was auf Sark wie verrückt läuft, sind die Ling-Zhi-Pilze.« Er lachte kurz auf.

In scharfem Ton entgegnete Richard: »Zum Glück findet nicht jeder unsere Mittel so komisch wie du. Du siehst nur das Geld, das damit zu machen ist.«

»Das ist nicht wahr!«, ereiferte sich Kinross. »Wäre ich sonst von Anfang an dabeigeblieben?«

»Wir wollen jetzt nicht streiten. Es gibt was viel Wichtigeres. Du hast uns geschworen, dass du nichts zu tun hast mit Debbies Tod. Wie kommt es dann, dass die Polizei nach deinem Auto sucht?«

»Nach meinem Auto?«, fragte Kinross erschrocken. »Woher willst du das wissen?«

»Ich kenne jemanden, der gute Beziehungen zur Kriminalpolizei hat. Also?«

Tony Kinross sah weg.

Richard löste sich von der Wand, ging auf den Fischer zu und schrie ihn an: »Du feiger Idiot! Du hast mir fest versprochen, dass du nie wieder Kontakt aufnimmst zu Debbie! Das war meine Bedingung, und du hast mir immer geschworen, dass du dich daran hältst!«

»Was sollte ich denn machen? Verdammt noch mal, Debbie hat mich fünf Mal hintereinander angerufen und wollte sich unbedingt mit mir treffen!«

»Weswegen?«

Kinross zögerte. »Unter anderem ... weil sie ein paar Sachen rausgekriegt hat, die ihr nicht gefallen haben. Bitte Richard, frag nicht weiter!« Abwehrend hob er die Hände. »Es ist besser, wenn du nichts davon weißt.«

Die beiden Männer fixierten sich hasserfüllt. Im Mondlicht sah Richards Vollbart bläulich und fahl aus. Seine Zähne mahlten, während er nachdachte. Emily konnte von der Luke aus sehen, wie sein Gesicht dabei zusehends versteinerte.

Warum zwingt er den Mörder nicht, alles über Debbies Tod zu sagen?, fragte Emily sich. Doch sie konnte sich die Antwort selber geben. Weil Debbie die Tochter seiner Geliebten Mary-Ann war, dachte sie bitter. Er will nicht mehr daran denken. Das sähe ihm ähnlich.

Aber sie irrte sich.

»Du erzählst mir jetzt auch den Rest. Ich will alles wissen«, sagte Richard unvermittelt. »Was ist mit der Polin, die man gefunden hat?«

Kinross schien keinen Widerstand mehr zu leisten. Er sank auf die Stufe vor der Kajütentür und begann zu weinen.

Richard stieß mit seinem schwarzen Stock gegen Kinross' Beine. »Erspar mir deine Jammerei!« Kinross starrte in die Nacht, während er zu reden begann. »Meine Mutter war Polin, darum kann ich etwas Polnisch. Ich habe Jolanta am Strand kennengelernt. Wir haben uns nur manchmal getroffen, immer heimlich. Irgendwann wollte sie, dass ich sie heirate. Sie hat mir nicht gesagt, dass sie schwanger war. Angeblich wollte sie nur heiraten, damit sie die Staatsangehörigkeit von Jersey bekommen kann und bleiben darf. Aber das wollte ich nicht. Plötzlich war sie nicht mehr das nette, harmlose Mädchen. Und dann hat sie mich erpresst.«

»Womit?«

»Einmal ist sie eine halbe Stunde zu früh gekommen und hat mitgekriegt, wie Leute bei mir im Hafen Medikamente abgeholt haben. Und dann hat sie meine Vorräte da unten entdeckt. Sie hat gedroht, es dem Gesundheitsamt zu melden...«

Tonlos fragte Richard: »Und da hast du sie erstochen?«

Kinross schluchzte auf und nickte stumm. Mit seinen groben

Händen wischte er die Tränen ab, während ein Windstoß durch sein Haar fuhr.

Emily spürte, wie sie zu zittern begann, denn ihr wurde schlagartig klar, dass es ihr nicht viel anders ergangen wäre als der Polin, wenn Kinross sie im Laderaum entdeckt hätte. Kurz spielte sie mit dem abenteuerlichen Gedanken, jetzt durch die Luke zu steigen und sich an Deck zu zeigen, damit Richard sie beschützte. Aber konnte sie tatsächlich auf ihn zählen? Was wusste sie denn über ihn, wie er heute war?

Richard ließ nicht locker. »Jetzt zu Debbie. Was war es da?«

Kinross schüttelte den Kopf. »Ich war so enttäuscht von Debbie. Genau wie die Polin hat sie mich unter Druck gesetzt. Andauernd hat sie mich mit ihren Anrufen verfolgt, an jenem Tag ganz besonders. Sie wusste was über mich, Richard, das uns viel Ärger bereitet hätte. Uns allen. Auch dir.« Mit einem Mal klang er trotzig, fast beleidigt. »Vielleicht hättest du deine Firma schon längst nicht mehr und würdest hier nicht stehen, wenn ich nicht die Notbremse gezogen hätte.«

»Was soll Debbie mit meiner Firma zu tun haben? Was ist das für ein Unsinn?«, schnauzte Richard ihn an. »Du weißt genau, wie gern ich das Mädchen mochte.«

»Ach, und ich etwa nicht?« Kinross schüttelte den Kopf. »Leider wollte dieses nette Mädchen mich an die Polizei verraten. Hätte ich das hinnehmen sollen?«

»Ich will keine Entschuldigungen, ich will endlich wissen, was passiert ist!«, drängte Richard, ohne weiter auf das verlogene Selbstmitleid von Kinross einzugehen.

»Genau genommen ging es um zwei Sachen«, sagte Kinross. »Mit der ersten hast du nichts zu tun, das war meine eigene Dummheit. Ich hab mit einem Typen von Debbies Bank versucht, an Frank Guitons Gestüt zu kommen. Es war ungeschickt, das gebe ich zu. Aber mich hat geärgert, dass Debbie mit diesem

Scheißkerl ein Verhältnis hatte! Mit Guiton, meine ich ... Auf jeden Fall hat sie rausgekriegt, was ich da mit ihrem Abteilungsleiter einfädeln wollte.«

»Du bist ein noch größerer Idiot, als ich dachte!«, rief Richard verächtlich. »Was ist das andere?«

Kinross druckste herum. »Ich hab es dir nie sagen wollen, Richard, weil ich weiß, dass du mich dann aus dem Geschäft geworfen hättest... Als der kleine David damals so krank war, hab ich ihm in Olivers Wohnung eine Woche lang die Mu-Tong-Tropfen gegeben. Weil er immer wieder Infekte hatte, an den Nieren, im ganzen Körper, und nichts hat geholfen... Ich wollte ihm doch nur helfen!« Wieder begann er zu schluchzen, diesmal noch jämmerlicher als vorher. »Ich konnte es einfach nicht mehr mit ansehen, wie der kleine Zwerg in seinem Bettchen lag und geweint hat...«

Richard war außer sich. Mit hochrotem Gesicht hob er seinen Stock und schrie: »Du hirnloser Idiot! Du hast das Kind umgebracht!«

Voller Wut ließ er seinen Stock auf Kinross niedersausen. Er traf ihn genau an der linken Stirn, sodass Kinross wie eine Puppe auf das Deck stürzte, mit dem Kopf gegen einen der Eisenpfosten schlug und reglos liegen blieb. Richard prügelte immer weiter auf ihn ein.

»Du wusstest genau, dass Mu-Tong niemals an Kinder verabreicht werden darf! Ich hab es dir gesagt! Du Schwein hast Debbie leiden lassen! Sie war ein so wunderbares Mädchen, genau wie ihre Schwester! Warum sie?!« Wieder und wieder schlug er zu. »Du hast uns alle ins Unglück gestürzt, alle! Hörst du?«

Emily schloss die Augen, um nichts mehr sehen zu müssen. Aufhören, dachte sie. Warum hört er nicht endlich auf! In ihrer Verzweiflung begann sie zu beten, was sie schon lange nicht mehr getan hatte. Sie wollte nur, dass es vorbei war.

Als sie die Augen wieder öffnete, war Richard verschwunden.

Den spanischen Frachter sah sie nur noch als dunkle Silhouette in der Nacht. Kinross lag immer noch da. Ob er tot war?

Emily kroch aus ihrem Versteck hervor und richtete sich auf. Kalter Wind wehte ihr ins Gesicht und drang durch ihren dünnen Pullover. Das führerlose Schiff schlingerte durch die Wellen, sodass sie sich an der Reling festhalten musste, während sie auf Kinross zuging und sich über ihn beugte. Er lag in einer großen Blutlache.

Plötzlich bewegte er den linken Arm. Langsam öffneten sich die Augen in seinem blutigen, geschwollenen Gesicht, und er starrte Emily ungläubig an. Er versuchte, den Kopf zu heben, doch es gelang ihm nicht. Dann wurde er ohnmächtig.

Entsetzt wich Emily zurück. Hektisch riss sie die Tür zur Kajüte auf, hetzte hinein und schloss von innen ab. Als sie sich in dem winzigen Raum umblickte, entdeckte sie, dass die Lichter des Radars und des Funkgerätes flimmerten. Gott sei Dank, Kinross hatte sie nicht abgestellt.

Sie erinnerte sich daran, was man tun musste, um das Funkgerät zu bedienen. Richard hatte es ihr damals auf seinem Segelboot beigebracht, damit sie nicht zu den Seglerfrauen gehörte, die sich blamierten, wenn einmal Not am Mann war.

Sie drückte die Taste für die richtige Frequenz.

Es rauschte. Dann meldete sich eine raue Männerstimme. Es war der Hafen von St. Helier.

Emily schrie ins Mikrofon: »Hier ist *MS Harmony!* ... Mayday! Mayday!«

Harold Conway hatte seine Verhöre schon in höchst unterschiedlichen und manchmal auch in skurrilen Umgebungen durchgeführt – aber noch nie in einer dreckigen Garage.

Eine Nachbarin von Oliver Farrow hatte ihm gesagt, dass Oliver erst am Nachmittag aus dem Krankenhaus entlassen worden war. Er hatte wieder einmal Drogenprobleme gehabt. Doch darauf konnte Conway keine Rücksicht nehmen. Es dauerte zehn Minuten, bis er den jungen Mann aus dem Bett geklingelt hatte.

Farrow war immer noch nicht ganz nüchtern, aber immerhin in der Lage, auf Conways Fragen zu antworten. Seine fettigen Haare klebten ihm am Kopf, sein Atem roch widerlich, und der braune Schlafanzug, den er trug, war rissig und ausgefranst.

Conway gab ihm Zeit, sich anständig anzuziehen.

Er wartete vor der Tür, bis Oliver Farrow aus dem Schlafzimmer kam. Immerhin sah er jetzt etwas manierlicher aus.

»Wo steht Ihr Auto?«, fragte Conway in barschem Ton.

»Ich habe kein Auto«, sagte Oliver verdattert. »Schon lange nicht mehr.«

»Ach nein? Und was ist mit dem weißen Pick-up, dem Toyota, der auf Ihren Namen zugelassen ist?« Er nannte Farrow die Autonummer.

Der fasste sich an die Stirn, als würde er nachdenken. »Ach der! Den hab ich einem Freund überlassen.«

»Was heißt *überlassen*? Hat er ihn abgekauft?«

»Ja... nein... Er hat mir Geld dafür gegeben, dass er ihn immer benutzen darf, wenn er will. Und er bezahlt auch die Versicherung.«

»Na so was! Ein toller Freund. Ist der Wagen irgendwo in der Nähe?«

»In einer Garage... In der Plémont Road, um die Ecke...«

Farrow stützte sich am Türrahmen ab, seine Finger zitterten.

»Dann wollen wir uns die Garage mal ansehen. Einverstanden?«, sagte Conway betont mild.

Farrow nickte. Er nahm seinen Schlüsselbund vom Haken, und gemeinsam gingen sie los.

Die Garage stand zwei Straßen weiter. Es war eine von fünf Garagen im Hof eines Lokals. Als sich das elektrische Tor öffnete, sah Conway einen schwarzen Pick-up darin stehen. An einer Stelle unterhalb der hinteren Stoßstange konnte man noch erkennen, dass der Wagen früher weiß gewesen war. Roger Ellwyn hatte also recht gehabt.

Der Chef de Police verzichtete auf jeden Triumph. Stattdessen blickte er Oliver Farrow von der Seite an und fragte ganz ruhig: »Warum haben Sie ihn umlackiert?«

Farrow hob abwehrend die Hände. »Nein, nein – das war ich nicht! Das hat der Freund gemacht, der den Wagen fährt.«

Conway stellte sich dicht vor ihn. »Jetzt passen Sie mal auf, mein Junge! Ihnen müsste inzwischen eigentlich klar geworden sein, dass Sie ab heute ein Hauptverdächtiger in den beiden Mordfällen sind. Es sieht schlecht aus für Sie.«

Der Chef de Police war darauf gefasst, dass irgendwelche fadenscheinigen Entschuldigungen folgen würden. Doch er hatte sich geirrt.

Oliver Farrow lehnte sich erschöpft gegen die Wand. »Ich möchte eine Aussage machen«, sagte er leise. »Können wir uns hinsetzen? Mir ist nicht gut ...«

Das Auto war unverschlossen. Conway öffnete weit die Beifahrertür und schob Farrow in den Wagen. Er selbst blieb daneben stehen. Als Oliver Farrow zu reden begann, stützte sich Conway auf das Autodach und hörte ruhig zu.

Was er erfuhr, war so kompliziert, dass er einige Minuten brauchte, um alle Zusammenhänge zu begreifen. Oliver Farrow erzählte von Tony Kinross, der dieses Auto dazu benutzte, um Medikamente aus China und Thailand auf der Insel auszuliefern, und er nannte bestimmte Leute, die Kinross unter der Hand weiterempfahlen. Es schien ein raffiniert geknüpftes Netzwerk zu sein. Die meisten dieser Tränke und Heilpflanzen waren medizinisch höchst umstritten, viele sogar wegen ihrer Gefährlichkeit verboten. Doch Kinross verdiente viel Geld damit, und so konnte er Farrow hin und wieder Drogen spendieren.

Conway hörte den Namen Kinross zum ersten Mal. Und er verstand etwas nicht. »Was hat ausgerechnet ein Fischer mit diesem ganzen Zeug zu tun?«

Farrow erklärte ihm, dass Kinross als Fischer besonders gut geeignet war, weil er die illegale Ware vor der Küste übernahm und sie dann auf den Inseln verteilte. Jeder Kunde wusste, dass man besser nicht darüber redete. »Niemand ist verschwiegener als ein Kranker, der sich Hoffnung macht«, zitierte Farrow seinen Freund Tony Kinross.

»Und was hat Debbie mit dem Ganzen zu tun?«, fragte Conway.

Farrow hatte Mühe, ruhig zu sprechen. Seine Zunge schien ihm vor Aufregung kaum noch zu gehorchen. »Als der kleine David... einmal bei mir war... da kam auch Tony in meine Wohnung. Er hat gesagt, dass er nicht mehr mit ansehen kann, wie die Ärzte im Krankenhaus das Kind mit Medikamenten vollstopfen und es trotzdem nicht besser wird. Da hat er David eine Woche lang heimlich chinesische Tropfen gegeben und irgendein Pulver. Vor allem wegen Davids Nieren... Ich sollte es Debbie nicht erzählen, und das habe ich auch nicht gemacht. Jedenfalls bis neulich.«

Conway richtete sich auf. »Soll das heißen, dass diese Medikamente das Kind umgebracht haben?«

Farrow vermied es, den Chef de Police bei seiner Antwort anzuschauen. Auf das Armaturenbrett starrend, sagte er: »Tony hat so eine Andeutung gemacht. Er hatte plötzlich Angst, dass es rauskommt.«

Conway sah, dass Farrow zunehmend schneller atmete und sehr blass war. Lange würde er die Vernehmung nicht mehr durchstehen. Doch noch waren ein paar wichtige Fragen offen.

»Und das haben Sie Debbie zum allerersten Mal erzählt, als sie am Tag vor dem Mord mit ihr zusammen waren?«

»Ja. Ich musste es ihr einfach irgendwann sagen ... Ich war schließlich Davids Patenonkel.«

»Hat Tony Kinross beide Frauen ermordet, Debbie und die Polin?«

Oliver Farrow starrte ihn nur an.

»*Wollen* Sie die Frage nicht beantworten, oder *können* Sie sie nicht beantworten, Oliver?«

»Ich möchte nichts dazu sagen.«

»Kannte Debbie diesen Tony Kinross?«

Farrow sah ihn verständnislos an. »Ob sie ihn kannte? Mann, er war doch der Vater ihres Kindes!«

Während die Küstenwache mit zwei Sanitätern an Bord den schwer verletzten Tony Kinross übernahm und einer der Offiziere die *MS Harmony* nach St. Helier zurücksteuerte, wurde Emily von einem kleineren Boot abgeholt und auf direktem Weg zum Bunker an der Nordküste gebracht. Sie wollte dabei sein, wenn Constance befreit wurde.

Zu ihrer Überraschung wurde sie auf der Rampe vor dem Bunker von Harold Conway erwartet. Da es noch dunkel war, hatte er auf dem Polizeiboot, mit dem er und zwei junge Polizisten vom Hauptquartier eingetroffen waren, einen starken Scheinwerfer aufstellen lassen. Die Eingangsseite und die graue Tür des Bunkers lagen in hellem Licht. Inzwischen war festgestellt worden, dass es keinen zweiten Zugang zum Bunker gab, da er in die Steilküste hineingebaut worden war.

Als Emily vom Boot der Küstenwache auf die Rampe gestiegen

war, nahm Harold sie sofort in die Arme. Es tat ihr gut, denn es zeigte ihr, dass er trotz seiner raubeinigen Art sensibel genug war, mitzufühlen, was sie in den vergangenen Stunden durchgemacht hatte.

»Geht's dir wieder einigermaßen?«, fragte er leise.

»Es war furchtbar«, sagte sie müde. »Und jetzt will ich nur noch, dass Constance endlich gesund da rauskommt.«

Er ließ sie los und seufzte. »Emily, ich muss dir leider sagen, dass es eine kleine Verzögerung geben wird...« Er sah, wie sie erschrak, und fügte schnell hinzu: »Nichts Schlimmes, nur ein technisches Problem.«

»Oh nein! Was ist es?«

Er zeigte auf das Zahlenschloss neben der Tür. »Die Stahltür ist mit diesem System verriegelt, es gibt also kein gewöhnliches Schloss. Das heißt, wir müssen die Tür von einem Spezialisten aufsprengen lassen.«

»Aber das kann ja noch Stunden dauern!«

»Das will ich nicht hoffen.«

»Kann ich wenigstens durch die Tür mit Constance reden?«

Er schüttelte bedauernd den Kopf. »Leider nein. Wir haben es schon versucht, aber die Wände sind so dick, dass sie uns nicht hören kann.«

»Gibt es denn keine Lüftung, über die man sie erreichen könnte?«

»Es gibt bestimmt eine. Sie wird irgendwo nach oben in die Klippen führen.« Er schnaufte wütend und ergänzte bitter: »Die Deutschen haben damals ganze Arbeit geleistet.«

Emily ließ ihn stehen, um mit ihrer Enttäuschung allein fertig zu werden. Sie ging bis zum Ende der Rampe und blickte dort grübelnd in das gurgelnde Wasser unter ihr. Verständnisvoll wartete Harold, bis sie sich wieder etwas beruhigt hatte. Dann erst ging er zu ihr.

Als er sie erreicht hatte, drehte sie sich zu ihm um und sagte: »Ich weiß jetzt, wie wir die Tür aufbekommen können.«

»Emily, glaub mir, wir haben alles durchgespielt. Die Tür lässt sich nur öffnen, wenn man die Zahlenkombination kennt.«

»Ich könnte sie rauskriegen«, sagte Emily.

Verblüfft sah Conway sie an. »Wieso?«

»Pass auf, Harold. Als Kinross die Tür geöffnet hat, haben die unterschiedlichen Zahlen bei jedem Tastendruck dieses Piepsgeräusch gemacht – wie bei einem Hotelsafe. Es scheint ein älteres Schloss zu sein. Wenn es mir gelingt, mich an diese Geräusche zu erinnern, können wir es schaffen.«

»Emily, ich weiß zwar, was für ein großartiges Gedächtnis du besitzt. Aber das ist unrealistisch! Sei mir nicht böse...«

»Bitte, Harold! Lass es mich versuchen! Ein Mal nur!«

Da der Sprengstoffexperte ohnehin noch mindestens eine Stunde auf sich warten lassen würde, gab Conway schließlich nach.

»Brauchst du irgendwas, um dich zu konzentrieren?«, fragte er, während sie langsam vor die Stahltür trat und den Blick auf das Quadrat mit den weißen Zahlen richtete.

»Am besten ist es, ihr geht zur Seite, damit ich nicht abgelenkt werde.«

Conway und die beiden Polizisten zogen sich auf das Polizeiboot zurück und ließen Emily allein auf der Rampe zurück.

Sie begann damit, zur Probe nacheinander sämtliche Zahlen zu drücken. Sie wollte sich die unterschiedlichen Töne genau einprägen. Das wiederholte sie noch zwei Mal.

Dann schloss sie die Augen und konzentrierte sich auf die Situation, als Tony Kinross die vier Zahlen gedrückt hatte. Ganz deutlich waren die unterschiedlich hohen Klänge zu ihr herübergeweht. Erst ein tiefer Ton – die Neun vielleicht. Dann ein hellerer – die Drei? Nein, eher die Vier. Zusätzlich entschied sie sich für die Sieben und die Zwei.

Schließlich gab sie alle vier Zahlen auf der Tastatur ein. Bis jetzt klang alles so, wie sie es in Erinnerung hatte.

Dann kam der Augenblick der Wahrheit. Sie drückte auf die *On*-Taste, gab vorsichtig die ausgewählte Zahlenkombination ein und aktivierte dann die *Enter*-Taste. Mit angehaltenem Atem zog sie am Türgriff.

Nichts. Er bewegte sich nicht. Die Tür blieb zu.

Verzweifelt versuchte Emily es ein zweites Mal. Sie hoffte inständig, dass das Schloss nicht blockierte, wenn man zu oft falsche Zahlen eingab. Ihre Finger zitterten, während sie sie wieder nach der Tastatur ausstreckte.

War es doch nicht die Vier, sondern die Sechs gewesen?

Emily konzentrierte sich erneut. Ihre Erinnerung sagte ihr, dass Kinross die ersten beiden Zahlen sehr hastig eingegeben hatte, sodass die Töne fast miteinander verschmolzen waren.

Sie überlegte kurz und entschied dann, dass die zweite Zahl tatsächlich eine Sechs war. Sie zwang sich zur Ruhe und begann zu drücken.

On – 9672 – *Enter*.

Als sie diesmal den Griff packte und daran zog, schwang die zentnerschwere Tür tatsächlich auf, ganz langsam, wie ein Koloss, der jahrhundertelang geruht hatte. Emily hörte noch, wie die Männer auf dem Boot hinter ihr jubelten, doch da war sie schon in das Dämmerlicht des Bunkers vorgedrungen.

»Constance?«, schrie sie. »Wo bist du?«

»Hier hinten!«

Die Stimme kam vom Ende des Bunkers. Glücklich rannte Emily durch den langen Gang, vorbei an aufgestapeltem Bootszubehör, alten Netzen, Bojen und allerlei Gerümpel. Da sie nur die schwache Helligkeit hatte, die von der Eingangstür kam, stieß sie sich den Fuß an einem alten Anker, doch es war ihr egal. Plötzlich sah sie vor sich durch die Ritzen einer Eisentür Licht schimmern.

Sie lief hin und hämmerte mit den Fäusten gegen die Tür. »Bist du da drin? Geht es dir gut?«

»Ja!«, rief Constance. Ihre Stimme klang kräftig.

Emily war erleichtert. Gott sei Dank waren es nur zwei dicke Riegel, einer oben, einer unten, die die Tür fixierten. Sie reckte sich und zog den oberen Riegel zurück, dann den über dem Boden.

Nur Augenblicke später standen sie sich gegenüber. Constance stand mitten in einer kahlen Zelle, die Kinross offenbar hin und wieder als Lager gedient hatte. Eine alte Matratze lag am Boden, eine Kloschüssel stand in der Ecke, dazu vier Plastikflaschen mit Wasser und ein paar Essensvorräte – mehr gab es nicht in diesem menschenunwürdigen Gefängnis.

Weinend vor Freude fielen die beiden Frauen sich in die Arme.

»Danke, Emily! Danke!«, flüsterte Constance immer wieder, während sie Emily wie ein kleines Kind umklammerte. »Ich hatte solche Angst, dass ich hier nie wieder rauskomme...«

»Hat er dir wirklich nichts angetan?«

»Nein, er war in der ganzen Zeit nur einmal hier, gestern Abend...«

Emily strich ihr über die Haare und lächelte. »Da war ich schon ganz in deiner Nähe«, sagte sie.

Hinter sich hörte sie Harold Conway und die beiden Polizisten näher kommen. Sie drehte sich um. Mit Suchscheinwerfern leuchteten sie jede Ecke des Bunkers aus.

»Alles okay, Emily?«, rief Harold. »Hast du sie?«

»Ja, ich hab sie«, rief Emily laut. Sie zwinkerte Constance zu. »Und ich lasse sie nie mehr aus den Augen!«

Constance lachte und wischte sich mit dem Ärmel ihres Pullis die Tränen ab.

Schon drei Tage später waren die Verhöre und die Ermittlungen so weit fortgeschritten, dass Anklage gegen die Beteiligten erhoben werden konnte. Obwohl Neuling in seinem Amt, erwies sich Richter Edward Waterhouse als jemand, der die nötige Durchsetzungskraft besaß, um den bevorstehenden Prozess zügig vorzubereiten. Durch seine hervorragenden internationalen Kontakte konnte er seiner Schwester und der Staatsanwaltschaft sogar zu einem direkten Draht nach Hongkong verhelfen.

Selbst John Willingham musste diese Leistung seines Nachfolgers respektvoll anerkennen. Er war mit Gwyneth Trollop zu einem konspirativen Treffen verabredet gewesen und wusste jetzt alles. Auf dem Rückweg machte er gleich noch beim General Hospital Halt, um Frank Guiton über die interessanten Neuigkeiten zu informieren.

Frank war gar nicht in seinem Zimmer. Die Schwestern hatten sein Bett auf den langen Balkon vor seinem Fenster geschoben und als Überraschung das Bett von Sandra Querée dazugestellt.

Willingham trat leise ins Freie. Die beiden bemerkten ihn nicht. Gerührt sah er sie nebeneinanderliegen, miteinander lachen und in die Bäume blicken. Sandra war noch ziemlich blass und genauso stark bandagiert wie Frank vor ein paar Tagen. Der wiederum konnte schon sitzen und hatte nur noch ein paar Pflaster.

»Na, ihr zwei Turteltäubchen«, sagte Willingham laut, »darf ich das Rendezvous mal kurz stören?«

Sie fuhren ertappt mit dem Kopf herum, Sandras blasse Wangen bekamen rote Farbe.

»Oh, Mr. Willingham! Wir haben Sie gar nicht gehört!«, sagte sie entschuldigend und strich schnell ihre Bettdecke glatt.

Frank setzte sich auf und gab seinem Anwalt erfreut die Hand.

»Hallo!« An Sandra gewandt, sagte er: »Mr. Willingham ist immer sehr leise. Das macht ihn ja gerade so gefährlich.«

Willingham lachte und setzte sich wie gewohnt auf Guitons Bett. Dieser Platz hatte ihn eine Woche lang inspiriert.

»Hoffentlich wissen das meine Konkurrenten«, sagte er amüsiert, aber auch ein bisschen eitel. Sorgfältig stopfte er sein verrutschtes weißes Einstecktuch in die Reverstasche seines blauen Jacketts zurück und musterte die beiden.

»Wie ich sehe, geht es Ihnen gut. Ich hoffe, Miss Querée, Sie haben keine Schmerzen mehr.«

»Es wird schon erträglicher ...«

»Das freut mich. Dann würde ich die Erträglichkeit gerne noch steigern, indem ich Ihnen erzähle, was Ihre Ermittlungen alles ausgelöst haben.«

Sandra verzog den Mund und hob ihre gesunde Hand. »Ich darf gar nicht dran denken, was ich durch meinen blöden Unfall alles vermasselt habe ...«

»Unsinn! Zum Glück gibt es ja Edgar MacDonald, diesen brillanten Zauberer. Nachdem er ihr Tonbandprotokoll wieder aus dem Wasser gefischt hat, hat er es tatsächlich wieder funktionsfähig gemacht.«

Sandra staunte. »Die Aussage von Josh Nisbet lässt sich verwenden?«

»Zumindest hat sie geholfen, dass er nichts widerrufen hat.«

»Was gibt es sonst Neues?«, fragte Frank Guiton.

»Viel, sogar sehr viel«, antwortete Willingham geheimnisvoll. Neben ihm ging die Balkontür auf, und eine junge Schwester stellte ihm freundlich lächelnd einen Stuhl hin.

»Danke, Schwester«, sagte er.

Sie verschwand wieder nach drinnen, und er fuhr fort. »Das Wichtigste zuerst: Tony Kinross hat inzwischen gestanden, und auch Richard Bloom sitzt hier auf Jersey im Gefängnis. Die Küstenwache hat ihn auf einem spanischen Frachter gefunden. Gestern Abend hat man außerdem Alex Flair in Untersuchungshaft genommen.«

»Alex?«, fragte Guiton überrascht. Er kannte die Flairs gut. Sie hatten erst vor wenigen Wochen mit ihm über ein Rennpferd verhandelt. Doch das Geschäft kam nicht zustande, weil Mrs. Flair lieber eine neue Jacht wollte.

»Flair war offensichtlich der Finanzier hinter all den zwielichtigen Geschäften. Aber weder er noch Richard Bloom hatten eine Ahnung, dass Tony Kinross die Morde begangen hatte...«

Mit der für ihn typischen Prägnanz begann Willingham, den Stand der Ermittlungen zusammenzufassen. Ernst und konzentriert hörten Frank Guiton und Sandra Querée ihm zu...

Alles hatte damit begonnen, dass Richard Bloom sein Leben verändern wollte. Er war schon seit Langem der Liebhaber von Debbie Farrows Mutter gewesen. Bei ihr hatte er auch Tony Kinross kennengelernt, der damals im Haus neben den Farrows wohnte. Bloom tauchte nach seinem vorgetäuschten Bootsunfall zuerst in Frankreich unter, später in Cádiz. Während der ganzen Zeit war er immer in Kontakt mit seinem Freund Alex Flair, der ihn ausreichend mit Geld versorgte und der ihm einen französischen Pass auf den Namen Richard Bressat besorgte. Gemeinsam bauten sie eine Firma auf, die offiziell Schuhe aus Thailand und Hongkong nach Frankreich importierte. In Wirklichkeit jedoch war es ein illegales Netzwerk für asiatische Heilmittel, vor allem für Kräuter und Pulver, deren Import verboten war. Denn damit war das meiste Geld zu machen. Sie hatten es so aufgezogen, dass mehrere Dutzend Leute die Ware verteilten. In London und Amsterdam lohnte das Geschäft ganz besonders. Hier gab es genügend *asian communities*, ganze Stadtteile voller Asiaten.

»Und warum dann ausgerechnet noch Jersey?«, fragte Sandra.

Willingham zuckte mit den Schultern.

»Vielleicht weil Jersey und die anderen Inseln ebenfalls ein guter Markt dafür sind... Vielleicht hat Bloom auch einfach nur zynisch genossen, dass er hier heimlich hinter dem Rücken seiner Familie und seiner alten Freunde Geschäfte machen konnte ...«

»Und wie kam dann Tony Kinross ins Spiel?«, fragte Frank Guiton.

»Kinross war natürlich der ideale Mann für Richard Bloom. Als Fischer konnte er unauffällig vor der Küste die Ware übernehmen. Manchmal holte er auch Lieferungen in Frankreich ab und transportierte sie nach England hinüber. Außerdem brauchte Tony Kinross immer Geld, das wusste Bloom noch von damals.« Willingham holte Luft. »Ja, und damit kommen wir zu Debbie ...«

Guiton schloss die Augen. »Stimmt es, dass Kinross der Vater von Debbies Sohn ist? Der Chef de Police hat gestern bei Sandra so was angedeutet.«

Willingham nickte. »Das stimmt. Als junge Nachbarn hatten die beiden nach einer fröhlichen Party einen One-Night-Stand, mehr war es wohl nicht. Kinross hat sich danach nicht besonders gut benommen und ist dann auch weggezogen. Jedenfalls wollte Debbie nie mehr etwas mit ihm zu tun haben. Nur ihre Mutter und ihr Cousin Oliver, der damals mit auf der Party war, wussten, wer Davids Vater war.«

Sandra blickte wieder zu den Bäumen hinüber. Leise fragte sie: »Und die Morde? Warum hat Kinross das alles getan?«

Willingham behielt für sich, dass die gute Gwyneth Trollop ihm heimlich eine Kopie des Kinross-Geständnisses zugesteckt hatte. Deshalb wusste er Bescheid über jedes Detail der beiden Verbrechen. Doch um Guiton und Sandra Querée nicht unnötig zu belasten, entschloss er sich, die grausigsten Passagen aus dem Protokoll für sich zu behalten und nur das Nötigste zu erwähnen. In ein paar Tagen würden die beiden ohnehin den Rest erfahren.

»In der Zeit, in der David so krank war, hat Debbie ihn tagsüber oft zu ihrem Cousin Oliver gebracht, der sich gerne um den Kleinen kümmerte. Debbie hatte keine Ahnung, dass auch Tony Kinross bei Oliver Farrow ein und aus ging. Die beiden arbeiteten oft zusammen im Hafen. Da kam Kinross eines Tages auf die Idee, dem Kind ohne Debbies Wissen *Aristolochia*-Tropfen zu geben, dreimal am Tag hochdosiert, eine Woche lang. Vierzehn Tage später starb David an Nierenversagen. Die Ärzte nahmen an, sein schlechter Allgemeinzustand sei Schuld an seinem Tod. Doch in Wirklichkeit war es die *Aristolochia*-Säure. Seit heute Morgen liegt ein Bericht der Pathologie vor. Sie haben Davids Leiche vorgestern exhumiert.«

»Was ist *Aristolochia*?«, fragte Guiton bestürzt. Er blickte fragend zu Sandra, die sich als gelernte Apothekenhelferin in diesen Dingen auskannte.

Sandra, nicht weniger schockiert, gab ihm die Erklärung. »Das Kraut der asiatischen Osterluzei, ein Teufelszeug, aber viele glauben daran. Es steckt unter anderem in den asiatischen *Mu-Tong*-Medikamenten. Falsch dosiert oder auch in Verbindung mit anderen Medikamenten führt es zu Nierenversagen.«

Ergänzend fügte Willingham hinzu: »Das Zeug ist seit einigen Jahren auf Jersey verboten. Ich habe damals selbst an dem Gesetz mitgewirkt.«

»Und das hat Debbie herausgefunden?«

Willingham nickte. »Ja. Ihr Cousin hat es ihr erzählt. Aber es gab noch einen zweiten Grund für sie, sich mit Tony Kinross zu treffen und ihn zur Rede zu stellen. In der Bank hatte sie nachmittags zufällig ein Telefonat zwischen Kinross und dem Chef der Kreditabteilung mit angehört. Dabei ging es um Sie, Frank.«

Guiton erschrak. »Um mich?«

»Ja. Die beiden verabredeten, dass Kinross, der ja inzwischen eine Menge Geld auf dem Konto hatte, Ihr Gestüt für ein hohes Gebot kaufen konnte, falls Sie durch den angeblichen Versicherungsbetrug zahlungsunfähig würden.«

Guiton blies die Luft aus. »Es war also alles längst eingefädelt?«

»Ja, das war es wohl.«

Vorsichtig berichtete Willingham, was weiter geschah. »Kinross verabredete sich nach Debbies Feierabend mit ihr auf seinem Kutter. An einem einsamen Steg nahm er sie an Bord und fuhr mit ihr hinaus, ein paar Stunden lang. Unterwegs stritten sie heftig. Debbie machte Kinross nicht nur heftige Vorwürfe wegen des Kindes und wegen der Bankgeschichte, sondern sie behauptete einfach, sie hätte Beweise dafür, dass er die Polin umgebracht hatte. Immerhin konnte er nicht leugnen, dass er Jolanta Nowak mitgenommen hatte auf die Beerdigung von David.« Willingham räusperte sich. »Und dann ... hat er sie in seiner Wut erwürgt.«

Die beiden Kranken schwiegen betroffen.

Geduldig ließ er ihnen Zeit, alles zu verarbeiten.

Sandra Querée fragte schließlich: »Weiß man, warum er seine Opfer nicht einfach ins Meer geworfen hat? Warum hat er sie jedes Mal auf so perverse Art und Weise an Land versteckt? Das verstehe ich nicht.«

»Eine schlüssige Erklärung können uns wahrscheinlich erst die Gutachter liefern«, meinte Willingham. »Kinross selbst behauptet, er hätte das Meer damit nicht beschmutzen wollen.« Er hob seufzend die Hände. »Ob das stimmt? Jedenfalls hat er Debbie Farrows Leiche mit seinem kleinen Rettungsboot in den alten Hafen hinter der Kirche von St. Brelade's Bay gebracht. Offenbar hatte er mitbekommen, dass dort die Bäume eingepflanzt worden waren und ... Na ja, den Rest kennen wir ja alle.«

»Und warum war Kinross noch einmal in Debbies Wohnung?«, fragte Frank Guiton.

»Er behauptet, weil er nach den Papieren suchen wollte, die Debbie dort angeblich versteckt hatte. Der Psychiater, der ihn gestern untersucht hat, ist aber der Meinung, er war dort, weil es ihn in Debbies Leben zurückgetrieben hat. Kinross ist ein Psychopath. Bei Menschen wie ihm verstehen wir vieles nicht. Warum hat er zum Beispiel später Constance verschont? Er behauptet aus Mitleid. Aber der Psychiater sieht darin eher seinen Wunsch nach der Macht über andere... Wer weiß das schon?«

Frank Guiton fuhr sich durch die dunklen Haare. Es sah aus, als hätte er Kopfweh, doch er brauchte nur ein wenig Zeit, um die Erinnerung an Debbie von dem Gehörten zu lösen. Sandra spürte es. Verständnisvoll streckte sie ihren linken Arm nach ihm aus. Frank sah es und ergriff dankbar ihre warme Hand. Ihr bezauberndes Lächeln machte ihm Mut.

Willingham wollte nicht länger stören. »Ich muss los. Detective Inspector Waterhouse braucht noch eine Unterschrift von mir.« Er stand auf.

Sandra sah zu ihm hoch. »Sie hat mir gestern Pralinen geschickt. Hätten Sie das von ihr gedacht?«

Willingham überlegte. »Ja, doch, eigentlich schon. Sie ist ganz in Ordnung, wenn sie nicht gerade unter Druck steht. Und gerade in diesen Minuten...« Er blickte auf seine goldene Schweizer Uhr. »...muss sie noch eine heikle Sache hinter sich bringen.«

»Noch ein Verhör?«

Er schüttelte den Kopf. »Mrs. Bloom hat darauf bestanden, ihrem Ex-Mann gegenüberzutreten...«

Richard Bloom saß hinter einer Glasscheibe, bewacht von einem uniformierten Beamten. Seine Stimme kam über einen kleinen Lautsprecher, der rechts oberhalb der Scheibe in die Wand eingelassen war.

Auf Emilys Seite des dicken Panzerglases gab es nur den unbequemen Stuhl, auf dessen Rückenlehne der Name des Gefängnisses aufgedruckt war. Ansonsten war der Raum leer.

Die Atmosphäre war beklemmend. Wenn Emily nicht gewusst hätte, dass hinter ihr in der Ecke Detective Inspector Waterhouse stand und die Situation überwachte, wäre sie vermutlich wieder geflohen.

Sie hatte Zeit genug gehabt, sich an Richards verändertes Aussehen zu gewöhnen. Doch es fiel ihr immer noch schwer, in seine braunen Augen zu blicken und zu wissen, dass er bereit gewesen war, ihr Leben zu ruinieren.

Durch den Lautsprecher wirkte seine Stimme fern und etwas blechern.

»Ich muss dir nicht sagen, wie groß meine Schuldgefühle sind, Emily. Das kannst du dir ja denken ...«

Sie versuchte, keine Regung zu zeigen. »Mach mir nichts vor. Vermutlich sind die einzigen Gefühle, die du noch kennst, Selbstsucht und Gier«, sagte sie starr. »Oder weshalb sonst hast du damals alles weggeworfen?«

»Die ganze Geschichte mit Mary-Ann ... und der fingierte Unfall auf dem Schiff ... das ging nie gegen dich, Emily. Mein Leben war einfach zu einer Falle geworden ...« Er räusperte sich. »Diese verdammte Enge der Insel ... unsere Geschäfte, die nicht so richtig liefen ...«

Emily fiel ihm ins Wort. »Und deine reichen Freunde, die dir das Gegenteil vorgelebt haben, nicht? Trevor de Sagan, Alex Flair ... und du warst dabei!«

»Ja, verdammt! Ein paar Mal habe ich versucht, mit dir darüber zu reden.« Er lachte auf. »Was heißt *ein paar Mal*? Ich weiß noch, wie wir damals Ostern darüber gesprochen haben. Wie es wäre, wenn wir nach England oder Frankreich gingen. Aber meine Träume sind an dir vorbeigerauscht wie ... Schnellzüge!«

Emily schwieg. Betroffen erkannte sie, dass er damit ihre schlimmste Befürchtung ans Tageslicht geholt hatte: dass sie eine Mitschuld an seinem Verschwinden trug. Sie wusste, dass sie zu diesem Zeitpunkt sehr mit sich selbst beschäftigt gewesen war. Die rätselhaften Gedächtnisattacken, die ihr Leben belasteten, Jonathans Probleme in der Schule, ihr Teeladen ... im Grunde Alltagsprobleme, die sich ihrer Liebe zu Richard in den Weg gestellt hatten. Und Richard war zu stolz gewesen, um sich zu wehren.

Plötzlich entdeckte sie, dass Zufriedenheit in seinem Blick lag. Er genoss es, dass es ihm gelungen war, ihr ein schlechtes Gewissen zu machen.

Ich werde dieses infame Spiel nicht ein zweites Mal mit mir treiben lassen, schwor sie sich. Sie war stärker als er, in vieler Hinsicht. Kämpferisch sagte sie: »Vielleicht hättest du besser zum Eheberater gehen sollen als unter die Schmuggler.«

»Was soll das, Emily?«

»Ich will endlich wissen, was für ein Mensch du geworden bist, Richard.« Und ironisch fügte sie hinzu: »Nachdem du auf deinen Schnellzug aufgesprungen bist, meine ich.«

»Keine Sorge, ich bin noch immer derselbe«, sagte er ungerührt. »Auch wenn du es nicht wahrhaben willst.« Spöttisch verzog er den Mund. »Bis auf mein Knie natürlich. Ein Motorradunfall in Singapur.«

Sie überhörte seinen selbstgefälligen Ton und bohrte weiter. »Macht es dir nichts aus, dass du Menschenleben auf dem Gewissen hast?«

»Natürlich belastet mich das sehr. Aber ich weiß auch, dass ich unzähligen Menschen mit den Medikamenten geholfen habe.«

Beide schwiegen. Richard legte die Hände in den Schoß und wich Emilys Blicken aus. Sie spürte, wie ihre Erbitterung langsam wieder nachließ und einer tiefen Traurigkeit Platz machte.

»Wie geht es Constance?«, fragte er unvermittelt.

»Das kann ich noch nicht sagen. Aber es scheint, als hätte sie alles gut überstanden. Sie wird noch eine Weile bei mir bleiben.«

»Das beruhigt mich. Bitte kümmere dich um sie. Sie kann nichts dafür.«

»Das weiß ich.«

Emily hatte das Gefühl, dass es Zeit war, wieder zu gehen. Sie wollte auf keinen Fall, dass es zu Sentimentalitäten kam. Und sie wollte auf keinen Fall Auf Wiedersehen sagen. Sie stand auf, schob den Stuhl zur Seite und ging auf Jane Waterhouse zu. Da hörte sie Richards Stimme durch den Lautsprecher: »Warte! Wie hast du es eigentlich herausgefunden?«

Emily drehte sich um und ging noch einmal zur Scheibe zurück. Selbstbewusst lächelnd sagte sie gegen die Panzerglasscheibe:

»Du weißt doch – ich bin eine Frau mit Gedächtnis.«

Constance blieb noch drei Wochen bei Emily. Auch wenn sie in der ersten Zeit immer wieder von ihren Ängsten eingeholt wurde, tat es ihr gut, wie früher in den Inselalltag eintauchen zu können. Schon ab der zweiten Woche ging es ihr von Tag zu Tag besser. Emily hatte ihr anfangs lange Wanderungen verordnet, die sie beide zusammen unternahmen. Doch schon bald fand Constance, dass so viel Natur schwermütig machte, also das Gegenteil von dem bewirkte, was Emily bezweckte. Von da an hieß die Devise: Hinein ins pralle Leben. Constance war jung und brauchte nichts so sehr wie Abwechslung. Am liebsten half sie im Teeladen mit, wo sie mit Tim herumalbern konnte und viele Leute traf. Da endlich wusste Emily, dass Constance das Schlimmste überstanden hatte.

Es wurde doch noch ein schöner Sommer, anders als die Meteorologen im Mai prophezeit hatten. Emilys Garten glich einem Feuerwerk an Farben, und sie kam mit dem Rasenmähen, dem Schneiden und dem Ausdünnen der Pflanzen kaum noch nach.

An dem Tag, als sie Constance zur Fähre brachte, war es besonders warm. Es wurde ein schwerer Abschied mit vielen Umarmungen und Tränen. Constance versprach hoch und heilig, im August wiederzukommen, wenn Emilys Sohn aus London herflog und vier Wochen lang als Aushilfe im General Hospital praktizierte.

Als die Fähre abgelegt hatte und hinter *Elizabeth Castle* verschwunden war, fiel Emilys Blick zufällig auf die beiden städtischen Gärtner, die die Oleanderbüsche am Hafen wässerten.

Plötzlich fiel ihr wieder ein, was heute für ein Tag war.

Visite du Branchage – einer der beiden Tage im Jahr, an denen ein Komitee der Gemeinde alle Hecken und Bäume kontrollierte, die den Verkehr behindern könnten. Es war ein Akt, dessen soziale Bedeutung nur jemand verstand, der auf Jersey aufgewachsen war und der die engen, wie Wände aufragenden Hohlgassen aus Mauern, Hecken und Büschen selbst befahren musste.

Heute nun war Emilys Straße dran. Das Datum hatte sie vor Kurzem auf der Gemeinde erfahren. Trotzdem hatte sie vergessen, ihre lange Hecke rechtzeitig zu schneiden.

Als sie in ihre Straße einbog, sah sie zu ihrem Schreck die Gruppe der Kontrolleure schon vor ihrem Haus stehen und kritisch die überhängende Lorbeerhecke begutachten. Hier und da drängten sich auch ein paar Äste ihrer Akazie durch den Lorbeer nach draußen. Das ganze undurchdringliche Geflecht war gut dreizehn oder vierzehn Fuß hoch.

Zum Komitee gehörten unter anderen der *Connétable* – der Bürgermeister –, Vikar Godfrey Ballard, ein Straßeninspektor, die Gemeindesekretärin und natürlich auch Harold Conway als Chef de Police. Der Straßeninspektor trug das wichtigste Instrument des *Branchage*-Termins, die Messlatte. An befahrenen Straßen durften die Hecken und Äste nicht tiefer als 12 Fuß überhängen, an Gehwegen lag das Maß bei gnädigen 8 Fuß.

Emily parkte ihr Auto in der Einfahrt und ging zu den Kontrolleuren hinüber. Zu Vikar Ballard sagte sie. »Entschuldigung, aber ich musste noch schnell Constance zur Fähre bringen.«

»Ich bitte Sie, das war doch weiß Gott wichtiger«, beruhigte Ballard sie. Leise und augenzwinkernd fügte er hinzu: »Sie sehen ja, das Komitee kommt auch ohne Sie ganz gut zurecht.«

In der Zwischenzeit war der Inspektor, der eine auffallend dünne Nase hatte, schon dabei, die Messlatte an die Hecke zu halten.

»Etwas mehr als 10 Fuß!«, rief er laut nach hinten. Nickend schrieb die Gemeindesekretärin die alarmierende Zahl ins Protokoll. Harold Conway, der neben ihr stand, sah ihr kritisch dabei zu. Er trug einen dunklen Anzug. Emily glaubte sich zu erinnern, dass es derselbe war, den er schon getragen hatte, als er damals mit ihrer Schwester zum Traualtar gegangen war. Sie erkannte es an den altmodischen grauen Metallknöpfen.

Nachdem auch noch einmal die Höhe der Äste, die aus der Akazie wuchsen, sorgfältig gemessen worden war, kam der Bürgermeister auf Emily zu und gab ihr die Hand. Er war ein gemütlicher, freundlicher Mann.

»Guten Tag, Mrs. Bloom. Wie Sie sehen, steht es in diesem Jahr leider nicht gut mit Ihrer Hecke. Besonders die dicken Äste sind gefährlich. Da ist ja fast nichts geschnitten...«

»Im Durchschnitt 10 Fuß!«, rief der Inspektor von hinten.

»Ja, ich weiß«, sagte Emily und gab sich zerknirscht. »Normalerweise übernimmt mein Sohn die Aufgabe, wenn er mal hier ist. Aber der musste auf einen Ärztekongress...«

Sie versuchte, ein bisschen hilflos auszusehen, was ihr aber schwerfiel. Zum Glück kam Godfrey Ballard ihr zu Hilfe. Mit seiner wohlklingenden Stimme sagte er in die Runde:

»Vergessen wir nicht, was Mrs. Bloom hinter sich hat. Was ist da schon eine Hecke? Ich schlage deshalb vor, in diesem Fall auf die Geldstrafe zu verzichten.«

Prüfend sah er sich um. Die meisten nickten, auch der Bürgermeister war einverstanden.

»Ich sehe da kein Problem. Was sagen Sie, Mr. Conway?«

Conway kratzte sich am Hals und setzte ein nachdenkliches Gesicht auf. Emily kannte diesen Blick. So schaute er immer, wenn er die Würde des Chef de Police in Gefahr sah. Sie ahnte, was jetzt kam.

»Wenn ich für die *Honorary Police* sprechen soll – nun, Mrs. Bloom weiß ja, wie sehr ich ihr zu Dank verpflichtet bin...« Er wandte sich direkt an Emily. »Wirklich großen Dank, Emily! Trotzdem, wir müssen da sorgfältig unterscheiden. Unsere *Visite du Branchage* darf nicht zur Farce werden, das sind wir der Ordnung auf Jersey schuldig. Und deshalb – so leid es mir tut – Zivilcourage und *Branchage* lassen sich nun einmal nicht miteinander verrechnen...«

Die Mitglieder des Komitees schwiegen betroffen. Damit hatte niemand gerechnet, auch wenn der Chef de Police für seine Unnachgiebigkeit bekannt war.

Emily ließ sich ihre Verärgerung über Harolds Sturheit in keinster Weise anmerken. »Ich finde, Mr. Conway hat recht«, sagte sie bemüht freundlich und zog ihre Geldbörse aus der Handtasche. »Selbstverständlich werde ich die fünfzig Pfund Strafe bezahlen.«

Der Bürgermeister versuchte einzulenken. »Also bitte, Mrs. Bloom...«

»Nein, nein, lassen Sie nur«, sagte sie scheinbar fröhlich und gab ihm die Geldscheine, »das ist ganz in Ordnung. Werde ich jetzt noch gebraucht?«

Alle versicherten ihr, dass die Sache damit erledigt sei und sie jetzt nur noch dafür sorgen müsse, dass die Hecke sobald wie möglich geschnitten würde. Als sie sich verabschiedete, würdigte sie Harold keines Blickes.

Kaum war sie im Haus, explodierte sie. Wütend knallte sie die

Haustür hinter sich zu, warf ihre Jacke über einen Stuhl und stürzte zum Telefon im Flur. Wenn sie jetzt nicht bei irgendjemandem ihren Zorn loswerden konnte, würde sie daran noch ersticken. Sie wusste auch schon, bei wem.

Als Helen Keaton ahnungslos abnahm, bestürmte Emily sie ohne Vorrede mit einer Schimpfkanonade.

»Weißt du, was Harold sich eben geleistet hat? Er hat mich für meine Hecke Strafe zahlen lassen! Und das, nachdem ich ihm so geholfen habe!«

»Das ist nicht wahr!?«

»Doch! Vor dem ganzen Komitee! Und ich habe gedacht, er hat sich verändert!«

»Harold doch nicht.«

»Warum tut er das, Helen?«

Helen lachte. »Weil er Harold ist. Stur und eigenwillig.«

Emily protestierte. »Eigenwillig? Weißt du, was er ist?« Sie holte Luft und ließ wütend alles heraus, was sie über Harold Conway dachte. »Er ist ein eingebildeter, ehrgeiziger, besessener Hobby Bobby – das ist er!«

»Na also«, sagte Helen zufrieden. »Ich wusste doch, dass ihr ein gutes Gespann seid.«

Mein Dank

Für jemanden, der nicht auf der Insel geboren wurde, ist Jersey ein überraschend eigener Kosmos. Die Auswirkungen dieses auf der Welt einmaligen Gemeinwesens aus normannischen Traditionen und englischer Individualität sind ständig präsent, wie eine besondere Handschrift, die für immer beibehalten wird.

Bei meinen Recherchen für den Roman hatte ich das Glück, gleich mehrere Menschen kennenzulernen, die mir bereitwillig dabei geholfen haben, diese Handschrift zu entziffern.

Es war Kiki Müller, die mir als Erste geholfen hat, Zugang zu Jersey zu finden. Unermüdlich ist sie mit mir über die Insel gefahren und hat mich an ihrem großen Wissen über die Menschen und die Sehenswürdigkeiten Jerseys teilnehmen lassen.

Den Alltag der *Honorary Police* hat mir auf sehr anschauliche Weise Hugh Gill erschlossen, ein erfahrener Chef de Police, ohne dessen Hilfe ich kaum weitergekommen wäre. Geduldig hat er mich auf seiner Polizeistation ertragen, mich in eine Gerichtsverhandlung eingeschleust und dafür gesorgt, dass ich an einer Parlamentssitzung mit dem *Bailiff* teilnehmen durfte. Es waren eindrucksvolle Erlebnisse.

Ganz besonders möchte ich Jennifer Ellenger von *Jersey Tourism* danken, die mir so viele Türen auf der Insel geöffnet hat. Nur durch ihre schier grenzenlose Kenntnis der interessantesten Plätze und der Traditionen konnte Emily Bloom den notwendigen Hintergrund und ihre Tiefenschärfe erhalten.

Durch Judith Quérée und ihren »open garden« habe ich das nötige Wissen über die subtropisch anmutende Natur der Insel erhalten, und die Mitarbeiter der *Société Jersiaise* haben mir auf anderen, Fachgebieten hilfreich zur Seite gestanden.

Unbekannterweise auch ein Dank an die Wissenschaftler, die inzwischen auf vielfältige Weise das Phänomen des »unendlichen Gedächtnisses« – unter dem Emily Bloom leidet – erforscht haben. Es gibt zum Glück nur wenige Menschen auf der Welt, die sich mit dieser Konstellation ihres Gehirns im Alltag arrangieren müssen. Es war mir ein Anliegen, einmal Segen und Fluch einer solchen Erinnerungskaskade nachvollziehbar zu machen.

Claus Beling

Dein Ziel ist die Wahrheit. Doch was, wenn sie dich nie wieder ruhig schlafen lässt?

Zoë Beck
DAS ZERBROCHENE
FENSTER
Thriller
368 Seiten
ISBN 978-3-404-16046-4

Schneechaos in Schottland. Auf einem Landsitz wird die Witwe des kürzlich verstorbenen Lord Darney gefunden – ermordet. Bei der Polizei meldet sich eine Frau, die behauptet, ihr Freund Sean habe die Tat begangen. Doch die Ermittler finden bald heraus: Sean Butler ist vor sieben Jahren verschwunden, sein Tod soll demnächst offiziell erklärt werden. Wieso behauptet seine Freundin, er sei der Mörder? Als die Polizei sie zu Hause aufsucht, ist die junge Frau spurlos verschwunden ...

»Ein raffiniert verwobener und düsterer Psychokrimi. Packend!«
HörZu über *Das alte Kind*

Bastei Lübbe Taschenbuch